KB180979

포스트 · 포스트콜로니얼리즘

한양대〈일본학국제비교연구소〉비교일본학 총서 06

포스트・
포스트콜로니얼리즘

한양대 일본학국제비교연구소 편

역락

　지난 2022년 11월에 개최된 제6회 동아시아일본연구자협의회 국제학술대회에서 본 연구소는 '포스트·포스트콜로니얼리즘'을 주제로 한일 양국의 전문가들과 함께 패널을 주관하였다. 다소 생소한 느낌이 있으나 '포스트콜로니얼리즘'에 일부러 다시 '포스트'란 접두사를 붙인 것은 기존의 포스트콜로니얼 연구에 대한 문제점을 비판적으로 수용하고 그 한계를 극복하기 위한 방안을 강구해 보고자 한 도전적인 의지가 반영된 것이라 할 수 있다.

　왜 '포스트콜로니얼리즘'에 다시 '포스트'를 붙일 수밖에 없었는지에 대한 전후 배경에 대해서는 본문 속 첫 번째와 두 번째 글로 게재한 이소마에 준이치(磯前順一)와 히라노 가쓰야(平野克弥)의 원고를 참조하면 충분한 동의를 얻을 수 있을 것으로 생각된다. 어쩌면 본문 속에서 조관자가 지적한 비와 같이 포스트콜로니얼리즘이 포스트모더니즘의 추상성을 수용하면서 현실감각을 잃어버리게 된 데에 그 근본적인 원인이 있는지도 모른다.

　생각해 보면 포스트콜로니얼리즘은 2차세계대전 이후 세계 각 지역의 식민지가 독립을 쟁취해간 탈식민지화의 조류 속에서 구식민지에 잔존하는 사회적 과제들을 파악하기 위한 문화연구로서 시작되었다. 물론 초기 포스트콜로니얼 연구의 이론 확립에 결정적인 역할을 했던 '오리엔탈리즘'의 시각은 결코 '서양' 대 '비서양'의 관점에서만 문제를 한정시켜 온 것은 아니다. 같은 동아시아에 속하면서도 제국일본에 의해 식민지 지배를 겪었던 한국, 중국(만주), 대만에서도 동일한 문제는 상존하기 때문이다. 하지만 여전히 한일관계에 어두운 그림자를 드리우고 있는 역사인식의 문제는 차치하더라도 점점 증대되어가는 한중, 중일 간의 긴장과 갈등을 생각하면 그간 동아시아에서 전개된 포스트콜로니얼 연구의 나약한 토대가 그대로 드러난 것이 아닌가 생각된다. 몇 해 전까지만 해도 인구에 회자되던 '동아시아 공동체'가 자취도 없이 사라진 현실을 바라볼 때 동아시아의 포스트콜로니얼리즘은 그 용도가 폐기되었다고 해도 과언이 아닐 듯하다.

이와 같이 현재의 '동아시아론'이 위기에 봉착한 원인을 심희찬은 첫째, 중국의 자본주의적 발달과 국제정치적 위상 변화가 가져온 혼선, 둘째, 북한을 정당한 타자로 인식하기 위한 논리 창출의 실패, 셋째, 신자유주의적 원리의 역내 확산에 관한 대안 제시의 부족을 들고 있다(본문 123쪽). 이에 대해 조관자는 '포스트콜로니얼리즘은 식민화를 방치한다'는 비판적 역설과 '탈식민은 아직 도래하지 않았다'는 역사인식을 수용하면서 '포스트'의 실천적 과제를 밝히고 있다.

이 책에 수록한 9편의 글은 역사, 사상, 문학, 종교, 국민국가에 이르기까지 다양한 시각에서 포스트콜로니얼리즘의 문제점에 접근하고자 한 것들로 그 어느 것도 '포스트콜로니얼리즘' 이후의 가능성을 점쳐볼 수 있는 통로가 될 수 있을 것이다. 이 글들을 통하여 '포스트·포스트콜로니얼리즘'의 필요성에 조금이라도 공감할 수 있다면 총서의 기획자로서 더없는 보람이 아닐 수 없다.

끝으로 앞에서 언급한 바와 같이, 이 책은 지난 2022년 11월에 본 연구소에서 주관한 국제심포지엄이 직접적인 발간의 동기가 되었다. 아직 코로나 팬데믹이 풀리지 않은 상황 속에서 온라인 화상회의로 개최된 심포지엄에 참가해 주시고 기꺼이 원고를 집필해 주신 일본 측의 이소마에 준이치, 히라노 가쓰야, 오무라 가즈마(大村一真), 무라시마 겐지(村島健司) 선생님, 그리고 한국 측 박규태, 조관자, 남상욱, 심희찬 선생님, 이 책의 기획에 특별히 동참해 주신 홍정완 선생님께 다시 한 번 감사드린다. 아울러 이 책의 편집과 간행을 위해 수고해주신 도서출판 역락의 이대현 사장님과 강윤경 대리님께도 감사의 마음을 전한다.

2023년 5월
일본학국제비교연구소 소장 이강민

차례

천千의 얼굴의 '모노'物

─포스트모던적 일본정신의 원점

포스트 · 포스트콜로니얼리즘

포스트콜로니얼이라는 유산,
그 비판적 계승 방법

이소마에 준이치磯前順一

1. 애프터·포스트콜로니얼인가? 포스트·포스트콜로니얼인가?

2022년 11월 5일, 베이징외국어대학교에서 회의를 개최한 동아시아 일본연구자협의회에서 우리는 '포스트콜로니얼리즘'이라는 연구주제를 대회위원회 기획패널로 조직했다. 구성원은 일본어·한국어·중국어를 모어로 하는 연구자이고, 소속대학 기준으로 살펴보면 이 3개국에 미국 대학에 소속된 연구자까지 참가하였다. 이러한 구성원의 면면 자체가 동아시아의 근대적 특질을 충분히 체현한 것이다.

즉 동아시아의 주요 언어인 중국어·한국어·일본어. 그리고 그 동아시아를 포섭해 온 미국과 소련의 냉전구조 속에서 그 한쪽의 언어인 영어. 이렇게 4개 국어가 엮어내는 세계가 동아시아의 상당 부분을 구현하고 있다고 해도 틀린 말이 아닐 것이다. 다만 이 회의에서 심희찬이 지적했듯이 여기에는 북한, 대만, 그리고 소련의 연구자가 결여되어 있었다. 이 결핍은 현재 동아시아가 미국-중국 두 강대국 사이의 파워 밸런스를 전제로 형성되어 있으며, 또한 다양한 형태의 관계성이 결여되어 있는 국제사회임을 말해 준다.

구종주국과 구식민지의 통시적인 관계를 언급한 보고가 많았는데, 그것이 바로 식민적 상황으로서의 포스트콜로니얼 상황이 계속되고 있음을 말해준다. 그러나 한편으로는 지세적 관점에서 각 식민지 국가 간의 관계에는 갈등과 누락이 있다는 점까지는 논의가 진행되지 못했다. 예를 들어 각 사회에 민주주의가 어느 정도 침투되었는지, 민주주의로 상정되는 사회관계를 어떻게 이해하고 또 그것이 어떻게 다른지 논의되지 못했다.

그리고 무엇보다도 이러한 동아시아 자본주의 국가들을 축으로 하는 회의 참가자들의 의사소통이 왜 '일본어'라는 단일 언어로 이루어져야 했는지, 이 동아시아 연구자 협의회라는 자리의 성립 여부에 대한 논의가 전무했던 것도 문제시 해야 할 것이다. 이는 단순히 일본어 이외의 언어를 사용하는 것이 보다 좋은 커뮤니케이션 상황을 만들어 낸다는 이야기를 하고자 함이 아니다. 과거 제국의 언어로서 억지로 만들어낸 공통어 이외에는 선택지가 없다는 것 바로 그러한 상황과 경위를 언어론적 측면에서 연구 대상으로 삼아야 한다고 생각한다.

동아시아의 구종주국인 일본이 드리운 그림자. 일본을 중심으로 모이는 친미국 자본주의 국가의 연구자. 이는 일본 식민지 지배의 유산 하에 현재의 동아시아 국가들이 있고, 어느 나라가 배제되는지 그 부분에까지 영향을 미쳤다는 것, 그리고 그 구성 방식 자체가 제2차 세계대전 이후의 미국 극동정책이 만들어 냈다는 것을 의미한다. 적어도 미국과 일본이라는 신구 이중의 식민지 상황에 있음을 말해 주는 것이다. 본서에 수록된 다른 논고에서는 언급되지 않았지만, 이러한 국제사회의 상황이 바로 동아시아 포스트콜로니얼 상황인 현재를 반영한다.

'포스트·포스트콜로니얼'이라는 말이 보여주듯 이 말에는 두 개의 '포스트(지속)'가 포함되어 있다. 첫 번째 포스트 즉 '포스트콜로니얼'은 제국으로부터 독립한 이후의 사회 또한 여전히 구종주국의 영향 아래에 있음을 보여주는 계속이라는 의미이다. 따라서 절단이 불가능하다는 의미의 '포스트'이며, 절단이나 종말을 나타내는 '후(after)'와는 명확히 다르다. 식민지 해방 상황이란 과거의 상황과 그 연속성이 완전히 끊기지 않았음을 뜻한다. 이것이 포스트콜로니얼 3대 연구자라고 불리는 에드워드 사이드(Edward Said), 호미 바바(Homi K. Bhabha), 가야트리 스피박(Gayatri Chakravorty Spivak) 등이 공통적으로 내린 포스트콜로니얼의 해석이다.

그러나 뒤에서 언급하는 바와 같이, 몇 가지 이유로 인해 포스트콜로니얼 연구에 대한 관심이 각국에서 저하되자, 포스트콜로니얼 연구의 '후(after)', 즉 그 종언 이후를 모색하기 시작했다. 다만 각국이라고 해도 구미, 동아시아, 남아시아의 자본주의 선진국에 그치고 있고, 이러한 상황 자체가 포스트콜로니얼이라는 말이 가리키는 상황 및 그 연구의 국소성, 한정된 지역성을 말해 준다.

이를 애프터·포스트콜로니얼이 아니라 포스트·포스트콜로니얼이라고 부른다면, 포스트콜로니얼 연구의 유산을 어떻게 지속적으로 계승해 나갈 것인가? 혹은 여전히 포스트콜로니얼 연구 혹은 그 상황의 영향 하에 있는 지금, 한 번쯤 반성적인 절단을 하고 그 전개를 도모하려는 연구가 가능할지 논의할 필요가 있다. 결국 포스트콜로니얼 연구에 대한 비판적 검토를 애프터·포스트콜로니얼이라고 불러야 할지, 포스트·포스트콜로니얼이라고 불러야 할지, 어떤 것이 더 타당한지에 대해서는 본서에 수록된 여러 논문에서 시도한 결론에 따라 다르게 나타날 것이다.

2. 포스트콜로니얼의 위상

여기서는 먼저 연구와 상황의 관계에 대해 언급하고자 한다. 포스트콜로니얼이라는 형용사는 사이드가 이용한 표현형으로, 연구와 상황을 함께 형용할 수 있는 말이다. 말할 것도 없이 포스트콜로니얼 상황을 연구하는 것이 포스트콜로니얼 연구인 이상 양측은 밀접한 관계에 있다. 포스트콜로니얼이라는 말은 그 양쪽을 가리키는 말로 등장했다. 다만 그 현실의 상황을 연구가 어떻게 파악하는가 하는 점은 다양한 관점에서 다루어졌다.

한국의 식민지 상황에 관해서 말하자면, 연구유형을 식민지 근대화론, 식민지 수탈론, 식민지 근대성론과 같이 적어도 세 가지의 접근방법으로 볼 수 있다.[1] 근대화론은 식민지주의야말로 근대화를 추진한 것이라는, 일본을 포함한 서양 열강의 식민지의 혜택을 중시한 입장이다. 당연한 이야기지만, 이러한 식민지화를 긍정적으로 평가하는 입장은 구 식민지측에서 나오기는 어렵고, 구 종주국측의 시점을 중심으로 진행되어 왔다.

그 정반대의 입장이 식민지 수탈론이며, 이것이야말로 식민지 측에서 제기되어 온 문제이다. 그리고 식민지 근대성론이란 양쪽이 모두 각각 양의적인 것이며, 식민지 근대라고 이해하는 입장인데, 김철과 윤해동 등 한국 연구자들이기 때문에 가능한 접근이라 할 수 있다. 그 중 포스트콜로니얼 연구가 취하는 입장은 식민지 근대성론 즉 식민지 지배의 플러스와 마이너스를 바라보면서 거기에 피식민자 및 식민지 사회가 찾아낼 수 있는 피구속성과 가능성을 논하는 입장이라고 할 수 있다.

사이드라고 하면 대위법이라는 역사 서술 구도가 제일 먼저 생각난다. 식민자와 피식민자의 입장의 관계성을 논하는데 있어서 종주국의 입장에서는 오리엔탈리즘적인 시좌로 그리고 피식민자 입장에서는 이종혼효성을 가지고 서로 바꾸어 읽는 역사서술이다. 이는

---

1 松本武祝(2004), 「「植民地近代」をめぐる近年の朝鮮史研究」, 宮嶋博史 外編, 『植民地近代の視座–朝鮮と日本』, 岩波書店.

김철의 『복화술사들 – 소설로 읽는 식민지 조선』[2]의 관점에서 본다면, 식민지 엘리트가 마치 식민자 괴뢰정권처럼 보이지만, 거기에는 서로 다른 목소리가 혼입되어 있다는 입장이다. 복화술사와 인형. 마지막에 인형의 입에서 흘러나오는 목소리가 그 어느 쪽에서 나오는 것인지가 불분명해진다.

> 생각건대, 제국의 지배 아래서 제국의 언어로 발언하는 피식민지인은 일종의 복화술사(腹話術師)이다. 그들은 한 입으로 두 말하는 자, 두 개의 혀를 가진 자들이다. 이 아슬아슬한 게임에서는 그들 스스로도 분열되고 파멸된다. 그러나 동시에 그들의 존재 자체가 모어의 자연성, 국어의 정체성, 국민 문학의 경계에 대한 날카로운 비수(匕首)가 된다. (12쪽)

혹은 스피박처럼 서벌턴은 말할 수 없음을 인식한 후 대변의 가능성을 모색하거나, 혹은 바바처럼 오히려 다양한 해석이 가능하다는 옵티미스틱한 입장 등 여러 가지가 있다. 여기에는 마르크스주의가 취한 계급 착취의 시각을 포스트콜로니얼 상황에 어떻게 접목시킬 것인가 하는 입장 차이가 명료하게 드러나 있다.

그러나 그러한 차이가 있음에도 불구하고, 포스트콜로니얼에 대

---

2   金哲(2008), 渡辺直紀 訳(2017), 『複話術師たち-小説で読む植民地朝鮮』, 平凡社.

해 사이드의 대위법(contrapuntal) 시좌에 입각하여 말하면, 제국 종주국의 시점인 제국주의와는 달리 식민지 측의 시각에서 역사를 포착한다는 점은 분명하다. 다만 이는 피식민 측이 마음대로 사회적 자유를 구가할 수 있게 된 것이 아니라, 여전히 식민주의 역사가 계속되고 있는 갈등의 '지속(consistency)'인 것이다. 문제는 그 지속 속에서 어떤 요소를 찾을 것인가 하는 점이다.

원래 식민지란 무엇인가? 자주 사용되는 말이지만 학술용어로서 명쾌한 정의가 있는 말은 아니다. 원래 식민지(콜로니)라는 말은 고대로마제국처럼 제국의 신민들을 외지에 식민시킨 곳을 가리키는 말이었다. 이는 국민국가가 성립되기 전이기 때문에, 국민국가제도에 기초한 제국이 영토를 확대하는 것을 의미하지 않는다. 그 당시에는 근대적 의미로서 국민국가와 민족이라는 말이 존재하지 않았다. 그러던 것이 근대의 국민국가를 바탕으로 한 제국이 성립하는 과정에서 예를 들어 대영제국 등 서구 제국이 출현하는 가운데 다른 민족과 국민의 영토와 인민을 지배하기 시작했다. 그리고 자국의 인민을 다른 나라 땅에 이식할 뿐 아니라 다른 나라 땅을 자국 땅에 편입시키는 것이 주요 관심사가 되었다.

그리고 나서 국민국가야말로 주권국가의 조건을 충족한 국가조직이 된 것이다. 달리 말하면 주권국가라는 생각 자체가 국민국가라는 것을 상기 가능케 하는 전제조건인 것이다. 그 땅이 이미 독립된 민족에 속한다면, 그것이 국민국가의 요건을 충족한다면, 그 땅과 인민의 자국 합병은 식민지를 접수한 것으로 인식된다. 그 결과 내지(內地)의 민족과는 같은 국민이면서도 동시에 다른 민족이 된다. 이른바 제국이 다민족형 국민국가로 불리는 까닭이다. 그러나 요나하 준(與那霸潤)이 『번역의 정치학 ─ 근대 동아시아의 형성과 일본-류큐 관계의 변용』[3]에서 밝혔듯이, 각기 다른 민족이라는 정체성 혹은 정치체가 구성되기 이전 단계에서는 식민지민으로서가 아니라 자국민으로서 편입시킨다는 인식이 형성된다. 이견이 있긴 하지만 류큐민족이나 아이누를 포함하고 있음에도 불구하고 단일민족형 국민국가라고 강변할 수 있는 전후(戰後)의 일본사회가 그 예이다. 그런 의미에서 단일민족형 국민국가 또한 현실의 실태를 반영한 것이 아니라 제도적 언설, 즉 사회적 마조리티(majority)의 갈망 혹은 이념일 뿐이다.

그렇지만 국민으로 편입시키면서도 민족으로서는 구별하는 이중 잣대가 (제국적) 국민국가 지배의 논리이다. 특히 남유럽형 제국주의에서는 더욱 그렇다. 국민국가 이전에 형성되었기 때문에 국민으로서의 동화라기보다는 토지 등의 수탈과 노예화가 목적이었다. 여기에는 반드시 그 영토의 인구를 모두 동일 민족 혹은 국민으로서 스스로 인식시키는 이데올로기 장치가 필요하지 않다. 한 제국 아래 서로 다른 민족의 병존은커녕 비국민인 원주민과 사회적 권리를 갖춘 국민이 동침하게 되는 것이다.

그러면 한림대학교 일본학연구소가 한때 주창했던 것과 같은 포

---

3   與那霸潤(2009), 『翻訳の政治学─近代東アジアの形成と日琉関係の変容』, 岩波書店.

스트제국주의라는 연구시좌가 포스트콜로니얼주의처럼 가능한 것일까? 당연히 식민지 상황을 제국 쪽에서 본다면 포스트제국도 지속될 것이다. 같은 상황을 어느 쪽에서 기술할지, 그 연구의 시좌가 대위법으로서 교의적(教義的)인 것으로 존재하는 이상, 양자는 분리될 수 없다.

그렇다면 포스트제국주의란 식민지의 영향 아래 놓인 제국의 역사를 기술하는 입장이라고 할 수 있다. 이와 가까운 입장으로는 일본 내지 중심주의가 실추되었다고 해석하는 김철, 식민지 조선의 공공권을 식민지민의 일방적인 주장만으로는 완결될 수 없는 회색지대로 보는 윤해동이 있다. 이들은 식민지 측의 역사만을 잘라내는 것이 아니라 제국 틀의 대항관계 아래에 위치시키는 시좌를 제시한다.

한편 서구권에서는 상당한 차이가 있기는 하지만, 안토니오 네그리(Antonio Negri)와 마이클 하트(Michael Hardt)가 펼친 제국 논의가 그와 가까운 입장이다. 경제에 의해 국민국가의 틀이 해체되어 가는 새로운 자본주의적 제국, 이러한 시각이야말로 제국이 자국을 스스로 완결할 수 없음을 말해준다는 점에서 특필할 만하다. 다시 말하면 변질되어 가는 제국의 지속이다. 여기에 질 들뢰즈(Gilles Deleuze)의 다양화(multiplicity) 논의를 아우르고, 또한 바바가 제시한 것과 같은 피식민지민에 의한 제국의 문화적 권위 횡령(appropriation)을 자본 증식에 준하여 긍정적으로 해석했다.

본서에 수록된 히라노 가쓰야(平野克弥)의 논문은 이 자본증식체로서의 제국을 포스트식민지 측에서 읽어내며, 마르크스의 형식적 포섭에 주목하고 있다. 변질되면서 확대되어 가는 제국주의적 자본주의의 지속적인 힘에 주목하면서도, 증식하는 자본 및 자본주의를 긍정하지 않고 자본주의에 의한 착취로 재평가한다. 또한 자본주의의 외부는 자본의 운동에 편입되는 여백으로서 잉여가치를 창출하는 경제의 질적 낙차라고 재평가하고 있다.

그 결과 포스트콜로니얼 연구는, 마르크스주의 자본분석을 핵심 논점으로 삼은 스튜어트 홀(Stuart McPhail Hall), 폴 길로이(Paul Gilroy)의 문화연구(Cultural studies)와 근본적 결합을 이룬 식민주의 분석이라고 다시 정의된다. 여기서 포스트콜로니얼 상황, 즉 포스트식민주의는 식민주의나 다름없다는 국민국가론을 제창한 니시카와 나가오(西川長夫)와 히라노의 주장이 공명한다. 식민주의를 지배하는 이데올로기가 침투해 가는 과정을 규명한다는 점에서, 이들 두 사람이 알튀세르(Louis Pierre Althusser)의 이데올로기론, 즉 국가권력의 부름에 의한 국민주체의 형성과정에 강한 관심을 가진 것도 알튀세르 본인이든 스튜어트 홀을 경유해서든 결코 우연이 아니다.

예를 들어 니시카와의 유작 『식민지주의 시대를 살면서』[4]는 본서의 히라노, 무라시마 겐지(村島健司)와 같은 입장인데, 포스트콜로니얼을 전제로 한 포스트·포스트콜로니얼이 아니라, 일단 정치적 독립을 전제로 한 포스트콜로니얼이라는 시점 자체를 의문시하고 있다. 스피박 또한 오늘날의 세계적 상황을 보면, 인도형 포스트콜로

---

4   西川長夫(2013), 『植民地主義の時代を生きて』, 平凡社.

니얼 상황을 제외하고는 압도적인 식민지 상황 아래 놓여진 나라가 많다고 필자에게 개인적으로도 말했다. 그렇다면 포스트콜로니얼 상황을 전제로 한 포스트콜로니얼 연구 또한 인도형이며, 철저한 지배 상황에서 자유로운 유용(流用)이라는 저항전략을 논하는 입장은 그 자체가 풍족한 서양 메트로폴리스에서 성공한 자들이 만들어낸 환상일 수 있다.

일찍이 오구마 에이지(小熊英二)는 그 획기적인 역작 『단일민족 신화의 기원』[5]을 통해 전전(戰前)의 일본제국은 다민족사회와 단일민족사회의 자화상이 서로 대립하며 만들어졌다고 밝혔다. 물론 맞는 말이지만, 필자와 이성시(李成市)가 진행한 공동연구(필자: 쓰다 소키치(津田左右吉)론, 이성시: 구로이타 가쓰미(黑板勝美)론)에서는 단일민족사회라는 자화상은 다민족사회라는 시각이 존재해야 성립하며, 그렇지 않으면 그 민족의 유일무이성 또한 존재하지 않음을 제시하였다.

제2차 세계대전 후에 일본사회가 단일민족국가 자화상을 성립시킬 수 있었던 것 또한 그와 표리일체를 이루는 다른 한 쪽 즉 다민족국가라는 개념을 인위적으로 절단시켰기 때문이다. 다시 말해 단일민족형 국민국가는 제국주의의 핵심을 이루는 이데올로기가 보다 순수한 형태를 띠고 나타난 것이다. 단일민족형 국민국가라는 지배적 제도를 마련했다고 해서 타민족형 제국주의와의 관계 및 인연이

---

5   小熊英二(1995), 『単一民族神話の起源』, 新曜社.

끊어졌다는 것은 환상일 뿐이다. 그 절단이라는 자기인식은 그 자신의 과거 및 기원을 망각하는 것과 같다.

그러므로 전전(戰前)의 다민족국가 유민들이 현실적으로 여전히 국내에 존재함에도 불구하고, 그 배경이 된 다민족사회와의 긴장관계가 사라지자 다민족국가관은 순진하게도 무조건적으로 자기애에 빠지게 된다. 다시 말해 현재의 국민국가를 묻는 것 또한 그 식민주의적 규정과의 이중성을 묻는 것이나 다름없을 것이다. 국민국가는 결코 자신의 제국주의로부터 해방된 국가가 아니라는 것을 니시카와도 히라노도 간파하고 있었던 것이다.

포스트콜로니얼 연구는 그 성립 초기부터 문화연구와 밀접한 관계를 맺어 왔다. 1980년대 후반 런던에서는 스튜어트 홀, 폴 길로이에 이어 옥스퍼드대 영문학과에서 학위를 받은 호미 바바가 활약했는데, 이러한 상황이 그 기원을 말해준다. 한편 이후에 바바와 함께 포스트콜로니얼 3대 연구자로 불린 다른 두 사람, 사이드와 스피박은 나중에 컬럼비아대학 영문학과에서 동료가 됐지만, 각각 하버드대와 예일대에서 영문학으로 학위를 받은 미국 아카데미즘 출신이었다.

스피박은 문화연구보다는 오히려 인도 서벌턴 스터디즈를 비판적으로 해석하는 과정에서, 그람시(Antonio Gramsci)를 중심으로 한 서구 마르크스주의적 포스트콜로니얼 문제를 풀기 위해, 계급착취틀 안에서 일어나는 대리표상의 문제를 다루었다. 그 대표적인 작품이 유명한 「서벌턴은 말할 수 있는가(Can the Subaltern Speak?)」[6]라는 논문이다. 사이드는 데리다(Jacques Derrida)의 상대주의적 탈구축 전략에 대해서는 이견을 제기했는데, 그 저작 『오리엔탈리즘』(1978년)에서 볼 수 있듯이, 서구 이슬람 연구에 있어서 스테레오 타입의 문화 이미지를 식민지측 인간에게 강요하는 것을 문제로 삼았다.

이후에 사이드는 바바의 비판을 받자, 문화의 기본성격을 형용할 수 없는 '이종혼효성(hybridity)'이라고 보고, 그 이종혼효적 문화를 둘러싸고 종주국과 식민지측의 대항적 읽기라는 틀을 설정한다. 그러한 발견을 스튜어트 홀에 비유하자면 1970년대 종교론 「자메이카의 종교 이데올로기와 사회 운동」[7]에 견줄 수 있을 것이다. 문화는 문맥에 따라 어떤 식으로든 바뀌어 간다. 거기서부터 호미 바바 특유의 낙천적인 면과 타산적인 면이 표리일체로 나타난다. 그것이 특권적 입장에 서 있는 명예 백인의 유희인지, 공개적인 저항이 일절 용납되지 않아 궁지에 몰린 식민지민의 저항 가능성을 가리키는 것인지 판단하기 어렵다.

이렇게 지금까지 연구의 흐름을 살펴보았는데, 그 중에 미국의 서벌턴 스터디즈 계열 포스트콜로니얼 연구는 인도계 연구자들이 담당하고 있다. 한편 영국 문화연구 계열의 포스트콜로니얼 연구

---

6 Gayatri Chakravorty Spivak(1988), "Can the Subaltern Speak?", C. Nelson & L. Grossberg(Eds.), *Marxism and the Interpretation of Culture*, University of Illinois Press.

7 Hall, S.(1985), "Religious ideologies and social movements in Jamaica", R. Bocock & K. Thompson (Eds.), *Religion and ideology*, Manchester University Press.

는, 자메이카를 비롯한 대영제국의 구식민지 하의 사람들이 담당하고 있다. 해리 하르투니안(Harry D. Harootunian)이 『다양한 배움의 장소—지역 연구의 여생(Learning Places: The Afterlife of Area Studies)』[8]에서 비판했듯이, 문화연구가 마르크스주의 계급갈등의 시각에 서 있는 것에 반해, 포스트콜로니얼 연구는 아무래도 통속적인 포스트모던 관, 전기(前期) 데리다의 색채가 농후한 진리상대주의에 빠지기 쉽다. 이는 본서가 비판의 표적으로 삼은 호미 바바의 저작을 읽으면 누구나 알 것이다. 한편 하르투니안이 포스트콜로니얼 연구와 문화연구를 배타적·이항대립적 관계로 파악한 반면에, 히라노는 포스트콜로니얼 연구의 핵심에는 문화연구식 마르크스주의적 이론 구성이 갖추어져 있다고 파악했다.

결국 인도, 아랍계 등 옛 대영제국 하의 피식민지 지식인들은 미국, 영국과 같은 대영제국의 영어권을 통해 포스트콜로니얼이라는 목소리를 획득한 것이다. 그러한 점에서 포스트콜로니얼 연구는 인도계나 아랍계 지식인이 제국의 언어인 영어를 통해 제1세계 지식인에게 제3세계의 대변자라는 입장에서 자신의 목소리를 내는 행위였다고 할 수 있을 것이다. 다만 스피박이 말했듯이 그 입장이 적정한 것인지 아닌지는 별도의 검토를 요하는 문제이다.

---

8 Masao Miyoshi and H.D. Harootunian, eds.(2002), *Learning Places: The Afterlives of Area Studies*, Duke University Press.

3. 포스트콜로니얼리즘 비판으로서의 포스트콜로니얼 연구

2000년 2월 뉴욕. 스피박, 아사드(Talal Asad), 그리고 사카이 나오키(酒井直樹)가 포스트콜로니얼 연구(postcolonialism)에 대한 위화감을 제기했다. 이러한 포스트콜로니얼 연구에 대한 위화감은 지금까지도 다양한 연구자들이 제기해 왔다. 플라센짓 두알라(Prasenjit Duara)가 필자에게 한 말을 인용하자면, "분명히 지금도 포스트콜로니얼 상황이 존재하지만, 포스트콜로니얼 연구가 유효한지 어떤지는 문제"이다.

필자가 보기에 그 회의에서는 주요 논점이 세 가지 정도 제출되었다. 하나는 스피박의 메트로폴리탄 디아스포라 비판이다. 심희찬과 조관자(趙寬子)가 지적했듯이, 스피박은 『포스트콜로니얼 이성비판』(1999년)에서 포스트콜로니얼 이성을 담당하는 메트로폴리탄 디아스포라 즉 미국에 거주하는 제3세계 출신 지식인들을 비판했다. 결국 그들의 이야기는 제1세계 지식인을 향해서 자신들의 지위가 서구세계에서 확보될 것을 목적으로 한 것이었다. 즉 말한 주체의 지위에 대한 지적이었던 것이다.

> 사람들은 포스트식민 비평이 남아시아에서 시작되었다고들 하죠. 에드워드 사이드와 나 자신과 호미 바바가 포스트식민주의의 창립자라고 하지요…그러나 라틴아메리

카를 남아시아 모델에 맞추어 생각할 수는 없겠죠. 소위 아시아에 있는 한국, 대만, 일본의 역할을 남아시아 모델에 맞추어 생각할 수 없다는 것도 분명하고요.……확실히 남아시아 모델이 중국과 비견되기는 하지만, 이미 그건 당신을 지겹게 한다는 것을 알 거예요. 우리는 그 모델에서 벗어나야 합니다.[9]

동아시아 연구자 협의회에서도 간혹 오해를 받았듯이, 『포스트콜로니얼 이성비판』이 '포스트콜로니얼적인 이성에 대한 비판'인지 아니면 '포스트콜로니얼적인 입장에서 한 이성비판'인지 문제가 있다. 적어도 집필자인 스피박은 '포스트콜로니얼적인 이성에 대한 비판'으로 미국 학계에서 큰 성공을 거둔 자신과 호미 바바를 비판한 것이다. 그들 자신이 미국이나 영국의 유명 대학을 나와 그 사회에서 사회적 층계를 오르는 데 성공한 연구자라는 것에 대한 비판이었다.

심희찬이 말했듯이 '동아시아 포스트콜로니얼적인 이성에 대한 비판'을 문제로 삼는다면, 이번에는 동아시아 포스트콜로니얼 연구자들의 입장, 그 이성의 한계를 따져봐야 한다. 물론 자신과는 무관한 타자의 입장에 대한 비판이 아니라, 포스트콜로니얼 지식인인 자기자신을 문제로 삼지 않으면 안된다. 다시 한 번 스피박의 말을 인용해 보자. 포스트콜로니얼 비평이 틀리기 쉬운 점이 무엇이며, 그

---

9   Gayatri Chakravorty Spivak(2008), *Other Asias*, Malden, MA : BLackwell Pub., 251면.

것을 넘어 지향해야 할 진정한 도달점이 무엇인지 명확히 밝힌 발언
이다.

> 생각건대 서벌턴성을 듣고 이해하는 것에 그쳐서는 안
> 됩니다. 사실 어떻게든 권리를 획득하려고 시도해야 합니
> 다. 즉 서벌턴 그 한가운데에 몸을 두고 서벌턴에 개입하
> 여 자신의 목소리를 듣게끔 하는 권리입니다. 이것은 이른
> 바 국제적인 시민사회가 하고 있는 것에 대한 도전입니다.
> 국제적인 시민사회……에는 자신이 서벌턴이라고 하는
> 사람도 있습니다. 이것은 믿기 어려운 허식이며, 범죄라고
> 할 만큼 완전히 잘못되었습니다. 그들은 자신을 소수파주
> 의자이자 서벌턴이라고 합니다.[10]

서양 근대 식민주의에 사로잡힌 동아시아 세계에서 태어난 이상
포스트콜로니얼 상황과 무관하게 살 수 있는 인간은 누구 하나 존재
하지 않기 때문이다. 그리고 자기비판을 퇴고하지 않는 자는, 결국
타자를 논할 때에 그 무자각적인 자아에 대한 변경(變更)을 타자에
투영시켜 논하는 것이나 마찬가지이기 때문이다.

물론 동아시아의 식민지 상황은 지역에 따라 다르지만, 포스트식

---

10 ガヤトリ・チャクラヴォルティ・スピヴァク, 大池真知子 訳(2006), 『スピヴァク みずか
　　らを語る-家・サバルタン・知識人(Conversation with Gayatri Chakravorty Spivak)』, 岩波書店,
　　75면.

민지 상황에 깊이 개입한다는 점에서 중국의 왕휘(汪暉), 대만의 진광홍(陳光興)과 함께 윤해동, 김철, 임지현 등 한국이 낳은 연구자들의 수준은 탁월하다. 이들 대부분의 공통적인 특징은 초기연구경력 때 국내의 정치상황때문에 유럽이나 미국에 유학을 하지 못하고, 국내 상황에 직접 직면할 수밖에 없는 상황에서 자기자신의 학문을 형성해 왔다는 점이다.

그런 가운데 일본 제국주의에 대치하면서 형성돼 온 자국 민족주의와 마주할 수밖에 없었던 셈이다. 그들은 예를 들어 바바 등이 제국주의와 대치해 온 것과는 달리, 제국주의와 민족주의와의 '공형상(co-figuration)'[11]을 문제 삼아 왔다. 그 민족주의 비판이 국민국가라는 정치적 독립체와의 관계 속에서 언급되는 점도 동아시아 국가들만의 독자적인 입장이다.

베네딕트 앤더슨(Benedict Richard O'Gorman Anderson)이나 바바가 네이션은 문제로 삼으면서도 국민국가 자체는 주제로 삼지 않았던 것과는 크게 다르다. 그것은 때로 포스트콜로니얼 연구가 탈정치화의 효과, 즉 '유용(appropriation)'이라는 형태의 저항에 대해 이러지도 저러지도 못하는 동아시아의 역사적 경위, 즉 일본제국의 폭력적 지배, 그리고 그 뒤에 바로 이어진 자국 독재정권 탄생과의 정치적 대결이라는 역사의 모습을 보여준다.

이와 같이 동아시아적 특질, 특히 한국 포스트콜로니얼 연구의 특

---

11   酒井直樹(1997), 『日本思想という問題-翻訳と主体』, 岩波書店.

질을 고려하면, 영어권 포스트콜로니얼 연구를 이끌어 온 스피박, 사이드의 연구 또한 우연이 아니다. 즉 스피박이 제국주의와 식민지의 가부장제, 그리고 사이드가 제국과 식민지를 정치적 독립이라는 관점에서 바라봤듯이, 그들도 역시 동아시아와 같은 이중 속박, 베이트슨(Gregory Bateson)의 말을 빌리자면 주체 존립구조의 더블 바인드(double bind) 문제를 생각하고 있었던 것이다. 혹은 스피박의 표현을 사용하면, 그것 또한 식민주의의 대위법 안에서 생겨났으며 '더블 바인드'를 고려한 것이라고 할 수 있다.[12]

그 국민국가와 민족의 관계를 제국의 기억과 연결시켜 해석한 것은, 이시모다 쇼(石母田正), 도마 세이타(藤間生大) 등이 이끌어 온 일본의 마르크스주의가 반미=민족주의를 주창하는 형태로밖에 혁명을 기억할 수 없었던 1950년대의 상황과도 겹친다.[13] 사카이 나오키가 이것을 "팍스 아메리카나(Pax Americana)"라고 부르며 냉전 이후 현재에 이르는 동아시아 식민지 상황을 그려낸 것은 기억에 새롭다.[14]

여기에서는 식민주의가 미국 제국주의 아래서 민족 단위로 국가의 독립을 구상할 수밖에 없었던 원인 해명과 함께 그 비판이 모색

---

12 Gayatri Chakravorty Spivak(2012), *An Aesthetic Education in the Era of Globalization*, Harvard University press.

13 磯前順一(2023), 『日本評伝選 石母田正』, ミネルヴァ書房. 그리고 藤間生大著、磯前·山本昭宏編(2018), 『希望の歴史学−藤間生大著作論集』, ぺりかん社.

14 酒井直樹(2017), 『ひきこもりの国民主義』, 岩波書店. 영문판은 2022년.

되고 있다. 이때부터 항상 nation이 아니라 nation-state가 언급되어 왔다. 동아시아에서 민족과 nation은 그대로 등기호로 묶을 수 없는 것이다.

이런 특유한 틀을 지닌 동아시아 포스트콜로니얼 지식인들에게 그 이성의 한계는 유교적 에토스와도 겹치는 식민지적 심성의 잔존이 아닐까? 자신이 속한 조직 내 질서를 비판하지 못하고 그 외부에 만들어 놓은 적을 자기 나름의 이성으로 비판 혹은 공격한다. 그러나 그 동기는 자신의 비판을 자신이 속한 조직 혹은 그 조직에 예속하는(=주체화 subjectivation) 자신을 의심하는 것으로부터 어떻게든 회피하려는 부인(否認)에 있다.

루쉰이 '노예근성'이라고 여겼던 기질은 어디에서 왔고, 그리고 어떻게 극복할 수 있을까? 그것은 어떻게 비판적으로 마주해야 하는가 하는 과제를 안고 있다는 점에서, 역시 국내 정치상황에 갇혀 자란 일본 지식인들이, 미국제국의 뒷받침 속에서 강력한 정치권력을 획득한 국가체제와의 대결을 통해서만 자국을 식민지로부터 해방시킬 수 있었던 상황과 큰 틀에서 공통성을 갖는다.

스피박은 『포스트콜로니얼 이성비판』에서 자신들 즉 미국 아카데미즘 내부를 파고들어간 포스트콜로니얼 지식인들을 메트로폴리탄 디아스포라라고 부르며 다음과 같이 비판했다.

그[〈네이티브 인포먼트(native informant)〉]를 추적하고 나자 바로 곧 내 자신을 네이티브 인포먼트와 결별시키는

콜로니얼 주체가 나타나기 시작했다. 1989년 이래 나는 어떤 포스트콜로니얼 주체가 거꾸로 콜로니얼 주체를 재코드화하고, 〈네이티브 인포먼트〉의 입장을 점유하고 있다는 것을 감지하기 시작했다. (일본어판 7쪽)

분명히 그들은 네이티브 인포먼트들만큼 현지사회의 정보를 꿰뚫지 못한다. 그렇기 때문에 상세한 상황 파악, 그 지성적인 기복을 파악하는 데 있어서 현지의 지식인들보다 크게 뒤쳐져 있다. 하지만 그러면서도 서구적 이론과의 격투를 통해 상황의 전체성을 파악하는 데는 매우 뛰어나다. 미국에서 활약하는 이러한 포스트콜로니얼 지식인의 대부분이, 전기(前期) 데리다라고 할만큼 진리의 단일성을 상대화해 가는 탈구축 수법을 배우면서도, 그것을 후기 데리다와 함께 복수의 주체를 둘러싼 사회적 격차의 문제로 전개시킨 것은 기억에 새롭다.

그 대표가 스피박이었던 셈인데, 그녀의 『포스트콜로니얼 이성비판』은 서벌턴론 이래, 말하는 주체의 격차 구조가 변하지 않는다는 점을 문제시함으로써, 포스트콜로니얼 지식인에게도 그 이성의 외부가 불가피한 구조로 따라다닌다는 것을 칸트의 이성비판에 의거하여 비판했다. 빛이 어둠을 지울 수 없듯이 이성은 그 비판이 미치지 않는 외부에 있는 타자의 존재를 지울 수 없다. 데리다가 그것을 여백이라고 부른 것은 현대사상에 관심이 있는 독자라면 잘 알 것이다. 타자란 말 그대로 이해가 불가능한 서로 다른(incommensurable) 존재이다.

여기에 포스트콜로니얼이 포스트 모던으로부터 계승한 '포스트'라는 말의 핵심이 있다. 즉 번역불능한 존재로서의 타자 및 주체의 타성(他性)을 어떻게 이해하는가 하는 점에서, 역사학에서 포스트모던을 이해하는 것처럼 여백이 지워지고 주체가 실체화되는가? 혹은 통속적인 현대사상처럼 이해불능함이 다양성(difference)으로 고착화되는가? 후자에 있어서는 결국 이민사회처럼 다양성이 긍정되고 그대로 이민을 착취함으로써 자본주의적 제국주의의 온존을 긍정하게 되고 만다.

그렇다. 이제 스피박과 같은 포스트콜로니얼 지식인들은 서양의 백인 남성으로 대표되는 지식인들을 대신하여 서양 지성의 대표로서 미국 메트로폴리스에 집주하고 있다. 그리고 동아시아에 살고 있는 동아시아 지식인들이 그것을 인용한다. 과거에 서양과 일본, 일본과 동아시아 국가들 사이에 벌어졌던 관계가 여기서 다시 반복되고 있는 것이다. 일찍이 스피박이 그 출세작 「서벌턴은 말할 수 있는가?」에서 서양 포스트모더니즘 지식인의 대표로서 푸코와 들뢰즈의 포스트모던적 이성의 한계를 비판해 보였듯이, 이번에는 제3세계 포스트콜로니얼 지식인의 포스트콜로니얼 이성이 비판받을 필요가 있었던 것이다. 문제는 칸트가 문제 삼은 이성의 인식론적 비판으로 되돌아가, 이러한 반복을 강요하는 인식의 대본을 어떻게 탈구축하느냐 하는 것이다.

주지하는 바와 같이 탈구축이란 기존질서의 파괴가 아니다. 그 구조를 살려 둔 채 구성을 근본적으로 변용시키는 것이다. 이것이 정치적 차원에서 권력 타파가 어려운 식민지 상황에서는 유일하게 가능한 전략이다. 여기서 포스트모더니즘에서는 공허한 주체의 무효성을 주창한 '포스트' 사상이, 식민지화의 계급 격차를 주제로 하는 포스트콜로니얼에서는 주체가 비어 있기 때문에 그 문맥과 주체성 아래서 다양한 역사적 형태를 취하는 것으로 재인식된다.

> 아이자즈 아마드(Aijaz Ahmad)와 나는 모두 메트로폴리탄 포스트콜로니얼리즘을 비판하지만, 나는 아마드만큼 로케셔니스트[현지주의적]가 아니라 공범관계를 인정함으로써 생기는 생산적인 의의를 갖기를 원한다.[15]

여기서 스피박은 아마드와의 차이점에 대해 '공범관계'를 인정하는 것이라고 했는데, 이는 내부인지 외부인지, 서양인지 비서방인지, 제국인지 식민지인지, 국민국가인지 아닌지가 아니라, 그 얽히고 설킨 표리일체의 관계를 분석하는 것이다. 내부에 있어야만 외부를 사고할 수 있고, 외부의 고찰이야말로 내부에 대한 분석으로 이어진다. 이로써 비로소 이성의 한계로서 '사라져가는 현재(the Van-ishing Present)'가 그 한계로서의 비판적 행위 속에서 포착될 수 있

---

15   ガヤトリ・チャクラヴォルティ スピヴァク, 上村忠男・本橋哲也 訳(2003), 『ポストコロニアル理性批判』, 月曜社, 12-13면.

기 때문이다.

스피박이 서벌턴 스터디즈에 이론적 개입을 시도한 논문 「역사
서술을 탈구축한다(Deconstructing Historiography)」(1985년)에서, "서벌
턴이란, 역사를 논리적인 이야기로 만들려고 할 때 필연적으로 떠
오르는 절대적 한계영역임을 역사가들은 끊임없이 의식하고 그 시
도를 계속해야 한다"[16]고 정확하게 서술하고 있다. 다시 한번, 『포스
트콜로니얼 이성 비판』에 나와 있는 스피박의 네이티브 인포먼트에
관한 논의를 소개한다.

> '네이티브 인포먼트'란 〈인간〉이라는 이름으로부터의
> 축출을 가리키는 표식이라고, 그 표식의 이름이라고 생각
> 한다. ……네이티브 인포먼트……는 그 자체는 공백이면
> 서도 서양(혹은 서양 모델의 학문)만이 쓸 수 있는 문화적
> 정체성의 텍스트를 생성시키는 존재이다. 네이티브 인포
> 먼트로 행세하면서 스스로를 주변화하거나 그렇게 해서
> 자신을 강화하려는 이주적 또는 포스트콜로니얼적 존재
> 가 점점 많아지고 있다. 그리고 본래 네이티브 인포먼트인
> 사람들은 이들 무리에서 배제되어 버렸다.[17]

---

16 ガヤトリ・チャクラヴォルティ・スピヴァク(1985), 「歴史記述を脱構築する」, 竹中千春
    訳(1998), 『サバルタンの歴史』, 岩波書店, 312면.
17 ガヤトリ・チャクラヴォルティ スピヴァク, 上村忠男・本橋哲也 訳(2003), 앞의 책, 22면.

그리고 스피박은 "네이티브 인포먼트는 필요하면서도 그와 동시에 배제되고 있다"(일본어판, 22면)면서, 마르크스주의의 아시아적 생산양식, 헤겔의 세계생사에 있어서 무의식적인 것, 그리고 칸트의 이성적 의지에 있어서 규범적 판단력의 타율성을 들고 있다.

4. 세속주의로서의 포스트콜로니얼 연구 비판

앞 절에서 살펴본 바와 같이, 포스트콜로니얼 연구가 막다른 골목으로 접어든 가운데, 차연(differentiation)의 처리 즉 식민지의 독립과 제국의 영향력 사이에 몸을 두는 자신의 여백화가 아니라, 먼저 현재의 제3세계 혹은 각각의 연구자가 처한 상황을 적절히 판별할 필요가 있다. 그렇다면 니시카와 나가오, 가야트리 스피박, 본서에서는 히라노 가쓰야, 무라시마 겐지, 혹은 오무라 가즈마(大村一眞)가 지적하듯이 포스트콜로니얼 상황이 정치적 상황에서 일단 독립된 것이라는 인식을 의심할 필요가 있다.

그런 점에서 포스트콜로니얼 상황이라는 서사를 한 번 의문시할 필요가 있다. 그리고 하루투니안이 주창한 의미에서 보면, 아이러니하게도 대도시에 살면서 서양 아카데미즘에서 성공한 메트로폴리탄 디아스포라가 서양에서 포스트콜로니얼 전략을 이야기함으로써, 식민지의 가혹한 상황을 자칫하면 모호화시켜버리는 탈구축적 '유용' 전략이 그들의 지적 착취물이 되고 있는 것은 아닌지 하는 의

문을 되새겨야 한다.

스피박에게는 포스트콜로니얼 상황 및 연구를 한층 더 차연(差延)화시키는 포스트·포스트콜로니얼 상황은 있을 수 없다. 즉 가혹한 현실을 모호화시키는 메트로폴리탄 디아스포라의 책략과 다름 없게 되는 것이다. 그러나 바바는 이전의 포스트콜로니얼 상황의 교착상태조차 차연화된 여백을 생산하는 가능성으로 이해한다. 이는 일본에서 2013년에 함께 간행된 이소마에의 저서『역(閾)의 사고―타자·외부성·고향』[18]과 니시카와 나가오의 저서『식민주의 시대를 살면서(植民地主義の時代を生きて)』간에 전개된 논쟁이기도 했지만, 일본에서는 전혀 관심받지 못했다.

이 논쟁에 대해 반응이 없었다는 것은, 굳이 말하자면 그만큼 일본의 식민지 상황을 파악하는 방식이 인도를 비롯한 다른 나라만큼 민감하지 않다는 것을 말해 주는 것이다. 그것을 어차피 일본은 식민지 상황으로 떨어진 적이 없기 때문에 그러한 섬세한 논쟁이 불필요하다고 볼지, 아니면 자신들과 밀접한 상황에 관한 논쟁임에도 불구하고 그것을 자각할 수 없을 정도로 일본이 현재도 미국에 뿌리 깊게 식민지화되어 있는 심각한 상황이라고 볼지, 그 인식 방법은 상당히 다르다.

그 이론적 입장 차이의 근저에는, 스피박의 '말하다(speak)'가 언어행위로서 사회의 공공권에 도달함을 전제로 완결되는 행위인데

18　磯前順一(2013),『閾の思考―他者·外部性·故郷』, 法政大学出版局.

반해, 바바의 '말하기(narrative)'는 신체 전체로 표현하는 '삶의 자세 (form of the living)'라고 한 차이점이 있다. 바바의 견해에는 공공권에서 승인된다는 관점이 없기 때문에, 그 매일의 일상 속에서 노예를 부리는 주인 밑에서조차 어떻게든 생존할 수 있는 수단이 되지만, 이미 공공권으로부터 절단된 상황이다.

그것은 이러한 공공권으로부터 배제된 사람들을 일상의 착취로부터 어떻게든 해방시키기 위한 논쟁으로 하고 싶은 것인가? 아니면 그러한 공공성으로부터 빠진 사람들의 존재조차 깨닫지 못한 둔감한 포스트콜로니얼 지식인의 자세를 보여준 것인가? 실로 타인에 대한 윤리를 개개의 연구자가 자신의 발화를 통해서 상황에 어떻게 개입시키려 하는가? 그 발화가 바바의 표현에 의하면 '교수학적인 것(pedagogical)'인지 '행위수행적인 것(performative)'인지 반드시 생각해야 할 문제이다.

물론 바바도 논했듯이 양자는 표리일체를 이루는 양의적인 것이다. 게다가 주체측이 사회구조로부터 발사되는 수수께끼 같은 타인의 시선을 '다시 포착(return)'할 가능성도, '부름(interpellation)'(알튀세르)에 동화되어 버릴 위험성도 동시에 있다.

거기에서 표상된 공동체 내부와 거기에서 배제된 그 외부의 공범 관계가, 윤해동이 논하는 공공 공간의 식민지적 그레이존의 관점을 통해 보다 선명한 모습으로 폭로되어 간다.[19] 식민지 공공성의 그레

---

19   尹海東, 沈熙燦·原佑介 訳(2012), 『植民地がつくった近代–植民地朝鮮と帝国日本のも

이존이란 식민자와 피식민자, 스피박의 표현을 빌리자면 식민자와 네이티브 인포먼트의 공범성 혹은 지배와 전복의 양의성이다.

그런 의미에서 생각할 때, 주체성이라는 계기를 사회구조 속에서 어떻게 자리매김해야 하는가 하는 점에서, 지금까지의 포스트콜로니얼 연구 논의는 좌초되었다고도 할 수 있다. 이러한 결점의 자각이야말로 포스트콜로니얼 연구가 단독자로서 주체의 아이덴티티·폴리틱스(identity politics)에서 벗어나 '인간관계 망의 눈(the web of human relationship)'으로서 공공권에서 타자와의 복수성 논의로 도약하는 계기가 숨어 있을 것이라고 생각한다.

여기서 타랄 아사드(Talal Asad)의 세속주의 비판을 생각해 보자. 그의 논의 또한 단독자로서 주체의 정체성과는 별개이며, 어디까지나 타자와 공존하는 복수성의 문제로서 공공권의 자세를 논의한 것이다. 아사드의 비판은『종교의 계보학—기독교와 이슬람의 권력 근거와 훈련』[20]에서 인류학자 클리퍼드 기어츠(Clifford James Geertz)와 바바가 사용하는 '문화(culture)' 관념을 자명하게 여기는 세속주의적 입장에 대한 전형적인 모습을 보인다.

기어츠 등은 문화라는 언설의 보편성을 자명하게 여긴다는 점에서, 근대 유럽의 계몽주의에서 유래한 국소적인 것이라는 것이 아사드 비판의 요점이다. 여기서 말하는 계몽주의란, 종교적 입장이 점

つれを考える』, 三元社.

20 Talal Asad(1993), *Genealogies of Religion: Discipline and Reasons of Power in Christianity and Islam*, Johns Hopkins University Press, 1·7·8장.

차 문화적 이해로 세속화되어감으로써, 자문화뿐만 아니라 타문화의 계몽 및 이해에 매우 효과적인 보편성을 갖는다고 믿는 사상적 신조이다.

거기에서는 '종교(religion)'가 '문화(culture)'가 된다는 진화론적 가치관이 암묵적 전제로 여겨지고 있는데, 근대 서구의 개신교적 가치관, 즉 사적 영역으로서의 종교와 공적 영역으로서의 문화라는 이분법이 제대로 대상화되어 있지 않다고 아사드는 우려한다. 계몽주의에 대한 반작용으로서 종교에 본질이 있다고 보는 낭만주의적 입장을 포함하여 모두 이 〈종교/문화〉의 이분법이라는 역사적 국소성을 자각하지 못한 인식상의 오류에서 유래되었다고 아사드는 생각하는 것이다.

아사드 입장에서 보면 종교학이나 종교적 원리주의에 있는 종교 본질론도 세속화된 시민에 의한 종교 중심주의의 영역을 벗어나는 것이 아니라 근대 계몽주의 언설 편성의 일부일 뿐이다. 그런 점에서 식민주의의 흐름을 이끄는 포스트콜로니얼리즘 또한 프로테스탄티즘적 세속주의의 범주를 벗어나지 않는 서양적 범주에 머물러 있다고 하지 않을 수 없다. 그리고 아사드의 비판은 그 서양 중심주의적 번역의 문제로 더욱 거슬러 올라간다.

'번역(translation)'이란, 상대방의 말이나 세계관을 자문화 이해 체계로 다시 음미하거나 반대로 자문화의 사상이나 관념을 다른 문화로 전달하는, 타자와의 관계를 맺는 행위이다. 거기에서는 각각의 문화 인식 혹은 언어 체계가 다르기 때문에 번역이라는 서로 다른 체계의 사이를 연결하는 작업이 필요하다. 거기서 자문화의 관념이나 이해를 자명한 것으로 여기고 상대방에게 이식하는 자세를 보편주의적 태도라고 한다. 그 전형이 제국주의자들이 식민지에서 자기 사회의 종교와 사상을 강요하는 것이다. 예를 들어 가톨릭교회 선교사들이 신대륙 사람들에게 개종을 강요하거나, 혹은 일본 정부가 한반도 사람들에게 신사 참배와 일본어 사용을 강제했던 일 등이 잘 알려져 있다.

거기에서는 자신의 문화를 그대로 이식하는 것이 상대방이 문명화되는 계기를 만들어 주는 것으로 여겨져 왔다. 이른바 문명화 논리다. 이러한 계몽주의적 가치관이 뒷받침되어 있었기 때문에 식민주의는 아무런 죄책감을 수반하지 않고 자기긍정의 확고한 신념 아래 추진되어 왔다. 그리고 현재 또한 정치적 독립을 인정한 후에도 서양적 가치규범, 민주주의와 인권이라는 이름 아래 서양계몽주의적 이데올로기가 심어져 있다.

아사드가 비판한 것은, 이 보편주의를 가장한 서양의 국소적 이념의 강요이다. 그런 의미에서 식민주의를 비판하기 위해서는 어떤 학문 분야든 그 기원을 묻는 역사적 절차에 입각한 계보학적인 것이어야 한다. 디페시 차크라바르티(Dipesh Chakrabarty)가 말했듯이, 계보학(genealogy)을 통해서 포스트콜로니얼 연구의 서양주의적 결점을 극복하려는 시도는 '유럽을 국소화하는(provincialzing Europe)' 과제를 수행해야 한다. 그러면서 각각의 사람들이 자기 언어와의 사이에 거리, 즉 무라카미 하루키(村上春樹)가 모어에 대해서 "우리가 이렇게 자명하다고 여기는 이러한 것들이 정말로 우리에게 자명한 것일까?"[21]라고 말했듯이, 자기 언어로부터 그 주체가 벗겨지는 경험을 이해할 필요가 있다.

> 그것은 아마도 자명성이라는 것이 영구불변의 것이 아니라는 사실에 대한 기억이다. 가령 어디에 있을지라도 우리 모두는 어떤 부분에서는 이방인이고, 우리가 그 어슴푸레한 공간에서 언젠가 무언의 자명성에게 배신당하고 버림을 받지 않을까 하는 약간은 으스스한 회의적인 감각이다.

이러한 경험을 거치지 않는 번역 행위는 자신의 언어가 무의식적으로 지니고 있는 문화적 가치관을 타인에게 일방적으로 강요한다. 마찬가지로 자기 자신도 변화를 겪을 것을 염두에 두지 않는 경험인 것이다. 번역이라는 행위가 가능성을 가지는 것은, 복수의 언어 사이에 몸을 두었을 때, 그때까지 자기언어의 세계에 동화되어 있던 자명성이 무너져 결과적으로 그것이 괴로운 경험일지라도 그 언어를 지탱하는 문화적 체계로부터 거리를 둘 수 있게 되었을 때이다. 그것이 번역에서 타자와 커뮤니케이션할 때 지켜야 하는 윤리이다.

자문화를 상대방에게 이식하는 경우든 상대방 문화를 자신에게

---

21   村上春樹(1997), 「「やがて哀しき外国語」のためのあとがき」」, 『やがて哀しき外国語』, 講談社文庫, 285면.

흡수할 때든 똑같이 적용되는 윤리이다. 전자의 경우에는 이미 살펴본 바와 같이 자문화에 대한 계몽주의적 동화라는 형태로 진행된다. 후자의 경우에는 사이드가 『오리엔탈리즘』에서 밝힌 것과 같은, 타인의 야만화 혹은 이상화가 진행된다. 말할 것도 없이 야만화와 이상화는 타자가 부재하는 가운데 이미지가 형성된다는 점에서 표리일체를 이룬다.

따라서 아사드는 번역 불능성이라는 개념을 『세속의 번역 ─ 국민국가, 근대적 자아, 수량 변환하는 이성(Secular Translation: Nation-State, Modern Self, Calculative Reason)』[22](2018년)에서 "번역 불가능성은 국가권력의 야심 그리고 자본주의적 교환의 확산과는 불안정하게밖에 공존할 수 없다"[23]고 제창한다. 이는 서구의 세속주의가 식민지의 문화와 종교를 자신의 세속주의적 범주 아래 일방적으로 번역해 왔기 때문이다. 아사드는 세속주의의 특징을 다음과 같이 파악한다.

> 세속주의는 리버럴한 민주주의 국가가 지지한다는 평등과 자유에 관한 추상적 원리일 뿐만 아니라, 유사성이나 중복이 없는 완전한 대립물을 구축한다.……일련의 관제에도 관여하고 있다는 인식이다. 아마도 가장 중요한 감성

22　Talal Asad(2018), *Secular Translation: Nation-State, Modern Self, Calculative Reason*, Columbia University Press. 이하 영문서적의 명칭을 비롯한 번역은 저자에 의함.

23　위의 책, 89면.

은 '진리'에 직접 접근할 수 있다는 확신일 것이다.[24]

그 전형적인 것이 '이 이성은 특정한 종교 공동체에서 성립하는 의미의 영역을 넘는 의미에서 세속적입니다'라는, 독일의 정치철학자 하버마스의 공공 종교론이었다.[25]

여기에서는 식민지의 종교 전통이 항상 충분한 말을 하지 않는 서벌턴 혹은 네이티브 인포먼트의 침묵된 세계로 비춰진다. 그것을 계몽주의적 세속의 언어로 서양인을 향해 번역하는 것이 서구에서 번역이 담당해 온 임무라고 여겨져 왔다. 그러나 아사드는 그것을 제국주의적 폭력이라고 단언한다. 이 번역 불가능한 세계를 억지로 자문화의 언어로 대체하는 행위야말로 '세속주의에 의한 번역(Secular Translation)'이라고 치부했다.

반면 아사드는 오히려 자신들이 타자의 전통에 몸을 던져 그 번역 불가능한 세계를 경험하는 것이야말로 중요하다고 말한다. 거기서 무라카미가 지적한 바와 같이, 제3세계 인간이 서구세계로 진입할 때 맛보는 것과 같은, 자문화에서 벗어나는 '서술 불가능한 경험'을 서구 세속주의자들도 경험하게 된다. 이는 조지프 콘래드(Joseph Conrad)가 『어둠의 심장(Heart of Darkness)』에서 "공포다, 공포다(The horror! The horror)"라고 식민지 세계로 들어가며 괴로워한 서양적 지

---

24   위의 책, 9면.
25   ユルゲン・ハーバマス他, 箱田徹・金城美幸 訳(2011), 『公共圏に挑戦する宗教』, 岩波書店, 136면.

성의 말로이자, 동시에 식민지에 투영한 자문화가 안고 있는 감정적 세계에 대한 공포의 체험이다. 이는 프로이트의 「섬뜩한 것」(1919년)이라는 저명한 논문 제목만 봐도 충분히 알 수 있다.

> 섬뜩한 것이란 결국 예전부터 알고 있는 것·옛날부터
> 익숙했던 것으로 환원되는 모종의 공포스러운 것이다.
> ……친밀한 것, 기분 좋은 것(das Heimlichte)이 섬뜩한 것,
> 비밀스러운 것(das Unheimlichte)으로 바뀌는 바로 그것이
> 다.……섬뜩하다는 것은 비밀스럽고 숨겨야 할 것이 밖으
> 로 나와 버린 것과 같은 그런 것을 의미한다.[26]

여기서 번역이라는 언어 행위만으로는 근처에도 못 가는 신체실천을 통째로 사용한 경험의 세계가 식민지의 번역 불가능한 체험 속에서 생겨나고 있음을 우리는 깨닫는다. 혹은 번역이라는 행위가 더 이상 언어로 끝나는 것이 아니라, 신체실천까지 포함한 것으로 확대되는 모습을 보게 된다. 이를 신학자 막스 피카르트(Max Picard)는 『침묵의 세계』(1948년)에서 다음과 같이 설명한다.

> 말은 자신이 솟아나온 침묵과의 연관 속에서 항상 머물
> 러야 한다. ……현대 우울의 대부분은 인간이 말을 침묵에

26　高橋義孝 訳(1969), 『フロイト著作集3』, 人文書院, 333면.

서 분리시켜 말을 고독화한 데서 비롯된다.……말의 세계
는 침묵의 세계 위에 세워져 있는 것이다. 그리고 말은 그
밑에 침묵의 광대한 기반이 깔려 있을 때만 안심하고 문장
이나 사상의 형태를 이루어 멀리 움직일 수 있다.……말은
침묵으로 생기를 되찾는다.[27]

여기서 번역이란, 자신과 모어와의 일체감을 벗겨내고, 상대방 문
화와 자문화 사이의 공중에 매달려서(in-between) 번역이 불가능한
침묵의 세계에 스스로를 드러내는 행위이다. 그 공중에 매달린 주
체야말로, 어느 쪽 문화와도 거리를 둔 이종혼효적인(hybrid) 본성을
부활시키는 데 성공한다.

침묵은 아무것도 없는 세계가 아니다. 다양한 목소리가 소용돌이
치는 생활세계이다. 다만 그것이 식민을 통치하는 종주국 사람들에
게는 들리지 않는다. 왜냐하면 스스로 종주국의 언어만이 유일한 보
편의 언어라고 믿고 복수언어로 살 수밖에 없는 사람들에게 귀를 기
울이려 하지 않기 때문이다. 여기에서야말로 수수께끼 같은 타자의
시선에 대한 주체측의 시선을 재인식(return)할 필요가 있다.

그 재인식이 일어났을 때 비로소 주체는 동화됨으로써 정체성을
부여받은 자신을 감싸안은 타자로서의 자문화로부터 분리되어, 속
하면서 속하지 않는 더블밴드로서의 주체구성 아래서 비로소 주체

---

27   マックス·ピカート(1948), 佐野利勝 訳(1964), 『沈黙の世界』, みすず書房, 33-35면.

성이 생겨난다. 거기에 있어야 포스트콜로니얼 연구가 표어로 삼아온 '공약불능의 것의 공약성(commensurablity of the incommensurable)'이라는 공공성이 성립 가능한 조건이 출현한다.

그렇기 때문에 자크 라캉의 말을 이용하면 남근적 욕망의 거세가 필요하다. 육욕을 체현하는 남근을 거세함으로써 그 성욕이 정신적 의미작용으로 승화한다. 그것을 라캉은 페니스적 욕망이 파로스적 욕망으로 전환한다고 파악했다. 즉자적인 육욕을 비판적으로 상대화함으로써 생기는 비밀의 쪽방. 그것은 세계에서 결코 들여다볼 수 없는 번역 불가능한 세계. 들뢰즈가 말한 주름 잡힌 오목한 땅이다.

그래서 인간은 자신의 욕동(欲動)으로부터 거리를 둘 수 있고, 자기의 욕동을 비롯하여 현실을 초월할 수 있는 기능을 가진 의미화 작용(signification)을 익힌다. 거기서 비로소 자신을 지배하는 수수께끼 같은 타자의 욕망에 빙의된 상태가 풀려나면서 타자의 있는 그대로의 목소리에 귀를 기울일 수 있게 된다. 하지만 그것은 욕동을 부정하는 것이 아니다. 거세를 계기로 그 반격에 의한 리비도(Libido)의 승화, 즉 질적 변환으로 이해해야 한다.

바로 여기에 세속주의적 포스트콜로니얼을 넘어 아사드의 번역 불능성과 스피박의 서벌턴론, 그리고 윤해동의 그레이존으로서의 식민지 공공성론을 연결하는 지점이 보이는 것은 아닐까? 필자는 이것이 '수수께끼 같은 타자론' 아래서 공공성과의 차별을 논하는 논의라고 생각한다.

참고문헌

磯前順一(2013), 『閾の思考−他者・外部性・故郷』, 法政大学出版局.

磯前順一(2023), 『日本評伝選 石母田正』, ミネルヴァ書房.

ガヤトリ・チャクラヴォルティ・スピヴァク(1985), 「歴史記述を脱構築する」, 竹中 千春 訳(1998), 『サバルタンの歴史』, 岩波書店.

ガヤトリ・チャクラヴォルティ・スピヴァク, 大池真知子 訳(2006), 『スピヴァク みずからを語る−家・サバルタン・知識人(Conversation with Gayatri Chakravorty Spivak)』, 岩波書店.

金哲(2008), 渡辺直紀 訳(2017), 『複話術師たち−小説で読む植民地朝鮮』, 平凡社.

小熊英二(1995), 『単一民族神話の起源』, 新曜社.

酒井直樹(1997), 『日本思想という問題−翻訳と主体』, 岩波書店

高橋義孝 訳(1969), 『フロイト著作集3』, 人文書院.

藤間生大著、磯前・山本昭宏編(2018), 『希望の歴史学−藤間生大著作論集』, ぺりかん社.

西川長夫(2013), 『植民地主義の時代を生きて』, 平凡社.

マックス・ピカート(1948), 佐野利勝 訳(1964), 『沈黙の世界』, みすず書房.

松本武祝 (2004), 「「植民地近代」をめぐる近年の朝鮮史研究」, 宮嶋博史 外編, 『植民地近代の視座−朝鮮と日本』, 岩波書店.

村上春樹(1997), 「「やがて哀しき外国語」のためのあとがき」, 『やがて哀しき外国語』, 講談社文庫.

ユルゲン・ハーバマス他, 箱田徹・金城美幸 訳(2011), 『公共圏に挑戦する宗教』, 岩波書店.

尹海東, 沈熙燦・原佑介 訳(2012), 『『植民地がつくった近代−植民地朝鮮と帝国日本のもつれを考える』, 三元社.

與那覇潤(2009), 『翻訳の政治学−近代東アジアの形成と日琉関係の変容』, 岩波書店.

Hall, S.(1985). "Religious ideologies and social movements in Jamaica". R. Bocock & K. Thompson (Eds.), *Religion and ideology*, Manchester University Press.

Gayatri Chakravorty Spivak(1988), "Can the Subaltern Speak?", C. Nelson & L. Grossberg(Eds.), *Marxism and the Interpretation of Culture*, University of Illinois Press.

Gayatri Chakravorty Spivak(2008), *Other Asias*, Malden, MA : BLackwell Pub.

Gayatri Chakravorty Spivak(2012), *An Aesthetic Education in the Era of Globalization*, Harvard University press.

Masao Miyoshi and H.D. Harootunian, eds.(2002), *Learning Places: The Afterlives of Area Studies*, Duke University Press.

Talal Asad(1993), *Genealogies of Religion: Discipline and Reasons of Power in Christianity and Islam*, Johns Hopkins University Press.

Talal Asad(2018), *Secular Translation: Nation-State, Modern Self, Calculative Reason*, Columbia University Press.

포스트 · 포스트콜로니얼이란 무엇인가?

-'인류적' 위기의 시대를 중심으로

히라노 가쓰야平野克弥

1. 서문

포스트·포스트콜로니얼이란 무엇인가라는 질문에 대답하는 것
은 최소한 두 가지 사실을 의미할 것이다. '포스트'를 현존하는 패러
다임의 '종말' 혹은 새로운 패러다임의 '시작'이라고 이해했을 때 그
것은 그 패러다임이 내포하는 문제의 검증과 그것을 뛰어넘기 위한
새로운 시야의 탐구를 함의한다는 것이다. 포스트콜로니얼이 콜로
니얼 연구의 사각지대-인식적·분석적 전제 혹은 그 전제를 둘러싼
무의식-를 문제화한 것처럼, 마찬가지로 포스트·포스트콜로니얼
은 포스트콜로니얼 연구의 사각지대를 밝혀낼 것이다. 포스트·포스
트콜로니얼 연구의 '포스트'를 생각해 보는 것은 참신한 이론을 만
들어 내고자 경쟁하는 지적 유희나 연구자 사이에서만 전개되는 닫

힌 논쟁이어서는 안 된다. 그것은 급속히 변화하는 시대를 향한 응답이며 포스트콜로니얼 연구가 간과해 버린 문제, 혹은 그 무의식과 마주하는 것이다.

오늘날 세계를 둘러싼 현실은 1980년대·90년대의 투기적 자본주의 경제가 배태한 '무한 성장'이라는 환상과 그것이 꿈꾸게 한 '유토피아'적인 현실과는 본질적으로 다르다. 근대 성장 신화가 초래한 부정적 유산이 인류의 생존을 위협하는 시대가 도래하고 근대인이 지향해 왔던 야만과 무지, 그리고 빈곤의 극복, 즉 '자연'에 대한 인류의 승리라고 하는 너무나 낙관적이며 단편적인 이야기는 그 정당성을 완전히 잃어버린 것처럼 보인다. 기후변화, 생태 파괴, 배타주의, 인종주의, 빈부의 격차, 사회경제적 약자에 대한 외면, 팬데믹. 그러나 역사를 전체적으로 검증해 보면 이러한 문제가 21세기가 되어 느닷없이 나타나지 않았다는 것은 분명하다. 18세기 후반부터 자본주의, 주권 원리, 국민국가 체제가 세계를 석권하기 시작한 이후로 근대화의 부작용은 세계 도처에-특히 자본주의적 식민지 지배를 받았던 사회- 존재해 왔다.[1] 왜 이제야 이 문제가 인류 전체의 문제로 다뤄지게 된 것일까?

식민지 지배하에서 살았던 사람들은 수 세기에 걸쳐 경제적 착취, 극도의 빈곤화, 인종주의, 생태와 생활 환경의 파괴를 경험해 오

---

1   근세, 서양의 근대를 식민지성(coloniality)라고 하는 관점에서 풀어 가는 탈식민지 비평(decolonial critique)이 주목을 모으고 있다. 그 대표적인 저서로는 Walter D. Mignolo(2011), *The Darker Side of Western Modernity*, Duke University Press가 있다.

지 않았던가? 이런 문제가 식민지 문제에만 머물러 있었을 때는 인류의 위기로 인식되지 않았다. 오늘날 인류의 위기로 인식되기 시작한 것은 부정적 유산을 낳은 당사자인 서구와 선진국들에 그것이 부메랑이 되어 돌아왔고 그들의 생존도 위협받기 시작했기 때문이다.[2] 이 비대칭적 인식구조는 여전히 식민지주의적인 무의식이 우리들의 세계관을 지배하고 있다는 것의 발로다. 포스트·포스트콜로니얼을 고찰하는 것은 이 비대칭적 인식구조의 철저한 비판을 지향하는 것이라 할 수 있을 것이다.

2. 포스트콜로니얼과 포스트

앞에서 언급한 것처럼 포스트콜로니얼의 '포스트'는 애초에 어떤 시대의 '종말'이자 또한 새로운 시대의 '시작'을 의미하기도 한다. 호미 바바(Homi K. Bhabha)와 디페시 차크라바르티(Dipesh

---

2 '부메랑 효과'는 에메 세제르(Aimé Césaire)가 식민지 지배에 있어서 비인도주의가 나치즘의 형태로 유럽에 파급된 사태를 설명하는 데 사용한 용어다. 세제르는 식민지에 있어서 인종주의, 학대, 고문, 착취를 문제시하지 않았던 유럽인들이 자신들을 덮친 나치즘이라는 폭력을 인권 침해이자, 휴머니티에 대한 모독이라고 규탄한 것에 대해 그 위선과 모순을 지적했다. 왜 '유색인종'으로 불리는 사람들을 향한 폭력은 휴머니티에 대한 모독으로 인식되지 않았던 것일까. 그것은 인간의 평등과 해방을 소리 높여 외쳐온 유럽의 계몽주의와 그게 기반한 휴머니즘이 그 뿌리에 인종주의를 함유하고 있었기 때문일 것이다. 이것은 유럽에 국한되지 않고 근대의 모든 식민지주의가 껴안고 있는 문제다. 표면적인 평등을 외쳐 온 일본제국의 동화정책(一視同仁) 역시도 반드시 이런 문제들과 마찬가지로 이해되어야 한다. Aimé Césaire(2001), *Discourse on Colonialism*, Monthly Review Press.

Chakrabarty)의 연구가 명확하게 지적하듯, 포스트콜로니얼 연구는 식민지 지배의 '종말'이라는 시점에서 식민지 지배의 정체성 형성과 그 양의성 등을 주목해 왔다. 이 시점은 당시까지 '지배'와 '종속'이라는 이항 대립적 관계성을 중심으로 식민지 사회를 분석했던 마르크스주의에 입각한 해석의 '종말'을 선언하는 것이었다. 예를 들어 영어로 'colonial modernity'라고 불리는 식민지 사회의 근대성, 특히 문학, 미학, 사상, 영상에 나타난 근대성에 주목한 연구는 식민지 지배가 '억압'이라는 말만으로는 표현할 수 없는 양의적인 경험-식민지화된 사람들이 근대적인 가치와 사회 관계성과 접촉하는 것을 통해 새로운 감성과 주체상을 낳게 된 과정-을 내포한다는 점을 강조해 왔다.[3]

그러나 포스트콜로니얼 연구에서 다루고 있는 colonia modernity를 살았던 피식민자라는 것은 대체 누구였을까? 그 주역은 주로 식민지 체제하에서 비교적 수준 높은 교육을 받고 메트로폴리탄화된 지식인, 문화인, 작가였다. 즉 종주국이 들여온 '문명'에 적극적으로 동화된 사람들(프란츠 파농이 언급한 '민족 부르주아지' 혹은 '원(선)주민 지식인)'이였다는 것은 과연 우연일까?[4] 마르크스주의 연구에서 다

3　대표적인 작품은 Tani E. Barlow ed(1997), *Formation of Colonial Modernity in Ease Asia*, Duke University Press; Gi-Wook Shin & Michael Robinson eds(1999), *Colonial Modernity in Korea*, Harvard University Press; Nayoung Aimee Kwon(2015), *Intimate Empire: Collaboration and Colonial Modernity in Korea and Japan*, Duke University Press.

4　フランツ・ファノン(1968), "第3章 民族意識の悲運", 『地に呪われた者』, みすず書房, 265-298면을 참조.

뤄 온 빈농이나 룸펜 프롤레타리아트, 사회경제적으로 주변으로 내몰린 서벌턴의 목소리와 경험은 포스트콜로니얼 연구에서 아주 마이너적인 지위에 머물러 왔다. 파농의 말을 따르자면 포스트콜로니얼 연구는 '본국의 부르주아지'를 추종함으로써 많은 대중으로부터 소외되어 온(혹은 대중을 소외시켜 온) '민족 부르주아지'의 경험을 특권화해 왔다고 할 수 있다.

식민지에서의 근대적 경험은 극히 불균등하면서 비대칭적이다. 그것은 계급, 직업, 젠더, 인종, 섹슈얼리티라고 하는 다양한 차이를 광범위하게 반영하며 '민족 부르주아지'의 아이덴티티의 모호함과 양의성을 특권화하는 것은 colonia modernity의 여백, 혹은 무거운 압력 아래에서 살아 온 수많은 대중을 고찰의 대상에서 제외하는 것이다. 아이텐티티라고 하는 물음 그 자체가 부르주아적인 계급성(정신분석적으로 말하자면 나르시시즘)을 내포한다는 것은 파농을 비롯 이미 많은 논자들이 지적해 온 바이다.

그렇기 때문에 가야트리 스피박은 '서벌턴은 말할 수 있는가?'라는 질문을 던지는 것으로 포스트콜로니얼 연구에서 사상되었던 '목소리 없는 사람들', '대표되고 표상되지 않으면 그 존재가 인지되지 않았던 사람들'에 대한 주의를 환기시키려고 했다. 그녀의 대표작 『the critique of postcolonial reason-toward a history of the vanishing present』는 마르크스를 자크 데리다가 주장하던 탈구조주의를 통해 재해석하고 '대표·표상'되는 것을 통해 사라져 가는 존재로 치부되었던 서벌턴을 어떻게 역사적 존재로 재평가할 수 있을지 탐구한다.[5] 스피박의 저서가 호미 바바와는 대조적으로 아직도 마르크스, 파농, 그람시와 함께 지속적으로 사람들 사이에 읽히고 있는 것은 결코 우연이 아니다.

스피박은 서벌턴을 '사회적 경제적인 리소스에 접근하지 못하고', '사회를 자유롭게 이동할 수 없으며', '사회적 이동의 선상에서 제외된 사람'이라고 정의하고[6] 그들을 정치적으로 대표하는 것은 미학적으로 표상하는 것과 공범 관계를 맺는 것이라 지적한다. 공적영역에서 스스로 목소리를 낼 가능성이 차단된 이들의 대리자(proxy)로써 그들을 대변(speak for)하는 것은 그들의 초상(portrait)을 그려내고 그것을 고정화하며 대표(represent)하는 행위라고도 했다.[7] 주의해야 할 점은 그녀는 자신을 서벌턴을 대변하거나 대표할 수 있는 입장이라고 여기지 않으며 어디까지나 북미 엘리트 대학에서 교편을 잡고 있는 지식인으로서 이 논의를 펼치고 있다는 점이다. 스피박의 정치는 서벌턴을 대변·대표하는 것이 아니라 서벌턴과 지식인 사이에 존재하는 공약불가능성(incommensurability)에 대한 자각이 결여된 연구자에게 보내는 경고였었다고 생각한다.

---

5   Gayatri C. Spivak(1999), *The Critique of Postcolonial Reason-Toward a History of The Vanishing Present*, Harvard University Press.

6   Gayatri C. Spivak(2006), *Conversation with Gayatri C, Spivak* Seagull Books, 62면.

7   Gayatri C. Spivak(1990), *The Postcolonial Critic: Interviews, Strategies, Dialogues*, Routledge, 108-109면.

따라서 스피박의 서벌턴론은 서방 지식인들의 자각 없는 서구중심주의, 선의라는 미명 아래에서 자행된 지적 식민지주의, 공약 불가능성을 공약하게 만들 때(비서구의 지식을 서구의 언어로 번역할 때) 수반되는 폭력을 향한 비판이었다. 그녀는 이것을 유럽의 대표적 지성이며 근대 철학의 아버지라고 추앙받아 온 칸트('이성'), 헤겔('정신'), 마르크스('생산양식')의 탈구축을 통해서 수행했다. 이성, 정신, 생산양식은 이른바 세계사를 관통하는 보편적 원리며 각각의 철학자들에 의해 스스로 그 실체를 드러내게 됐지만 그러한 보편주의를 성립시키고 있는 외부·완전한 타자를 암호화했던 것이 선주민 =native informant(정보제공자)라고 한다.[8] 역사의 보편적 법칙으로써 이성, 정신, 생산양식이 실체화되기 위해서는 그 법칙에서 벗어나서 타락한 자들의 존재가 상정되지 않으면 안 된다. 헤겔의 보편사(普遍史)는 선주민을 자유로운 정신의 여정에서 일탈한 천사(fallen angels), 머저리(bastard)로 규정하고 우선적으로 배제하는(foreclose) 것을 통해 자신들의 자기 동일성과 그 정당성을 확보할 수 있는 것이다. 미개인·야만인이라는 것은 보편사를 성립시키기 위한 구성적 외부에 주어진 명칭이었다고 할 수 있을 것이다.

　이렇게 자신들의 보편성을 추호도 의심치 않는 유럽의 백인들(특히 남성들)에 의해 내쫓긴 타자는 '목소리 없는 사람들'이라고 불리

8　　Gayatri C. Spivak(1999), *The Critique of Postcolonial Reason–Toward a History of The Vanishing Present*, Harvard University Press, 5-7면.

며 분석 당하고 계속해서 표상되게 됐다. 스피박은 이 서벌턴=선주민의 목소리에 귀를 기울이고 그 목소리를 공적 영역으로 해방시키는 것이 가능한 것인가, 가능하다면 그 방법은 어떤 것인가라는 의문을 탐구한다. 그녀는 그 방법을 '대항의 서사(counter-narrative)'라고 불렀다.[9] 다름 아닌 이 '대항의 서사'에 포스트콜로니얼 연구가 특권화해 버린 메트로폴리탄적인 아이덴티티 정치를 깨부술 계기가 존재한다고 그녀는 주장한다. 따라서 포스트콜로니얼적인 상황에서 문제가 되는 것은 이야기하는 사람보다도 그 목소리를 들어 줄 사람의 문제라고 스피박은 지적했다. 서벌턴의 목소리를 듣지 않고 그것을 보고도 지나쳐 온 것이 서벌턴을 존재하지 않는 사람 취급하고 실체화하는 결과를 초래했다는 것이다.

스피박이 말하는 포스트콜로니얼의 '포스트'는 이소마에 준이치(磯前順一)나 사카이 나오키(酒井直樹)가 지적하는 것처럼 식민지주의의 '종말' 혹은 '그 이후'라고 하는 사후적 인식으로 사고 되기보다는 서벌턴 속에서 '지금도 치유되지 않는 생생한 상처, 혹은 회복할 수 없는 사태'로써 재고할 필요가 있다고 생각한다.[10] 콜로니얼적인 폭력이 낳았고 또한 끊임없이 생겨나고 있는 다양한 상처, 아픔, 생

---

9   Gayatri C. Spivak(1999), *The Critique of Postcolonial Reason–Toward a History of The Vanishing Present*, Harvard University Press, 6면.

10 磯前順一(2022), 「翻訳不可能なものを翻訳すること」, 磯前順一・タラル アサド・酒井直樹・プラダン・ゴウランガ・チャラン【編】『ポストコロニアル研究の遺産』, 人文書院, 36면; 酒井直樹(2006), 「日本史と国民的責任」, 酒井直樹【編】『ナショナル・ヒストリーを学び捨てる』, 東京大学出版会, 179-180면.

명의 배제와 유기. 위안부제도로 성노예가 되었던 여성들, 남경·상해 학살에서 가족을 빼앗긴 사람들, 식민지 정부의 농지개혁으로 쫓겨난 빈농들, 탄광에서 착취당한 광부들, 제국의 붕괴 후에 버려진 이민자들. 그들과 그녀들의 '대항의 서사'는 일본제국의 붕괴 후에도 사라지지 않았으며 거기에 귀 기울이는 시도는 앞으로 더더욱 필요할 것이라고 생각된다.

3. '포스트콜로니얼'의 '콜로니얼'

식민지주의 역사는 제국의 역사와 마찬가지로 국민국가의 역사보다도 훨씬 유구하다. 로마 제국, 오스만 제국, 무굴 제국 등은 18세기부터 19세기에 걸쳐서 국민 국가체계가 보편화되어 가기 이전, 독자의 식민지 정책을 펼치고 있었다. 따라서 우리가 여기서 문제로 삼고 있는 식민지주의는 근대의 국민 국가체제하에서 자행되었던 것임을 확실히 해 둘 필요가 있다.

우리들이 근대사의 문맥 속에서 콜로니얼이라는 용어를 사용할 때는 주권 국가라는 개념이 전제된다. 주권 국가들 사이에서 전개된 다툼은 '전쟁'이라고 불리는 한편, 주권 국가에 의한 주권을 갖고 있지 않다고 여겨진 사회의 침략은 식민지주의라고 불린다. 베스트팔렌 조약에 의해서 태어난 국제법은 주권 국가 간의 분쟁 조정을 그 첫 번째 목적으로 하며 주권을 갖고 있지 않은 사회·영토에 대한 침공, 침략을 '점유'라는 말로 정당화했다. 19세기 '식민지전쟁'은 어떤 '영토'를 둘러싸고 주권 국가가 무력을 통해 다투는 것을 의미하는 것이며 그 '영토'에 사는 사람들이 식민지 지배에 대항하거나 투쟁하는 것을 의미하는 것이 아니었다. 전쟁은 주권국가에서만 인정되는 국제관계의 한 형태며 비 주권국은 독립국으로써 자신을 보호하기 위해 싸울 권리조차 인정되지 않았다. 바꿔 말하면 국제법은 식민지화된 사회의 독립(independence)과 자기 보호권(right of self-preservation), 또 자신의 운명을 결정하기 위한 권리(right of self-determination)를 전혀 인정하지 않은 것이다.[11]

'반문명국'이라는 것은 그러한 국제사회 속에서 주체성을 부정당한 국가에 부여된 이름이며 '야만'과 '미개'는 주체성의 결여가 가장 현저하다고 평가된 부족사회와 선주민 사회에 붙여진 경멸적인 호칭이다. 19세기의 세계에서는 전자도 후자도 식민지 지배의 대상이었다는 점을 상기하면 '콜로니얼'이라는 것은 국가주의 원리 아래에서 이루어지는 주체성이 부정된 사회의 지배와 점유를 나타내는 용어였다고 정의할 수 있을 것이다.

'콜로니얼'과 주권 국가의 관계를 이해하는 것을 전제로 또 하나 중요한 문제는 민족이라는 개념이다. 자유주의 정치이론에 따르면 민족이라는 공동체는 역사적 문화적 유대를 통해 국민을 형성하고

---

11 이 논점에 관해서는 졸고(2022.12), "主権と無住地—北海道セトラーコロニアリズム", 『思想 2022年12月号 北海道・アイヌモシリーセトラー・コロニアリズム150年』, 岩波書店, 7-32면을 참조.

국가를 창조해 낸다. 물론 역사가 보여주는 현실은 그 반대로 국가가 국민을 창조하기 위해서 사람들의 민족화(ethnicization)를 도모하는 것이다. 어쨌든 민족은 국민국가의 실체로 상정되어 왔으며, 보다 문명적으로 발달하고 주권을 가질 수 있는 국가는 더욱 견고한 민족의식(national consciousness)을 만들어 냈다고 논해져 왔다. 이를 바꿔 말하면 민족의식을 갖고 있지 않은 사회는 주권을 갖고 있지 않은 사회며 그것은 결국에는 식민지적 종속의 길을 걷게 될 운명이라고 인식됐다는 것이다.

이런 문맥에서 '포스트콜로니얼'을 생각해 보면 그것은 베스트팔렌 조약 아래에서 구축되어 온 국제질서와 국제관계의 '종말'을 의미할 수도 있고 그 체제 아래에서 자명한 것으로 인식되어 온 주권 사상과 그 근저에 있는 인종주의, 또한 거기에 수반되는 모든 문명의 비대칭적 관계의 '종말'을 고하는 것이었다고 해석할 수 있을 것이다. 그리고 앞에서 언급했듯이 '포스트'는 이런 체제와 관계성이 '끝장'난 후에도 그것들이 남긴 폭력의 상처가 물리적·정신적 고통으로 생생하게 이어지고 있는 것을 시사하는 것이었다.

그러나 콜로니얼적인 관계성을 정당화해 온 인식의 본연은 포스트콜로니얼 연구에 의해 정말로 종언된 것일까? 전후의 민족해방투쟁과 이른바 제 3세계의 독립은 이른바 식민지를 예속적 상황에서 해방한 것일까?

4. 세틀러 콜로니얼(settler colonial)이라는 시점

여기서 다시 스피박의 분석적 시점으로 돌아가서 생각해 보자. 근대(서양) 세계는 서벌턴들을 '목소리가 없는 사람들'로 우선적으로 배제하는 것을 통해 자기 형성을 수행해 왔다는 그녀의 지적은 포스트·포스트콜로니얼 비판의 지평을 열었다고 할 수 있을지도 모른다. 스피박은 식민지 사회에서의 아이덴티티 정치를 탈구조적으로 비판함으로써 식민지 지배의 양의성을 지적하는 포스트콜로니얼리즘과 구분지을 수 있었고 식민지 지배의 구조적 외부였던 서벌턴들의 입장에서 역사를 다시 상기해 보는 것을 통해 근대 세계를 구성해 온 인식적 폭력을 시각화하는 데 성공했다.

그러나 우리는 여기서 스피박이 '이성'·'정신'·'생산양식'이라고 하는 '서양적 보편주의'를 성립시키고 있는 서벌턴을 '선주민'이라고 명명한 것에 주목하려고 한다. 선주민은 누구인가? 선주민은 어떤 상황 속에서 사회에서 '리소스에 접근하는 것'을 부정당하고 '이동의 자유'를 강탈당해 간 것인가? 선주민이 겪은 근대와의 만남은 '식민지주의'라고 하는 일반적인 개념으로 설명할 수 있는 것일까?

앞에서 언급한 것 같이 근대 식민지주의는 국가 주권이라는 보편화된 원리를 빼고서 생각할 수 없다. 이 보편주의하에서 자신의 운명을 결정할 권리를 가진 사회와 그렇지 않은 사회가 생겨났다는 것은 이미 앞에서 살펴봤다. 국제법은 이 새로운 비대칭성을 '문명국'

과 '비문명국'/'야만', 또는 '주권국'(sovereign nation)과 '무주지'(terra nullius)라는 용어로 표현해 왔다. 국제법에 의해 '무주지'(아무도 살지 않는 토지)라고 지목된 선주민 사회와 유목민 사회는 주권 원리의 구성적 외부로써 '국가'라는 지위를 부여받지 못한 채, 민족자결권은 고사하고 생존을 위한 권리조차 전면적으로 부정당했다. 주권 국가에 의한 '무주지'의 점유는 타국을 침략하는 것으로 간주하지 않았고 법적으로 정당한 행위로 인정받게 된 것이다.

그러한 의미에서 베스트팔렌 체제 이후에 확립된 국가 주권이라는 개념은 두 가지 의미에서 배제의 이론을 내포하고 있었다고 할 수 있다. 먼저 첫 번째로 국가 주권의 원리—즉 법적 인격으로써의 국가는 최고의 권위를 가지며 법은 그 의지의 표현이며 그 명령은 영토 내의 모든 신민(臣民)에게 적용·집행되며 타국과의 대등한 관계를 갖는다—는 국가라는 정치기구를 갖지 못한 사회와 그곳에 사는 사람들의 생존권을 부정했다. 두 번째로 국제법의 창시자 중 한 명이었던 휴고 그로티우스(Hugo Grotius)에 따르면 비국가사회 중에서도 유목민사회는 소유·정주의식을 갖고 있지 않기 때문에 그들이 살고 있는 영토는 '무주지'로 간주돼야 하며 이주, 정복(전쟁) 등을 통해 점유의 대상 된다고 인식됐다.[12]

이렇게 유럽의 계몽사상의 토양에서 토지를 풍족하게 소유하고 있지만 노동에 의해 개량작업을 하지 않는 선주민은 신(기독교의 신)

---

12 전게서 졸고(2022.12).

과 이성을 따르지 않는 '야만인'이라고 보는 시각이 탄생했다. 선주민들은 여전히 공유물이라고 하는 개념에 묶여 수렵·채집에 의존하고 있다는 이유로 생활의 터전이었던 대지는 무인지대로 간주 되었고 그 대지는 신의 명령에 따르는 새로운 주인을 필요로 한다는 주장으로 이어졌다. 선주민의 대지에 대한 수탈은 신과 이성이라는 이름 아래에서 수행되었지만 무주지 이론은 그것을 이론적으로 뒷받침했을 뿐만 아니라 에스닉 크렌징(ethnic cleansing; 민족추방·박해·살해)의—선주민이 역사와 문화를 갖는 인간이라는 것, 즉 인간으로써 존재하는 것 자체를 물리적으로 부정하는—도의적 근거가 되었다.[13] 식민지주의적 약탈과 사적소유제도의 성립은 이처럼 밀접하게 관계를 맺고 있으며 주권 원리를 매개로 근대적 제국주의 세계의 기초를 형성해 간 것이다.

이 무주지를 이민정책을 통해 점유해 나간 정주형 식민지주의를 세틀러 콜로니얼이라고 한다. 그것은 선주민족을 사회진화론에 따라 '자연도태'될 운명에 처한 인종이라고 정의함으로써 그들로부터 대지를 뺏고 선주민들의 생활 터전 혹은 생존 그 자체의 말소를 목표로 하는 식민지 정책이다. 이주민들은 정부에게 주어진 선주민의 토지를 개척하는 것을 통해 그곳에 자리 잡고 그것을 '신천지'라는 이름으로 점유해 갔다. (북아메리카 대륙, 호주, 뉴질랜드, 하와이 제도,

---

13 Benjamin Madley(2004), "Patterns of frontier genocide 1803-1910: the Aboriginal Tasmanians, the Yuki of California, and the Herero of Namibia", *Journal of Genocide Research*, Vol.6(2), 167-192면.

대만, 북해도, 지시마[千島; 쿠릴열도], 가라사토[樺太; 사할린], 북유럽의 예를 보라) 이것은 선주민, 특히 그중 엘리트층(민족 부르주아지)과 결탁해 식민지의 자원과 노동력을 착취하려고 하는 일반적인 의미에서의 식민지 지배와는 다른 것이다. 세틀러 콜로니얼리즘의 이론가인 패트릭 울프(Patrick Wolfe)는 그것을 다음과 같이 논하고 있다.

> 노동의 착취를 전제로 한 (식민지적) 사회관계는 인간 자원의 공급을 지속적으로 필요로 한다. 그와는 대조적으로 선주민의 영토를 강탈하는 것을 전제로 한(세틀러 콜로니얼적인) 사회관계는 그 토지의 선주민들이 두 번 다시 돌아오지 않는 것을 요구하는 것이다.[14]

세틀러 콜로니얼리즘의 관점에서는 선주자의 노동력, 아니 그들의 존재 자체가 불필요하며 그들을 대지에서 쫓아낸 후, 그들이 다시는 돌아오지 않는 것이 바람직하다. 그것을 울프는 '말소의 논리'(logic of elimination)라고 부른다. '무주지'는 선주민의 대지를 '그 누구도 살고 있지 않은 토지'로 만들고 이를 통해 세틀러 콜로니얼리즘에 의한 약탈과 점유를 '불법행위'가 아닌, 국가 간의 평등의 원리가 적용되지 않는 예외 상태, 즉 법의 바깥에 존재하는 행위로 합법화한 것이다.

---

14   Patrick Wolfe(2016), *Traces of History: Elementary Structures of Race*, Verso, 3면.

세틀러 콜로니얼리즘은 선주민을 대지뿐 아니라 역사에서도 말소하는 것을 통해 자신의 흔적을 지워왔다. 역사학, 특히 콜로니얼 연구, 포스트콜로니얼 연구에 있어서 선주민 사회의 세틀러 콜로니얼적인 경험이 망각돼 왔던 것은 그 때문이다. 콜로니얼 연구도 포스트콜로니얼 연구 역시도 주권 국가가 초래하는 물리적·인식적 폭력을 비판하면서도 그것을 전제로 하는 역사관에서 완전히 자유롭지는 못했다. 포스트콜로니얼 연구는 식민지 투쟁을 통해서 민족의식을 형성하고 새로운 국민국가 건설을 지향하는 구식민지사회에 초점을 맞추는 것을 통해 경계 없는 선주민 사회(국가, 국경, 국민 등의 경계선을 만들지 않는 사회)를 연구의 대상에서 제외해 온 것이다. 이 제외는 차별받는 것이 너무나도 차별적일 수 있다라는 아이러니를 상징하는 것이다.

동아시아의 문맥에서 보자면 포스트콜로니얼 연구가 다뤄 온 오키나와, 조선, 대만, 중국인들이 아이누, 대만의 선주민, 중국의 선주민들에 대해서는 너무나 차별적이었다는 것은 널리 알려진 사실이다. 선주민족은 '반문명'조차 될 수 없는 '야만' 즉 '비문명인'이라는 식민지주의 이론의 전제가 그대로 내면화돼 있는 것이다. 포스트콜로니얼이 소리내 외치는 colonial modernity의 시점에서 이 모순 혹은 아니러니를 비판적으로 해명하는 것은 불가능하다. 그것은 포스트콜로니얼 연구가 '식민지 지배는 이미 끝났다'라는 전제 위에서 식민지지배 문제를 다뤄왔기 때문일 것이다. 또한 스피박이 식민지의 서벌턴을 '선주민'이라는 일원적 이름으로 불렀기 때문에 세틀러 콜로니얼리즘의 독자성이 간과되고 말았다는 것을 지적해 두고 싶다. 스피박에게 있어서 '선주민'은 식민지배를 받던 서벌턴들의 은유에 불과하지만, 그 은유는 실제로 세틀러 콜로니얼리즘을 경험해 온 선주민들을 지워 버리고 만다.

조디 버드(Jodi Byrd)나 마이클 로스버그(Michael Rothberg)의 주장대로 세틀러 콜로니얼리즘의 폭력을 경험해 온 전세계의 선주민들에게 있어서 콜로니얼적인 상황은 지금까지도 이어지고 있다.[15] '무주지'라는 이름 아래서 강탈된 그들의 대지는 지금도 그 점유된 채로 남아 있다. 그들에게 있어서 colonial modernity와의 만남은 수탈, 궁핍, 물리적·사회적 죽음 그 자체다. 전세계의 선주민 연구자가 근대의 지배구조를 극복하기 위해서 주권 사상·원리의 비판, 주권을 대체할 개념으로 '선주성'(indigeneity)를 주창하기 시작했다. 내가 생각하는 포스트·포스트콜로니얼은 이와 같은 선주민족들에게서 발신되는 목소리를 직시하면서 스피박을 포함한 포스트콜로니얼 연구에 의한 선주민들을 지워버리려는 인식적 논리 구조를 시각화하고 근대사회가 너무나 자명하다고 생각했고 통치를 위해 채택해 온 '근대', '근대성', '국가', '주권', '국민', '민족', '조약', '주체', '자연'이라고 하는 개념을 세틀러 콜로니얼적인 시점에서 되묻는 작업을 의미한다.

---

15   Jodi A. Byrd & Michael Rothberg, "BETWEEN SUBALTERNITY AND INDIGENE-ITY," *interventions*, 13:1, 1-12, DOI:10.1080/1369801X.2011.545574.

5. 맺음말을 대신해서

근대라는 시대가 자연, 혹은 인간의 자연과의 유대를 착취, 혹사, 파괴해 왔다고 한다면 그 파괴력은 무엇보다도 먼저 선주민 사회를 향해왔다는 것을 상기해야 할 것이다. 선주민의 생활 터전을 파괴하고 이를 통해 발전해 온 근대사회의 형성은 21세기에 들어서 전 지구적 인류 실존의 위기까지 이르게 되었다. 이것을 '서구'를 향한 부메랑 효과, 근대주의의 모순적 변증법으로 새롭게 인식하는 것을 통해 지금 우리 선진국들이 '환경문제', '생태 파괴'라고 부르는 것을 300년도 전부터 선주민 사회가 경험해 왔다는 현실을 직시할 수 있다.

이 같은 역사관이 부재했던 이유는 인종주의와 깊은 연관이 있다. 선주민의 생활 터전이 자연·대지와 깊은 관계성을 갖고 있다는 것은 그들의 '야만'·'비문명'의 증거가 돼 왔다. 근대인에게 있어서 문명은 자연의 극복·정복을 의미했으며 그와 같은 인간의 자연으로부터의 소외를 달성하지 못한 사회는 인류의 진보와 함께 소멸하고 더나아가 소멸하여야만 하는 운명이라고 인식돼 왔다. 그렇기에 인종주의는 인간을 자연으로부터 소외시키는 것을 통해 비로소 나타나는 차별적 인식형태다. 근대가 만들어 낸 폭력적 인식 형태, 자연과 인간을 착취하는 장치를 근원적으로 이해하기 위해서라도 세틀러 콜로니얼리즘의 시점은 실로 중요하며 우리는 선주민족의 역사적 경험-현재진행형인 그들의 생활 터전의 복권에 착수하는 것을 포함해-를 통해 배워야 할 필요가 있다. 그것이 진정한 근대 비판, 근대 이후 패러다임을 지향하는 진정한 의미의 '포스트모던'이라고 생각한다.

근대의 생성과 지속을 가능하게 해 준 폭력을 '해체'(unlearn)하는 것. '해체한다는 것'은 고립된 주체의 내면에서 일어나는 자기반성과는 달리, 주체 그 자체가 만들어 온 언설, 제도, 권위를 탈구조화하는 것이다. 스피박은 '탈구조의 가장 큰 이점은 연구 주체의 권위를 의심하는 것이며 주체의 역할을 상실케 하지 않는 동시에 불가능한 조건을 가능한 조건으로 전환하는 것이다'라고 했다.[16] 탈구조에는 주체가 없고, 진실이 없고 역사가 없다는 것이 아니라 어떤 사람에게도 어떤 언설에도 절대적인 진리가 있다고 믿게 하는 아이덴티티의 특권을 의심하는 것이 중요한 것이다.[17] 따라서 연구 주체라는 입장에 서 있는 이들에게는 '무주'라는 이름 아래 지금까지 역사의 외부에 묻혀 사라졌던 서벌턴을 마주하고 그들·그녀들이 내는 목소리에 귀를 기울이며 그 목소리의 번역 가능성을 진지한 문제로 인식하며 그 목소리에 응답하기 위한 새로운 용어를 찾아내는 노력이 필요하다고 생각한다. 그리고 이 응답은 일방적인 발화가 아닌 주체와 서벌턴이 협력함으로써 함께 만들어 가는 과정을 전제로 하고 있다. 그것은 새로운 공공 공간의 생성을 향해 'co-becoming(유대해 나가는)' 작업을 의미하는 것이다.

---

16   G.C. Spivak(1987), *In Other Worlds: Essays in Cultural Politics*, Methuen, 201면.

17   G.C.Spivak(1996), The Spivak Reader : Selected Works of Gayatri Chakravorty Spivak, Donna Landry and Gerald M. MacLean eds, Routledge, 27면.

참고문헌

酒井直樹(2006), 「日本史と国民的責任」, 『ナショナル・ヒストリーを学び捨てる』 東京大学出版会.

磯前順一(2022), 「翻訳不可能なものを翻訳すること」, 『ポストコロニアル研究の遺産』, 人文書院.

平野克弥(2022.12), 「主権と無住地－北海道セトラーコロニアリズム」, 『思想北海道・アイヌモシリーセトラーコロニアリズム150年』, 岩波書店.

フランツ・ファノン(1968), "第3章 民族意識の悲運", 『地に呪われた者』, みすず書房.

Aimé Césaire(2001), *Discourse on Colonialism*, Monthly Review Press.

Benjamin Madley(2004), "Patterns of frontier genocide 1803-1910: the Aboriginal Tasmanians, the Yuki of California, and the Herero of Namibia", *Journal of Genocide Research*, Vol.6(2).

G.C. Spivak(1987), *In Other Worlds: Essays in Cultural Politics*, Methuen.

G.C.Spivak(1996), The Spivak Reader : Selected Works of Gayatri Chakravorty Spivak, Donna Landry and Gerald M. MacLean eds, Routledge.

Gayatri C. Spivak(1999), *The Critique of Postcolonial Reason–Toward a History of The Vanishing Present*, Harvard University Press.

Gayatri C. Spivak(2006), *Conversation with Gayatri C, Spivak* Seagull Books.

Gayatri C. Spivak(1990), *The Postcolonial Critic: Interviews, Strategies, Dialogues*, Routledge.

Gayatri C. Spivak(1999), *The Critique of Postcolonial Reason–Toward a History of The Vanishing Present*, Harvard University Press.

Gi-Wook Shin & Michael Robinson eds(1999), *Colonial Modernity in Korea*, Harvard University Press.

Jodi A. Byrd & Michael Rothberg, "BETWEEN SUBALTERNITY AND INDI-

GENEITY," *interventions*, 13:1, 1-12, DOI:10.1080/136980
1X.2011.545574.

Nayoung Aimee Kwon(2015), *Intimate Empire: Collaboration and Colonial Modernity in Korea and Japan*, Duke University Press.

Patrick Wolfe(2016), *Traces of History: Elementary Structures of Race*, Verso.

Tani E. Barlow ed(1997), *Formation of Colonial Modernity in Ease Asia*, Duke University Press.

Walter D. Mignolo(2011), *The Darker Side of Western Modernity*, Duke University Press.

포스트콜로니얼리즘의 유산과 탈식민 프로젝트*

조관자

1. '탈식민'은 아직 오지 않았다?!

포스트콜로니얼리즘은 동시대 글로벌 사회의 '식민지 문제'에 어떻게 응답할 것인가? 제2차 세계대전 이후 구식민지 각지에서 독립이 선포되고, 식민주의를 비판하는 내셔널리즘에 이어 내셔널리즘을 비판하는 포스트콜로니얼리즘(post-colonialism)까지 보급되었다. 하지만 21세기에도 여전히 '분리 독립'을 위해 분쟁과 내전을 벌이는 지역이 있다. 실제 독립과 해방이 실질적인 국민·인민의 주권 행사를 수반하지 않는 경우도 많았다. 팔레스타인은 신생국 이스라엘의 자치구로 전락했고, 티베트는 영국의 식민지에서 독립했지만 중

---

* 이 글은 『한국동양정치사상사연구』 제22권 제1호(2023년 3월)에 게재된 적 있다.

국에 복속되었다. 이것은 어느 한 지역, 한 나라에서 국민국가 세우기(Nation Building)의 성패를 묻는 단순한 문제가 아니다. 구식민지에서 벌어지고 있는 분쟁, 빈곤, 난민 문제는 지구촌에 분노와 혐오, 외국인 공포와 테러를 확장시키며 인간성의 위기를 불러일으키고 있다. 때문에 '탈식민'의 과제를 어떻게 풀어내는가는 인간의 독립과 해방, 인류의 진보와 평화에 이르기 위한 시험대이기도 하다.

9.11테러의 진범으로 지목된 탈레반이 2021년에 정권을 탈환한 아프가니스탄의 사례를 보자. 이란, 중앙아시아, 인도로 연결된 험준한 산악지대에서 육로의 중심지인 아프가니스탄은 예로부터 '정복자의 고속도로'로 불릴 정도로 종족 간의 정복 전쟁이 잦았지만, 무력으로 다스려지는 지역이 결코 아니다[1]. 민족자결주의가 시대정신으로 부상한 1919년 8월 영국으로부터 독립한 아프가니스탄 왕국은 1960년대까지 불교·이슬람·서구 문화가 공존하는 비교적 평화로운 나라였다. 하지만 1970년대부터 내전이 고착되었다. 1973년 좌익 정당의 쿠데타로 아프가니스탄 공화국이 들어섰고, 그 독재에 반발하여 친소 세력이 1978년 아프가니스탄 민주공화국을 탄생시킨다. 그러나 계속된 좌파 정권의 종교 탄압에 반발하여 대두한 이슬람 근본주의 무장 세력이 미국의 지원을 얻었고, 1991년 소련의 해체를 계기로 탈레반이 이슬람 토호국을 건설했다. 내전의 와중에 이

---

1   아프가니스탄에서는 1970년대 이후 3번의 내전과 6번의 정권 교체로 혼란과 불안이 지속되고 있다. Arnold Fletcher(JUNE, 1950), "Afghanistan, highway of conquest," *Current History* Vol. 18, No. 106, 337-341면.

슬람 무장 세력은 소련(1979~1989)의 침공에 맞섰고, 9.11 테러와의 전쟁에 돌입한 미군과 친미정권인 이슬람 공화국(2001~2021)을 모두 퇴각시켰다. 아프가니스탄은 영국, 소련, 미국을 차례로 물리치며 '제국의 무덤'으로서 위용을 보였지만, 1970년대 이후 3번의 내전과 6번의 정권 교체로 혼란과 불안이 지속되고 있다.[2]

지정학적 패권 경쟁은 정치적, 종교적 갈등에서 끝나지 않는다. 2021년 정권을 탈환한 탈레반은 여성의 학교교육을 금지시켰다.[3] 전시 성폭력이 없어도 여성의 자립과 해방은 더욱 절실하면서도 요원한 과제가 되었다. 오랜 내전 중에 피폐해진 사람들은 마약 생산으로 생계를 이었고, 탈레반의 민병대들도 사실상 마약 카르텔을 형성하여 무장력을 키웠다.[4] 서구사회는 세계 최대의 마약 재배지, 인권 탄압과 테러의 발생지가 된 아프가니스탄을 국제사회의 합법적 일원으로 받아들이지 않는다. 아프가니스탄뿐만이 아니다. 식민지와 탈식민지, 냉전과 탈냉전 의 모순이 중층적으로 배태되어 있는 분쟁 지역에서는 전쟁 난민과 경제 난민이 지속적으로 발생하고 있다. 1970년대 데탕트가 시작되고 1980년대부터 글로벌 자본주의 시장은 확장되었지만, 마르크스·레닌주의와 마오주의의 영향을 받았

2   Akhilesh Pillalamarri(2017.6.30), "Why Is Afghanistan the 'Graveyard of Empires'?," *THE DIPLO- MAT.*

3   박의래, 탈레반 "아프간 대학서 여학생 교육금지"…서방, 강력 비판(종합), 연합뉴스, 2022/12/21.

4   아프가니스탄: 탈레반 집권으로 '아편 천국' 부활하나, 리얼리티 체크팀 BBC 뉴스, 2021/08/26.

던 탈식민(구식민) 지역에서 내전은 지속되고 베트남의 보트피플을 위시로 국제 난민이 발생하기 시작했다.

그 와중에 포스트콜로니얼리즘이 시작된다. 비벡 치버(Vivek Chibber)에 따르면, 신좌익으로 불리던 68학생운동 세대가 "착취의 역학에 둔감"해진 1980년대, 미국과 영국으로 이주한 구식민지 출신 지식인들의 문학 및 문화 연구에서 포스트콜로니얼리즘이 시작되었다.[5] '미완'의 근대성 위에서 출발한 그 방법론은 노동해방의 과제를 망각하여 계급 문제를 제거하고, 포스트모더니즘으로 불리는 후기 구조주의에 입각하여 담론 분석을 행한다.[6] 그 이념적 지향성은 서구 제국의 관점에 내재된 식민 권력을 비판하며, 피지배 민족의 문화적 정체성과 그 저항 가능성을 부각시킨다. 이 조류는 역사학, 인류학으로 확산되면서 1990년대부터 구식민지의 지역연구로 다양하게 번져나갔다.

그러나 오늘의 지구촌에서는 여전히 탈식민(de-colonial)의 과제가 환기되고, 포스트콜로니얼리즘에 대한 신랄한 비판이 제기되고 있다. 특히 민족적 정체성과 국가 독립을 강하게 의식하는 아랍의 문화연구에서 포스트콜로니얼리즘은 '탈식민'과 모순되는 이론으로

---

5   Vivek Chibber, Interview by Jonah Birch, "How Does the Subaltern Speak?," *JACOBIN*, 2013.4.21. https://jacobin.com/2013/04/how-does-the-subaltern-speak/(검색일 2022/10/01)

6   Vijay Mishra and Bob Hodge(1993). "What is Post(-)colonialism?" In *Colonial Discourse and Postcolonial Theory: A Reader*, edited by Patrick Williams and Laura Chrisman, London: Longman, 276-290면.

비판받고 있다. 아랍계의 젊은 영문학 연구자인 모하메드 살라 에딘 마디우(Mohamed Salah Eddine Madiou)는 저널 〈Janus Unbound: Journal of Critical Studies〉의 창간호(2021년 가을)에서 「포스트콜로니얼리즘의 죽음: 창시자의 서문」을 발표했다. 이 에세이의 부제는 이중적 의미를 내포한다. 「창시자의 서문」은 포스트콜로니얼리즘의 '아버지'로 불리는 에드워드 사이드(Edward Said)의 입론을 가리키는 동시에, 이 잡지의 창간 메시지를 함축하는 것으로 읽힌다. 2021년 캐나다 동북부의 끝자락에 위치한 뉴퍼틀랜드의 메모리얼 대학에서 발행하는 이 저널은 그 창간 취지문에서 "진실, 대결, 저항으로 정의되는 비판 이론"을 새롭게 촉진할 것이라고 선언했다.

마디우는 사이드가 팔레스타인에서 태어났으면서도, 이스라엘에 의한 팔레스타인의 식민화 문제를 회피했다고 고발한다.[7] 물론 사이드가 중동문제를 누락시킨 적이 없다는 변론도 있고, 실제 팔레스타인의 평화를 위한 활동도 인정된다. 사카이 나오키는 지역연구 프로그램을 수행 중이던 자신의 대학원 시절에 『오리엔탈리즘』을 통해 '지와 권력의 관계'를 비판적으로 바라보는 시점을 배웠다고 회고한다.[8] 그러나 마디우는 단호하다. 포스트모더니즘의 추상성을 수용

---

7   Mohamed Salah Eddine Madiou(Fall 2021), "The Death of Postcolonialism: The Founder's Fore- word," *Janus Unbound: Journal of Critical Studies*, vol. 1, no. 1, Memorial Uni- ver-sity of Newfoundland, 2021-03, 1-2면. 2021년 현재 마디우는 요르단에서 영문학 박사 학위를 받은 후 캐나다 Memorial University에서 두 번째 박사과정을 밟고 있다.

8   磯前順一(2022), タラル・アサド, プラダン・ゴウランガ・チャラン, 酒井直樹 編著, 『ポスト コロニアル研究の遺産: 翻訳不可能なものを翻訳する』, 人文書院, 97면.

하면서 현실감각을 잃게 된 포스트콜로니얼리즘은 탈식민화를 저지하지 못했으며, 미래를 위한 어떠한 프로젝트도 기약할 수 없는 "참담한 실패작"이라는 것이다.

이러한 현실의 문제를 환기하며, 이 글에서는 두 가지를 유의하고 있다. 첫째는 용어 문제로 '포스트콜로니얼'(post-colonial)의 번역어인 '후기-식민지'와 '탈-식민'을 각 문맥의 뜻에 따라 취사선택하기로 한다. 후기-식민지는 '1945년 이후 구식민지에서 주권을 회복한 역사적 시간'을 가리키며, 탈식민은 '식민지적 상황에서 실질적으로 벗어난 상태'로 정의하기로 한다. 그리고 이 두 가지 어의와 구별하여 1980년대부터 확장된 연구 조류인 포스트콜로니얼리즘을 '탈식민주의'로 번역하지 않고 영어 음역을 그대로 사용하기로 한다. 둘째는 환경과 관점의 차이이다. 탈식민화의 길과 현실의 식민지 문제는 아시아, 아프리카, 남아메리카의 지역 정세 및 각국의 역사적, 정치적 환경에 따라 서로 다르게 나타난다. 때문에 포스트콜로니얼리즘이 수용된 지역에서 어떤 논의가 생산되고 어떠한 사회사상의 변화가 일어났는가의 현상은 달랐다. 그 평가와 대응도 평자의 정치적 관점만이 아니라 해당 지역의 사정을 어떻게 진단하는가에 따라 다르게 나타날 것이다. 이 글에서는 그 차이를 드러내면서도 전 지구적 차원에서 탈식민을 위한 공동의 실천 과제를 도출하기로 한다.

최근 일본에서 내셔널리즘과 보편주의의 거대 서사를 비판하는 관점에서 『포스트콜로니얼 연구의 유산』을 검토하는 연구서가 나왔다. 국제일본문화연구연구센터 이소마에 준이치 교수의 연구팀이 뉴욕과 교토를 오가며 사카이 나오키, 스피박 등 포스트콜로니얼 연구의 사상가들과 회의한 결과를 담아낸 것이다. 그 총론에서는 정치와 문화, 남녀, 이문화, 시대 변화의 간극 사이에서 번역 불가능성, 인간관계의 타자성과 이해 불가능성을 확인하면서도, 코로나 팬데믹의 공포감이 '전달'되고 '복사'되듯이 한 언어의 발화가 번역(translation)을 통해 위치를 넘나들며 전위(trans-location)되는 현상을 지적한다.[9] 본고는 이러한 전위(轉位)와 전이(轉移)가 담론 해석의 차원에서만이 아니라, 전지구적 차원에서 '탈식민'의 구체적 전망을 전파하고 확산하는 연쇄(連鎖)와 연환(連環)을 일으켜야 마땅하다고 생각한다. 특히 한국과 일본이 과거 청산을 위한 역사인식 논쟁에서 탈피하여 동시대 지구촌의 모순 해결을 위한 현재적 과제를 실천적으로 공유할 때, '이론 인식'과 '과제 수행'이 바르게 연쇄되어 '탈식민'의 가능성을 확장시킬 것이라고 기대한다.

이 글은 이소마에 교수가 제안한 연구 주제 「포스트-포스트콜로니얼리즘」에 응답하기 위해 작성되었다. 필자는 '포스트'가 반복되는 학계의 이론화 작업에 위화감을 느끼면서 먼저 '포스트콜로니얼리즘'이 한국과 일본에 수용된 역사를 정리하고, 그 이론의 현재적 논점부터 파악하기 시작했다. 그 결과, 이소마에 연구팀이 '번역불가능성의 번역'이라는 이론적 문제를 밝히는 것에 '포스트'의 방점을 두었다면, 필자는 '포스트콜로니얼리즘은 식민화를 방치한다'는

9 　タラル・アサド(2022), 「總論」, 위의 책, 19-30면.

비판적 역설과 '탈식민은 아직 도래하지 않았다'는 역사인식을 수용하면서 '포스트'의 실천적 과제를 밝히기로 했다.

포스트콜로니얼 이론과 실천의 간극을 인지하면서 필자는 포스트콜로니얼리즘과 '식민주의 비판'을 구별하기로 한다. 포스트콜로니얼리즘을 탈식민의 현재적 사명을 완수하려는 지적 실천이라기보다, '1945년 이후 구식민지 출신의 지식인들이 식민지기를 연구 관찰하는 이론'으로 보자는 것이다. 본론에서는 먼저 포스트콜로니얼 이론과 그 논점을 인도, 한국, 일본의 연구사적 맥락에서 개괄하여 정리한다.[10] 그리고 한국과 일본에서 '식민'과 '역식민'의 모순이 냉전기의 '적대적 공존'의 역사에까지 연쇄되었던 문제를 돌아보기로 한다. 결론에서는 식민지와 냉전의 모순이 중층적으로 집적되어온 지구촌에서 한국과 일본이 진정한 독립과 해방을 성취할 가능성이 '대동아공영'이 아닌 '인류공영'을 찾아가는 도정에 있음을 제안하고자 한다. 이 때 '인류공영'은 자본주의 개발을 필요로 하지만, 새로운 글로벌 자본주의는 계급투쟁의 적대적 모순을 해소하는 실질적 과정이어야 할 것이다.

---

10   조관자(2018), 『일본 내셔널리즘의 사상사-'전시-전후체제'를 넘어서 동아시아 사상 과제 찾기』(서울대출판문화원, 11-17쪽)에서 다룬 '포스트콜로니얼리즘과 내셔널리즘' 중에서 일본과 한국의 포스트콜로리얼리즘 연구에 대한 정보를 일부 인용한다.

2. 혼종성의 확장과 탈식민의 주체

포스트콜로니얼리즘의 이론 형성은 에드워드 사이드의『오리엔탈리즘』(1978)이 푸코의 근대 비판과 파농의 '저항-모방'의 심리학과 만나면서 시작된다.[11] 모친이 기독교 신자였던 사이드는 자신의『오리엔탈리즘』(1978)에서 동양의 식민지를 그려내는 서양 제국주의의 시점을 비판했지만, 서양과 조우하는 동양인의 저항과 동서양의 상호작용을 간과했음을 반성한다. 그 결과 20세기말의 가장 중요한 철학적인 문학비평서의 하나로 평가받는『문화와 제국주의』(1993)가 나왔다.[12] 그러나 이 책은 제국과 식민지의 이항대립(binary opposition)을 넘어선 교감과 교류, 오락 및 문화의 창출 가능성을 긍정했기 때문에 마디우와 같은 급진주의 평자에게는 야유를 받는다.

사이드는 동시대 문화연구의 새로운 시점으로 이종(異種) 혼성성(hybridity)을 제시했다. 제국의 확장에서 그가 발견한 것은 단순히 동서양의 명백한 차이와 지정학적 갈등만이 아니라 문화적으로 혼합된 영역에서의 간극과 상호의존 관계였다. 즉 단일한 정체성을 단선적, 이항대립적으로 포괄하려는 관점을 넘어서, 식민지 제국에서 서

---

11 그 이론적 계보 및 비판적 논의에 대해서는 박종성(2006),『탈식민주의에 대한 성찰-푸코, 파농, 사이드, 바바, 스피박』(살림출판사), 이경원(2011),『검은 역사 하얀 이론: 탈식민 주의의 계보와 정체성』(한길사), 이석구(2011),『제국과 민족국가 사이에서』(한길사) 참조.

12 エドワード サイード(Edward W. Said, 1993), 大橋洋一訳,『文化と帝国主義』, みすず書房, 1998. 서론의 전반부(1-4면)에서 오리엔탈리즘에 대한 사이드의 반성을 알 수 있다.

로 다른 문화가 혼성 상태를 이룬 지점을 환기시키는 것이다. 억압과 피억압, 차이와 섞임으로 이루어진 식민지 문화를 조망하는 새로운 방법은 "대위법적이면서 때때로 유목민적인" 독법이다.[13] 음악 용어인 대위법(counterpoint)은 독립성이 강한 둘 이상의 멜로디를 수평적으로 동시에 결합하는 다성음악(polyphony)의 작곡 기법을 말한다.[14]

사이드의 문화연구를 계승한 인도계 미국인 호미 바바(Homi K.Bhabha)는 포스트콜로니얼리즘의 문화 연구를 주류 담론으로 확립시켰다. 바바는 『문화의 장소』(1994)에서 서양과 동양이 빚는 억압과 저항, 중심과 주변이 겹쳐지는 혼성성, 제국에 동질화되지 않는 피식민 주체의 모방(mimicry)과 전유(appropriation), 문화의 번역과 사람들의 이산(diaspora) 등에 주목한다. 그는 식민지에서 권력이 어떻게 생산적인가의 양가성(ambivalence)을 이해할 때 문화 본질주의로 굳어진 차이와 경계를 넘어설 가능성이 있다고 여겼다. 식민 권력이 타자를 욕망과 경멸의 대상으로 그려내고 기원과 동일성의 환상 속에 봉인하려고 하지만, 피식민지에서 모방과 혼성성의 증가는 제국의 권력 지형을 바꿀 새로운 전복의 가능성이라고 믿는 것이

---

13 혼성성과 대위법에 대해서는 エドワード サイード, 『文化と帝国主義』, みすず書房, 1998, 25-26면 참조.

14 다선율의 음악에서는 음의 수직적 결합을 중시한 화성법과 수평적 결합(melody)을 중시한 대위법이 있다. 전자는 동성음악(homophony), 후자는 다성음악(polyphony)으로도 불린다.

다.[15] 바바 이후 포스트콜로니얼리즘은 문화의 모순과 전이(transla-tion), 피식민자와 식민자가 갖는 권력과 저항을 모두 관찰할 수 있는 역사 이해와 문화·문학 비평의 시점으로 주목되면서, 1990년대 중반부터 한국과 일본은 물론 세계적으로 번져갔다.

가야트리 스피박(Gayatri C. Spivak)은 포스트콜로니얼리즘을 확장시킨 3인방의 한 사람이면서도 스스로 그 이론의 비판자로 나섰다. 그녀는 인도 농촌 여성의 관찰자로서 서벌턴(subaltern)의 침묵을 재현하는 불가능성에 도전했던 만큼, 포스트콜로니얼 페미니즘과 서벌턴(하위주체) 연구를 대표한다. 하지만 1999년에 『포스트콜로니얼 이성 비판』을 출판한 후 그 이론은 포스트콜로니얼리즘이 아닌 해체론적 맑스주의 페미니즘으로 명명된다. 1990년대 초국적 이동이 활발해진 글로벌리즘의 추세에서 그녀가 솔선하여 제3세계의 하층 노동자, 여성, 아동노동에 대한 윤리적 책임을 자각하고, 지적 식민주의에 대한 자기검열을 강화하며 이론적 전회를 밝힌 것이다.[16]

그러나 서벌턴의 침묵을 대변하려는 스피박의 윤리는 정작 하위주체들의 저항 가능성을 담아내지 못하고 있다는 비판을 듣는다. 바바와 스피박의 문체가 갖는 애매함과 난해함은 그 이론적 저항의 한

---

15   ホミ·K. バーバ(2005), 本橋哲也 訳,『文化の場所: ポストコロニアリズムの位 타자의 문제는 제3장, 권력의 양가성에 대해서는 제4장 참조.

16   Gayatri Chakravorty Spivak(1999), *A Critique of Post-Colonial Reason: Toward a History of the Vanishing Present*, Harvard University Press. 上村忠男·本橋哲也訳(2003),『ポストコロニア ル理性批判──消え去りゆく現在の歴史のために』, 月曜社. 임옥희(2011),『타자로서의 서구: 가야트리 스피박의 포스트식민 이성 비판 읽기와 쓰기』, 현암사.

계 및 역사 지식의 부정확성을 감추는 언어의 장난이라는 것이다.[17] 무엇이 문제일까? 필자로서는 포스트콜로니얼리즘도, 해체주의나 맑스주의처럼 권력 비판론으로 유효하다고 생각한다. 근본적인 문제는 그동안의 그 어떤 권력 비판이나 정치적 투쟁으로도 현실의 참된 독립과 해방에 이르지 못했다는 사실에 있을 것이다.

제국과 식민지, 서양과 동양의 만남은 창과 방패의 관계처럼 서로의 내셔널리즘이 부딪힐 때 온전히 화해할 수 없는 적대적 모순 속에 놓인다. 힘의 논리에서 강자의 창이 승리한 것처럼 보이지만, 방패를 완전히 녹일 수 없기 때문에 모순은 커져간다. 그렇다면 희망이 있을까? 필자는 지식의 진화와 공유에서 현실이 진보할 가능성을 찾는다. 제국주의 침략과 팽창 속에서 구식민지의 지식이 확장하고 인종적-문화적 혼성성이 증가했다. 후기-식민지 시대, 글로벌 사회에 보편적으로 공유되는 지식문화가 과학기술과 경제의 패러다임을 바꾸고 새로운 리얼리티를 확장해 간다. 이에 따라 근현대 내셔널리즘에도 내파(內破)가 일어난다. 내셔널 아이덴티티와 동시대의 혼종성이 공존하는 현실이 확장되면서 서로가 연결되어 탈식민 시대의 새로운 가능성을 열어갈 수 있게 된다.

물론 지식의 진화에도 불구하고 현실에서 인류는 타자와의 갈등

---

17 포스트콜로니얼리즘을 구사하는 서구제국의 이론가들이 구식민지의 현실을 정치적으로 대변하지 못하는 문제 등, 다양한 논쟁점은 로이스 타이슨 저(2012), 윤동구 역, 『비 평이론의 모든 것: 신비평부터 퀴어비평까지』(앨피) 제12장 참조. 한국의 문학비평계에서의 논의는 나병철(2005.02), 「한국문학과 탈식민」, 『상허학보』 14집, 11-41쪽.

과 사회적 조건의 격차 속에서 대립과 분쟁을 지속하고 있다. 오늘도 글로벌 뉴스의 큰 제목은 분쟁과 테러, 경제위기와 난민, 기후변동과 신종바이러스 감염증 등 재난의 일상화를 경고하는 내용이다. 그러나 위기에 직면하면 할수록, 지구촌이 하나로 연결되어 있다는 사실이 자명해지고 있다. 지식 정보의 진화와 확장 속에서 유적 존재인 인간은 타자의 독립과 해방까지도 필연적으로 열망하게 된다. 칸트는 「세계시민적 관점에서 본 보편사의 이념」(1784)에서 인간에게 고유한 이성의 발현은 개인이 아닌 류, 즉 인류 공동체 안에서만 안전하게 계발될 수 있다고 보았다.[18] 칸트의 류 개념은 포이어바흐 『철학과 기독교에 대하여』(1839)에 수용된 후 마르크스 『경제학·철학 초고』의 기축 개념으로 활용하면서 널리 퍼졌고, 류적 존재(Gattungswesen)로서 사회적 가치를 실현시키는 인간의 본질이 사랑과 이성에서 노동과 생산의 영역으로까지 확장되었다.[19]

문제의 해결을 위해서 우리는 글로벌 자본주의의 격차 문제를 해소하여 지속가능한 개발과 발전으로 자립과 공생을 도모해가야 함을 알고 있다. 우리 자신이 타자와 더불어 그 미완의 보편가치를 실현하려면, 스스로가 현실의 모순을 녹여낼 실력도 키워나가야 한다. 포스트콜로니얼 연구 및 그 비판은 결국 '탈식민의 주체'에 대한 질

---

18 임마누엘 칸트, 이한구 역(2009), 『칸트의 역사철학』, 서광사, 26-27쪽.

19 半田秀男(1975), 「「類的存在」としての人間(1)」, 『人文研究』 27(3), 155-172면. 沢田幸治(2010.01), 「類的存在と人間的解放の「完成」-K.マルクス『ユダヤ人問題によせて』の検討-」, 『商経論叢』 第45巻2-3, 79-94면.

문을 확장시킨다. 과연, 우리는 타자의 독립과 해방을 위해 무엇을 어떻게 할 수 있을 것인가?

3. '탈식민'과 '역식민', 역사적 연환의 아이러니

한국과 일본에서 포스트콜로니얼 연구는 어떻게 전개되어 왔을까? 최근까지 한국과 일본에서 축적된 각 연구 분과의 구체적 성과에 대해 필자의 조사와 식견이 미치지 못한다. 여기에서는 그 이론의 주요한 관점과 논점을 개괄한 후, 2012년부터 지속적으로 악화된 한일관계를 고려하면서 한일 사회에서 보편적으로 대응 가능한 탈식민의 과제에 대해 생각해 보기로 한다.

포스트모더니즘과 포스트콜로니얼리즘이 유입되기 이전 한국에서는 민족주의와 마르크스주의가 일본의 식민사관을 벗어나는 사상의 주류를 이루었다. 지배와 저항의 서사, 이항대립의 이론 투쟁도 반복되었다. 포스트콜로니얼리즘의 연구는 그러한 거대 담론의 모노로그(monologue)를 내파하고, 다성성(多聲性)과 혼성성(混成性)이 교차하는 인식 공간을 열도록 자극했다. 민족의 저항 역사와 문화 안에 제국의 팽창 논리가 공존했고, 수탈의 대상이었던 주변부에서 근대화의 새로운 중심이 만들어진 사실이 새롭게 주목을 받았다. 하지만 서양과 일본의 근대를 모방했던 식민지 주체의 모순은 민족 간 관계에서만이 아니라, 한국 사회 내부에서도 일어났다. 타협과 저항을 둘러싼 분열은 1945년 이후 한반도의 분단 상태 속에서 역사인식의 충돌과 정치적 대립으로 반복하고 있다.

경제사 연구에서는 '식민지 근대화론'(1993)이 제기되어 1960년대 이후 식민사관의 극복으로 확립되었던 '내재적 발전론'(수탈론)과의 사이에서 논쟁이 벌어졌다.[20] 이 논쟁의 소모성을 불식시키는 의미에서 윤해동은 "모든 근대는 식민지 근대"라는 명제를 도발적으로 제기하고, 법적·정치적 형식을 갖춘 제도로서의 공공성과 무관한 '식민지 공공성'이라는 개념을 제시했다. 그에 따르면 '식민지 공공성'은 사회의 자유를 확대하기 위한 적극적 지향이자, 공간이나 영역과 같은 고정적인 대상과 관련된 가치라기보다는 유동성을 본질로 하는 가치라 할 수 있다.[21] 주권이 부재하고 대의정치가 차단되었던 식민국가에서 식민지 공공성은 민족과 저항에 중점을 두었던 연구 관심을 근대 연구에 보편적인 '공공성'으로 전환시킨다. 이러한 연구 흐름은 식민지 시기 조선인의 실제 삶의 역동성을 관찰하여 생활세계의 변화를 다양하게 밝히려는 시도로 확장된다. '식민지 공공성'은 제도적 장치로서 실재하지 않지만, 식민지 사회에 내포된

---

20 식민지 근대화론은 안병직의 「한국경제발전에 관한 연구의 방법과 과제: 무엇을 연구할 것인가」(『경제사학』, 경제사학회, 1993)와 이영훈의 「한국사에 있어서 근대로의 이행과 특질」(『경제사학』 21, 경제사학회, 1996)에서 촉발되었다. 양자의 논쟁이 확산된 구도는 신기욱·마이클 로빈슨 저, 도면회 역(2006), 『한국의 식민지 근대성: 내재적 발전 론과 식민지 근대화론을 넘어서』(삼인) 등 참조.

21 윤해동, 황병주 외(2010), 『식민지 공공성-실체와 은유의 거리』, 책과함께, 26-27쪽. 식민지 공공성은 윤해동(2003), 《식민지의 회색지대》(역사비평사)에서 처음 제기되었다.

'은유'의 형식, 즉 "Colonial Publicness as Metaphor"(메타포로서 식민지 공공성)로 번역되면서 미국과 일본의 포스트콜로니얼 연구에서도 주목되었다.[22]

식민지 공공성에 대한 논의를 포함하여 '식민지 근대성'에 대한 연구는 식민주의 비판이나 식민지 근대화의 긍정을 넘어서 새로운 근대 연구의 주류로 확립되었다. 그것은 문학 텍스트의 분석만이 아니라 도시 건설, 이민, 미디어, 노동 규율, 학교 교육, 박물관, 대중문화 등 생활세계의 일상사와 제도화, 그리고 정치, 경제, 사회, 인류학, 과학사, 미술사, 음악사 등의 각 분야에서 더욱 활발하게 전개되었다.[23] 식민지 근대화론이 근대성을 내재적으로 수용하는 입장이라면, 식민지 근대성 논의는 근대화를 비판적으로 연구하려는 입장으로 정리되고 있다.

식민지 근대를 비판적으로 보는 관점 중에서도 식민지 근대화의 행위자였던 '친일파'에 대한 논의는 대중적인 역사인식과 정치적인 '과거 청산'의 쟁점이 되었다. '친일파'들은 1945년 일본의 패전 후에 '민족 반역자'로 심판을 받았고, 1980년대 민주화 (반독재민주화/

---

22 Hae-dong Yun(2013), "Colonial Publicness as Metaphor", M. Kim / M. Schoenhals (eds.), *Mass Dictatorship and Modernity*, Palgrave Macmillan, 159-177면, 尹海東(2014),「植民地近代 と公共性──変容する公共性の地平」, 島薗進・磯前順一編,『宗教と公共空間』, 東京大学 出版会.

23 식민지 근대부터 1960년대까지의 일상사에 대한 다양한 관점은 박지향, 김일영, 김철, 이영훈 편,『해방전후사의 재인식』(책세상, 2006) 1편과 2편 참조. 정근식·공제욱 외(2006),『식민지의 일상: 지배와 균열』, 문화과학사. 그밖에 세부 학문에서 다양한 성과가 축적되었다.

반미자주화/반제민족통일) 운동의 과정에서 또 다시 '개발독재 세력 = 친일파'라는 등식 하에서 다시 소환되었다. 민주화 운동의 정치 세력화에 힘입어 '친일 반민족 행위 진상 규명 위원회'가 '역사 바로 세우기'의 명분하에 2000년대까지 활동했다. 정권 다툼과 사회적 분열이 치열해지면서 대중감정을 자극하는 반일 포퓰리즘과 '관제 반일 캠페인'이 지속되고, '토착 왜구'라는 프레임까지 생겨났다.[24] '토착 왜구'는 일본 유학 출신자를 무차별적으로 지칭하는 개념으로 거꾸로 1990년대 이후 학계의 역사인식이 반일 민족주의를 지양해 왔음을 반증한다. 포스트모더니즘과 포스트콜로니얼리즘의 유입으로 역사학계와 문학계에서는 친일의 논리와 행위에서 '민족을 위한 친일'을 밝혀냈고, 그 근대적 주체성의 모순과 양가성에 주목하는 연구 스펙트럼의 확장을 가져왔다.[25]

식민지 근대 연구는 민족주의적 시각에서 벗어나 제국의 다민족, 다언어 영역을 포괄하며 확장되었다. 조선인이 쓴 일본어 소설도 '친일문학'이나 '일본어문학'에서 해제되어 근대적 주체의 양가성

---

24 2020년 10월 소설가 조정래가 자신의 등단 50주년 기자간담회에서 "토착왜구라고 부르는, 일본에 유학을 갔다 오면 무조건 다 친일파가 돼 버립니다"라면서 "150만 친일파"를 거론하기도 했다. 임도원, 김근식 "조정래 토착왜구 발언, 관제 반일캠페인서 유래", 한국경제, 2020.10.15.

25 민족주의 관점에서 친일문학을 비판한 임종국(1966), 『친일문학론』 이후, 포스트콜로니얼리즘의 영향을 받은 새로운 논의는 이경훈(1998), 『이광수의 친일문학연구』, 태학사. 趙寛子(2001), 「「親日ナショナリズム」の形成と破綻―「李光洙・民族反逆者」という 審級を越えて」, 『現代思想』, 29(16). (한국어 번역판은 조관자(2006), 「'민족의 힘'을 욕망한 '친일 내셔널리스트' 이광수」, 『해방전후사의 재인식1』, 책세상) 등.

과 다성성을 나타내는 현상으로 주목되었다. 김철은 일본어를 쓰는 작가와 작품 속의 화자를 인형극의 숨은 화자인 복화술사(複話術師)로 지칭하며 모방과 전복의 가능성을 읽어냈다. "오로지 하나의 언어만을 말하는 자, 모어의 자연성의 세계 속에만 갇혀 사는 자에게 제국은 시야에 들어오지 않는다. 제국의 언어를 흉내(mimicry)내는 자, 자신의 언어가 아닌 다른 언어로 다른 생각을 시도하는 자에게 비로소 전복의 가능성이 열린다."[26] 단순히 근대 문명을 장착한 제국의 언어만이 아니라, 타자의 언어로 말할 때 생각의 확장성이 열리는 이치를 강조한 것이다.

중국과의 수교(1992)로 활발해진 만주 연구에서도 포스트콜로니얼리즘의 시점이 적용되었다. 포스트콜로니얼 연구 관점은 식민지기의 조선과 만주국, 대만을 포함한 제국 일본에서 근대에 대한 실증 연구를 비롯하여, 근대성과 식민주의 비판의 모든 연구에서 서양 및 일본 제국과의 연환을 고려하고 근대화와 자본주의의 보편적 연구 주제를 확장시켰다. 그렇다면 일본에서의 포스트콜로니얼리즘은 어떻게 수용되었을까?

일본에서 포스트콜로니얼리즘은 제국 연구와 대쌍적 관계를 이루면서 '식민지제국' 연구로 전개되었다. 정치학자인 후지와라 기이치(藤原帰一)가 번역 소개한 피터 두스(Peter Duus)의 「식민지 없는 제국주의」는 1930년대 이후 만주국을 건설한 일본 제국주의의 특징을

---

26   김철(2008), 『복화술사들』, 문학과지성사, 167쪽.

위임통치의 형식과 범민족주의(pan-nationalism)로 수식된 '대동아 공영권'의 이념에서 찾는다.[27] 윌슨의 민족자결주의로 식민지 지배의 정당성이 상실된 세계에서 일본은 뒤늦게 만주국을 건립하고 점령지를 확대하면서 아시아 공영의 명분하에 다민족의 통합을 시도했다. 두스의 시점에는 영국의 '비공식제국'(정치적·경제적 직접통치를 피하고 동인도회사를 중심으로 한 자유무역제국주의)의 개념이 녹아 있다. 여기에서 조선과 대만의 식민지 상황을 논외로 하고 있는 만큼, '식민지 없는 제국주의'라는 수사가 일본제국의 실체를 드러낸 것은 아니다. 하지만 당시 조선인이 만주국에서 활약하며, 제국일본의 2등 국민으로서 제국의 지배이념에 포섭되는 양상이 나타났던 것도 사실이다.

근대 일본은 서양의 식민지라는 무의식 속에서 서양을 모방하고 영미제국에 대한 저항을 명분으로 동아시아에서 식민지를 확장시켰다.[28] 그 역사의 모순과 양가성에 주목하는 일본의 포스트콜로니얼리즘 연구는 식민지와 제국의 간극에서 '대위법적 독해'를 시도한다.[29] 탈식민(脫植民)과 역식민(逆植民, counter-colonisation)이 주목받게

27 ピーター・ドウス, 藤原帰一 訳(1992.4), 「植民地なき帝国主義―『大東亜共栄圏』の構想」, 『思想』 814, 107면.

28 小森陽一(2001), 『ポストコロニアル』, 岩波書店.

29 駒込武(1996), 『植民地帝国日本の文化統合』, 岩波書店, 연구리뷰로 戸邉秀明(2008.6), 「ポスト コロニアリズムと帝国史研究」, 日本植民地研究会編, 『日本植民地研究の現状と課題』, アテネ社, 37-70면; 板垣竜太・戸邉秀明・水谷智(2010.8), 「日本植民地研究の回顧と展望―朝鮮史を中心に」, 『社会科学』 40-2, 同志社大学人文科学研究所, 27-59면. 동아시아 근대의 지식 연쇄를 '사상과제'로서 고찰한 야마무로 신이치(2018), 『사상

된 것도 그 결실로 볼 수 있다.

'역식민' 용어는 식민정책이 본국에 거꾸로 이식되는 역류(逆流)의 현상을 읽어낸다. 이 용어는 1940년대에 농경제학자 도바타 세이치(東畑精一)가 공식적으로 사용했다. 그는 「역식민」이란 글에서 식민지의 경제개발이 일본의 농업 문제를 해결하는 대체적(代替的)·경쟁적인 것으로서 일본 경제에 보완적으로 작용할 가능성을 지적하면서, 식민주의의 일방적 착취가 아닌 '아시아 공영'에 공헌할 경제개발을 촉구했다.[30] 식민지와 제국의 상호의존성에 주목하는 그 개발론은 중국 대륙의 반봉건적 농촌을 '문명화'할 일본의 역사적 사명 위에서 강조되었다. 물론 전시기에 일본 본토의 노동력 부족이나 농업생산력의 저하를 해결하는 방안도 필요했다. 역식민은 제2차세계대전 시기에 식민지의 경제개발로 아시아 지역의 블록경제를 이루어 일본제국의 팽창과 번영을 보장할 실질적 방법론으로 인식되었던 것이다.

일본제국의 '아시아 공영'은 '식민지 문명화'를 내세운 영미제국과의 전쟁에서 일본이 이념적 우위를 확보하고 피식민자를 동원하기 위한 전략적 슬로건이었다. 그것이 실행된 결과 조선과 만주국은

과제로 서의 아시아』, 소명출판. (일본어판은 2001년 출판)

30 東畑精一(1943), 「逆植民」, 『上田貞次郞博士記念論文集 四, 人口及東亜経済の研究』, 科学主義工業社, 286-291면. 도바타를 비롯한 총력전 체제 하 아시아 개발론을 경제적 리얼리즘 및 민주사회주의의 관점에서 포착한 辛島理人(2015), 『帝国日本のアジア研究: 総 力戦体制·経済リアリズム·民主社会主義』, 明石書店.

제국의 병참기지로 승격되어 발전소, 제철, 화학, 기계·조선·비행기 등의 중공업이 개발되었다.[31] 그 일부가 소련에 강탈되어 소련의 군수산업에 재활용되었고, 소련의 원조를 배경으로 북한의 '조국해방전쟁'과 중국의 '항미원조전쟁'이 수행되었다.[32] 일본의 '북선(北鮮)개발'이 1960년대까지 북한이 남한보다 잘 살던 요인의 하나였다면, 일본은 한국전쟁의 발발로 주권을 회복하고 미국의 병참기지로 급속히 재편된 후 경제부흥에 성공했다. 한국전쟁의 휴전 후, 한국은 좌파 진영으로부터 '신식민주의 침략국'으로 불리던 미국의 원조와 '신식민주의 약탈'로 비판되던 일본의 차관을 기반으로 '한강의 기적'을 수행하였다. 탈냉전 후 중국은 미국의 공장으로 기능하면서 개혁개방을 수행하고 제2의 경제대국으로 변모했다. 하지만 미중의 패권 경쟁으로 세계는 또 다른 냉전을 맞이하고 있다.

한반도를 둘러싼 아시아·태평양 지역에서는 이처럼 제국/식민지의 역사적 연환과 독립/냉전(내전)의 역사적 전환 속에서 적대성과 동맹-협력 관계가 재편되는 가운데, 각국의 경제도 성장했다. 이렇게 겹겹이 엇갈리고 이합 집산한 역사적 경험의 아이러니를 단지 식민주의 비판과 냉전의 이분법으로 평가하는 것은 변덕스러운 역사를 살아온 선인들의 삶을 창과 방패의 모순 속에 다시 담아두는 꼴

---

31 고태우(2020), 「식민지기 '북선개발(北鮮開發)' 인식과 정책의 추이」, 『韓國文化』 89, 서울대학교 규장각한국학연구원, 167-196쪽.

32 정형아(2019), 동아시아 전후처리와 중소갈등(1941~1952), 국방부 군사편찬연구소, 141-146쪽.

이 된다. 제국주의가 창이고 민족주의가 방패라면, 일본 제국주의는 백인 제국주의에 대한 방패로서 일본 민족주의를 합리화하며 아시아의 타 민족을 동화시키고자 했다. 모순된 시대 상황에서 어떤 잣대로 누구의 입장에 서는가에 따라 역사적 사실이 창이 되고, 방패가 된다. 후기-식민지를 살아가는 한반도에서는 동족끼리 창과 방패를 들고 맞서고 있다. 자민족과도 겨루는 모순된 상황에서 과거 일본의 개입과 잔재를 배제하거나, 현재의 도덕 감정으로 역사를 바르게 세우려는 노력 자체가 역사인식의 갈등을 심화시킨다.

적어도 지구촌에서 미래의 평화를 책임지려는 포스트콜로니얼 연구라면, 비록 민족공동체의 적이라 해도 제국/식민지의 모순과 역사적 변덕에 시달렸던 모든 선인들의 희생을 인정할 필요가 있다. 당파성과 적대성의 늪에 빠지는 논리는 불편부당(不偏不黨)한 연구일 수 없으며 자연법에 어긋나는 분별이 될 것이다. 약육강식의 먹이사슬, 바이러스와 숙주의 군비 경쟁(arms race)조차 생태계 내 공생 질서에서 유전자 다양성과 면역체계를 강화시켜 왔다. 인류도 힘의 경쟁 속에서 각 종족의 흥망성쇠를 반복하면서 인류평화와 공생의 필연성을 자각하기에 이르렀다. 그러나 오늘의 미중분쟁과 러시아-우크라이나 전쟁처럼 탈냉전의 기류를 되돌리는 당파성과 적대성은 인류의 지적 진보와 자연법의 차원에서 해소해야 할 과거의 인식태도이다.

식민지/제국과 냉전의 잘못된 유산은 오늘 후손이 풀어내야 할 숙제이다. 우리는 과거 모순을 정확히 진단하고 오늘에도 반복되는 그 모순을 녹여내어 온전히 새로운 미래를 만들어갈 의무가 있다. 만일 그 해법을 풀어낸다면, 식민 지배와 이념 대립에 얽힌 탐욕과 모욕조차도 미래의 진보를 가져온 밑거름이 될 것이다. 과거에 묶인 원한과 집착이 아니라 과거의 모든 희생과 비리에조차 감사하게 될 때, 우리는 비로소 '역사 바로 세우기'의 승자가 될 수 있을 것이다.

4. 서벌턴의 봉기와 자본가의 유책(有責)

인도와 남아시아 역사가들 중 안토니오 그람시를 추종했던 그룹이 1982년부터 영국에서 『Subaltern Studies』를 창간하여 포스트콜로니얼 연구에 새로운 영감을 불러일으켰다. 서벌턴 연구 그룹은 1959년 영국으로 이주한 인도인 라나지트 구하(Ranajit Guha)를 중심으로 활약했다. 구하는 선거 승리를 좇는 인도 공산당에 실망한 후, 19세기 후반 인도 농민의 봉기를 연구하여 『서발턴과 봉기』(1983)를 출판했다. 서벌턴 그룹은 엘리트 집단을 제외한 모든 인도인을 서벌턴으로 정의하여 노동해방과 계급 문제를 방치했다는 비판을 들었지만, 엘리트의 내셔널리즘에 수렴되지 않는 '아래로부터의 역사'를 연구하고자 한다.[33]

---

33 Dipesh Chakrabarty(2000), "Subaltern Studies and Postcolonial Historiography," *Nepantla: Views from South*, V1, Issue 1(Published by Duke University Press), 14면. Ranajit Guha(1982), "On Some Aspects of the Historiography of Colonial India," (*Subaltern Studies*. Volume I. Delhi: Oxford University Press), 1-8면.

그러나 문맹이 대다수인 서벌턴의 연구에서 진짜 서벌턴의 기록은 없다. 농민 봉기에 대한 식민 당국과 경찰 및 신문의 기록은 농민을 무시했다. 그 목소리의 재현불가능성 위에서 서벌턴 연구자들은 뱅골 문학과 타고르의 작품 등을 다채롭게 인용하며 하위 주체들의 자율성을 대변하고자 했다. 서벌턴 연구자들은 지역의 문화적 특이성과 역사적 특수성, 서벌턴의 개별성 등을 탐구하여 남아시아에서 자본주의 발전과 사회혁명이 일어나지 않는 원인까지 밝히게 된다.

서벌턴이 배제된 현실과 그들의 저항에 주목한다는 점에서 인도계 미국인 사회학자 비벡 치버도 포스트콜로니얼리즘에 관심을 갖는다. 그러나 마르크스주의자 치버는『탈식민주의 이론과 자본의 유령』에서 포스트콜로니얼리즘이 인간의 생존과 관련한 자본주의의 보편성과 사회주의적 계몽의 가치를 무시한 결과 식민지의 현실조차 설명할 수 없게 되었다고 비판한다.[34] 포스트콜로니얼 이론에서 자본주의는 비서구 사회가 고유의 미래를 건설할 능력을 박탈하는 '외래적인 것'으로 간주된다. 특히 디페시 차크라바르티(Dipesh Chakrabarty)와 지안 프라카시(Gyan Prakash)와 같은 서벌턴 이론가들은 자본의 문명화를 맹신하는 마르크스주의에서 역사의 비연속적 단절이 직선적으로 이어지고, 이질성이 동질화된다고 비판한다. 이에 대해 치버는 서벌턴 연구의 강박관념이 파편, 주변부, 지정학적

---

34 Vivek Chibbe(2013)r, *Postcolonial Theory and the Spectre of Capital*, (Verso; 1st edition), 22-25면.

혹은 문화적 특수성에 뿌리를 둔 실천과 규범에 역점을 두는 경향 때문에 오히려 동·서양의 문화적 차이를 본질로 만드는 오리엔탈리즘의 문화 본질주의를 입증했다고 반박한다.[35]

서구 근대와 글로벌 자본주의가 식민지의 희생을 바탕으로 발전했다면, 근대 이후 비서구 사회도 어떤 형태로든 서구 근대의 지식과 기술을 흡수하며 변화했다. 따라서 식민지에서도 서구 근대와 통하는 보편적 개념으로 연구할 필요성이 높아진다. 치버 자신은 자본, 계급, 착취와 같은 마르크스주의 개념으로 포스트콜로니얼 국가를 연구한다. 그 첫 연구는 1945년 이후 신흥독립국들 사이에서 국가 만들기와 산업화에 격차가 벌어진 이유를 찾는 것이었다. 그의 첫 저서 『봉쇄된 장소: 인도의 국가건설과 후기공업화』에서 치버는 한국을 개발도상국의 기원으로 명명하고, 한국에서는 관료와 자본가의 연합으로 경제개발이 진전됐다고 평가한다.[36]

그렇다면 인도의 국가 건설은 어떠했는가? 치버에 따르면, 서벌턴 이론은 서구 민주주의와 인도의 저발전을 대조시켜, 결과적으로 인도 사회의 역동성과 계급 모순을 놓쳤다. 특히 구하는 서구의 자본가들이 농민과 노동계급을 통합해내면서 자본주의화를 위한 민주주의 정치 질서를 성취할 수 있었지만, 인도의 엘리트들은 봉건

---

35 비벡 치버, 「자본주의에 무력한 좌파의 빛바랜 보편주의」(르몽드 디플로마티크, 68호, 2014년 04월 28일), 『르몽드인문학』(휴먼큐브 출판, 2015 수록), 122-139쪽.

36 Vivek Chibber(2003), *Locked in Place: State-Building and Late Industrialization in India*, Prince- ton, 51-81면.

계급과 연합하여 농민과 노동계급의 개입을 억제했다고 보았다. 결과적으로 구하는 오리엔탈리즘의 아시아적 정체성(停滯性)을 입증하게 된 셈이다. 치버는 그것이 역사적 사실과 다르다고 주장한다. 네루 정부의 사회주의적 기획이 노동자 농민을 배제한 것이 아니라, 오히려 인도의 자본가들이 관료의 경제 기획에 협조하지 않았기 때문에 국가 역량이 약화되었다는 것이다.[37]

　인도 사정을 모르는 필자는 그들 이론의 차이와 논쟁을 객관적으로 평가할 수 없지만, 각각의 연구가 갖는 의미를 다음처럼 이해한다. 서벌턴 연구자들은 남성 중심의 엘리트층을 비판하고 공동체의 전통에 내재된 하위주체들의 가능성에 주목한다. 그들은 자본주의 개발에 소극적인 대신 인도 남부의 독자적 문화론을 풍요롭게 개척했다. 반면 치버는 오늘의 인도와 '남반부'에서 자본주의 개발의 필연성과 계급투쟁의 당위성을 동시에 옹호한다. 치버는 자본의 보편화가 자신들의 생계를 위한 노동자들의 보편적 투쟁을 필연적으로 낳게 된다고 믿지만, 오늘의 글로벌 자본주의에서 계급투쟁이 퇴화되는 현실을 우려한다.[38] 실제 자본주의 먹이사슬의 주변부와 밑바닥에서는 노동자들의 희생이 거듭되고 있다. 그러나 과연 노동자계

37　Ibid., 85-108면. 127-158면. Jonah Birch, AN INTERVIEW WITH VIVEK CHIBBER "How Does the Subaltern Speak?, " *JACOBIN*, 2013. 4. 21.
　　https://www.jacobinmag.com/2013/04/how-does-the-subaltern-speak(검색일 2022/10/10)

38　비벡 치버, 「자본주의에 무력한 좌파의 빛바랜 보편주의」, 128-139쪽.

급의 당파성을 강조하는 치버의 주장처럼 하위계층의 투쟁이 있어 야만 환경을 개선할 수 있을까?

2009년과 2012년 한국의 TV 프로그램에서 방영되었던 선박해체 업을 보자. 인도, 방글라데시, 파키스탄의 해안에는 선박해체소가 많다.[39] 석면과 폐유, 고열과 유해가스가 가득한 작업장에서는 잦은 사고와 폐질환 등이 일어나지만 산재 보상을 위한 규정이 없다. 10 대 아동과 50대 여성까지 포함한 극빈층들은 "굶어죽는 것"보다 낫 기에 하루 2~6달러를 벌기 위해 맨손과 낡은 연장으로 극한의 노동 을 한다. 그들이 뜯어낸 전선과 양변기, 녹슨 쇠조각과 진흙에 엉긴 폐유까지 100% 경매되어 재활용된다. 철이 나지 않는 방글라데시 와 파키스탄에서 폐선업은 철강을 공급하는 중요 산업이 되었다. 선 박해체업은 해안 환경을 오염시키고 산업재해도 크지만, 그 종사자 들은 절대 빈곤을 해결하기 위해 '신이 보내준 선물'로 여긴다.[40]

지구촌에는 극한 노동의 일자리에서도 가족의 생계를 책임지며 미래의 희망을 찾는 이들이 있다. 한국의 70-80년대에 그러한 희생 적인 삶을 살았던 선배들은 1987년 이후 '노동자 투쟁'에도 나섰다. 그렇다면 가난의 질곡에서 '신이 보내준 선물'을 받아들인 선박노동 자들이 21세기에도 여전히 계급투쟁에 나서야만 역사가 진보할까?

---

39 전 세계 선박해체산업은 주로 인도, 방글라데시, 파키스탄, 중국, 터키 5개국에 집중 돼 있다.

40 KBS 스페셜 - 인간의 땅 2부 "철까마귀의 날들 - 방글라데시 치타공" (2009.07.19 방 영). EBS TV극한직업- 파키스탄 선박해체공 1부~2부 (2012.11.21.~22 방영)

선박의 건조, 운행, 폐기, 재활용을 위한 전 과정에서 자연과 노동에 친화적이며, 경쟁 우위보다는 선순환의 가치를 창출하는 글로벌 자본주의의 질서를 기획하고 실행할 수는 없을까? 한국의 방송국이 다큐멘터리를 제작한 시점에서는 이미 그 대책이 모색되고 있었다.

2003년 10월 7일부터 일주일간 태국에서 국제노동기구(ILO)가 선박해체에 관한 안전위생 3자 전문가회의를 구성하여 처음으로 노동조건의 개선을 위한 지침을 마련했다. 하지만 강제성이 없어서 그 실효성도 적었다. 2009년 홍콩에서 국제해사기구(IMO)가 '선박 재활용 협약'을 채택하여, 선박의 건조부터 해체에 이르기까지 석면 등 유해물질 및 해양오염물질을 관리하도록 했다.[41] 환경, 인권, 노동권을 위한 단체 연합인 비정부조직 선박해체 플랫폼(NGO Ship-breaking Platform)도 출범했다. 이는 조선업의 변화를 수반하는 진보적 조치였지만, 2011년 11월 파키스탄 가다니에서 유조선을 해체하던 중 남아 있던 폐유로 인한 대형 폭발 사고가 일어나 노동자 12명이 숨지고 58명이 다쳤다. 그 후 각국 정부가 선박해체업(Ship Breaking Industry)을 육성하면서 폐선박 수입 시 유독물질 함유 여부를 검사하고, 기준치를 초과할 경우 해당 선박의 수입을 금지하고 있다. 최근 저탄소 경제로의 이행을 위한 선박 재활용 기술 연구도 활발해

---

[41] 선박의 건조부터 해체까지 선박 내 유해물질을 목록으로 관리하며, 해체업자는 그 처리 및 선박재활용계획을 제출해 시설 당국으로부터 승인을 받아야 하고, 선주들은 자신이 보유한 500톤 이상의 국제운항선박에 대해 유해물 리스트를 작성해야 한다.

지고 있다.[42]

　인도와 방글라데시의 선박해체시설은 IMO 홍콩국제협약의 요구 사항을 준수하고 있다. 그러나 2021년 EU는 하류 폐기물 처리 인프라 및 인근의 비상 위생 시설의 미흡을 이유로 아시아의 선박해체소를 모두 승인하지 않았다. 아시아의 선박해체업만이 아니라 유럽의 선주들도 곤란해진 이러한 상황은 유럽의 선박해체소를 보호하려는 EU의 정치적 선택이라는 분석도 있다.[43] 앞으로 선박의 건조와 해체에 이르기까지 로봇노동과 친환경 소재가 적용되어 그 일자리가 줄어들 것이며, 경제블록을 형성한 자본 간 경쟁이 강화될 우려도 있다.

　그러나 위와 같은 지난한 과정과 이해관계의 충돌을 거치며 세상에서 가장 위험하고 더러운 일이었던 선박해체업이 보다 깨끗하고 안전한 노동 환경에서 선박 재활용의 효율을 높이는 방향으로 변화하고 있는 것도 사실이다. NGO 선박해체 플렛폼은 그러한 진화를 자신들의 활동성과로 자랑하지만, 선주들의 윤리경영, 각국 정부의 규제, 과학기술의 발전 등이 융합해야 더 바람직한 결실을 맺게 된

42　Press Release - Turning point: new tech and developments for a new future of ship recycling presented at the Lab. Published in October 04th, 2022. https://shipbreakingplatform.org/winds-of-change-at-ship-recycling-lab/(검색일 2023/01/03)

43　글로벌 선박재활용 중개업체인 GMS의 CEO는 "EU가 최근 승인한 선박해체시설로 터키 8곳, 미국 1곳 총 9곳을 발표했지만, 신청은 39건이 접수되었다"라며 "IMO 홍콩협약의 기준을 충족하는 선박해체시설은 109개가 있으며, 그중 92개는 인도, 14개는 터키, 2개는 중국, 1개는 방글라데시에 있다"고 덧붙였다. 김우정(2021.3), 「유럽선주, 선박해체 위기에 직면」, 『해양한국』 43.

다. 물론 어느 한 산업의 개발만으로 '탈식민' 시대의 사회적 진보와 인간의 행복을 결코 말할 수 없다. 미래의 진보가 단선적이지도 않을 것이다. 그럼에도 불구하고 하나의 바람직한 변화 모델이 나온다면, 그로부터 새로운 모방과 혼성성이 확장될 수 있지 않겠는가.

치버는 자본주의 발전과 사회 변혁을 가능하게 하는 인간의 보편적 욕구를 두 가지로 나눈다.[44] 그 하나는 물질을 충족하려는 생물학적 욕구이다. 이것은 자본의 이윤 창출을 위한 경쟁과 착취만이 아니라 노동자들의 자본에 대한 예속과 저항에 모두 작용한다고 한다. 또 하나는 자유와 창조 또는 존엄성에 대한 갈망이다. 이것은 생물학적 욕구를 충족시킨 후 인간성의 더 나은 진보를 위해 추구하는 가치라고 한다. 실제 물질적으로 풍요로운 '북반부'의 국가들은 국민들의 안전과 인권을 더 잘 보장하기 위해 복지 행정에 힘을 쏟고 있다. 하지만 코로나 팬데믹에서 보듯이 그 사회에 면역력과 활기가 넘치는 것은 결코 아니다. 치버는 그 사회적 정체와 무기력을 퇴출할 계급투쟁의 필요성을 역설한다. 그러나 자본주의 개발도 노동자 투쟁도 온전한 답이 아니었기에 오늘 지구촌에 온갖 난제들이 난무하는 것이 아니겠는가.

---

44   비벡 치버, 「자본주의에 무력한 좌파의 빛바랜 보편주의」, 137-138쪽.

5. 미완의 프로젝트 '아시아공영'에서 '인류상생'으로

포스트콜로니얼리즘의 실패를 추궁하는 〈Janus Unbound〉의 창간호에는 스피박의 글 "포스트콜로니얼 연구의 유산은 오늘의 식민지주의를 어떻게 생각하는가?"도 실렸다. 스피박은 포스트콜로니얼의 유산 속에서 인도가 세계금융시장과 디지털 산업에 편입된 후에도 하층민이 여전히 가난하고, 인도의 민주주의가 힌두 민족주의에 물들어가는 사태를 우려한다. 인구의 80%인 힌두교도가 과도한 이슬람 공포로 시민권을 힌두교로 한정시킬 수도 있다는 것이다.[45] 그녀는 탈식민지의 유산으로 민주주의가 신권이 되고 있는 문제의 뿌리를 인도 독립의 협상 과정(1947-1949)에서부터 찾는다. 사회주의자 네루의 인도 건설이 하층민을 소외시킨 것에 비판적인 그녀는 애초에 레닌이 식민지의 해방에서 민족 부르주아지의 역할을 강조하여, 피억압 국가의 민족주의가 반동적일 수 있는 가능성을 고려하지 않았다고 비판한다. 그러나 과연 자본가와 엘리트층만의 문제일까? 하층민들은 힌두 민족주의를 벗어나 이슬람을 관대하게 영접할 수 있을까?

글의 말미에서 스피박은 "포스트콜로니얼리티는 오리엔탈리스트의 내셔널리즘에 근거하여 민족해방을 축복하는 것"이라는 자신

---

45   Gayatri Chakravorty Spivak(Fall 2021), "How the Heritage of Postcolonial Studies Thinks Post-
      colo- nialism Today," *Janus Unbound: Journal of Critical Studies*, Vol. 1, No. 1, 19-22면.

의 비판적 관점을 강조한다. 그리고 내셔널리즘을 계승한 포스트콜로니얼 유산을 넘어서기 위해 '역사로서의 크리오리티'(Creolity, créolité, 異種混交性)를 제시한다. 크리오리티는 1980년대 프랑스령 카리브해의 섬에서 시작된 문학 운동에서 유래한다. 백인과 흑인의 혼혈인 크레올(Creole)은 자신들의 언어와 프랑스어 양쪽으로 소설을 쓰며 자신들의 특이성을 '흑인의 유산'과 분리시켰다. 그동안 아프리카 디아스포라 작가들은 흑인의 역사적 정체성을 자신들의 저항 무기로 삼아서, 프랑스어 'Nègre'에 접미어 '-itude'를 붙인 네그리튜드(Négritude) 문학운동을 펼쳐왔다.[46] 반면 크레올 작가(créolistes)들은 오리엔탈리즘으로 각인된 흑인의 단일한 정체성을 거부하고 이종 혼성성과 그 문화적 공간을 섬으로 표상했다. 네그리튜드(Négritude)가 오리엔탈리즘에 근거한 민족해방운동이었다면, 크리오리티 운동은 프랑스어의 지배력과 단일한 보편성, 순수한 흑인 정체성에 모두 저항한다.[47]

스피박은 글로벌 커뮤니티가 단일 언어의 보편성을 폭력적으로 확장하는 '대륙'을 만들고 있다면서 그 대안으로 '섬'의 사상을 말한다. "우리는 포스트콜로니얼의 유산을 섬의 사유 방식으로 바꾸어놓아야 합니다. 일본은 훌륭하게 이행할 수 있습니다. 우리는 모두

---

46 Reilly, Brian J.(Fall 2020), "Négritude's Contretemps: The Coining and Reception of Aimé Césaire's Neologism". *Philological Quarterly*. Vol. 99 Issue 4, 377-398면.

47 Lewis, Shireen K.(2006), *Race, Culture and Identity: Francophone West African and Caribbean literature and theory from Négritude to Créolité*. Lexington Books. 72-73면.

섬사람들입니다. 나는 유라시아의 섬에서 왔습니다."[48] 그녀는 인도, 미국, 중국을 모두 '섬'으로 대체하면서 자신의 아이덴티티를 섬에 귀속시킨다. 섬·군도(群島)의 사고방식은 단일한 정체성에 매몰된 내셔널리즘을 해체하고자 한다. 동아시아에서도 센카쿠/댜오위다오, 독도/다케시마의 영유권 분쟁을 멈추고 평화를 유지하는 섬 그 자체로 연결하자는 사상이 존재할 수 있다. 하지만 현실에서 '대륙'을 '섬'으로 대체하거나 분해할 수 없듯이, 섬의 사상으로 대륙의 문제를 해소할 수 없다. 과연 대륙과 유리된 섬에서 대륙의 문제를 방치한 채 무엇을 새롭게 창조하고 변화시킬 수 있을까? 실제 대영제국에서 해는 지지 않았고, 일본은 아시아 대륙과 해양을 점령하고자 했다. 그렇다면 대륙과 섬을 새롭게 하는 것은 무엇인가?

섬나라 영국이 아편전쟁으로 청 대륙을 침범했을 때, 아시아에서 그 충격을 흡수해 내는 방식은 새로운 지식과 기술의 흡수였다. 한국의 동도서기(東道西器), 일본의 화혼양재(和魂洋才), 중국의 중체서용(中體西用)에서 〈도, 혼, 체〉로 표상되던 사회 시스템이 모두 제국주의 침탈과 냉전시대의 폭력적 대립을 거치면서 새로운 국가 및 사회체제로 변화했다. 포스트콜로니얼리즘을 대표하는 구식민지 지식인들도 '대륙'의 지식을 흡수하고 지식의 종주국으로 이주했다. 그렇다면 전 지구적 경험과 지식을 축적한 지식인들이 이제 모든 대륙의 모순을 해부하고 식민지 문제를 근본적으로 해결할 〈도, 혼, 체〉의 새로

---

48   Spivak, *How the Heritage of Postcolonial Studies Thinks Postcolonialism Today*, 27면.

운 패러다임을 내놓아야 하지 않을까? 구식민지 출신의 지식인들이 대륙의 문제를 비판하기보다, 식민지/제국을 연결하는 문제의 해답을 찾아내어 세상을 바꾸고자 노력할 때 지적인 '자주독립'을 이룰 수 있을 것이다.

포스트콜로니얼 이론은 보편성의 획일적 폭력을 고발했지만, 탈제국화/ 탈식민화의 역사에서 보편주의 가치가 성립된 적이 없다. 개개인부터 각 나라에 이르기까지 '내 것 챙기기'가 최우선인 현실에서 무엇이 '단일 언어의 보편성'이고 '획일적 가치'인가? 정쟁과 경쟁이 끊이지 않는 지구촌에서 서로 소통하는 '단일 언어'나 보편 가치, 사회적 분열을 통합하거나 완벽히 통제하는 '대륙'은 아직까지 출현한 적 없다. 지구촌에서는 오히려 사회 보편의 가치들이 더욱 파편화되고 훼손되면서 민족감정의 충돌과 인종차별만이 아니라, 아동학대와 가족해체, 혐오와 분노, 가짜뉴스와 무차별 폭력사건, 고소고발이 횡행한다. 코로나 봉쇄가 풀리면 난민 문제와 외국인 공포증이 더 심각해질 것이다. 이러한 시대에 식민지 출신의 지식인, 포스트콜로니얼 이론의 세계적 명성가가 '섬'이라는 자족적 상징 공간 안에서 '고립'과 '격리'에 머문다면, 포스트콜로니얼의 유산은 잿빛 폐허로 쇠락해갈 것이다.

포스트콜로니얼리즘에 '참담한 실패'를 선언한 마디우는 팔레스타인 문제를 포스트콜로니얼 연구에 포함시킬 것을 거부한다. "'포스트'는 없었고 앞으로도 없을 것이며, 우리는 여전히 그 안에 있으며, 세계는 과거에도 앞으로도 항상 식민지일 것"이기 때문이다. 마디우는 또한 포스트콜로니얼 비평가들이 팔레스타인의 평화 협상을 언급하는 것도 거부한다. 평화는 "전략적 협상"으로 결코 이루지 못하며, 영속적인 식민 상태에서 벗어나는 방법은 "대결과 저항"뿐이라고 주장한다.[49]

> 자신을 탈식민화하는 순간은 다시 식민화되거나, 또 다른 형태로 식민화의 대상이 되는 순간이다. 이 영원한 식민주의의 명백한 광기, 또는 어디에나 있는 이 권력으로부터 어떻게 자신을 구출할 수 있느냐는 질문에 대해, 비록 독창적이지 않게 들릴지라도, 한 가지 대답이 가능하다. 저항, 저항과 저항으로 성격화된 그것은 결코 멈추지 않는다. 그러나 윌리엄스가 이 서문에 대한 이메일 응답에서 묻는 것처럼, 어디에나 권력이 있다면 우리가 어떻게 저항할 수 있겠는가? 저항은 어디에나 있는 권력에 의존하지 않고, 권력의 결함에 의존한다. 저항이 실현 가능한 것은 권력 체계가 완전하게 정확하거나 오류가 없거나, 그 시스템의 '추론'에서 완벽하지 않기 때문이다.(6면)

'권력의 결함을 노린 끝없는 저항'은 결국 이스라엘 국가의 소멸 없이는 끝나지 않을 것이지만, 미국이 멸망하지 않는 한 이스라엘은

---

49   Madiou, "The Death of Postcolonialism: The Founder's Foreword," 5-7면.

건재할 것이다. 타협을 거부하는 저항의 목소리는 이슬람 근본주의만이 아니라, 젊은이들의 자살테러가 점증해온 현실에서 나오는 울부짖음이다. 이 저널이 창간되기 6개월 전에도 이스라엘과 하마스의 유혈충돌이 있었다.[50] 마디우는 폭격으로 무너져 내린 하마스의 건물에서 '황금빛 생명'을 찾고 있다. 그러나 권력에 대한 저항이 무엇을 구원할 수 있을까? 분노와 저항도 식민주의가 배태한 유산이며, 탈식민화와 함께 사라져야 한다. 분노와 저항은 식민주의 광기와 함께 그 힘을 키우기 때문에, 그 논리에 집착하며 탈식민화를 거부할 수밖에 없다. "눈에는 눈, 이에는 이"를 규율로 삼았던 함부라비 법전은 기원전 1700년대의 유산이다. 분노가 분노를 낳고 저항이 저항을 낳는 역사를 언제까지 지속할 것인가?

탈식민의 과제는 유적 존재로서 인류가 함께 풀어가야 할 동시대의 보편적 문제로 인식되고 공유되어 마땅하다. '이기적 개체'로서 인간은 사회의 일원으로 '공적, 법적'으로 살아갈 때 독립된 주체로 성장하고, '인류 보편'과 연결된 존재로서 '인류공영'에 기여할 때 스스로 해방(해탈, 구원)을 성취할 수 있다. 인간의 생물학적 욕구와 이기적 행위가 자신들의 성장과 풍요에 머물러 있을 때, 그 사회의 정체와 퇴보가 시작된다. 만물의 영장으로서 인간성의 향상과 문화의 진보는 타자의 자유와 타자의 존엄성까지 옹호하는 창조적 행

---

50 이스라엘-하마스 충돌 7일째⋯ 네타냐후 '공습 멈추지 않을 것', BBC News코리아, 2021/05/16.

위로 이어져야 한다. 이 때 비로소 '유적 인간'은 경쟁이 아닌 융합에 이를 수 있을 것이다. 자본은 물질로 소비되면 고갈되지만, 그 자본에 녹아 있는 인류의 피 땀 눈물의 가치를 글로벌 단위에서 선순환시킬 때 '푸르른 생명'으로 빛날 수 있다. 때문에 필요한 것은 노동자의 저항이나 자본의 재분배가 아니라, 글로벌 자본주의의 격차와 경쟁을 해소할 지구적 차원의 기획과 그 기획을 실행할 인간 능력의 배양이다.

탈식민을 위한 연구는 결핍과 모순으로 가득 찬 '과거'를 비판하거나, 지배 권력에 저항하기 위한 활동이 아니다. 그것은 이항대립의 모순을 녹여내어 새로운 미래의 질서를 만들기 위한 활동으로 변해야 한다. 식민지와 제국의 후손들 모두에게 이로운 해법을 함께 찾아내야 창과 방패의 대결을 녹여낼 수 있다. 경제 선진국의 자본가들은 자국민과 인류 전체의 피 땀 눈물을 흡수한 것이다. 그것을 공격하고 해체시키기보다, 신패러다임의 기획으로 그 자본과 인프라를 인류를 위해 활용할 수 있어야 한다. 새로운 기획은 이민·난민의 입국을 차단하는 것이 아니라, 이민·난민의 발생을 차단하고 돌려세우는 역류(逆流)의 방법으로 가능하다.

국제사회의 개발과 원조는 냉전적 당파성과 국익의 논리에 구속된 상태로 빈곤국의 필요와 그 발전에 온전히 부응하지 못하고 있다.[51] 2021년 현재 ODA 지원실적 중 한국은 28.7억 달러로 세계 15

---

51   ODA에 관여하는 기관과 민간단체에서 비리사건과 공금 유용사건도 발생하고, 원

위, 일본은 176.3억 달러로 세계 3위에 있다.[52] UN의 새천년개발목표(MDGs) 및 공적개발원조(ODA)로 극심한 빈곤율은 1990년 47%(19억 2,600만 명)에서 2015년 14%(8억 3,600만 명)으로 줄었다.[53] 하지만 2017년 5월 유니세프의 발표에서 중동·북아프리카 지역 11개국을 분석 조사한 결과, 이 지역 어린이 4명 중 1명에 해당하는 최소 2,900만 명이 여전히 빈곤과 기아 문제를 겪고 있었다.[54] 코로나 팬데믹의 여파로 빈곤 문제는 더욱 심각한 상태라고 한다.

이러한 현실에서 동남아의 미얀마, 서남아의 예맨, 아프리카와 남미 등지에서 빈곤과 난민 문제를 해소하기 위한 열쇠를 한국의 제조업과 중공업 분야에서 보유하고 있다는 견해가 있다. '인류대민사업-인류기아ZERO프로젝트'로 명명된 그 기획에서는 세계의 거점 지역을 선정하여 자립 갱생의 경제·교육환경을 조성하고 그 사회와 국가를 통째로 개발하여 하나의 성공 사례를 만들자고 제안한다.[55] 국제 분쟁에서 안전거리를 확보하고 경제의 기초 동력을 갖춘

조 받는 지역의 이기주의 등도 운영의 문제로 떠올랐다. 「独立行政法人国際協力機構, 世界の援助潮流と日本の取り組みについて」, https://www.jica.go.jp/aboutoda/basic/06. html#a01.(검색일 2023/03/16) 주성돈(2017 여름), 「일본 정부개발원조(ODA)의 정책변화 분석」, 『한국자치행정학보』 제31권 제2호, 261-280쪽.

52　「2021年におけるDAC諸国の政府開発援助(ODA)実績(確定値)」, https://www.mofa.go.jp/mofaj/gaiko/oda/files/100452906.pdf (검색일 2023/03/16)

53　The Millennium Development Goals Report 2015(http://www.koica.go.kr/download/2016/2015mdgsreport.pdf).

54　「中東・北アフリカ子どもの貧困、2,900万人」(https://www.unicef.or.jp/news/2017/0100. html).

55　정법시대미래연구재단(2015), 『인류대민사업-인류기아ZERO프로젝트편』, 정법시

에티오피아와 같은 국가에 한국 중소기업의 기술력과 기술자를 투입하고 한국 대기업의 신용으로 국제 기금의 투자를 얻어내어 대규모 공단 및 도시를 세움으로써 일자리를 창출하고 교육 및 생활 개혁을 도모하자는 기획이다. 대한민국 대기업의 문어발식 확장도 이 사업에 필요한 역량을 갖추고 그 임무를 총체적으로 완수하기 위해서였지, 대기업 주주들의 사적 이익을 챙기라는 의미가 아니었다고 한다. 그 선순환 효과는 국내의 제조업 경기 하락과 인력 문제를 해결하고, 국제 사회의 기아와 난민, 불법체류의 해소와 이주노동자의 귀향을 가능케 한다.

이 프로젝트는 한국이 국제사회의 희생과 원조로 한국전쟁의 폐허에서 부활하고 서구의 기술과 지식을 습득하여 성장한 만큼, 인류의 기아 문제를 해결하는 데 앞장설 때 지속가능한 발전을 이룰 수 있다고 강조한다. 기업의 이윤 추구나 지원국의 필요에 의한 투자나 원조가 아니라, 피지원국의 온전한 자립이 가능하도록 의리를 갚는 것이 홍익인간의 이상과 자연의 이치에 합치한다는 논리다.[56] 마찬가지로 일본도 '아시아 해방과 공영'이라는 과거의 이상을 식민지배와 침략이 아닌, 해당 지역의 발전에 필요한 원조를 수행함으로써 비로소 실현할 수 있게 된다.

대. 이 프로젝트에 대해서는 조관자, 『일본 내셔널리즘의 사상사-'전시-전후체제'를 넘어서 동아시아 사상과제 찾기』의 종장에서도 다루었다.

56 유튜브 영상으로도 확인가능하다. 인류대민사업 인류기아제로 프로젝트 선포 특별 영상,https://www.youtube.com/watch?v=iyMqdKIvRuk.(검색일 2023/03/16)

한일 양국이 국익과 기업 이윤의 단기적인 계산에서 벗어나 한 국가의 개발에 성공한다면, 그 사례를 모방하고 번역하려는 전위와 전이가 다른 빈곤국에서 신속하게 일어날 것이다. 유럽과 미국도 그 개발을 지원함으로써 과거 식민지배에 대한 책임과 보상을 하게 된다. 글로벌 차원에서 인구밀도와 산업분포가 조화를 이루면, 인종차별과 외국인 혐오 문제도 완화하고 지구의 자정능력 향상으로 환경 및 기후 위기도 예방된다. 국가 간 경쟁구도에서 상생관계가 생겨나고 인류 전체의 복지가 증진한다면, 종교와 이념 분쟁도 사라지고 국제사회의 협력과 신뢰 속에서 한반도의 통일 및 인류평화도 기대할 수 있게 된다.

필자는 이 사업에서 한국과 일본이 협력할 수 있다면 한일관계의 역사적 질곡은 물론, 고도성장 이후 양국 사회가 직면한 인구 감소 및 사회적 정체·분열의 문제도 동시에 해소하리라고 본다. 양국의 제조업과 중공업의 쇠퇴를 막기 위해 세금을 퍼붓거나 숙련된 기술력을 일손 부족 상태에 방치하는 지원 정책이 아니라, 그 기술력을 기아와 난민 해소를 위한 인류공영 사업에 돌려서 세계평화를 실현해야 한다는 생각이다. '유적 인간'의 상생에 기여하는 사회에서 개개인의 삶도 활력을 얻을 것이다. 현대인들의 무기력증과 우울증을 치유할 사회적 해결책이 여기에 있지 않겠는가.

글로벌 분쟁은 대체로 제국주의 팽창과 냉전시대의 민족해방론의 유산, 글로벌 자본주의의 모순에서 빚어졌다. 때문에 20세기 지식은 빈곤 지역의 경제 개발을 자본주의 경제 침략과 제국주의 수탈로 비판해왔다. 하지만 오늘날 기후 및 인구 증가와 같은 지구촌의 위기 및 난민 문제를 해소하기 위해서는 경제 개발을 통한 새로운 협력 질서가 절실하다. 새로운 경제 개발과 도시 건설에서 시행착오를 범하지 않기 위해서라도 식민지와 탈식민주의의 유산을 활용하고 실질적인 교육 콘텐츠를 개발해야 한다. 아프가니스탄과 팔레스타인 문제가 당장 해결되지 않겠지만, 그 지역 사람들과 경제 교역을 할 때에도, 그 지역에 필요한 문화콘텐츠가 함께 들어갈 수 있도록 지속적으로 연구 개발해야 한다. 난민들을 수용소에서 관리하는 차원이 아니라, 그들이 장차 고향에 돌아가 그 사회에 필요한 인재가 되도록 도와야 한다.

유적 존재로서 우리는 모두의 미래를 위해 각자가 할 일을 찾아서 노력하고 서로 희망을 나누어야 한다. 탈식민화는 타자의 독립과 해방을 축원하고 성사시키는 지난한 과정일 것이다. 아시아의 공영을 내걸며 아시아 유일의 제국으로 군림했던 일본은 탈제국을 향한 역사에서 아시아의 진정한 공영에 기여할 길을 찾을 수 있다. 세계의 마지막 분단국가인 한반도에서는 전 세계가 인정할 수 있는, 서로를 존중하는 평화통일을 실현하여 인류평화의 초석을 놓을 수 있다. 일본과 대한민국이 자신들의 역사적 모순을 풀면서 인류의 평화와 공생에 기여할 하나의 씨앗을 뿌린다면, 한일관계를 얽어 놓은 모순에서 해방되어 자주독립의 계몽적인 가치도 꽃을 피우게 될 것이다.

참고문헌

강내희(2002), 「한국의 식민지 근대성과 충격의 번역」, 『문화과학』 제31호.

고태우(2020), 「식민지기 '북선개발(北鮮開發)' 인식과 정책의 추이」, 『韓國文化』 89, 서울대학교 규장각한국학연구원.

김우정(2021), 「유럽선주. 선박해체 위기에 직면」, 『해양한국』 43.

김철(2008), 『복화술사들』, 문학과지성사.

나병철(2005), 「한국문학과 탈식민」(Korean modern literature and the decolonial), 『상허학보』 4.

로이스 타이슨 저, 윤동구 역(2012), 『비평이론의 모든 것: 신비평부터 퀴어비평까지』, 앨피.

박종성(2006), 『탈식민주의에 대한 성찰-푸코. 파농. 사이드. 바바. 스피박』, 살림출판사.

박지향·김일영·김철·이영훈 편(2006), 『해방전후사의 재인식』, 책세상.

비벡 치버(2015), 「자본주의에 무력한 좌파의 빛바랜 보편주의」(르몽드 디플로마티크. 68호. 2014/04/28), 『르몽드인문학』, 휴먼큐브.

신기욱·마이클로빈슨저, 도면회역(2006), 『한국의식민지근대성:내재적발전론과 식민지 근대화론을 넘어서』, 삼인.

안병직(1993), 「한국경제발전에 관한 연구의 방법과 과제: 무엇을 연구할 것인가」, 『경제사학』 0권 0호, 경제사학회.

윤해동·황병주 외(2010), 『식민지 공공성- 실체와 은유의 거리』, 책과함께.

윤해동(2003), 『식민지의 회색지대』, 역사비평사.

이경원(2011), 『검은 역사 하얀 이론: 탈식민주의의 계보와 정체성』, 한길사.

이경훈(1998), 『이광수의 친일문학연구』, 태학사.

이석구(2011), 『제국과 민족국가 사이에서』, 한길사.

이영훈(1996), 「한국사에 있어서 근대로의 이행과 특질」, 『경제사학』 21, 경제사학회.

임마누엘 칸트, 이한구 역(2009), 『칸트의 역사철학』, 서광사.

임옥희(2011), 『타자로서의 서구: 가야트리 스피박의 포스트식민 이성 비판 읽기와 쓰기』, 현암사.

정근식·공제욱 외(2006), 『식민지의일상:지배와균열』, 문화과학사.

정법시대미래연구재단(2015), 『인류대민사업-인류기아ZERO프로젝트편』, 정법시대.

정형아(2019), 『동아시아 전후처리와 중소갈등(1941~1952)』, 국방부 군사편찬연구소.

주성돈(2017), 「일본 정부개발원조(ODA)의 정책변화 분석」, 『한국자치행정학보』 제31권 제2호.

上村忠男・本橋哲也訳(2003), 『ポストコロニアル理性批判——消え去りゆく現在の歴史のために』, 月曜社.

板垣竜太・戸邉秀明・水谷智(2010), 「日本植民地研究の回顧と展望ー朝鮮史を中心に」, 『社会科学』40-2, 同志社大学人文科学研究所.

磯前順一, タラル・アサド, プラダン・ゴウランガ・チャラン, 酒井直樹 編 著(2022), 『ポストコロニアル研究の遺産:翻訳不可能なものを翻訳する』, 人文書院.

エドワードサイード, 大橋洋一訳(1998), 『文化と帝国主義』, みすず書房.

辛島理人(2015), 『帝国日本のアジア研究: 総力戦体制・経済リアリズム・民主社会主義』, 明石書店.

小森陽一(2001), 『ポストコロニアル』, 岩波書店.

駒込武(1996), 『植民地帝国日本の文化統合』, 岩波書店.

戸邉秀明(2008), 「ポストコロニアリズムと帝国史研究」, 日本植民地研究会編, 『日本植民地研究の現状と課題』, アテネ社. ドウス.ピーター, 藤原帰一 訳(1992), 「植民地なき帝国主義『大東亜共栄圏』の構想」, 『思想』814.

東畑精一(1943), 「逆植民」, 『上田貞次郎博士記念論文集 四, 人口及東亜経済の研究』, 科学主義工業社.

趙寛子(2001), 「「親日ナショナリズム」の形成と破綻-「李光洙・民族反逆者」という審級を越えて」, 『現代思想』29(16).

松本武祝(2004), 「「植民地近代」をめぐる近年の朝鮮史研究」, 宮嶋博史他編, 『植民地

近代の視座朝鮮と日本』, 岩波書店.

バーバ, ホミ・K, 本橋哲也 訳(2005), 『文化の場所:ポストコロニアリズムの位相』, 法政大学出版局.

Chakrabarty, Dipesh(2000), Subaltern Studies and Postcolonial Historiography, *Nepantla: Views from South*, Volume 1, Issue 1, Published by Duke University Press.

Guha, Ranajit(1982), "On Some Aspects of the Historiography of Colonial India", *Subaltern Studies*, Volume I, Delhi: Oxford University Press.

Chibber, Vivek(2003), *Locked in Place: State-Building and Late Industrialization in India*, Princeton.

Chibber, Vivek(2013), *Postcolonial Theory and the Spectre of Capital*, Verso: 1st edition.

Fletcher, Arnold(1950), "Afghanistan: highway of conquest", *Current History* 106(18), University of California Press.

Lewis, Shireen K(2006), *Race, Culture and Identity: Francophone West African and Caribbean literature and theory from Négritude to Créolité*, Lexington Books.

Mohamed Salah Eddine Madiou(2021), "The Death of Postcolonialism: The Founder's Foreword", *Janus Unbound: Journal of Critical Studies*, vol. 1 no. 1, Memorial University of Newfoundland.

Mishra, Vijay and Hodge. Bob(1993), "What is Post(-)colonialism?" In *Colonial Discourse and Postcolonial Theory: A Reader*, Patrick Williams and Laura Chrisman ed..London: Longman.

Pillalamarri, Akhilesh(2017), "Why Is Afghanistan the 'Graveyard of Empires'?" *THE DIPLOMAT*, June 30.

Reilly, Brian J(2020), "Négritude's Contretemps: The Coining and Reception of Aimé Césaire's Neologism", *Philological Quarterly*, Vol. 99 Issue 4.

Spivak, Gayatri Chakravorty(1999), *A Critique of Post-Colonial Reason: Toward a History of the Vanishing Present*, Harvard University Press.

Spivak, Gayatri Chakravorty(2021), "How the Heritage of Postcolonial Studies Thinks Postcolonialism Today", *Janus Unbound: Journal of Critical Studies*, Vol. 1 No. 1.

〈인터넷 자료의 최종 검색일은 2023/03/16〉

Press Release - Turning point: new tech and developments for a new future of ship recycling presented at the Lab. Published in October 04th. 2022. https://shipbreakingplatform.org/winds-of-change-at-ship-recycling-lab/

Chibber. Vivek. 2013. Interview by Birch. Jonah "How Does the Subaltern Speak?: Postcolonial Theory Discounts the Enduring Value of Enlightenment Universalism at Its Own Peril." JACOBIN. 4. 21.https://jacobin.com/2013/04/how-does-the-subaltern-speak/

미조구치 유조溝口雄三 다시 읽기

-'포스트 동아시아 이성 비판'을 위한 스케치

심희찬

1. 동아시아론의 내재적 비판을 위하여

근대철학사에 관한 초보적인 이야기부터 시작하자. 18세기에 접어들며 자연과학이 전통적 형이상학의 위상을 본격적으로 위협하기 시작했을 때, 칸트는 '이성'이란 무엇인가를 묻는 작업에 몰두했다. 칸트는 이성의 근거 및 기능의 영역을 명확히 밝힘으로써 인간의 인식은 어떻게 가능한가, 그리고 그 한계는 어디까지인가를 고찰하고자 했다. 그는 합리주의의 논리─경험은 불완전하므로 선험적인 정신의 능력이 중요하다─와 경험주의의 논리─인간은 텅 빈 존재이며 자신이 경험한 것을 그 안에 담는다─를 모두 비판했다. 합리주의자들은 인간이 알 수 없는 것을 추구하며, 경험주의자들은 인간에 내재하는 능력을 과소평가한다는 것이 그 이유였다. 칸트는 인간이 어떤 것을 알기 위해서는 그 대상이 되는 경험과 이를 인식하게 해주는 감성의 형식이 필요하다고 주장했다. 가령 길에 핀 꽃은 경험적 대상이 되며 이를 꽃으로써 감지·판단하는 것은 정신의 작용이 되는바, 이러한 두 가지 영역이 상호작용하여 인간은 꽃에 관한 특정한 인식을 할 수 있다. 칸트는 여기서 직관으로서의 경험 부분을 제외하면 정신의 작용 부분만이 남게 되는데, 이를 통해 이성의 능력과 한계를 유추할 수 있다고 생각했다. 이러한 단계를 거쳐서 적출되는 이성의 역할 및 의의가 저 유명한 '이성 비판' 연작의 기본적인 전제였다.

가야트리 스피박은 칸트의 이성 비판에 대해 '포스트식민 이성 비판'의 개념을 대치시킨다. 포스트식민주의의 관점에서 칸트의 이성 비판을 재고하겠다는 것이다. 스피박은 칸트가 이성의 한계를 설정하면서 '토착정보원(native informant)'을 분할선의 바깥으로 '폐제(foreclosure)'했다고 비판하는 작업을 통해 서구적 이성 관념에 대한 반격을 기획한다. 가령 칸트는 『판단력 비판』에서 이성의 생성을 문화와 관련지어 설명하는데, 이로 인해 미학적인 판단이 가능한 것은 오직 교육을 받고 문명화된 성인 남성으로만 한정된다. 벌거벗은 인간은 "도덕으로 나아가는 감정의 구조를 내포하는 경향, 혹은 프로그램의 주관을 아직 가지지 못했기" 때문에 "세 종류의 이성 비판으로 구분되는 자신의 관점을 가진 주체가" 되지 못한다.[1]

---

1   가야트리 스피박, 태혜숙·박미선 옮김(2005), 『포스트식민 이성 비판: 사라져가는 현

칸트는 "뉴홀랜드인, 티에고 델 푸에고의 거주자들"을 이성의 외부로 몰아내는데, 이처럼 그에게 이성의 주체는 "지정학적으로 구별"된 존재였다.[2] 토착정보원은 한편으로 이성의 경계선을 실제로 구현하는 존재였던 것이다. 그리고 바로 그러한 이유로 인해 토착정보원은 경계선 자체를 위협하는 존재로 언제든 변화할 수 있게 된다. 스피박은 자크 데리다의 개념을 빌려 토착정보원을 칸트의 '파레르곤(parergon)'으로 위치 짓는다. 파레르곤은 예컨대 회화의 액자처럼 그 자체로서는 아무런 의미도 가지지 않지만, 그것이 없으면 작품이 붕괴할지도 모르는 존재를 가리킨다. 내부의 외부, 혹은 외부의 내부에 위치하는 파레르곤에는 따라서 작품의 고유한 영역에 혼란을 가져오는 힘이 깃들게 된다. 스피박은 이러한 존재들을 분석함으로써 서구적 이성의 경계가 만들어지는 과정과 그 외부로 밀려난 것들의 형상을 지적하고, 이성에 대한 새로운 해석을 제시한다.[3]

칸트와 스피박의 논리가 정당한지 어떤지를 가늠하는 것은 필자의 역량을 벗어난다. 다만 이 글에서는 서구적 이성에 모순을 가져오는 존재에 주목하는 스피박의 방법론을 따라 '동아시아론'에 대해 생각해보고자 한다. 곧 '포스트 동아시아 이성 비판'의 시도다. 주지하듯이 냉전 붕괴 이후 동아시아에서는 새로운 지역 질서 및 상호

재의 역사를 위하여』, 갈무리, 53쪽.

2   위의 책, 66-70쪽.

3   '파레르곤(parergon)'에 관해서는 심희찬(2022), 「'조선'이라는 파레르곤: 보편주의와 침략적 아시아주의의 매듭」(『일본비평』 27)을 참조.

이해를 추구하기 위한 다양한 논의가 활발히 이루어졌다. 많은 한중일의 지식인이 동아시아론의 이름 아래 식민지지배와 전쟁이라는 과거의 상흔, 그리고 국민국가의 배타적 분할과 적개심을 극복할 수 있는 미래지향적 사고를 탐구하는 작업에 매진했다. 이때 '탈근대', '탈민족', '탈식민지주의' 등 이른바 '포스트(post)'의 사상은 동아시아론의 유력한 핵심 자원 중 하나였다. 민족을 중심으로 한 국민국가의 폐쇄성과 오늘날에도 여전히 강고한 식민주의적 타자 인식은 새로운 동아시아의 상상을 위해 반드시 넘어서야 할 과제로 여겨졌다. 특히 식민지·반식민지로서 제국주의의 침략에 신음한 한국과 중국, 역내의 자본주의적 질서를 이끌었으며 동아시아 각지에서 식민주의의 폭력을 행사한 일본의 근대 경험을 함께 고민하고 올바른 타자 인식을 묻는 일에 포스트의 사상에 기반한 동아시아론은 중요한 계기를 제공했다.

그렇지만 최근 동아시아론은 점차 그 영향력을 잃어가고 있는 것처럼 보인다. 오늘날 동아시아의 긴장과 갈등은 감소하기는커녕 더욱 심각해지는 중인데도 말이다. 이는 동아시아론이 현실의 다양한 정치적·사회적 문제에 대응하는 과정에서 어디선가 삐걱대기 시작했음을 의미한다. 동아시아론은 지금 중대한 갈림길에 서있다고 해도 과언이 아니다. 동아시아론에 담긴 사상의 가능성과 연대의 호소를 이대로 내버려 두지 않고 다시 한번 사유의 대상으로 삼기 위해서는 당연하게도 내재적 비판이라는 뼈를 깎는 반성이 필요하다. 이 글에서는 전술한 것처럼 포스트 동아시아 이성 비판의 관점에서 동아시아론의 사유에 혼란이 발생하는 지점을 고찰해보고, 그 내재적 비판을 위한 거친 스케치를 그려보고자 한다. 이러한 작업이 '포스트-포스트식민주의(post-post colonialism)'를 생각하는 일에 도움이 되기를 바란다.

2. 중국학의 탈구축, 혹은 세계의 탈구축

그렇다면 동아시아론의 사유에는 어떤 혼란들이 존재할까? 동아시아론의 의미와 범주를 한마디로 정의하기란 불가능에 가깝고 그 문제점을 정리하는 일 역시 대단히 어렵다. 난폭한 논의임을 자인하면서도 동아시아론에 모순을 가지고 온 계기로서 다음 세 가지를 들고 싶다. ① 중국의 자본주의적 발달과 국제정치적 위상 변화가 가져온 혼선, ② 북한을 정당한 타자로 인식하기 위한 논리 창출의 실패, ③ 신자유주의적 원리의 역내 확산에 관한 대안 제시의 부족이 그것이다. 이 세 가지 계기는 실은 무관하지 않고 연속된 주제의 서로 다른 형상으로 볼 수 있다. 그러므로 동시적으로 고찰할 필요가 있지만, 지면상 뒤의 두 가지 계기는 다른 논고로 미루고 여기서는 첫 번째 계기, 즉 중국의 자본주의적 발달과 국제정치적 위상 변화에 대한 동아시아론의 사유가 어떤 문제점을 가지는지만 살펴보겠다. 구체적으로는 일본의 저명한 중국사상사 연구자 미조구치 유조(溝口雄三)가 제기한 포스트식민주의적 탈근대적 중국 인식의 함의와 그 영향에 대해 다룰 것이다.

미조구치는 1932년 나고야(名古屋)에서 태어났으며 도쿄대학에서 중국문학을 공부했다. 특히 자오수리(趙樹理)의 문학에 감명을 받고 개인의 존재를 추구하던 서구의 문학과는 다른 '집단의 문학'이란 개념을 발견한다. 중국의 집단을 서구적 개인주의와 연결하지 않고 독자적으로 사유하는 미조구치 특유의 방법론은 이때부터 싹을 틔우기 시작한 것으로 보인다. 대학 졸업 이후에는 가업을 물려받았다가 나고야대학 대학원에 뒤늦게 진학했다. 대학원의 연구주제는 중국의 사상가 이탁오(李卓吾) 연구였다. 사이타마대학(埼玉大学), 히토쓰바시대학(一ツ橋大学), 도쿄대학(東京大学) 교수를 거쳐 대동문화대학(大東文化大学)에서 교편을 잡은 그는 '중국사회문화학회' 등을 이끌면서 '중일 지(知)의 공동체' 운동을 통해 일본 내 젊은 연구자들은 물론 쑨거(孫歌), 왕후이(汪暉) 같은 당시 중국의 신진기예들이 함께 논의할 수 있는 장을 만들었다. 그 후 여기에 한국의 연구자들도 참여하게 되면서 '중일 지의 공동체'는 '동아시아 지의 공동체'로 확장된다. 2010년에 타계한 미조구치의 사상은 타이완의 천광싱(陳光興)에게 커다란 영향을 끼치기도 했다.[4]

---

4   미조구치의 보다 상세한 이력에 대해서는 「溝口雄三教授略年譜」(『大東文化大學漢學會誌』 42, 2003), 溝口雄三(2011), 「主体への問い: 「方法としての中国」をめぐって」(平野健一郎他編, 『インタビュー 戦後日本の中国研究』, 平凡社), 小島毅(2011), 「溝口雄三教授追悼文」(『東方學』 121), 戶川芳郎(2011), 「溝口雄三君を悼む」(『東方學』 121), 岸本美緒他編(2015) 「先學を語る: 溝口雄三先生」(『東方學』 130), 陳光興, 丸川哲史訳(2016), 『脱 帝国: 方法としてのアジア』(以文社) 등을 참조.

1990년대 중반부터 2000년대 초반까지 지속된 지의 공동체를 주도했던 사람 중 한 명인 쑨거는 모임의 성격을 아래와 같이 정의한다.

> 최근 어떤 젊은 한국인 연구자에게 이메일을 받았습니다. (중략) 그의 질문은 "'지의 공동체'는 왜 해산한 것인가요? 해산의 이유는 비용 문제입니까? 아니면 다른 원인이 있는지요?"였습니다. 이메일로는 길게 쓸 수가 없어서 저는 간단히 대답했습니다. "'지의 공동체'는 해산하지 않았습니다. 왜냐하면 처음부터 결성한 적이 없기 때문입니다. 결성하지 않았으므로 해산할 수도 없습니다."[5]

쑨거에 의하면 지의 공동체란 유동적인 운동의 실천이며 "'운동'보다도 산만한 형태", 혹은 "수속(收束)이 아니라 열려 가는 형태"를 지향하는 모임이었다고 한다.[6] 쑨거의 논법에서 탈근대, 혹은 탈식민주의 이론에 입각한 동아시아론의 전형적인 자기 인식을 엿볼 수 있다. 이처럼 동아시아론의 초기 형태를 보여주는 미조구치의 학문적 실천과 운동은 오늘날 "동아시아적 주체성을 모색하는 장"으로서 "동아시아 담론의 지역화에 소중한 자양분"을 제공했다고 평가

---

5   溝口雄三·孫歌·小島毅(2005), 「鼎談「開かれた東アジア研究に向けて: 主体と文脈」」, 『中国: 社会と文化』 20, 551면.

6   溝口雄三·孫歌·小島毅, 위의 글, 551면.

받고 있다.[7] 또한 일본에서도 나온 적이 없는『미조구치 유조 저작집』전 8권이 중국에서 간행될 정도로 미조구치는 중국의 지식계에서 높은 인기를 얻고 있다.

그러면 지금부터 미조구치의 중국사상사 연구를 본격적으로 검토하기로 하자. 중국사상사 연구자로서 그는 중국을 '목적'이 아닌 '방법'으로 파악하는 일의 중요성을 항상 강조했다. 천안문 사태가 막을 내린 직후인 1989년 6월 30일에 간행된『방법으로서의 중국』에서 미조구치는 다음과 같이 논한다.

> 중국을 방법으로 한다는 것은, 세계를 목적으로 한다는 것이다. 생각해보면 지금까지의―중국 없는 중국학은 이미 논외로 하고―중국 '목적'적인 중국학은 세계를 방법으로 하여 중국을 보고자 하는 것이었다. 그것은 세계를 향해 중국을 복권시키려고 한다는 그 의도로부터 좋든 싫든 나오는 것이었다. 세계를 향해 복권하기 위하여 세계를 목표로 하고 세계를 기준으로 하여 그 도달의 정도(혹은 상위도(相違度))가 측량된다. 결국 중국은 세계를 기준으로 계산되며 이 때문에 그 세계는 기준으로서의 관념된 '세계', 기정(旣定)의 방법으로서의 '세계'일 수밖에 없었다. (중략) 중국을 방법으로 하는 세계는 그와 같은 세계여서

7   윤여일(2016),『동아시아 담론: 1990~2000년대 한국사상계의 한 단면』, 돌베개, 76-77쪽.

는 안 될 것이다. 중국을 방법으로 하는 세계란 중국을 구성요소의 하나로 하는, 바꿔 말하면 유럽도 그 구성요소의 하나로 한 다원적인 세계이다. (중략) 중국을 방법으로 한다는 것은 세계의 창조 그것 자체이기도 한 바인 원리의 창조를 향하는 것이다.[8]

위의 인용문에는 미조구치 사상의 핵심이 응축되어 있다. 여기에는 세 가지의 '중국학'이 단계별로 제시되어 있는데, '중국 없는 중국학', '중국을 목적으로 하는 중국학', '중국을 방법으로 하는 중국학'이 그것이다. 우선 '중국 없는 중국학'이란 간단히 말하면 『삼국지』나 『수호지』 등을 읽고 이를 경영전략이나 설득의 기법, 혹은 지도자의 올바른 모습 같은 현실적 문제로 치환하여 독해하는 방법을 말한다. 이러한 세속적인 중국학은 중국을 아는 것과는 어떠한 관련도 없으며 오직 "일본내화(日本內化)된 중국", 또는 "일본의 문화전통에 대한 관심"을 출발점으로 삼는다. 그러므로 여기서 인식의 종국적인 대상은 도리어 "일본 내의 사정(事情), 심정(心情)"에 도달한다.[9] '중국 없는 중국학'에서 중국은 일본이라는 거울에 갇혀 있고, 여기에 비친 중국은 일본적인 사고방식을 결코 벗어나지 못한다.[10]

---

8   미조구치 유조, 서광덕·최정섭 옮김(2016), 『방법으로서의 중국』, 산지니, 126-129쪽.

9   위의 책, 122-123쪽.

10   미조구치는 가령 중국의 '천(天)'과 '리(理)' 개념을 처음부터 'tian', 'li'로 인식하는 서구인들과는 달리 일본인들은 불가피하게 일본식 '천'과 '리' 개념을 통해 사유하기에

다음으로 '중국을 목적으로 하는 중국학'은 중국에 대한 즉자적인 관심에 기반하는 점에서 '중국 없는 중국학'보다는 발전한 형태지만 여전히 표상적인 중국을 넘어서지 못한다. 왜냐하면 중국을 바라보는 기준이 '세계', 곧 서구가 구축하고 발전시킨 근대적 세계관에 머무르기 때문이다. 미조구치는 '중국을 목적으로 하는 중국학'의 전형적인 사례를 중국사상사 연구의 대가 시마다 겐지(島田虔次), 그리고 '쩡짜(掙扎)'라는 근원적인 고통과 고뇌를 중국 근대의 고유한 특징으로 간주하는 다케우치 요시미(竹內好)에서 찾는다.

시마다는 중국사상의 역사적 전개와 그 독자적인 양상을 추출함으로써 맑스주의자들의 이른바 아시아적 정체성론을 타파하는 일에 심혈을 기울인 연구자다. 하지만 1970년에 간행된 그의 책 제목이 『중국에 있어서 근대 사유의 좌절』인 점에서 알 수 있듯이, 시마다는 중국의 연속된 사유가 근대적인 것으로 전환하는 원리를 찾으면서도 결국은 그 좌절이라는 결론을 내리고 말았다. 미조구치는 시마다가 "중국 속에서 유럽을 읽어 내고자 하였기 때문"이라고 그 이유를 지적한다. 가령 시마다는 왕양명(王陽明)·황종희(黃宗羲)·고염무(顧炎武) 등 명에서 청에 이르는 사상가들을 각각 루터적·로크적·

그 올바른 이해가 곤란하다고 생각했다(溝口雄三·孫歌(2001), 「「歷史に入る」方法: 知の共同空間を求めて」, 孫歌, 丸川哲史他訳(2002) 『アジアを語ることのジレンマ: 知の共同空間を求めて』所収, 岩波書店, 221면). 또한 각종 기호나 부호를 사용하여 한문을 일본어 어순에 맞게 변용하여 읽는 '한문훈독법'은 일본식 해석에 불과하며, 특히 중국 유학자의 텍스트를 이런 식으로 읽게 되면 본문의 의미를 절반도 이해할 수 없다고 비판했다(子安宣邦(2015), 「二つとない交友であった: 溝口回想」, 『東方學』 130, 169면).

루소적이라 비유하는데, 이 '적(的)'이라는 표현에서 알 수 있듯이 그들의 사상은 유럽의 그것과 유사하면서도 무언가 모자라거나 어긋난 것으로 이해되었다. 미조구치가 보기에 시마다는 "유럽을 통해 중국적 독자성을 검출하면서도, 같은 방식으로 중국을 통해 유럽을 독자적으로 보려는 상대적 관점"이 희박했다.[11]

한편 다케우치의 논의에 대해서는 너무나 "기학(嗜虐)적 혹은 피학(被虐)적"이며, 일본을 전면 부정함으로써 타자에 대한 "객관적·상대적"인 시점마저도 지워버린다고 비판한다. 게다가 다케우치는 서구의 근대를 그저 흉내 냈을 뿐인 일본과 달리 "중국의 근대를 전통에 대한 전면 부정적인 계승이라고 보는 역설적인 시각"을 낳게 되며, "유럽을 뛰어넘는" 중국의 근대라는 이미지를 극한으로 증폭시킨다. 하지만 이는 결국 "선진-후진"이라는 유럽 일원적인 시각에 갇혀서 그 위치를 전도시킨 것에 지나지 않으며, 그러한 도식 자체를 부정하는 태도까지는 나아가지 못한다.[12] 나아가 미조구치는 추상성과 주관성의 범주를 벗어나지 못하는 다케우치의 논의가 "근대의 원리"를 "서양의 가치"에서 찾느라 정작 중요한 "중국 역사의 실체"를 보는 일에는 실패했다고 논한다.[13]

---

11 미조구치 유조, 김용천 옮김(2007), 『중국 전근대 사상의 굴절과 전개』 개정본, 동과서, 43-44쪽.

12 미조구치 유조, 앞의 책, 『방법으로서의 중국』, 13-21쪽. 일부 개역.

13 溝口雄三(2007), 「「方法としての「中国独自の近代」」, 鶴見俊輔・加々美光行編, 『無根のナショナリズムを超えて: 竹内好を再考する』所収, 日本評論社, 41면.

이와 같이 '중국 없는 중국학'은 중국을 일본 속에 흡수해 버리고, 서구 근대를 척도로 삼는 '중국을 목적으로 하는 중국학'은 결여, 혹은 비실체성에서 중국의 특징을 구하게 된다. 미조구치가 보기에 양자는 모두 일본 혹은 서구라는 외부의 세계를 중심에 두고 중국을 바라보는 자세를 취한다. 이러한 중국 인식을 극복하기 위해 미조구치는 "원래 중국의 근대는 사실 유럽을 뛰어넘지 않았으며, 뒤처진 것도 뒤떨어진 것도 아니다. 그것은 유럽과도 일본과도 다른, 역사적으로 독자적인 길을 처음부터 추구한 것이며 지금도 그러하다"는 논리를 내세운다.[14] '중국을 방법으로 하는 중국학'의 제시였다. 이것은 중국에 내재하여 중국을 바라보고, 그 역사적 변화의 계기 또한 내부의 독자성에서 찾는 방법론을 뜻한다. 이를 통해 외부 세계의 기준을 가지고 중국을 판단하는 것이 아니라, 반대로 외부 세계의 기준 그 자체에 강렬한 의심의 눈초리를 던지는 것이다. 앞선 인용문의 "세계의 창조", "원리의 창조"란 바로 이러한 사태를 의미하는바 중국학의 탈구축을 통해 세계를 자임하는 서구의 근대적 사상을 동시에 탈구축하려는, 그야말로 포스트식민주의 연구의 선구적 형태를 보여준다고 하겠다.

그런데 의아하게도 미조구치는 '중국을 방법으로 하는 중국학'의 모델을 쓰다 소키치(津田左右吉)에서 찾는다. 쓰다는 중국인들은 사색에 능하지 않고 반성과 내관을 좋아하지 않는다고 주장했으며, 논

---

14   미조구치 유조, 앞의 책, 『방법으로서의 중국』, 13-21쪽. 일부 개역.

리학은 싹만 나오다 시들어 버렸고 궤변술만 발달했다는 차별적인 의식을 여과 없이 드러내는 한편,[15] 이를 통해 중국과 대비되는 일본의 '국민사상'을 적출한 사상가로 잘 알려져 있다. 당연히 미조구치도 쓰다의 논의가 중국에 대한 폭력적 인식으로 점철되었음을 잘 알고 있었다. 그럼에도 불구하고 미조구치는 "쓰다 지나학에 대한 평가를 거의 180도 전환"할 필요가 있다고 역설한다. 그 이유는 쓰다가 "원리주의적이라고 해야 할 방법론"을 전개했기 때문인데, 이 원리주의를 그가 "지나문화를 폄시·멸시했다는 것과 분리해서" 생각하자고 한다. 여기서 말하는 원리주의란 "지나의 사상·문화"를 "일본의 그것과는 이별(異別)"적인 것으로 파악하는 사유, 즉 중국을 일본으로부터 철저히 분리하고 중국 그 자체의 내재적 논리에 집중하는 사유를 말한다.[16]

하지만 그 원리주의적 사유가 당시 중국을 경멸하는 감정을 부추긴 것 역시 틀림없는 사실이다. 이에 대해 미조구치는 시대적 제약이라는 표현을 사용한다. 차별적인 중국 인식을 쓰다의 사상 속에서 발현한 본원적인 문제가 아니라 외부적 요인으로 치부하는 것이다. 미조구치는 1949년 이후 혁명 중국에 대한 찬양과 옹호론 또한 "아시아의 민족 독립과 혁명의 앙양기라는 시대적 산물"에 불과하며, 그런 의미에서는 쓰다의 중국멸시와 다르지 않다는 주장까지 펼친

---

15 津田左右吉(1938), 『シナ思想と日本』, 岩波書店, 24면.
16 미조구치 유조, 앞의 책, 『방법으로서의 중국』, 130-134쪽.

다. 이어서 미조구치는 "지금부터의 중국학은 이와 같은 시대적인 제약을 벗어나 원리 자체, 원리의 보편적인 장소로 되돌아가는 데서 시작하는 것이 좋다"고 논한다. "인류적 보편에 대한 고려", "세계적 보편으로부터의 부감"은 이와 같은 "원리성에 대한 지향"에서 비롯되며, 이때 비로소 "유럽일원적인 그것이 아니라 아시아를 포함한 다원적인" 세계의 "참된 보편성"을 획득할 수 있기 때문이다.[17]

'중국을 방법으로 하는 중국학'과 이를 통해 세계를 탈구축하려는 미조구치의 방법론은 이처럼 보편주의적 발상에 입각해 있었다. 그러나 이때 제국일본의 중국 침략과 전쟁이라는 거대한 폭력이 미조구치의 논의 속에서 단지 시대적 제약으로 축소되었다는 점을 잊어서는 안 된다. 미조구치는 중국의 타자성을 오롯이 인정하기 위해 중국을 일본식 이해에서 완전히 떼어놓고자 했다. 그렇지만 이는 일본이 과거 중국에 끼쳤던 부정적 영향까지 덩달아 왜소화시키는 결과를 가져오지는 않는가? 일본, 그리고 세계와 분리된 미조구치의 중국학은 어디를 향했을까? 다음 장부터는 미조구치가 제안한 '중국을 방법으로 하는 중국학'의 구체적인 내용과 그 도달점을 살펴보도록 하자.

---

17 위의 책, 130-136쪽.

3. 주자에서 손문까지

1) 유리학(儒理學)의 제창

앞서 살펴보았듯이 학부 시절 문학을 공부했던 미조구치는 이탁오를 주제로 선택하면서 사상사 연구자의 길을 걷게 된다. 그는 16세기 명말 청초의 사상가 이탁오를 통해 유럽중심주의를 비판하고 중국의 근대란 무엇인가를 사유하는 힌트를 얻었다. 미조구치는 자신의 첫 번째 단독 저서이자 도쿄대학 교수 취임을 위한 저작이었던 『중국 전근대 사상의 굴절과 전개』에서 명말 청초의 사상사적 특징으로서 "욕망을 긍정하는 언설이 표면에 나타나기 시작했다는 점"과 "'사(私)'가 긍정적으로 주장되고 있다는 점"을 든다.[18] 가령 여곤(呂坤)은 "이전까지 부정적 이미지였던 '인욕'"과 "자연"을 합친 "인욕자연"이라는 용어를 사용한다. 물론 이때 인욕자연은 아직 "천리자연"의 본래로 돌아가야 할 개념이었지만, 이러한 사상의 변화는 훗날 "천리의 질적 전환"을 낳게 된다. 이것이 질적 전환으로 이어지게 되는 이유는 인욕이 단순히 개인적 욕망의 긍정에 그치지 않고, "사회적 욕망"으로서 "욕망 상호 간의 문제"를 조정하는 공적 원리를 요구하기 때문이다.[19]

이탁오는 이러한 사상적 변화를 가장 극명하게 보여준 인물 중

---

18   미조구치 유조, 앞의 책, 『중국 전근대 사상의 굴절과 전개』, 14쪽.
19   미조구치 유조, 위의 책, 32-35쪽.

하나였다. 그는 "거짓 리—송대 이래 기성의 정해진 이치[定理], 앞의 '나의 조리[吾之條理]'—에 대한 진정한 리—명대의 사회적 현실에 근거한 리, 상술한 새로운 리 즉 '거인욕(去人欲)'이 아니라 '존인욕(存人欲)'적인—를 발견하고자 격렬하게 투쟁하였다."[20] "거짓 리"란 무엇인가? 이탁오는 자신을 죽이고 재산과 형수를 차지하고자 했던 이복동생 상(象)에게 분노하지 않고 도리어 그를 기쁘게 맞이해준 순임금을 칭찬하는 맹자의 해석은 옳지 못한 것이라고 비판한다. "자신에게 살의를 갖고 있는 동생을 사랑한다는 것, 군자에게는 원한이 없다는 것, 덕으로 원한을 갚는다는 것, 이러한 것들은 사실로서 있을 수 없는 일"이다. 이탁오는 "저 인간의 리얼리즘을 아랑곳하지 않는" "근엄한 모습의 허구"를 증오했다.[21] 그것은 "진정한 리"로서의 "존인욕"을 인정하지 않고 "거인욕"을 강제하기 때문이다. 그는 "'인간의 입장'이라는 말"은 물론 "일체 '마땅히 이와 같아야 한다'고 간주된 기성의 입장"을 깡그리 부정했으며, "모순으로 가득 찬 '인간'의 다양한 현상 속에서" "'자기의 인간'을 드러냄으로써 자기 자신 속에서 표현되는 '이와 같은' 그리고 본래부터 '이와 같을 수밖에 없는' '성명'의 실태, 즉 자연적 본래를 인식하고자 하였다."[22]

그렇다면 "개는 자신이 개임을 자각하지" 못하는바, "공자를 존숭

20   미조구치 유조, 위의 책, 46쪽.

21   미조구치 유조, 위의 책, 82-90쪽.

22   미조구치 유조, 위의 책, 116-117쪽.

하면서도 공자가 왜 존경받아야 하는지를 생각하지 않고 단지 앞의 개가 짖기 때문에 부화뇌동하여 짖었을 뿐이었다"고 말하며 출가· 삭발하여 "부처를 배우는" "이단"을 자처한 이탁오의 행동 역시 새롭게 해석할 여지가 생긴다. 미조구치는 여기서 "석가나 공자에 의지하지 않고, 따라서 불가의 경계와 유가의 경계 양 방면으로부터 각자의 전제를 떨쳐버리고 드러난 선도 없고 자취도 없는 인간 실존" 및 지극한 "고독과 절망의 자각", 그래서 너무나 인간적인 상처와 굶주림을 보아야 한다고 주장한다.[23]

이와 같은 이탁오의 사상을 함축해서 보여주는 것이 유명한 '동심설(童心說)'이었다. 동심이란 갓난아이의 마음인데, "갓난아이란 사람의 처음이며, 갓난아이의 마음이란 마음의 처음"이라는 이탁오의 말에서 알 수 있는 것처럼, 동심은 외부의 모든 가치와 관념이 제거된 어떤 순수한 정신의 상태를 가리키는 표현이었다.[24]

> 즉 동심이란 때로는 '입고 먹고자 하는' 마음이면서도 때로는 자기에게 본래부터 갖추어져 있는 명덕(明德)을 밝히기 위한 필사적인 일념(一念)의 본심(本心)이었다. 성경(聖經)의 권위에 기대거나 기성의 윤리 가치에 매몰되지 않으면서 진실로 성인의 마음을 나의 마음으로 체득하고

---

23 미조구치 유조, 위의 책, 134-140쪽.
24 미조구치 유조, 위의 책, 263쪽.

진실로 도리를 나의 성명(性命) 속에서 발현하기 위한 각
오의 일념인바, 따라서 이는 최초의 일념 본심이 되어야
하지만, 동시에 이 멈출 수 없는 최초의 일념 본심이야말
로 나의 명덕 그 자체였으며 또한 나 속에서 발현된 도리
그 자체였다. 그리고 자기 성명의 소재처이기도 하였다.[25]

동심은 세속적이고 신체적인 욕망에서 기인하는 자연스러운 관
념이지만, 이는 동시에 자신의 "명덕을 밝히기 위한 필사적인 일념
의 본심"이기도 하다. 따라서 이 동심은 "성경의 권위", "기성의 윤
리 가치"라는 세속적 규율을 거부하고, 진리를 내 안에서 스스로 표
현하기 위한 "필사의 자기탐구"가 된다. 이것은 "도리·견문 및 독
서·의리에 대항하여 구축된 자존(自尊)·자부(自負)의 진지가 아니
라, 오히려 부질없는 자존·자부에 안주하기를 허락지 않는 선도 없
고 자취도 없는 고독과 절망의 경지"였으며, "부정(不定)의 정점"으
로서 "목표로 삼고자 하지만 목표로 삼을 수도 없는 멈출 수 없는 본
심의 자연스러운 발현", "나의 인위적인 의지로는 미칠 수 없는 천기
가 꿰뚫고 흐르는 단면이기도 하였다."[26]

이탁오는 이러한 독특한 사상의 가장 높은 곳까지 오른 인물이었
지만, 그가 어느 날 홀로 깨달음을 얻고 이치에 통달한 것은 결코 아

25   미조구치 유조, 위의 책, 281-282쪽. 일부 개역.
26   미조구치 유조, 위의 책, 281-282쪽. 일부 개역.

니었다. 미조구치는 이탁오의 사상을 갑자기 불거져 나온 것이 아니라, 역사적 시간의 긴 흐름 속에 위치시키는 전략을 취한다. 이탁오 사상의 맹아는 왕양명에서 찾을 수 있다. 그의 양지학(良知學)은 거짓 리나 거인욕 같은 "허구적인 학문에 대한 현실적 폭로"로 기능했고, "자기만족과 자기기만"은 물론 "엄혹하고 비현실적이며 비인간적인 외적 규범에도 반대하였다. 그러한 것들은 인간 본성의 자연에 배치되기 때문이다." 다만 왕양명과 심학(心學)의 등장을 송대 주자학 및 이학(理學)으로부터의 단절로 파악해서는 안 된다. 미조구치는 "'성즉리'로부터 '심즉리'로의 논제 전개는 성(性)에서 심(心)이 아니라 송대 리관(理觀)에서 명대 리관으로의 전개, 즉 리에서 리로의 전개" 혹은 "리의 질적인 전개"를 보여주는 것이며, 그런 의미에서 "이 질적 전개를 추적하는 것은 그대로 중국사상사의 전개를 추적하는 작업"이 된다고 한다.[27]

미조구치는 이처럼 '리'를 중심으로 전개되는 중국사상의 흐름을 '유리학(儒理學)'이라는 용어로 표현하고자 했다. 유리학의 첫머리에는 주자(朱子)가 놓인다. 주자는 "리의 세계관을 기초로" 하는 학문을 수립하여 "당(唐) 이전의 유학과는 본질적으로 뚜렷한 차이"를 만들어냈다. 그리고 "이러한 리의 세계관은 송대 주자학 단계에 머물지 않고 명대의 양명학을 거쳐 다시 청대까지" 이어졌다.[28]

---

27   미조구치 유조, 위의 책, 92-93쪽.
28   미조구치 유조, 위의 책, 64-65쪽.

이렇게 볼 때 주자학은 윤리학의 확립이라는 획기적인 의의뿐 아니라 송대에 적응할 수 있는 리관을 수립하였다는 점에서 송대의 주자학은 윤리학의 역사 속에서 특정한 위치를 차지한다. 그렇게 본다면 양명학은 그 윤리학의 흐름을 계승하면서, 다만 송대의 리관을 극복하고 명대의 리관을 수립한 것이라 하겠다. 청대의 학자들 역시 윤리학의 흐름 속에서 명대의 리관을 부정적으로 계승하면서 이를 청대의 리관으로 발전시킨 것으로 자리매김할 수 있다. 요컨대 윤리학은 각 시대의 학자, 이를테면 주자·왕양명·이탁오·여곤·왕선산·안원·대진 등의 리 학설, 각 시대의 리를 가진 리학의 흐름 및 그 리관 전개의 흐름에 대한 총칭이다. 이렇게 볼 때 윤리학의 전개 끝부분에 강유위(康有爲, 1858~1927)·담사동(譚嗣同, 1865~1898)·손문(孫文, 1866~1925) 등의 리관이 자리한다. 그들은 이러한 리관에 의거하여 최종적으로 반전제·반봉건의 이념을 획득하였고, 봉건적 예교를 타도하는 이데올로기적 주체를 확립하였다고 할 수 있다.[29]

전술한 것처럼 미조구치는 시마다 겐지의 단절론을 중요한 극복의 대상으로 여겼다. 가령 시마다는 이탁오에 대해서도 "그는 '학문'

---

29   미조구치 유조, 위의 책, 65-66쪽.

의 원리를 내적인 '양지'라는 하나의 문제로 좁혀서" "'유학'을 넘어서서 적극적으로 '학' 그 자체, 즉 '중국의 학'이라는 입장을 견지"하는 새로운 "기운의 단서"를 보여주었지만, "그 원리는 송학이 형이상학적 원리이며 또한 명대의 여러 종류의 새로운 움직임들이 모두 그러했던 것처럼, 결국은 아무런 결과도 맺지 못하고" 끝나버렸다고 논한다.[30] 이와 같은 논의를 비판하기 위해 미조구치는 주자에서 비롯하여 왕양명과 이탁오를 거쳐 강유위, 담사동, 손문으로 이어지는, 다시 말해 송에서 시작하여 명과 청을 거쳐 중화민국으로 계승되는 '유리학'의 계보를 설정한 것이다. 중국의 전근대 사상은 시마다가 말한 것처럼 근대의 문턱에서 '좌절'한 것이 아니라 '굴절과 전개'를 경험한 것이며, 여기에서 "중국적 근대—천리의 전개로서의—의 상대적 독자성"을 발견할 수 있다는 것이 미조구치의 기본적인 입장이었다.[31] 이렇게 수 세기를 지나면서도 굳건하게 지속된 중국사상의 원리를 제시함으로써 미조구치는 중국에는 근대적 사유가 없다는 담론을 전복하고자 했다.

2) 신해혁명의 특이성

유럽적 근대의 사유는 기성의 봉건 질서 및 종교적 세계관 등에서 자립한 개인과 그들이 구성하는 시민사회의 이념을 중시한다. 그

---

30   시마다 겐지, 김석근·이근우 옮김(1986), 『주자학과 양명학』, 까치, 222-223쪽.
31   미조구치 유조, 앞의 책, 『중국 전근대 사상의 굴절과 전개』, 46쪽.

런데 이렇게 "'근대'를 내적 자아의 확립(즉 개인의 자립)과 외적 세계에 대한 객관적·합리적 파악"으로 인식하면 시마다가 그랬던 것처럼 중국의 사상은 항상 여기에 미달하거나 충분치 못한 것으로 나타난다. 그리고 시마다의 이와 같은 인식의 기저에는 마루야마 마사오(丸山眞男)의 저 유명한 일본사상사 연구가 있었다. 마루야마는 공산주의를 파시즘으로 단정하고 하부구조 결정론 등을 강하게 비판했던 프란츠 보르케나우, 그리고 결단의 정치성을 강조한 칼 슈미트 등의 논의를 조합하여 1952년 일본의 지식사회에 커다란 반향을 불러일으킨 『일본정치사상사연구』를 간행한다. 마루야마는 에도 중기의 사상가 오규 소라이(荻生徂徠)가 '작위' 개념을 기반으로 자연과 합치된 상태를 중시했던 기존의 유학적 사유를 비판한 점을 지적하고, 여기에서 봉건적 사고의 껍질을 부수고 자연과 대립하는 근대적 주체의 발상이 등장했다고 논한다. 『일본정치사상사연구』에 실린 글들은 모두 전쟁 중에 집필된 것인데, 마루야마는 일본에도 근대적 사유의 맹아가 존재했다고 주장함으로써 강좌파 맑스주의자의 '반(半)봉건론' 및 비인간적인 일본의 전쟁 논리를 비판하려고 했다. 하지만 책의 서두에 중국에 대한 헤겔의 인식을 인용하는 점에서 알 수 있듯이, 마루야마가 말하는 근대는 유럽에서 기원하는 것이었고 중국은 봉건적 사고에 갇혀서 여기에 도달하지 못한 지역으로 규정되었다.[32]

---

32 마루야마 마사오, 김석근 옮김(1995), 『일본정치사상사연구』, 통나무.

이와 같은 마루야마 및 시마다의 근대 인식을 넘어서기 위해 미조 구치는 자신이 제시한 윤리학이 서구의 사상과는 질적으로 다른 원리에 기반한다는 점을 밝혀야만 했다. 미조구치는 앞서 본 것처럼 '인욕'과 '사'에 대한 긍정이 중국적 근대사상의 밑바탕에 흐른다고 역설했는데, 이는 다음 두 가지 점에서 서구식 '개인'과 다른 특징을 가진다고 한다.

하나는 중국의 '인욕' 및 '사'의 개념이 단순히 기성의 질서 및 외부의 세계관과 투쟁하면서 등장한 것이 아니라, 오히려 그것과의 포섭, 합일을 통해 현현한다는 점이다. 예컨대 이탁오가 성인의 말씀을 거부한 것은 이를 "자기 성명 속에서 체험"하기 위한 "필사의 자기탐구였지 결코 성현을 등지고 자기의 존위"를 주장하려는 것은 아니었다.[33] 그는 "천인합일"을 거부하고 '천'으로부터의 자립을 말한 것이 아니라 "주자의 도덕 일원적인 천"을 "욕망을 포함한 천"으로 전환한 것이며, 따라서 여기에는 서구적인 천과 인의 분열이 아니라 이를 새롭게 조화시킨 "중국적인 인간"이 존재한다.[34]

> 그는 이 '무'의 논리를 가지고 주자의 천리가 비(非)임을
> 논증하기는 하였지만, 결코 천리 일반을 비라고 한 것은
> 아니었다. 하늘로부터 분열하여 자립하는 인간 혹은 리를

---

33 미조구치 유조, 앞의 책, 『중국 전근대 사상의 굴절과 전개』, 281쪽. 일부 개역.
34 미조구치 유조, 위의 책, 249쪽.

깨부순 곳에서 욕망의 자율을 주장하고 있는 것은 아니다. 그는 '무' 속에서 그의 천, 그의 리(=예)를 말했으며, '자기 없음[無己]' 속에서의 진정한 자기를 말하고 있는 것이다. (중략) 이탁오는 바야흐로 만물일체, 즉 리의 세계관 영역 안에서 살아가는 사람이었다. (중략) 그 밑바닥에는 명대 후반기부터 청대 전반기에 이르는 역사의 물결이 있었다. 그것은 말하자면 인간의 참된 자연, 인간의 자연본래, 중국적인 인간 주장의 물결이었다.[35]

다른 하나는 위 인용문에도 나온 것처럼 '사'가 서구의 주체적인 '개인'과 달리 도리어 몰주체성, 곧 "자기 없음"을 핵심으로 성립한다는 점이다. 이탁오의 '나'는 스스로를 드러내고 주장하는 '개인'이 아니라 "나 없음으로 인한 자유 경지 또는 철저한 굶주림으로 인한 자유 경지"에 도달한 '사'였다. "모든 대상과 목적의 설정을 거부하는 이러한 무작위(無作爲)의 자유는, 그리하여 의지할 아무 것도 없는 고독과 절망의 경지이며, 그 굶주림은 끊임없는 굶주림이었다"는 문장에서 알 수 있듯이, 미조구치가 이탁오에게 발견한 '사'는 자기 자신조차도 영원히 부정하는 궁극적인 고독과 절망의 자유, 혹은 굶주림을 존재의 양태로 삼는 '나'에 다름 아니었다.[36]

---

35 미조구치 유조, 위의 책, 210-211쪽.
36 미조구치 유조, 위의 책, 122쪽. 일부 개역.

유럽에서는 신의 자연, 즉 우주적 질서 속에 흡사 한 조
각 모자이크처럼 몰개체적으로 조직되어 있던 인간이 그
속으로부터 자립하는 과정에서 자연적 질서를 대상화하
였다. 아울러 인간까지도 하나의 자연으로 파악하여 객체
화함으로써 흡스적 또는 루소적인 인간의 자연을 도출하
였다. 즉 인간의 이성으로 인간의 자연을 추출해 낸 것이
다. 그러나 중국의 경우는 이러한 과정과는 전혀 달랐다.
오히려 철저하게 인간의 관념적 영위를 무(無)로 간주함
으로써 없애고 없애는[無無] … 진공에 의해서 인간의 자
연이 추출되었다.[37]

미조구치는 흡스가 개인에 근거한 사회의 형태를 "만인이 모두
이리", "만인 대 만인의 투쟁"으로 규정했다면, 중국은 "이리[狼] 없
는 자연법"으로 비유할 수 있다고 한다.[38] 미조구치는 이처럼 '천'과
'인'의 분열이 아닌 그 조화, 그리고 '사'의 몰주체성의 경지를 주장
함으로써 서구식 근대의 사유와는 근본적으로 다른 중국적 사유의
근대성을 제시할 수 있었다. 여기서 미조구치는 "중국의 근대사상
은 기본적으로 중국의 역사 속에서 자생적으로 전개"되었다는 자신
의 논리적 근거를 확립한다.[39]

---

37   미조구치 유조, 위의 책, 247쪽.
38   미조구치 유조, 위의 책, 251쪽.
39   溝口雄三(1978), 「いわゆる東林派人士の思想: 前近代期における中国思想の展開」, 『東

그 기나긴 도통(道統)에서 보자면 명말의 이러한 변화는
유학사는 물론 사상사에서도 정말이지 철저한(drastic) 변
화라고 할 만하다. (중략) 전통적으로 부정적 개념이었던
'인욕'과 '사'의 좌표 위치를 180도 긍정적 측면으로 전환
하는 기세로 이 시기에 나타난―유가 도통의 중층적인 역
사에서 볼 때―그 놀라운 위치 전환을 철저한 변화라고 말
하는 것이다. 그렇지만 '인욕'이란 용어를 긍정적인 위치
로 전환했다고 해서 곧바로 '천리'라는 용어를 부정적인
위치로 추방하였다는 뜻은 아니다. (중략) 천리의 위상은
여전히 태산처럼 확고하다. 인욕의 위치가 전환되었다고
는 하지만 인욕이 스스로의 자립적 기반을 획득한 것은 아
니다. 인욕은 오히려 천리에 포섭됨으로써 존립을 보증받
았다고 보아야 한다.[40]

미조구치는 자신이 제시한 이 중국의 독자적인 사상을 사회정치
적 차원에서도 설명하고자 했다. 동시대의 중국사회경제사 연구를
참조하면서 미조구치는 "동림파(東林派) 인사의 사상"이 "현실적이
면서 새로운 체제를 지향하는" 한편, "공치분권적(公治分權的) 군주
주의"를 통해 "황제전제 체제"를 거부했던 정치적 움직임의 표현이

京大学東洋文化研究所紀要』 75, 114면.

40   미조구치 유조, 앞의 책, 『중국 전근대 사상의 굴절과 전개』, 14-15쪽. 일부 개역.

었다고 파악한다.[41] 미조구치에 의하면 지방의 향신지주(鄕紳地主)였던 동림파의 사상은 중국적 근대사상을 현실 정치에 적용하는 길을 열었다. 진사 급제를 한 사람이 많은 동림파는 유학의 가르침을 뼛속까지 새긴 엘리트들이었지만, 동시에 "광세수탈(礦稅收奪)"을 거듭하는 황제 일원적 관료체제에 저항하는 "향촌의 리더"이기도 했다. 이들의 존재는 기존의 가치관을 뒤흔들었다. 동림파는 "관리로서 황제의 일원적 전제 지배에 대항하는 한편, 향촌에서는 중견지주층으로서" "지주제적 구조의 안정과 강화를 지향한 새로운 정치세력"이었는데, 이러한 이중적 성격이야말로 그들을 "명말 혁신세력의 주류"로 만들었다고 한다.[42] 동림파의 정치적 주장은 다음과 같이 요약할 수 있다.

첫째, 덕을 갖춘 군주라 할지라도 군주 한 사람만으로는 천하를 다스릴 수 없으므로 군주는 정치적으로 관료와 분업을 해야 한다. 둘째, 정치는 보통 사람들인 백성들의 여론에 따라야 한다. 셋째, 정치는 개인적인 이익을 좇으려는 백성들의 생존 욕구를 만족시키는 것이 근본이다.[43]

---

41 溝口雄三, 앞의 글, 「いわゆる東林派人士の思想」, 149면.

42 溝口雄三, 위의 글, 194-198면.

43 미조구치 유조, 최진석 옮김(2004), 『개념과 시대로 읽는 중국사상 명강의』, 소나무, 189쪽. 일부 개역.

이와 같은 주장은 "덕을 갖춘 황제가 어진 정치를 펼친다고 하는" 덕치주의의 사상을 부정하고 "군주와 관료의 '정치적 분업'"을 강조한 점에서 일종의 "황제기관설(皇帝機關說)"이라고 할 수 있다. 이때 황제는 정치의 외부에서 이를 생성하는 존재가 아니라, 현실에서 정치를 담당하는 여러 기관 가운데 하나가 됨으로써 그 권위가 현저히 약해진다. 또한 여론을 존중하고 "민중의 사유권을 충족시킬 수 있는 구체적인 정책"을 요구하는 동림파의 모습에서 당대의 "중앙과 지방의 대립"을 엿볼 수 있다.[44] 미조구치는 이러한 동림파의 사상이 '유리학'의 흐름을 잇는다고 주장한다. 즉 "동림파 인사들의 소유욕"은 "이탁오를 선행자로 하는 명말의 이관(理觀)'"에 포함되며, "천리가 자기의 내면적 덕성으로부터 자타 상호 간의 조화를 향하는 '분(分)'적 주름으로 기능하기 시작"한 사실을 보여준다는 것이다.[45]

이러한 정치적 의식의 변화는 향리공간(鄕里空間) 혹은 향치(鄕治) 등의 개념을 낳았고, 자립한 시민들의 공간인 서구의 공공영역과는 달리 관·신(紳)·민이 뒤섞인 중국적 질서 공간이 성립하기에 이른다. 이는 서구적인 자치가 아니라 조화와 도덕적 자발성에 입각한 공간이었다.

---

44   미조구치 유조, 위의 책, 190-191쪽.

45   溝口雄三, 앞의 글, 「いわゆる東林派人士の思想」, 251면.

'자치'라는 것이 유럽에서 나오게 된 계기는 권리투쟁입니다. 봉건영주제 아래 통행이나 상업 등의 자유가 없는 곳에서 이를 요구한 상인 계층에서 제기된 것이 권리투쟁입니다. (중략)【반면 중국에서는: 인용자】청대에 성행한 일종의 자선활동, 공공활동이 소위 지방자치에 해당합니다. 그 원류를 찾으면 명말의 공과격(功過格)이나 향약운동이 일종의 도덕진흥운동으로 이어집니다. 동림파의 글을 읽고 느낀 점입니다만, 향촌의 향신들이 앞다투어 좋은 일을 합니다(기아의 구제 및 고아의 양육 등). 여기서 출발하여 점차 황종희가 주장하는 지방에 의한 지방의 공사(公事)라는 주장으로 발전합니다. 이것이 중국에서 자치의 성립입니다. 그러니까 자치는 도덕적 동기에서 나온 것이라 할 수 있습니다. (중략) 권리에서 출발하는 것이 아니라 도덕적 인애에서 공공활동이 나온다는 도식, 게다가 이것이 혁명의 주력이 되는 구도를 이론화하는 것입니다.[46]

당시 중국에서는 토지의 소유 형태가 유동적으로 변하고 향촌에서 유력자 및 자각적인 농민이 등장하여 스스로 질서를 담당하고자 했는데, 이때 개인의 심성과 실천을 강조하는 양명학이 특히 중시되었다. 이에 법적 권리와 자유를 강조하는 서구의 논리와는 전혀 다

---

46   溝口雄三, 앞의 글, 「主体への問い」, 113-114면.

른 도덕적 자각이 강조되었고 자선사업이 성행했다고 한다. 다만 자립한 민간이 이를 주도한 것은 아니고 관과 결합하는 형태가 확립되었다. 이러한 형태는 점차 '공사'로서 그 규모를 확대해나갔고, 체제와의 양호한 관계 아래 행정을 보완하는 역할을 했다. 명말 청초의 공사는 훗날 신해혁명의 근원적 동력으로 이어진다.

신해혁명을 명말 청초부터 추적해보면 초기 현(縣)의 범위에서 이루어지던 지방의 공사가 이윽고 성(省)의 범위로 넓어졌고, 그 내용 또한 청대 초기의 구빈 사업, 과부 부양, 육아 등 자선사업에서 중기 이후 학무, 교육, 출판, 위생, 의원, 도로, 교량 건축, 하천 정비, 그리고 군사에 이르기까지 '지방의 공사'는 계속 확대되었습니다. 그 확대의 끝에 신해혁명이 있습니다. (중략) 혁명 세력은 중앙집권을 노리지 않고 각 지방에서 자신들의 권력을 수립했습니다. 애초에 혁명군은 '각 성의 권력'으로서 관·신·민 합동, 곧 체제와 대립하기보다는 상호보완의 형태를 띠고 자라났습니다. 마치 야채 줄기에서 양분을 섭취한 과실이 성숙하여 가지에서 땅으로 떨어지듯이 각각 독립을 이룬 것입니다. 그리고 과실을 키운 줄기와 가지가 사명을 끝내고 말라가듯이 왕조 제도는 붕괴를 맞이했습니다. 여기에 세계사적으로 유례를 볼 수 없는 신해혁명의 형태와 과정이

있습니다.[47]

이처럼 미조구치는 봉건영주제가 무너지고 중앙집권적 국민국가가 성립하면서 근대가 시작된 서구와 달리 중국은 "정반대로 집권제에서 분권제의 코스를" 밟았다고 한다. 여기에 "세계사적으로 유례를 볼 수 없는 신해혁명"의 특징과 중국적 근대의 독자성이 있다. 다시 말해 짧게는 명말 청초의 이탁오의 사상 및 동림파의 정치적 지향에서 시작된 새로운 움직임이, 길게는 송대 주자 이래 연속적인 천리 개념의 존재가 중국적 근대를 낳았다는 것이다. 따라서 가령 아편전쟁을 중국 근대의 기점으로 보는 인식은 재고되어야 한다. 그것은 서양의 충격이라는 "외발적"인 계기를 과대평가한 잘못된 인식이기에, 지금부터라도 중국의 역사 전체를 감싸는 유구한 "내발적" 계기를 중시할 필요가 있다는 것이 미조구치 주장의 핵심이었다.[48]

4. 마오쩌둥과 중국의 사회주의

지금까지 본 것처럼 미조구치는 주자에서 손문까지 이어지는 자생적인 사상의 흐름과 사회정치적 변화를 묘사함으로써 시마다의

---

47 溝口雄三, 앞의 글, 「方法としての「中国独自の近代」」, 36-38면.
48 미조구치 유조, 앞의 책, 『중국 전근대 사상의 굴절과 전개』, 30-31쪽.

단절론을 극복하고자 했다. 이것은 미조구치에게 "역사의 원상(原像)", "중국 역사의 실체"에 다름 아니었다.[49] 그런 미조구치에게 다케우치 요시미의 논의는 실체로서의 중국 근대를 파악하지 못한 채 방법이라는 추상적 개념에만 기대는 미덥지 못한 것으로 여겨졌다. 미조구치는 '방법으로서의 근대'라는 다케우치의 명제를 "방법으로서의 '중국 독자의 근대'"로 고쳐 쓰자고 주장한다. "다케우치의 사상으로서의 근대는 유감스럽게도 역사로서의 근대와 만나는 회로"를 가지지 못하기 때문이다.[50]

> 운동, 영구혁명으로서의 중국 근대. 이는 사상을 낳는 원천이 되긴 합니다만 결국 운동으로서의 근대, 즉 궤적이 보이지 않는 운동이기 때문에 역사와의 접점을 잃어버립니다. (중략)【다케우치의 근대 인식은: 인용자】운동의 관점에 한정되기에 거기서 태어나는 사상성 또한 주관의 영역에 머무를 수밖에 없고, 리얼한 역사의 실체에 다가가지 못합니다. 우리는 다케우치의 운동으로서의 관점과 사상성을 계승하면서도, 다른 한편으로 역사의 원상(原像)을 추구하는 관점에 서서 중국 근대를 고찰할 필요가 있습니다.[51]

---

49 溝口雄三, 앞의 글, 「方法としての「中国独自の近代」」, 28·41면.

50 溝口雄三, 위의 글, 39면.

51 溝口雄三, 위의 글, 28면.

근대의 원리를 서양적 가치에서 찾는 다케우치는 명말 청초, 혹은 송대 주자에서 신해혁명과 손문으로 이어지는 "리얼한 역사의 실체"를 보지 못한다. 다케우치는 5·4운동에서 중국의 근대가 시작된다고 주장하지만, 장기에 걸친 중국의 독자적 근대라는 관점에서 보면 5·4운동은 그저 하나의 작은 사태에 지나지 않는다.

다케우치는 "내 안의 독자적인 것이 필요하다"면서도 "아마 실체로 존재하지는 않을 것"이라고 합니다. 즉 역사의 실체로서의 근대과정을 중국의 역사에서 찾는 것은 무리라고 합니다. 다만 "주체 형성의 과정으로서는 존재할 수" 있다고 합니다. "주체 형성의 과정", 곧 사상으로서의 근대가 바로 다케우치가 말하는 "중국의 독자적인 근대"입니다. 중국 역사의 실체를 빠트리고 있기에, 다케우치에게 근대의 원리란 중국의 실체와는 거리가 있는 자유, 평등, 권리 같은 "서양의 가치"였습니다. 중국의 독자적인 근대가 제시되지 못한 채 그저 서양의 원리만 존재하는 한, 아시아는 이를 "다시 한번 감싸는" 것으로만 보편화할 수 있습니다. 그러나 우리는 이제 역사로서의 중국 근대의 실상을 볼 수 있는 렌즈를 가지고 있습니다. 만약 필요하다면 지방자치가 서양에서는 '권리'의 범주로 이해되어온 것에 비해 중국에서는 '도덕'적 기부행위에서 비롯된다는 점을 통해 동서의 역사적 특질을 상대화할 수 있는 시각을

구축하는 것도 가능합니다.[52]

미조구치는 일본과 중국의 근대화를 "우열이 아닌 차이로 간주하는" 다케우치의 주장에는 동의하지만, 그의 글에는 "이를 증명할 실증적인 사실의 제시도 없고 설득력 있는 이론도" 없으며 오직 "직감과 신념"만이 산재한다고 단언한다.[53]

'방법'이라는 다케우치의 개념이 추상적이고 관념적인 성격을 띤다는 것은, 많은 다케우치 연구자들도 대체로 동의하는 지점일 것이다. 하지만 다케우치는 중국을 그저 관념이나 주관의 영역에서 바라보지 않았다. 그에게 중국은 세계의 모순을 돌파하는 현실이었다.

일본공산당은 한국전쟁이 한참이던 1951년에 중국혁명을 모델로 삼은 무장투쟁방침에 관한 테제를 발표했다. 같은 해 다케우치는 「평전 마오쩌둥(評伝毛沢東)」을 썼다. 90년대 중반 이후 동아시아론이 유행하면서 다케우치는 한국의 지식인에게도 엄청난 관심을 받았다. 그러나 그 수많은 다케우치 관련 글에서 「평전 마오쩌둥」에 관한 진지한 분석은 거의 보이지 않는다. 다케우치 본인이 자신의 대표적인 두 편의 논문 중 하나로 「평전 마오쩌둥」을 들었으며, 그 이후로 "근대화 관련 분야"의 작업은 "문제의 발견이라는 점에서는 진보하지" 않았다고 스스로 고백했음에도 말이다.[54] 이 고백은 근대화의

---

52   溝口雄三, 위의 글, 41면.

53   溝口雄三, 위의 글, 22면.

54   竹内好(1980), 『竹内好全集』 4卷, 筑摩書房, 364면.

문제를 둘러싼 고민을 1951년 이후로 그만두었다는 뜻이 아니다. 반대로 「평전 마오쩌둥」의 저술을 통해 이 문제의 결론을 이미 내렸으며, 10여 년 이상이 지난 당시에도 수정할 필요를 느끼지 못한다는 자부심의 표현이다. 그러므로 다케우치 근대관의 핵심을 이해하기 위해서는 반드시 「평전 마오쩌둥」을 읽어야 한다. 그리고 「평전 마오쩌둥」을 읽는 일은 미조구치의 '중국을 방법으로 하는 중국학'이 도달한 결론이 어떤 문제를 가지는지 명확히 보여줄 것이다.

다만 이 평전은 결코 읽기 쉬운 글이 아니다. "너무나 문학적이기" 때문이다.[55] 마오쩌둥 평전을 쓰는 다케우치의 기본적인 입장은 아래와 같다.

> 나는 중국공산당사를 쓰려는 것이 아니다. 마오쩌둥이라는 한 인간의 모습을 역사적으로 형성된 것으로서 파악하고 싶다. 그러므로 당사는 직접 다루지 않는다. 당사에서 마오를 보는 것이 아니라, 마오와 인간의 관련 속에서 당사를 참조할 것이다.[56]

중국공산당사를 뒤져보아도 마오쩌둥을 올바르게 파악하는 것은 불가능하다. 이것은 실증에 기반한 역사학적인 평전이 아니다. 아직

---

55 子安宣邦(2012), 『日本人は中国をどう語ってきたか』, 青土社, 257면.
56 竹内好(1996), 『新編 現代中国論』 竹内好評論集 第一巻, 筑摩書房, 299면.

마오쩌둥이 살아 있고 자료도 제한된 상황에서 역사학적 평전의 집필은 애초에 불가능하기도 하지만, 그것보다 여기서 다케우치가 말하고자 하는 바는 "마오쩌둥이라는 인간 속에 중국의 공산당사가" 있으며 "중국혁명이란 마오쩌둥이라는 인간에 의한 혁명"이라는 사실이다.[57] 왜냐하면 중국 근대화의 귀결점인 중국혁명의 의미와 사상이 마오쩌둥이라는 인간의 몸을 빌려 잉태된 것이기 때문이다. 조금 과장하면 마치 예수가 성령에 의하여 마리아의 태내에서 사람의 육체를 받은 것처럼 말이다. 「평전 마오쩌둥」은 마오쩌둥이라는 인간에 대한 문학적·종교적 독해다. 이것은 가령 샤오싼(蕭三)이 저술한 전기가 마오쩌둥을 "오늘날 중국 인민의 영명(英明) 위대한 영수, 지도자, 구세주"로 예찬하는 것과는 질적으로 다른 글쓰기다.[58] 샤오싼의 글쓰기는 마오쩌둥이라는 '사건'의 의미를 세속적인 현실 권력의 영역에 제한할 뿐이다.

그렇지만 「평전 마오쩌둥」은 동시에 마오쩌둥의 구체적이고 리얼한 삶의 변증이기도 하다. 사건으로서의 마오쩌둥은 중국 근현대사의 실제적인 모순 및 소용돌이 속에서 생성되었기 때문이다. 그의 출생부터 가족 및 성장 배경, 역사적 상황, 지역적 특징, 세계의 정세 등을 면밀하게 추적하는 다케우치는 이 모든 요소의 종합으로 형성된 마오쩌둥의 개성이 맑스주의를 받아들이는 토대를 만들었지, 그

57　子安宣邦, 앞의 책, 『日本人は中国をどう語ってきたか』, 252면.
58　竹內好, 앞의 책, 『新編 現代中国論』, 302면.

반대는 아니라고 강조한다.

그는 맑스주의자가 된 이후에 혁명운동을 시작한 것이 아니다. 중국의 혁명이라는 주제를 한시도 잊지 않고 품고 있었으며, 그 도상에서 맑스주의를 발견한 것이다. (중략) 어떻게 자유를 쟁취할 것인가? 맑스주의는 그에게 무기를 제공했다.[59]

바로 이 점에 마오쩌둥으로 대표되는 중국혁명의 강인함이 존재한다. 다케우치는 맑스주의자가 아니다. 그는 만약 자신이 맑스주의자였다면, 그리고 마오쩌둥이 "서재의 맑스주의자였다면" 그의 평전을 쓰는 일은 간단했으리라 말한다. 다케우치는 일반적인 맑스주의를 상찬하는 것이 아니라, 마오쩌둥과 중국혁명의 맑스주의에 어떤 기대를 걸고 글을 써간다. 그 "방법"으로서 다케우치는 1927년에서 1930년 사이의 마오쩌둥을 "순수 마오쩌둥, 혹은 원시 마오쩌둥"으로 "가정"한다. 손문의 죽음, 북벌, 장제스의 반공 쿠데타, 우한 정부의 붕괴 등 "혁명에 종지부가 찍힌" 상황에서 마오쩌둥은 고생 끝에 징강산(井岡山)에 당도한다. 이때 마오쩌둥은 "개인 생활", "가족", "당 생활"을 상실한 "무소유자", 그러나 "모든 것의 소유자여야 할 무소유자"가 되었고, 역설적으로 바로 이 순간에 "마오쩌둥 사상

---

59 竹內好, 위의 책, 326면.

이 형성되었다."[60]

지금까지 타재적(他在的)이었던 지식과 경험의 모든 것
이 원심에서 구심으로 방향을 돌려 그의 신체에 응결되었
다. 이를 통해 당의 일부였던 그는 당 그 자체가 되었고, 당
은 중국혁명의 일부가 아닌 전부가 되었다. 세계는 형태를
바꾸었다. 즉 마오쩌둥은 형태를 바꾼 것이다. 주체와 객
체가 합일했고 새로운 분화가 시작되었다. 마오쩌둥은 재
생했다. 지금까지 그는 맑스주의자였다. 이제 맑스주의는
그와 합체했고, 맑스주의와 마오쩌둥주의는 동의어가 되
었다. 그 자신이 창조의 근원이 되었다. 이것이 순수 마오
쩌둥 혹은 원시 마오쩌둥이다.[61]

위 인용문에서 다케우치는 서구를 그저 받아들이기만 했던 우등
생 일본의 거짓된 근대와는 반대로 구원의 꿈조차 꾸지 않았던 루쉰
의 격렬한 저항과 그 중국적 근대의 완성을 "순수 마오쩌둥"을 통해
예감한다. "가시나무에 찔려 피투성이가 되면서도 앞으로" 나아간
루쉰과 중국의 근대가 "순수 마오쩌둥으로" 나타난 것이며, 이는 세
계를 바꾸는 힘이 되었다.[62] 그리고 "순수 마오쩌둥"은 이윽고 1949

---

60 竹內好, 위의 책, 334-337면.

61 竹內好, 위의 책, 337면.

62 마루카와 데쓰시·스즈키 마사히사 엮음, 윤여일 옮김(2011), 『다케우치 요시미 선집

년의 혁명을 통해 실체로 드러난다.

순수 마오쩌둥이란 무엇인가? 적은 강하지만 나는 약하다는 인식, 그리고 나는 패하지 않을 것을 확신하는 모순의 조합이다. 이것이야말로 마오쩌둥 사상의 근본이자 원동력이며, 나아가 오늘날 중공의 이론과 실천의 모든 근원을 이루는 것이다. 그것은 반봉건, 반식민지라는 중국의 현실과 혁명 속에서 등장한 가장 고차원이자 가장 포괄적인 원리, 곧 보편적 진리다. 물심양면의 모든 사상(事象) 및 개인에서 국가에 이르는 모든 관계를 규정하는 근본 법칙이며, 실천에 따라 내용이 부여됨을 통해 그 자체가 생성·발전한다.[63]

"모순의 조합"으로 이루어진 마오쩌둥 사상이야말로 "중공의 이론과 실천의 모든 근원"이며 "중국의 현실과 혁명"이라는 실체를 "보편적 진리"로 승화시킨다. 이 "근본 법칙"은 관념의 세계에 머무르지 않고 "실천"을 통해 "생성·발전"한다. 그리고 이를 현실의 투쟁전략으로 치환한 것이 아무리 강대한 적이라도 결코 빼앗을 수 없는 "근거지", "동적"이며 "개방적"이기에 침략한 적의 세력을 도리

2: 내재하는 아시아』, 휴머니스트, 241-255쪽.

63　竹內好, 앞의 책, 『新編 現代中國論』, 337-338면.

어 약화시키는 근거지에 관한 이론이다.[64]

> 통일은 기계적 결합이 아니며, 따라서 타협으로 성립되
> 지 않는다. 타협은 점령지를 양보할 뿐이다. 통일은 각각
> 의 유기체인 근거지가 결합함으로써 고차의 조화를 찾아
> 내는 것이다. 이것이 모든 결합의 원칙인 바, 오늘날의 중
> 화인민공화국은 개인과 개인, 당과 당, 혹은 이데올로기의
> 각 분야에서 이를 보전한다. 중국이 국제적 결합에서 발견
> 하려는 방식 역시 이와 다르지 않다. 오늘날 세계적 규모
> 에서 혁명의 근거지는 뚜렷이 확대되었다. 평화혁명의 가
> 능성이 현저히 높아졌다. 중국은 그 결합의 원칙에 따라
> 통일할 수 있는 상대방의 근거지를 찾고 있다.[65]

위 인용문에서 다케우치가 중국혁명을 국지적인 투쟁이 아니
라―마치 '코뮌'을 연상시키는―근거지의 결합을 통한 세계혁명의
단서로 간주하고 있음을 알 수 있다. 그는 이제 루쉰의 고통스러운
'쩡짜'가 아닌 마오쩌둥의 근거지 이론에서 세계적인 "평화혁명"의
가능성을 찾고자 한다. 일본의 운동가이자 평론가인 간 다카유키(菅
孝行)는 여기에서 다케우치의 변모를 읽는다.

---

64 竹內好, 위의 책, 338-339면.
65 竹內好, 위의 책, 349면.

【다케우치의 변모는: 인용자】아시아에 대한 기본적인 이미지를 "루쉰에서 마오쩌둥으로" 바꾼다는 것을 의미했습니다. 당시 중국혁명이 급속하게 진전되었고 1949년에는 중화인민공화국이 성립합니다. 이러한 과정과 다케우치의 전환은 깊은 관련을 지닙니다. 여기에는 어떤 필연성이 있습니다. 이를 간단히 부정하거나 다케우치가 계몽가라는 좋지 못한 방향으로 나아갔다고 말하는 것은 옳지 않습니다. (중략) 중국혁명의 성공은 허구에서 실체로 아시아에 대한 이미지를 바꾸어가던 다케우치에게 힘을 실어주었습니다. (중략) 바로 이때 다케우치는 비록 단 한 순간이었지만 혹시 세계가 변할지 모른다는 행복한 기대를 가지게 되었습니다. 바로 이때뿐입니다. 최고지도자 마오쩌둥 아래 건설된 혁명 중국에 대한 기대, 희망이 있었습니다. (중략) 이것은 다케우치의 숙명이었습니다. 숙명으로서의 역사성에 그는 희망을 품고 있었습니다.[66]

물론 이러한 다케우치의 희망이 너무나도 순진한 것이었음을 오늘날 우리는 잘 알고 있다. 그러나 그가 개념적 도구로서의 방법이 아닌 역사적 실체로서 중국혁명을 인식하고, 이를 숙명이라는 이름의 희망으로 받아들였다는 사실을 간단히 매도해서는 안 될 것이다.

66　菅孝行(2007)「抵抗のアジアは可能か: 竹内好の魯迅像をめぐって」, 鶴見俊輔·加々美光行編, 『無根のナショナリズムを超えて: 竹内好を再考する』所收, 日本評論社, 72-78면.

중국혁명에서 세상을 바꿀 도약의 순간을 보았던 다케우치였기에 그는 이후에 벌어진 문화대혁명에 대해서는 도리어 침묵을 지켰다. 중국공산당에 대한 기대 또한 베트남, 쿠바, 팔레스타인, 라틴아메리카 등지로 옮겨 갔다.[67] 그래서 그는 출구 없는 좌절 속에서 삶의 마지막까지 고뇌하지 않을 수 없었다.

한편 중국혁명에서 세계혁명이라는 가능성의 실체를 읽고자 했던 다케우치와 달리 미조구치는 그 비약의 계기를 역사의 긴 흐름 속으로 희석시킨다. 미조구치의 논의 안에서 마오쩌둥과 중국공산당의 혁명은 명말 청초 이래 전개된 중국의 독자적인 근대를 결코 벗어나지 못한다.

중국의 사회주의가 맑스·레닌주의에서 나온 것처럼 착각합니다. 지금 중국에서 이루어지는 정치교육이 그렇습니다. 제가 중국의 역사 문헌에서 발견한 사회주의는 그것과 다릅니다. 도리어 종족(宗族)의 상호부조적인 전통 위에 사회주의가 있습니다. 다른 말로 표현하자면 공조주의(共助主義)입니다. 마오쩌둥은 그러한 종족의 공조 기능을 국가 규모로 확대한 것은 아닐까요? 혹은 중국에는 계급제가 없다고 주장하면서 평생 마오쩌둥과 대립했던 량수밍(梁漱溟)으로부터 중국의 사회주의를 보아야 하지 않을

---

67 菅孝行, 위의 글, 79면.

까요? 아니 애초에 동쪽과 서쪽의 이데올로기 대항 같은 것은 존재하지 않았을지도 모릅니다.[68]

이제 미조구치에게는 중국의 사회주의조차 전통적인 사상의 특수한 형태일 뿐이며 맑스·레닌주의와도 상관없는 것이 된다. 일본 및 서구와는 다른 독자적인 근대를 중국의 역사 속에서 찾으려는 그의 노력은 근대 이후 나타났던 역동적인 투쟁과 사상을 전통의 연장으로만 바라봄으로써 도리어 중국의 역사 그 자체를 정적인 것으로 만들어버린다. 포스트식민주의의 선구적 모델을 제시했던 '중국을 방법으로 하는 중국학'은 중국학과 서구 근대성을 탈구축하기는커녕, 중국을 세계에서 분리하고 '공산주의'의 가능성을 고여버린 역사 안에 가두는 방향으로 기능한 것은 아닐까?

5. 현대 중국과 동아시아

마지막으로 현대 중국에 대한 미조구치의 인식을 소개하고 글을 맺고자 한다. 미조구치는 다케우치와 달리 문화대혁명을 "50%의 비판", "30%의 당혹", "20%의 공감"을 가지고 지켜보았다.[69] 그리고 문화대혁명은 "중국 고유의 대동적 근대가 지닌 역사 구조상의 제 모

---

68   溝口雄三, 앞의 글, 「主体への問い」, 115면.
69   미조구치 유조, 앞의 책, 『중국 전근대 사상의 굴절과 전개』, 10쪽.

순"이 발현된 결과이며, 그 "본질을 투시"하기 위해서는 "중국의 '다른' 전근대-근대의 전체적 과정을 역사적으로 통관"할 필요가 있다고 논한다.[70] 그는 "작은 학생들의 희망과 좌절에 가담하기보다, 커다란 '중화주의적' 국가사회의 역사적 발전에 가담"하는 입장에서 문화대혁명을 바라보았던 것이다.[71] 나아가 2004년에 간행한 『중국의 충격』에서는 중국 현대사를 다음과 같이 규정한다.

나의 논의가 지닌 특징은 중국 내부에 시점을 두고 장기적인 역사의 흐름에 따른다는 점이다. 이러한 관점에서 보면 1949년부터 1978년까지의 30년간은 일종의 과도기로서 오로지 '공(公)'만 있고 '사(私)'가 억압되었던, 중국의 역사 속에서 특수한 시기였다. 그러나 이 특수한 30년 동안에 중공업 건설과 토지 공유화가 실현되고, 그 기반 위에 1978년 이후 '사'를 중심축으로 한 개혁개방이 시작되었다. 그리고 1978년부터 현재까지 지속된 이 단계야말로 경제에서 공유와 사유의 연계, 인치(人治)에서 법치(法治)로의 전환 등, 사회·경제·문화 측면에서 혁명의 전진기이자, 개혁이 기층에까지 퍼진 점에서 혁명의 심화기라 할 수 있다. 중국은 지금이야말로 그 사회구조에 적합한 '자유'와 '민주'를 모색하고 창조하고자 노력하고 있다고 생

70　미조구치 유조, 위의 책, 34쪽. 일부 개역.
71　子安宣邦, 앞의 책, 『日本人は中国をどう語ってきたか』, 286면.

각한다.[72]

미조구치는 중국혁명에서 문화대혁명에 이르는 시기를 "일종의
과도기", "특수한 시기"로 간결하게 정리해버린다. 중국적 근대가
관통하는 역사로부터의 일탈, 혹은 예외로서 배제하는 것이다. 이
시기는 오직 이후의 "개혁개방" 및 경제적·정치적 변화와 관련되는
한에서만 의미를 지닌다. 개혁개방이야말로 중국적 근대의 진정한
혁명적 성격을 계승하기 때문이다.

> 내가 보건대, 중국은 1950~60년대의 대약진운동의 실
> 패와 문화대혁명의 미망에서 탈피하여 지금은 세계의 어
> 느 나라에서도, 과거의 어떤 역사에서도 모델을 찾을 수
> 없는 진정한 혁명을 진행하고 있다.[73]

유럽에서 기원하는 근대를 거부하고 이와 무관한 중국의 전통적
사상을 모색했던 미조구치의 포스트식민주의적 논의는 이처럼 또
다른 본질주의, 나아가 냉전 이후 중국의 약진에 매몰되고 만다. 이
러한 미조구치 중국사상사 연구의 도달점을 '환(環)중국권'이라는
개념에서 찾을 수 있다.

---

72   미조구치 유조, 서광덕 외 옮김(2009), 『중국의 충격』, 소명출판, 2009, 37쪽. 일부 개역.
73   미조구치 유조, 위의 책, 38쪽.

이미 구시대의 유물로 간주되었던 중화문명권의 관계
구조가 실은 어떤 면에서는 지속되고 있을 뿐만 아니라,
환중국권이라는 경제 관계구조로 재편되고, 주변 국가들
을 다시 주변화하기 시작했다는 가설적인 사실을 유념해
야 한다. (중략) 따라서 이제 어떤 역사관으로 현대를 파악
해야만 하는가를 근본에서부터 다시 사고해볼 필요가 있
다. (중략) 특히 중일 관계의 경우, 일찍이 '서양의 충격'으
로 일본의 대두가 두드러지고 중화문명권을 무대 뒤로 퇴
장시켰다고 간주되던 역사가 '중국의 충격'—권투 글러브
를 낀 가격처럼 둔하고 느려서 지각하기도 도식화하기도
어려운 강렬한 충격—에 의해 반전되기 시작했다.[74]

물론 미조구치는 배타적인 '중국 위협론'을 비판하는 한편 '대국
주의적인 중국의 출현'을 경계할 필요성에 대해서도 언급한다.[75] 하
지만 그러한 논의가 서구적 가치에 근거를 두고 이루어질 때는 가차
없는 반론을 펼쳤다. 가령 미조구치는 일본의 문학자 오에 겐자부로
(大江健三郎)가 중국의 망명 지식인 쩡이(鄭義)와 주고받은 서신을 소
개하면서, 중국에 자유와 민주가 없다는 쩡이의 호소를 냉소적으로
바라본다. 그의 편지는 "'적색테러'의 탄압을 견디며 싸우고, 지금은
어쩔 수 없이 해외에 망명하게 된 작가, 서구의 비호 아래에서 지금

---

74 미조구치 유조, 위의 책, 24-25쪽. 일부 개역.
75 미조구치 유조, 위의 책, 24-25쪽.

도 '자유'와 '민주'를 위해 싸우는 전사의 이미지를 만들어내려고 한다"는 것이다.[76] 이러한 사태는 중국에 대한 서구의 "환상"과 "환멸"의 연쇄적 관념에서 발생한다. "중국의 사회주의를 유럽 자본주의 근대를 넘어선 초근대, 후근대의 세계로 간주하거나 혹은 봉건 왕조의 전통을 잿더미로 하여 태어난 불사조의 회생으로 보는 환상", 그리고 그 반대편에 존재하는 "중국의 후진성 이론", 곧 "왕조시대의 갖가지 아시아적·후진적 요소가 혁명에 혼입되어" "중국에서 개인의 '민주'와 '자유'는 '전체 이익'을 위해 억압"되었다는 "환멸"은 동전의 양면에 지나지 않는다.[77]

그것이 환상이든 환멸이든 그들이 대상으로 삼아왔던 '사회주의'가 서양이 낳은 역사이론에 근거한 관념적인 지식에 불과했으며, 실제 현실 중국에 있어서 '사회주의'란 무엇인가, 더 나아가 중국에 있어 '근대'란 어떤 것인가, 중국에 있어 '중국'이란 무엇인가의 검증이 이루어지지 않았음을 의미한다. 사회주의는 맑스·레닌주의의 연장선상에서 이해될 뿐, 중국의 16~17세기 이래의 역사적 맥락에서 이해되지 않았다. '근대'도 아편전쟁의 '서양의 충격'을 통해서 이해되었을 뿐, 중국의 16~17세기 이래의 역사적 전

---

76   미조구치 유조, 위의 책, 31쪽.

77   미조구치 유조, 위의 책, 34-35쪽.

개과정 속에서 이해된 적은 없었다. 요컨대 중국을 원래 유럽과는 축을 달리하는 세계로 바라보는 관점이 극히 희박했다.[78]

미조구치의 주장에 경청할 부분이 없는 것은 아니다. 많은 일본인이 서구의 자유 개념을 바탕으로 중국을 딱하게 바라보지만, 그들은 일본의 뉴스 진행자에게 "방송에서 천황에게 경어를 사용하지 않을 자유"가 없다는 사실은 깨닫지 못한다.[79] 그러나 그러한 역설이 일본의 지식인인 미조구치에게 타국의 망명 지식인을 비판할 권리를 주는 것은 아니다. 미조구치는 1989년 천안문 사태로 박해받았던 쩡이가 2000년에 쓴 편지에서 "중국에는 민주적인 헌법도 없고 독립된 법관도" 없으며 "인민에게 알 권리가 주어지지 않았기 때문에" 도리어 그들에게는 "두려움"도 없다는 문장을 인용하며, "쩡이는 어째서 이 11년간 중국에서 발생한 커다란 변화를 알려고 하지 않는 것일까? 그의 시간은 1989년 6월 4일 그날 이후로 정지된 것일까"라는 의문을 제기한다.[80] 그렇지만 "만약 쩡이가 자기의 시간을 1989년 6월 4일에서 멈추었고, 그 후에도 중국의 시간에 이를 맞추지 않았다면, 이것은 오히려 정당한 일"일 것이다.[81] 쩡이의 정지된 시간은 지금도

---

78   미조구치 유조, 위의 책, 35쪽.
79   溝口雄三·孫歌, 앞의 글, 「「歷史に入る」方法」, 231면.
80   미조구치 유조, 앞의 책, 『중국의 충격』, 30쪽. 일부 개역.
81   子安宣邦, 앞의 책, 『日本人は中國をどう語ってきたか』, 301-302면.

계속되고 있는 저항의 시간을 상징하기 때문이다. 하지만 미조구치는 이 저항의 시간을 서구적 가치에 함몰된 시간이라며 무시한다.

전술한 것처럼 미조구치의 『중국의 충격』이 출판된 것은 2004년이다. 세계와 분리된 중국적 근대와 환중국권은 그 위압적인 모습을 더욱 강화하고 있는 것처럼 보인다. 쩡이를 비롯한 많은 사람의 시간은 여전히 정지된 채이고, 그 후로도 환중국권의 여러 곳에서 시간이 멈추는 사태가 벌어졌다. 오늘날 부진에 빠진 동아시아론이 재생하기 위해서는 우선 이 정지된 시간들을 다시 고찰하는 작업부터 시작해야 하지 않을까? '포스트-포스트식민주의'에 입각한 새로운 중국학의 사유가 시급한 이유다.

참고문헌

가야트리 스피박, 태혜숙·박미선 옮김(2005), 『포스트식민 이성 비판: 사라져가는 현재의 역사를 위하여』, 갈무리.

마루야마 마사오, 김석근 옮김(1995), 『일본정치사상사연구』, 통나무.

마루카와 데쓰시·스즈키 마사히사 엮음, 윤여일 옮김(2011), 『다케우치 요시미 선집 2: 내재하는 아시아』, 휴머니스트.

미조구치 유조, 김용천 옮김(2007), 『중국 전근대 사상의 굴절과 전개』 개정본, 동과서.

미조구치 유조, 서광덕 외 옮김(2009), 『중국의 충격』, 소명출판.

미조구치 유조, 서광덕·최정섭 옮김(2016), 『방법으로서의 중국』, 산지니.

미조구치 유조, 최진석 옮김(2004), 『개념과 시대로 읽는 중국사상 명강의』, 소나무.

시마다 겐지, 김석근·이근우 옮김(1986), 『주자학과 양명학』, 까치.

심희찬(2022), 「'조선'이라는 파레르곤: 보편주의와 침략적 아시아주의의 매듭」, 『일본비평』 27.

윤여일(2016), 『동아시아 담론: 1990~2000년대 한국사상계의 한 단면』, 돌베개.

菅孝行(2007), 「抵抗のアジアは可能か: 竹内好の魯迅像をめぐって」, 鶴見俊輔·加々美光行編, 『無根のナショナリズムを超えて: 竹内好を再考する』 所収, 日本評論社.

岸本美緒他編(2015), 「先學を語る: 溝口雄三先生」, 『東方學』 130.

小島毅(2011), 「溝口雄三教授追悼文」, 『東方學』 121.

子安宣邦(2012), 『日本人は中国をどう語ってきたか』, 青土社.

子安宣邦(2015), 「二つとない交友であった: 溝口回想」, 『東方學』 130.

竹内好(1996), 『新編 現代中国論』, 竹内好評論集 第一巻, 筑摩書房.

竹内好(1980), 『竹内好全集』 4巻, 筑摩書房.

陳光興, 丸川哲史訳(2016), 『脱 帝国: 方法としてのアジア』, 以文社.

津田左右吉(1938),『シナ思想と日本』, 岩波書店.

戸川芳郎(2011),「溝口雄三君を悼む」,『東方學』121.

溝口雄三(1978),「いわゆる東林派人士の思想: 前近代期における中国思想の展開」,
　　　　『東京大学東洋文化研究所紀要』75.

溝口雄三(2007),「方法としての「中国独自の近代」」, 鶴見俊輔・加々美光行編,『無根
　　　　のナショナリズムを超えて: 竹内好を再考する』所収, 日本評論社.

溝口雄三(2011),「主体への問い:「方法としての中国」をめぐって」, 平野健一郎他
　　　　編,『インタビュー 戦後日本の中国研究』, 平凡社.

溝口雄三・孫歌(2001),「「歴史に入る」方法: 知の共同空間を求めて」, 孫歌, 丸川哲史
　　　　他訳(2002)『アジアを語ることのジレンマ: 知の共同空間を求めて』
　　　　所収, 岩波書店.

溝口雄三・孫歌・小島毅(2005),「鼎談「開かれた東アジア研究に向けて: 主体と文
　　　　脈」」,『中国: 社会と文化』20.

포스트콜로니얼 이후의 사회비판을 향하여

—기능주의적 이성 비판을 둘러싸고

오무라 가즈마大村一真

1. 머리말

이 논문에서는 독일의 철학자 위르겐 하버마스의 '기능주의적 이성 비판' 개념을 검토하고, 하버마스의 사회비판이 포스트콜로니얼리즘 이후의 사회 및 정치 문제를 어디까지 조명할 수 있는지 고찰한다.

이 논문의 의의는 두 가지로 집약된다.

먼저 하버마스가 주장하는 기능주의적 이성 비판의 내실을 이해하는 데 공헌하고, 하버마스의 사회분석 및 사회비판의 의의와 한계를 파악하는 데 이바지할 것이다. '프랑크푸르트 학파'의 사상가인 하버마스는 자신의 스승인 테오도르 W. 아도르노와 막스 호르크하이머의 '도구적 이성 비판'을 토대로 '기능주의적 이성 비판'의 필요성을 제기했다. 잘 알려진 바와 같이, 하버마스의 대표작 『의사소통행위 이론』은 시국을 파악하는 시대 진단으로 '생활세계의 식민지화'라는 개념을 제시하고 있다. 이 개념은 경제체계(시장)와 정치체계(국가) 쌍방이 화폐와 권력을 매개로 일상생활 내부까지 침투하여 인간의 의사소통—하버마스의 개념으로 표현하면 '의사소통행위'—을 파괴하는 현상을 가리킨다.[1] 그러나 『의사소통행위 이론』이 "생활세계의 식민지화라는 테제는 기능주의적 이성 비판을 근거로 한다"라고 서술하고 있다는 점은 잘 알려지지 않았다.[2] 실제로 2권본 『의사소통행위 이론』에서 제2권의 부제는 '기능주의적 이성 비판'이다. 그러나 『의사소통행위 이론』은 기묘할 정도로 '기능주의적 이성'이라는 개념에 대해 언급하지 않아서 선행연구에서도 종종 문제시되고 있다.[3] 그렇기에 여전히 불분명한 상태로 남아 있는 '기능주의

---

1 예를 들어 일본 생활세계의 식민지화에 관한 대표적인 특징으로 논집 『하버마스와 현대』에 수록된 기마에 도시아키(木前利秋)의 다음의 기술을 들 수 있다. "생활세계의 미세한 결합 속에 화폐관계나 권력관계가 침투하여, 언어에 의한 의사소통도 그러한 관계가 지향하는 성과를 위한 수단이 되기에 이른다. 이미 언급했듯이 체계 합리성이 생활세계를 종속시켜 나가는 이러한 프로세스의 심화와 확대는 '생활세계의 식민지화'라고 불린다"(木前利秋(1987), 「理性の行方—問題設定と視座」, 藤原保信·三島憲一·木前利秋, 『ハーバーマスと現代』, 新評論, 33-34면).

2 Jürgen Habermas(1995), *Theorie des kommunikativen Handelns*, Bd. 2 (Taschenbuch), Suhrkamp, 575면 이하, 이 저서의 인용은 TkH2로 약기하고 그 원저 페이지를 기재한다.

3 이점에 대해서는 하버마스의 사상 연구자인 시모네 디에츠나 데이비드 인그람이 지적하고 있다. (Simone Dietz(1993), *Lebenswelt und System Widerstreitende Ansätze in der Gesellschaftstheorie von Jürgen Habermas*, Königshausen & Neumann, 170면, David Ingram(2010), *Habermas: Introduction and Analysis*, Cornell University, 268면.)

적 이성 비판'이라는 개념을 명확히 하고, 하버마스가 이 개념을 사용함으로써 어떤 사회분석과 사회비판을 전개했는지 분명히 밝히는 작업은 하버마스 사상에 관한 개념연구는 물론이고 현실의 사회·정치문제를 검토하는 사회·정치이론 연구에도 이바지할 것이다.

다음으로 본 논문은 '프랑크푸르트 학파'로 불리는 '비판이론'과 포스트콜로니얼리즘이라는 두 사상적 조류의 이론적 축적을 연결하는 가교적 시론이 될 것이다. 프랑크푸르트 학파의 비판이론은 종종 에드워드 사이드 이후의 포스트콜로니얼리즘 시점이 결여되었다는 지적을 받는다. 이점에 대해서는 미국의 비판이론 연구자 에이미 앨런이 이미 지적한 바 있다.[45] 앨런은 『진보의 종식-비판이론의

---

4   Amy Allen(2016), *The End of Progress: Decolonizing the Normative Foundations of Critical Theory*. 앨런에 따르면 '비판이론(Critical Theory)'이라는 개념은 세 가지 의미가 복층적으로 담겨 있다. 첫째로 이 개념은 1930년대 아도르노와 호르크하이머 등이 주도한 '프랑크푸르트 학파'에 의해 강령적으로 제시되어 현재는 하버마스, 악셀 호네트, R. 포스트 등의 사상가들이 계승하고 있는 사상적 조류를 가리킨다. 둘째로 이 개념은 '비판적, 진보적, 해방적 목적'을 가진 '문화적, 사회적, 정치적 이론', 다시 말해 페미니즘, 퀴어이론, 레이시즘, 포스트콜로니얼리즘 등을 가리킨다. 그리고 셋째로 이 개념은 '포스트구조주의에서 정신분석학에 이르는 프랑스의 이론체계', 다시 말해 '미셸 푸코, 자크 데리다, 질 들뢰즈, 자크 라캉 같은 사상가'들도 가리킨다. 이처럼 앨런은 하나의 '협의의 비판이론'과 두 가지 '광의의 비판이론'이라는 분석적 구분을 하고 있다(ibid., xxi면).

5   "사이드가 이렇게 고발한 뒤로 20년이 지났으나 충분히 달라지지 않았다. 현대의 프랑크푸르트 학파의 비판이론은 대부분 제국주의 문제에 대해 여전히 너무나도 침묵을 지키고 있다. 프랑크푸르트 학파의 유산과 가장 밀접한 관련이 있는 현대의 주요 이론가 위르겐 하버마스와 악셀 호네트는 모두 20세기 후반의 특징인 탈식민지화의 파도(the waves of decolonization)가 만들어낸 역설과 과제에 대한 체계적 고찰을 비판이론 연구의 중심 과제로 삼지 않았으며, 지금은 상당한 양에 달하는 포스트콜로니얼 이론 또는 연구의 문헌군에 대해 진지하게 다루지도 않는다. 하버마스가 최근 세계

규범적 기초를 탈식민지화하다』(2016년)에서 이러한 결여의 경향을 재검토하며, 비판이론(프랑크푸르트 학파)의 지적 영위를 '탈식민지화'하는 과제를 계승한다. 이 책에서 앨런은 프랑크푸르트 학파의 대표적 사상가인 하버마스, 악셀 호네트, R. 포스트의 논의를 검토해 이들이 역사적 진보와 유럽의 우위를 전제로 하고 있음을 분명히 했다. 그리고 오늘날 프랑크푸르트 학파의 전제인 진보 개념을 비판함으로써 새로운 '진보'로 나아가고자 한다. 이것은 앨런의 모티프가 '진보는 그것이 종언하는 지점에서 발생한다'라는 아도르노의 주장이라는 점에서도 분명히 알 수 있다.

본 논문 역시 프랑크푸르트 학파와 포스트콜로니얼리즘의 사상적 해후, 그리고 비판이론의 지적 영위를 '탈식민지화'하는 이론전략의 일단을 수행하고자 한다. 알렌은 프랑크푸르트 학파가 설명하는 진보와 관련된 '규범적 기초'를 서양중심주의의 관점에서 문제화하고, 서양중심주의라는 문제에 대한 프랑크푸르트 학파의 이론적 반성을 유발하기 위해서 두 사상적 조류를 연결하고 있다. 본 논문은 포스트콜로니얼리즘의 지적 영위를 바탕으로 하버마스의 기능주의적 이성 비판을 심화시키는 문제 제기를 통해서 두 사상적 조류를 연결 짓는 본질에 대해 고찰한다.

화, 코스모폴리타니즘, 포스트 및 초국가적인 법적·정치적 형태의 전망 등의 문제에 대해 관여도가 높아지고 있다는 점에 비추어보면, 주목도가 낮다는 것은 보다 현저하다"(ibid., 2면).

2. 기능주의적 이성 비판—하버마스의 사회비판

이번 장에서는 하버마스의 사회비판을 '기능주의적 이성(funktion-alistische Vernunft)'에 대한 비판으로 해석하고 이성비판의 내실을 밝히고자 한다. 하버마스는 '기능주의적 이성'이라는 개념, 그리고 이 개념과 관련된 '체계 합리성' 및 '매체에 의해 제어된 상호행위'라는 개념을 이용하여 시장과 국가라는 두 '체계 양태'(=서브 시스템)의 발전과정을 기술하고 있다. 또한 이러한 발전과정에서의 사회·정치 문제를 해명하기 위해서 '생활세계의 매체화'와 '생활세계의 식민지화'라는 개념을 제시한다. 뒤에서는 이들 개념을 정리하면서 하버마스가 어떻게 현실사회를 분석하고, 현실사회의 문제를 분석하고 있는지 확인하고자 한다.

1) 기능주의적 이성에 대하여

기능주의적 이성이란 무엇인가. 이 용어는 하버마스가 독일의 사회학자 니클라스 루만의 '체계(시스템)'에 관한 식견을 계승하여 구축한 개념이다.[6] 잘 알려진 바와 같이 루만은 체계를 '차이화'하는

---

6   이 부분은 예를 들어 하버마스의 저서 『근대의 철학적 디스쿠르스』에서 확인할 수 있다. "루만의 경우, 체계 자체가 가지고 있는 환경 세계와의 '차이화(Differenzierung)'는 그 이상 거슬러 올라갈 수 없는 궁극의 대상으로 존재한다. 자기 증대를 계속하는 체계의 자기 보존이 존재나 사유 및 발언이라는 관점에서 규정되던 이성을 대신하는 것이다. 〔…중략…〕 체계 합리성(Systemrationalität)이라는 이름 아래 〔…중략…〕 이성이 이 기능에 복종하는 것을 **공공연히 기술**한다. 이 이성은 체계의 유지를 가능하

기능으로 해석한다. 다시 말해 체계는 체계가 아닌 대상—루만의 용어로 표현하면 '환경세계(Umwelt)'—으로부터 스스로 자신을 차이화하고, 또한 동시에 환경세계의 '복잡성(Komplexität)'을 처리할 수 있는 정도로 '축소(Reduktion)'함으로써 자기 자신의 경계를 유지한다.[7] 그렇기에 하버마스가 말하는 '기능주의적 이성'이란, 이러한 체계에 대한 루만의 견해를 바탕으로 경제체계와 정치체계의 외부에 위치하는 '환경세계'의 복잡성을 축소하면서 그들 체계 자체의 경계를 유지하는 체계 고유의 '능력'으로 이해할 수 있다.[8] 이러한 기능주의적 이성이 작용함으로써 시장과 국가라는 두 '체계 양태'(=서브시스템)는 발전을 이루게 된다.

기능주의적 이성이라는 개념의 특징을 규정하는 것은 루만이 설명하는 '체계 합리성'이라는 개념이다. '체계 합리성'은 체계가 자신의 외부에 존재하는 환경세계와의 차이(구별)를 유지할 수 있을 정도로 환경세계의 복잡성을 성공적으로 축소하는 것을 나타낸다.[9] 이

게 해주는 조건의 앙상블(das Ensemble der Ermöglichungsbedingungen für Systemerhaltung)을 말한다. 기능주의적 이성이란 이성의 작용을 복잡성의 축소로 왜소화시켜, 이성이 자신을 스스로 부인하게 된다는 아이러니한 결과를 말해준다. (Jürgen Habermas(1985), Derphilosophische Diskurs der Modern, Suhrkamp, 431면)

7   Niklas Luhmann(1970), "Soziologie als Theorie sozialer Systeme", in ders., *Soziologische Aufklärung: Aufsätze zur Theorie sozialer Systeme* (Band 1), Westdeutscher Verlag, 113-136(116)면.

8   Todd Hedrick(2019), "Functionalist Reason", in Allen / Mendieta (eds.), *The Cambridge Habermas Lexicon*, Cambridge University Press, 153-155(153)면.

9   또한 루만은 1986년 발표한 저서 『목적 개념과 체계 합리성—사회 체계에서의 목적의 기능에 대하여』에서 체계 합리성의 특징을 '복잡성 축소'로 정의했다(Niklas

러한 체계 합리성은 '합리성'이라는 개념에 있어 획기적이었다. 왜
냐하면 체계 합리성은 독일의 사회학자 막스 베버가 제시한 '목적
합리성', 다시 말해 목적에 대한 최적의 수단을 선택하는 것이 합리
성의 지표가 된다는 개념과는 다른 합리성의 본질을 발견했기 때문
이다.[10]

하버마스에 따르면, '체계 합리성'이라는 특징을 갖는 기능주의적
이성의 작용을 분석할 때 중요한 점은 '매체에 의해 인도된 상호행
위'이다.[11] 이 상호행위는 화폐와 권력이라는 두 '매체'를 매개로 성
립한 상호적 인간 교류를 가리킨다. 예를 들어 화폐를 매개로 상품
을 매매하는 경우, 해당 매매에 이르게 된 **목적**은 논할 필요가 없다.
또한 법을 어긴 사람은 위반한 **이유**와는 관계없이 경찰 권력의 대
상이 된다. 상품을 내주면 화폐를 지불하고, 권력이 명령하면 그 명
령에 따르는 것처럼, 이 상호행위는 당사자의 '결정'에 사전에 '조건
이 붙는'다고 할 수 있다.[12] 이처럼 매체에 의해 제어 당한 상호행위

    Luhmann(1977), *Zweckbegriff und Systemrationalität: Über die Funktion von Zwecken in sozialen Systemen* (2. Auf.), Suhrkamp, 14면).

10   루만은 체계 합리성이 '목적-수단이라는 관계' 또는 '조건이 붙은 규범(만약 …이라면 그때……이다)' 어느 쪽으로도 파악할 수 없다고 지적했다(ebd., 248면). 이처럼 체계 합리성은 웨버에서 유래한 '목적 합리성' 및 '가치 합리성'이라는 개념과는 다르다고 명기하고 있다.

11   하버마스에 따르면 매체에 의해 제어된 상호행위는 '기능주의적 이성을 체현하고 있다(verkörpern)' (Jürgen Habermas, "Entgegnung", in Honneth / Joas (Hrsg.), Kommunikatives Handeln: Beiträge zu Jürgen Habermas' »*Theorie des Kommunikativen Handelns*«, Suhrkamp, 327-405(388)면).

12   TkH2, 273면.

자들 **사이**에서는 당사자의 해석 지평을 의미하는 '생활세계'를 논할 수 없으며, 각각의 생활세계의 내실을 논하는 것에 대한 '부담 축소'가 이루어 진다.[13]

하버마스가 매체에 의해 인도된 상호행위를 중요하게 생각하는 이유는 이러한 상호행위가 존재해야 기능주의적 이성이 작용하고, 시장과 국가의 발전이 가능하기 때문이다. 앞에서 설명한 바와 같이 기능주의적 이성을 행사하는 것은 어디까지나 '체계'이다. 기능주의적 이성은 화폐와 권력이라는 두 매체를 각각 관장하는 시장과 국가라는 두 서브시스템이 있어야만 성립한다. 그러나 이들 서브시스템만으로는 기능주의적 이성은 제대로 작용하지 않는다. 화폐라는 매체를 사용하는 행위 그리고 권력이라는 매체를 용인하는 행위가 존재해야 비로소 기능주의적 이성은 작용하고 시장과 국가는 발전할 수 있다.

2) 생활세계의 매체화

하버마스는 매체에 의해 제어된 상호행위에서 야기되는 **인간 해석 지평의 변용**을 '생활세계의 매체화'와 '생활세계의 식민지화'로 기술하고 있다. 앞에서 설명한 바와 같이 기능주의적 이성은 체계가 자신의 외부에 존재하는 환경세계의 복잡성을 축소하면서 체계 자

---

13 Ebd., 394면. 또한 하버마스는 이것을 '생활세계의 기술화(Technisierung der Lebenswelt)'라고 부르고 있다(ebd.). 이 용어는 하버마스가 니클라스 루만의 『권력』에서 차용한 것이다(Niklas Luhmann(2003), *Macht*(3. Auf.), Lucius & Lucius, 72면).

체의 기능을 유지하는 능력을 보여준다. 여기서 하버마스가 주제로 삼고 있는 것은 경제체계와 정치체계가 **체계가 아닌 인간의 '생활세계'의 복잡성을 처리하고 체계 유지에 필요한 요소로 가공하는 과정**이다. 하버마스에 의해서 그 과정이 '생활세계의 매체화'와 '생활세계의 식민지화'로 개념화된 것이다.

　그럼 먼저 '생활세계의 매체화'라는 개념에 대해 살펴보도록 하겠다. '생활세계의 매체화'는 『의사소통행위 이론』에서 '생활세계'와 '체계'의 '분단'현상을 기술하는 '제2 중간고찰' 부분에 등장한다. 제2 중간고찰은 근대사회의 특징을 규정하기 위해서 '생활세계의 분화' '체계의 분화' '생활세계와 체계 쌍방의 분화(=분단)'라는 세 가지 '분화(Differenzierung)'를 둘러싼 논의를 다루고 있다. 근대사회를 그곳에서 살아가는 관계자들의 해석범위(생활세계)로 파악하면 전통적 가치관이 힘을 잃고 새롭게 다수의 가치관이 발생하는 상황, 다시 말해 '생활세계의 분화'로 설명할 수 있다. 한편 경계를 유지하면서 기능하는 체계라는 관점에서 근대사회를 파악하면, 화폐라는 매체를 통해서 자기 제어하는 시장 그리고 권력이라는 매체를 통해서 자기 제어하는 국가라는 두 조직의 발전(체계 분화)으로 묘사할 수 있다. 그러나 근대사회의 특징을 규정하는 데 문제가 되는 것은 생활세계의 분화와 체계의 분화만이 아니다. 하버마스는 각각의 생활세계와 체계뿐 아니라 생활세계와 체계도 서로 분화되어 있다는 점, 다시 말해 '이중적 분화과정(einen Differenzierungsvorgang zweiter

Ordnung)'이 진행되고 있다고 지적한다.[14] 하버마스는 이 분화 과정을 생활세계와 체계의 '분단(Entkoppelung)'이라 부르고 있다.[15]

이러한 분단 상황에서의 문제는 인간의 의도와 동기 및 가치 지향이라는 생활세계를 어떻게 복잡해지는 시장과 국가에 적합하게 만드는가이다. 하버마스는 '체계와 생활세계가 상호작용할 수 있을 정도로 분화된 지점에서 발생하는 간섭현상(Interferenzphänomene)'을 '생활세계의 매체화(Mediatisierung der Lebenswelt)'라고 부른다.[16]

그러므로 생활세계의 매체화란 근대 이후 '경제체계'(시장)와 '정치체계'(국가)가 제어매체인 '화폐'와 '권력'을 매개로 인간의 생활세계에 간섭하는 현상을 가리키는 개념이다. 하버마스는 이 개념을 사용함으로써 인간이 근대 이후 '물질적 재생산'(=노동)에 종사하는 노동자, 소비자, 국가행정의 서비스를 받는 클라이언트가 되어 시장과 국가의 기능 유지에 공헌하고 있다는 점을 지적한다.[17] 예를 들어 화폐라는 매체를 통해서 인간은 노동자로서 물질적 재생산에, 또는 소비자로서 자신의 수요를 충족시키는 소비활동에 종사할 수 있다.

---

14 TkH2, 230면.

15 Ebd.

16 Ebd., 277면.

17 "한편으로는 그것〔화폐나 권력과 같은 제어 메커니즘을 생활세계에 계류시키는 제도〕은 체계의 유지를 생활세계의 규범적 제약에 종속시키는(unterwirft) 등의 제도적 틀로서 기능하고, 다른 한편으로는 그것은 생활세계를 물질적 재생산의 체계적 강제에 종속시키게 된다(unterordnet). 그에 따라(dadurch) 생활세계를 매체화시키는 기반으로서 기능했다" (ebd., 275-276면. 참고로 〔 〕 안은 필자에 의한다).

마찬가지로 권력이라는 매체의 보호를 받으면서 물질적 재생산 및 소비활동은 규제되고 제도화된 형태로 운영된다. 이처럼 생활세계의 매체화는 노동자, 소비자, 클라이언트라는 행위자로서의 본연의 형태를 근대사회 내부에 뿌리내리게 한다.

그렇다면 '생활세계의 매체화'라는 시점에서 체계는 어떻게 생활세계에 간섭할까. 이를 이해하는 단서가 되는 것은 하버마스 사상의 연구자인 요제프 코일라츠가 쓴 '생활세계의 매체화'에 관한 다음 문장이다.

> 체계에 있어서 생활세계는 [시스템 자체가] 적절하게 기능하는 데 필요한 〈원재료〉의 저장고이다. 체계의 〈입력〉을 형성하기 위해서는 이러한 원재료를 가공할 필요가 있다. 그렇기에 이러한 원재료는 화폐와 권력이라는 매체를 통해서 체계의 〈출력〉을 구성하는 생산물과 교환될 수 있는 생산 요소로 변환되어야 한다. 하버마스도 이 변환 과정의 특징을 생활세계의 매체화라고 규정하고 있다.[18]
> (〈〉는 코일라츠, []안은 필자에 의한다.)

코일라츠의 설명처럼 경제체계(시장)와 정치체계(국가) 모두 체계 자체가 기능을 유지하려면 두 체계에 대한 인간의 동기가 입력되

---

18 Josef Keulartz(1995), *Die verkehrte Welt des Juergen Habermas,* Junius, 264면.

어야 한다. 그리고 그러한 동기를 형성하기 위해서는 생활세계에 저장된 '원재료'가 화폐와 권력이라는 두 매체를 매개로 경제체계와 정치체계를 통해 출력되는 생산물(상품과 생활보장)에 걸맞은 '생산요소'로 '변환'되어야 한다. 코일라츠의 논의를 통해서 '생활세계의 매체화'는 인간의 생활세계가 '화폐'와 '권력'이라는 두 매체에 적합해지는 과정으로 파악할 수 있다.

그러므로 생활세계의 매체화라는 개념에서 제시하고 있는 것은 경제체계와 정치체계가 화폐와 권력이라는 두 제어매체를 매개로 해당 제어매체에 적합한 인간의 해석범위를 형성해 나간다는 것이다. 따라서 '매체화'의 시점에서 이루어지는 생활세계에 대한 체계의 '간섭'은 인간의 생활세계가 화폐와 권력이라는 두 매체에 적응하는 것이라고 특징지을 수 있다.

3) 생활세계의 식민지화

그러나 하버마스에 따르면 '생활세계의 매체화'는 **문제가 있는** '생활세계의 식민지화'로 전환될 가능성이 있다. 하버마스는 이러한 문제성을 검토하기 위해서 '**생활세계의 매체화가 식민지화로 전환**되는 역치를 적어도 분석적인 관점에서 특정'할 필요성을 주장했다.[19] 하버마스에 따르면 해당 역치는 다음과 같이 특정할 수 있다.

---

19 TkH2, 471면.

체계명령에 따른 생활세계의 **매체화**에서 비롯된 이러한 의존 관계가 **내적 식민지화**라는 사회 병리적 형태로 나타나는 것은 물질적 재생산의 치명적인 불균형(Ungleichgewichte) – 그런 이유에서 체계 이론으로 분석할 수 있는 제어의 위기 – 이 생활세계의 상징적 재생산의 장애(Störungen) – 다시 말해 〈주관적=주체적〉으로 경험하는 정체성을 위협하는 위기나 병리 – 라는 희생을 지불(um den Preis)해야만 회피할 수 있는 경우이다.[20] (강조 하버마스)

위 인용문의 기술에서 알 수 있듯이 '매체화'가 '식민지화'로 전환되는 것은 빈곤, 궁핍, 실업 등의 '물질적 재생산의 불균형'이 '상징적 재생산의 장애'라는 '희생을 지불하고' 회피되는 경우이다. 다시 말해 '생활세계의 식민지화'라는 개념은 이러한 물질적 재생산을 둘러싼 불균형의 해소가 상징적 재생산의 장애와 맞바꿔 이루어질 때 발생하는 현상을 가리킨다. 따라서 식민지화 테제의 내실을 이해하려면 하버마스가 말하는 상징적 재생산이란 무엇을 의미하는지, 그리고 상징적 재생산의 장애란 무엇인지 검토할 필요가 있다.

우선 '상징적 재생산'이라는 개념은 인간에게 의미를 부여하는 '상징(Symbol)'이 유동적으로 생성되는 것을 가리킨다.[21] 하버마

---

20   Ebd., 452면.
21   Ebd., 208면.

스가 상징적 재생산에서 문제시하는 것은 '문화(Kultur)' '사회(Ge-sellschaft)' '인격(Person)'을 둘러싼 세 가지 상징이다.[22] 그 유형화에 따르면 인간은 자신이 접하는 세계에 관한 해석(문화의 국면), 그리고 자신이 살아가는 공동체에 귀속하기 위한 해석(사회의 국면), 나아가 자신의 자아를 형성하고 유지하기 위한 해석(인격의 국면)을 반복적으로 생산한다.[23] 이러한 세 가지 해석을 보유하기 때문에 인간은 자신이 접하는 세계, 자신이 속한 공동체, 그리고 자기 자신을 '의미' 있는 대상으로 평가할 수 있다.

그리고 하버마스에 따르면 이러한 재생산은 근대 이후에는 '의사소통행위'에 의해서만 이루어진다.[24] 우선 의사소통행위는 첫째 '문화'에 관해서 당사자 사이에 '공통의 상황 정의'를 만들어 다양한 지식을 공유할 수 있게 한다.[25] 다음으로 둘째 '사회'에 관해서 의사소통행위는 예를 들어 '정통으로 규제된 상호 인격적 관계를 기반으로

---

22 Ebd.

23 Ebd.

24 Ebd., 391면. 또한 하버마스는 이렇게 근대 이후 생활세계의 상징적 재생산의 본연의 모습이 변화하는 것을 설명하기 위해서 '성스러운 대상의 언어화(Versprachlichung des Sakrale)'라는 개념을 사용하고 있다(ebd.). 이 개념에 대해서는 사회학자 미카미 다케시(三上剛史)가 다음과 같이 자세히 설명하고 있다. "처음에는 의례에 의해 이루어지던 '사회통합기능과 표출적 기능'이 결국 의사소통행위로 옮겨가면서 신성한 대상의 권위는 (그때그때 기초가 만들어지는) 합의의 권위로 대체되게 되었다는 '가정'을 따라서 논의를 진행하고 있다. 언어화를 통해서 '의례에 의해 보장되던 규범적인 기본적 동의'가 탈마술화되고, 의사소통행위 안에 자리한 합리성의 잠재력이 해방되는 것이다"(三上剛史(2003), 『道德回帰とモダニティ―デュルケームからハバーマス―ルーマンへ』, 恒星社厚生閣, 156면).

25 TkH2, 209면.

행위를 조정'하는 '사회적(Sozial) 통합'을 초래하고, 그와 동시에 당사자 자신이 소속된 '집합체를 향한 귀속성'을 높이는 데에도 기여한다.[26] 마지막으로 셋째 '인격'에 관해서 의사소통행위는 행위자 자신이 준수하는 역할이나 규범을 스스로 판단하고 결정하는 '책임을 지는 능력'이 있는 인간 형성에 이바지한다.[27]

그렇기에 생활세계의 식민지화라는 개념은 이러한 의사소통행위에 의한 '생활세계의 상징적 재생산'이 기능부전에 빠지는 것을 제시하고 있다. 하버마스는 『의사소통행위 이론』에서 이러한 기능부전의 모습을 다음의 두 가지 유형으로 설명한다.

첫째, 생활세계의 식민지화는 화폐와 권력이라는 두 매체에 준거하여 의사결정이 내려짐으로써, 의사결정의 영향을 받는 개개인의 의사소통행위가 불필요하다고 여겨지는 상황을 나타낸다. 여기서 문제는 의사결정의 영향을 받는 사람들의 일부 욕구를 사전에 충족시킴으로써, 당사자가 관여하지 않은 상태로 의사결정이 내려지는 것이다. 하버마스는 복지국가의 '법제화'를 본보기 사례로 제시하며 이에 대해 논증하고 있다.

둘째, 생활세계의 식민지화는 생활세계 자체가 화폐와 권력이라는 두 매체를 사용하는 행위영역에 '동화'됨으로써 일상생활에서의 의사소통행위가 무의미해지는 것이다. 여기서 문제는 인간의 상호

---

26 Ebd., 211면.
27 Ebd., 212면.

적 교류 자체가 사적인 이해 관심을 관철하는 행위와 연관되어, 의사소통에서 만나는 타인을 자신이 이용할 수 있는 하나의 수단으로서 취급하는 것이다. 하버마스는 이 점을 의사소통의 '물상화'를 논하며 제시했다.

이처럼 '생활세계의 식민지화'라는 개념은 인간 자체가 화폐와 권력이라는 두 매체의 영향을 받으면서, 타자와의 합의에 근거하여 자신의 일상생활에 지침을 부여하는 '의사소통행위'를 불필요하게 만들고 궁극적으로는 무의미한 것으로 폐기하는 데 이르는 과정을 기술한 것이다. 하버마스는 그 과정을 '의사소통행위'에 기반을 둔 '상징적 재생산'의 기능부전으로 구체화했다. 그는 화폐와 권력을 매개로 하는 체계와 생활세계의 독특한 상호작용을 묘사하고 있다. 한편, 경제체계(시장)와 정치체계(국가)는 화폐와 권력이라는 두 가지 제어매체를 통해서 우리에게 일종의 혜택—편리성, 실용성, 기능성—을 부여한다. 그렇게 우리의 해석범위는 이러한 두 가지 제어매체가 뒷받침하는 상호 교류를 통해서 점차 화폐와 권력에 적응하게 된다. 그러나 그렇게 적응하면서 우리는 금전과 안전의 보장을 실현하는 의사결정 과정에 관여할 필요성을 느끼지 못하고, 경우에 따라서는 이러한 보장에 국한되지 않는 다양한 이해(利害)관계에 대해 서로를 이해할 기회와 능력을 빼앗기게 된다.

하버마스의 기능주의적 이성 비판은 체계와 생활세계가 **상보적으로** 체계가 아닌 '생활세계'를 '쓸모없다'라고 간주해 생략하고(복잡성의 축소), 이러한 '생활세계'를 '체계'의 일부로 변환해가는 교묘함과 문제성을 보여준다. 하버마스는 우리 일상생활에 대한 시장과 국가의 침입이 일상생활에서의 **자발적 동의**를 계기로 하고 있음을 시사한다. 그리고 나아가 이러한 계기에서 타자와의 합의에 근거하여 자신의 일상생활에 지침을 부여하는 의사소통을 **빼앗기는** 국면을 문제 삼고 있다.

3. 기능주의적 이성 비판의 재고

1) 식민지화라는 비유를 둘러싸고

하버마스는 1988년 교토(京都)에서 개최된 심포지엄에서 '식민지화'라는 비유가 적절한지에 관한 질문을 받고 다음과 같이 대답했다.

> 애초에 여기서 문제는 하나의 비유가 적절한지 아닌지일 것입니다. 조금 더 확실히 말하면, 상징이라는 것은 뜻이 바뀔 가능성이 있어서 비유를 어느 각도에서 보아도 옳다고는 할 수 없습니다. 그렇지만 그 핵심이 되는 부분은 부합해야 합니다. 다만 지금의 문맥 속에서 문제가 된 식민지화의 의미상 핵심은 우선 토착의 사물에 대해 외래 권력이 침입하는 것입니다. 그리고 둘째는 문명화, 근대화, 또는 공업발전을 위한 원조 등의 공적인 명목 아래 은밀하게 대가를 요구하는 것, 다시 말해 그러한 목적을 달성하

기 위해서 사실은 반드시 필요한 내적 구조가 파괴되어 버리는 것입니다. 〔…중략…〕 식민지화라는 비유가 적절한지 어떤지 문제가 되고 있지만, 저는 적절하다고 생각합니다. 하지만 만약 이 표현에 사실상 부적당한 비유적 의미가 많이 존대한다면, 그때는 즉시 이 표현을 철회하는 데 주저하지 않을 것입니다. 어쨌든 이 현상 자체에는 어떤 변화도 없으니까요.[28]

하버마스에 따르면 '생활세계의 식민지화'라는 개념은 문자 그대로의 식민지화를 논하는 것이 아니라 어디까지나 비유적인 표현이다. 하버마스는 이 비유의 '의미상의 핵심'은 '토착의 사물에 대해 외래 권력이 침입하는 것' 그리고 '문명화, 근대화 또는 공업발전을 위한 원조 등의 공적인 명목 아래 은밀하게 대가를 요구하는 것'이라고 말한다. 따라서 하버마스에 따르면 이러한 의미상의 핵심에 해당하는 사태를 가리키는 경우, 이 비유는 '적절'하다고 할 수 있다.

확실히 하버마스는 '식민지화'라는 비유를 통해서 기능주의적 이성 또는 이 이성을 행사하는 시장과 국가가 '외래 권력'의 위치에서 '원조'라는 '명목' 아래 '생활세계'에 침입하는 과정을 생생하게 표현하는 데 성공했다.[29] 문자 그대로의 식민지화에서는 종주국이 자

28 河上倫逸·マンフレート·フーブリヒト編(1987), 『法制化とコミュニケイション的行為』, 未來社, 81-83면.
29 '생활세계의 식민지화'뿐만 아니라 '기능주의적 이성'이라는 개념 또한 비유적 개념

신의 식민지를 지배할 때, 해당 식민지에 사는 피식민자의 내적 욕구의 일부를 이루어주면서 부권적 의사결정을 실행한다. 이 상황에서 피식민자 대다수는 종주국에 순응하지 않을 수 없으며, 순응하는 과정에서 종주국에 대한 동화라는 욕망을 갖게 될지도 모른다.

하버마스가 '생활세계의 식민지화'라는 개념에서 묘사하는 것은 이러한 자발적 동의가 시장과 국가 또는 이 둘과 연계된 모든 조직에서도 이루어지는 과정이다. 이들 조직은 화폐와 권력이라는 두 매체를 통해서 금전획득과 생활보장이라는 조직 구성원의 사적 욕구 일부를 채워줌으로써, 구성원이 직접 다양한 니즈를 상호전달하는 의사소통행위를 불필요하게 만든다. 이런 상황에서 그 영향 아래 놓인 사람들은 조직의 의사결정에 따라 이러한 조직 일반이 제공하는 이득에 자신의 생활세계를 동화시키게 될지도 모른다.

그러나 '식민지화'라는 비유가 이러한 사태를 표현하기에 '적절'하다 하더라도, 여전히 하버마스가 식민지화 자체를 논하지 않는다는 점은 역시 문제를 내포하고 있다고 할 수 있다. 실제로『의사소통행위 이론』의 영문 번역자로 알려진 토마스 맥카시는 이 비유의 문

이라는 점을 명기해두고자 한다. 실제로 이 개념은 인간에게 사용하는 '이성'이라는 용어를 시장과 국가라는 비인간적인 대상에 적용함으로써 우리에게 독특한 이화(異化)효과를 부여한다. 이처럼 상반된 용어를 연결하는 '교차배열'이라는 수사적 기법은 프랑크푸르트 학파 제1세대인 아도르노와 호르크하이머의 전통을 잇는 것이다. 이들 역시 '자연사(Naturgeschichte)'나 '문화산업(Kulturindustrie)'이라는 개념을 형성함으로써 자연이 인간의 역사가 되고 문화가 산업화하는 이형적 모습을 표현하고 있다. (vgl. Axel Honneth(2000), *Das Andere der Gerechtigkeit: Aufsätze zur praktischen Philosophie* (Taschenbuch), Suhrkamp, 85면)

제성을 제기하고 있다. 맥카시에 따르면 '세계 대부분 지역'의 '자본주의적 근대화의 폐해'는 '체계에 의한 생활세계의 비유적 식민지화(figurationive colonization)'를 뛰어넘어 '외래세력에 의한 생활세계와 체계 쌍방의 현실적 식민지화(real colonization)'로 파급되었다.[30] 맥카시는 저서『인종·제국·인간발달의 이념』(2009년)에서 이러한 '현실적 식민지화'를 고찰하기 위해서 칸트를 비롯한 철학자들의 '발달=발전(development)'에 관한 언설을 분석하여, 이러한 언설이 '문명화의 사명'을 계승하면서 식민지 또는 제국의 사업에서 중요한 이데올로기적 정당화를 담당했음을 밝혔다. 이러한 맥카시의 논을 첨예화한 사람이 논문 앞부분에서 다룬 에이미 앨런이다. 앨런은 맥카시의 연구를 계승하면서 프랑크푸르트 학파 사상가들이 전제로 삼는 '진보' 또는 '이성'이라는 '규범적 기초'를 '탈식민지화'하는 시도를 하고 있다.

맥카시와 앨런의 연구는 모두 하버마스를 비롯한 철학자들 여러 언설이 서양 중심주의적인, 특히 역사적 진보에 관한 발상을 내포하고 있다는 점을 문제 삼음으로써 비판이론과 포스트콜로니얼리즘이라는 두 사상적 조류의 연결을 모색하고 있다. 그러나 이 글에서 비판이론과 포스트콜로니얼리즘을 연결하기 위해 채용한 이론전략은 비판이론의 '진보' 또는 '이성'이라는 '규범적 기초'를 '탈식민지화'하는 것이 아니다. 오히려 필자의 목표는 하버마스의 '기능주의

---

30 Thomas McCarthy(2009), *Race, Empire, and the Idea of Human Development*, Cambridge University Press, 149면.

적 이성' 그리고 이 이성의 특징을 규정하는 '체계 합리성'에 관한 기술을 포스트콜로니얼리즘의 지적 영위를 통해서 비판적으로 재검토하는 것이다. 재검토를 위해서 이 글에서는 하버마스의 기능주의적 이성 비판을 보다 심화하는 시좌에 관하여 두 가지 문제를 제기하고자 한다.

2) 재고를 위한 두 가지 시좌

우선 여기서 재검토 대상으로 삼는 것은 하버마스가 말하는 '생활세계와 체계의 분단'이라는 개념과 '생활세계의 매체화'라는 개념이다. 이들 개념은 각각 하버마스가 근대사회의 발전과정을 기술하고, 또한 그 발전과정 절정기의 생활세계 모습을 기술하기 위해서 고안된 것이다. 그러나 이들 개념, 특히 '생활세계와 체계의 분단'은『의사소통행위 이론』의 간행 이후 많은 비판을 받았다.

예를 들어 V-M 바더는 논문 「체계와 생활세계의 고통 없는 분단?─하버마스의 시대 진단에 대한 비판적 각서」에서『의사소통행위 이론』에 기술된 근대사회 모습에 대해 이의를 제기하고 있다.[31] 무엇보다 바더가 문제 삼는 것은 근대사회 발전과정에 대한 하버마스의 기술이 '자본주의 세계 체계에서의 자연과 노동력에 대한 체계적인 과잉 착취 및 주변부의 경제적 착취를 거의 무시하고 있다는

---

[31] Viet-Michael Bader, "Schmerzlose Entkopplung von System und Lebenswelt? Kritische Bemerkungen zu Jürgen Habermas' Zeitdiagnose", in *PROKLA: Zeitschrift für kritische Sozialwissenschaft* 16 (64), 139-149면.

점'이다.[32] 바더는 하버마스가 '생활세계와 체계의 분단'으로 기술하는 '근대화'는 결코 '고통 없이' 진행되지 않으며, 그 과정에서 중심부와 주변부 사이에서 끊임없이 경제적 종속관계를 초래한다.

이러한 바더의 문제제기를 첨예화시킨 사람이 게오르그 크네어이다. 크네어는『근대 병리―위르겐 하버마스『의사소통행위 이론』의 시대 진단에 대하여』에서 하버마스가 '생활세계의 매체화'와 '생활세계의 식민지화'를 변별하는 것에 대해 이론을 제기했다.[33] 하버마스는 '생활세계의 매체화'는 '물질적 재생산', '생활세계의 식민지화'는 '상징적 재생산'의 장애에 대응하는 현상으로 각각 개념화하였다. 그러나 크네어는 하버마스가 '생활세계의 매체화'에서 병리를 고려하지 못했다고 평가한다.[34] 다시 말해 물질적 재생산 자체 또는 이 생산을 위해서 시장 내부에서 노동자나 소비자가 되고, 국가 내부에서 클라이언트가 되는 자체가 병리적 효과를 낳는다는 점을 간과하고 있다는 것이다.[35]

바더와 크네어가 시사한 근대화의 이러한 문제점은 로자 룩셈부르그의 '본원적 축적'에 관한 논의를 계승하는 라나지트 구하, 실비아 페데리치, 글렌 쿨사드 등 포스트콜로니얼리즘의 대표적 논자에

---

32 Ebd., 145면.

33 Georg Kneer(1990), *Die Pathologien der Moderne: Zur Zeitdiagnose in der 'Theorie des kommunikativen Handels' von Jürgen Habermas,* Westdeutscher Verlag, 152-153, 172면.

34 Ebd., 179면.

35 Ebd., 150면, 179면.

의해 한층 더 체계적으로 논의되고 있다.[36] 잘 알려진 바와 같이 룩셈부르그는 농촌민에 대한 토지 수탈을 의미하는 '본원적 축적'에 관한 칼 마르크스의 논의를 심화시켰다. 다시 말해 룩셈부르그에게 본원적 축적은 마르크스의 주장대로 자본주의 탄생에 즈음하여 발생한 역사적 사건이 아니라 자본주의의 구성요건 자체였다.[37] 포스트콜로니얼리즘의 대표적 논객은 자본주의가 끊임없이 비(非)자본주의적 영역을 종속시키면서 스스로의 기능을 유지한다는 룩셈부르그의 시좌를 심화하고, 세계화 속에서의 '신(新)식민지주의'라는 문제성을 끊임없이 지적해 왔다.[38] 이러한 포스트콜로니얼리즘의 문제의식을 계승하면서, 하버마스의 기능주의적 이성 비판에서 체계 합리성의 작용 측면을 재고해야 한다.

다음으로 이글에서 다루고자 하는 것은 하버마스의 '생활세계의 식민지화'라는 개념이다. 이것은 하버마스에게 화폐와 권력이라는 두 제어매체에 대한 자발적 동의하에 의사소통행위에 근거한 상징적 재생산이 기능부전에 빠지는 것을 설명하는 개념이다. 그러나 이렇게 자발적 동의하에 발생하는 문제를 의사소통행위의 제약 또는

36　Cf. Robert Nichols(2015), "Disaggregating Primitive Accumulation: The Dialectic of Labour and Land", *Radical Philosophy* 194, 18-28(19-21)면.

37　마르크스의 '본원적 축적'에 관한 룩셈부르그의 비판은 우에무라 구니히코의 저서를 참조하기를 바란다(植村邦彦(2016), 『ローザの子供たち、あるいは資本主義の不可能性-世界システムの思想史』, 平凡社, 36면).

38　예를 들어 일본에서는 니시카와 나가오가 신식민지주의의 문제성을 현재에도 다시 살펴볼 필요가 있다고 논하고 있다(西川長夫(2013), 『植民地主義の時代を生きて』, 平凡社, 227면).

무의미화로서 기술할 수 있는지에 대해서는 이미 몇몇 연구에서 의문이 제기되었다.

예를 들어 티모 윗텐은 논문 「식민지화 테제―물상화를 둘러싼 하버마스」에서 '생활세계의 식민지화'라는 개념의 문제점을 지적했다.[39] 그 문제점이란 '생활세계의 식민지화'의 기준을 의사소통행위에 의한 상징적 재생산이 **기능하는지** 여부로 설정해버려서 식민지화 테제를 '기능주의적 설명(functionalist explanation)'으로 변화시켜 식민지화의 오류 자체를 지적할 수 없게 되는 가능성이다.[40] 윗텐은 '사회의 기능부전'에 대한 하버마스의 '기능주의적 설명'이 '생활세계 일부 구성원에게 발생한 규범적 오류 경험과 어떤 관계가 있는가'라는 점을 설명하지 못한다고 분석한다.[41] 하버마스의 식민지화 테제에서는 근대사회 구성원이 의사소통행위에 근거한 '상징적 재생산'의 상실 현상의 문제점을 어떻게 이해하고 있는가하는 '규범적 전망'을 고려하지 않고 있다.[42]

윗텐의 이러한 주장은 이미 프랑크푸르트 학파의 제3세대로 알려진 악셀 호네트가 제기한 바 있다. 호네트는 논문집 『정의의 타자―

---

39   Timo Jütten, "The Colonization Thesis: Habermas on Reification", in *International Journal of Philosophical Studies* (19), 711면.

40   Ibid., 710면.

41   Ibid., 711면.

42   Ibid., 706-707면. 712면. 윗텐은 하버마스 사상 연구자인 메이브 쿡의 논증을 따르면서, 현대사회 상황해석의 '정당성'은 '역사적으로 특정된 사회문화적 맥락에서의 구체적 인간의 행위 주체에 의한 추론에 의존해야 한다'라는 점을 지적하고 있다(ibid., 707면).

실천철학논집』에서 '비판이론의 규범적 전망을 사회에 계류하는 해방을 위한 사례'가 '관여하는 주체들 자신의 도덕과 관련된 경험에는 절대로 나타나지 않는다'라는 점을 문제 삼고 있다.[43] 호네트에 따르면, 이들 주체가 경험하는 '사회적 부정(不正)'은 '직관적으로 익힌 언어의 규칙들'을 '제한'하는 점이 아니라 오히려 '사회화로 획득되는 정체성의 요구'를 '침해'하는 점에서 파악해야 한다. 이처럼 윗텐과 호네트가 초점을 두는 부분은 하버마스가 기능주의적 이성의 문제성을 결국 '의사소통행위에 근거한 상징적 재생산의 기능부전'으로서 단순하게 이론화해 버림으로써 이러한 문제성을 당사자의 자기 이해와 정체성을 둘러싼 내적 경험을 통해 명확하게 밝힐 수 없다는 것이다.

따라서 기능주의적 이성 비판을 재고하기 위해서는 이것이 '의사소통행위'에 근거한 '상징적 재생산'의 기능부전뿐만 아니라 체계와 생활세계의 '상호작용' 또는 화폐와 권력이라는 두 제어매체에 대한 '자발적 동의'의 상태를 문제시하고 있다는 점에 초점을 맞추고 자발적 동의가 초래하는 사회적·정치적 문제를 다시 검토할 필요가 있다. 이때 단서가 되는 것은 실제 식민지화에서의 종주국과 식민지의 상호작용 또는 피식민지민의 자발적 동의 국면을 주제로 하는 포스트콜로니얼리즘 논의이다. 포스트콜로니얼리즘은 서양에 의한 동

---

43   Axel Honneth(2000), *Das Andere der Gerechtigkeit: Aufsätze zur praktischen Philosophie* (Taschenbuch), Suhrkamp, 97면.

양의 시선이나 종속화를 문제로 삼을 뿐 아니라 영국을 발단으로 하는 문화연구(Cultural studies)와도 유기적으로 연계하면서 서양과 동양의 '상호작용'이나 '양가적' 관계를 주제로 하고 있다. 예를 들어 한국의 윤해동은 이러한 비대칭적 관계하에서의 상호작용을 '회색지대' 및 '협력'이라는 개념을 창출하면서 예리하게 논하고 있다. 윤해동에 따르면 '제국주의 식민지지배는 제국주의 지배자의 일방통행 지배가 아니라 식민지민와의 상호작용을 통해서 유지'되기에 '제국주의 지배에 대한 "협력" 문제'를 검토해야 한다.[44] 이러한 피식민지민의 자발적 동의를 획득하는 과정, 그리고 동의 이면에 자리한 저항의 논리를 분명하게 드러내기 위하여 윤해동은 '식민지적 공공성(colonial publicness)'이라는 개념을 형성하고 있다.[45] 포스트콜로니얼리즘의 이러한 지적 영위를 되돌아보면서 자본주의 경제에서의 화폐와 근대 국가에서의 권력의 논리를 규명하는 작업이 필수적이다.

4. 맺음말을 대신하여

하버마스의 기능주의적 이성 비판은 인류에게 보편적으로 해당

44　尹海東, 藤井たけし訳(2002), 「植民地認識の「グレーゾーン」―日帝下の「公共性」と規律権力」, 『現代思想』第三十巻第六号, 132-147(133)면.

45　尹海東·沈熙燦訳(2014), 「植民地近代と公共性―変容する公共性の地平」, 島薗進·磯前順一編, 『宗教と公共空間』, 東京大学出版会, 187-215면.

하는 문제로서, 시장과 국가의 제어매체인 화폐와 권력의 논리 아래 타인과의 양해를 지향하는 의사소통이 경시되고 의미를 잃어가는 '생활세계의 식민지화'라는 문제상황을 제시한다. 그러나 하버마스의 기능주의적 이성 비판은 자본주의 경제의 화폐 또는 근대 국가 권력의 논리 하에서 어떻게 비자본주의적 영역 또는 개도국과 식민지에 폐해가 초래되는지를 조명하는 개념 장치로는 기능하지 못한다. 나아가 경제체계든 정치체계든 '체계'에 '불필요한 대상'을 축소하고 잘라버리는 논리에 대해서 어떻게 자발적 동의가 형성되는지, 그리고 그때 어떤 문제가 발생하는지도 자세히 설명하지 못한다.

이처럼 이 글은 하버마스의 기능주의적 이성 비판의 내실을 정리 및 개관함과 동시에 하버마스의 분석으로는 파악할 수 없는 사회적·정치적 문제가 존재함을 보이고, 그러한 사회적·정치적 문제를 고찰하는 데 포스트콜로니얼리즘의 지적 영위가 현재에도 유익한 시사점을 가지고 있다고 제기하였다. 이러한 문제 제기를 파고들면서 계속 고찰하는 작업은 기능주의적 이성 비판의 내실을 심화하고 프랑크푸르트 학파와 포스트콜로니얼리즘의 지적 영위를 연결할 뿐만 아니라 현실사회에 존재하는 문제를 명시하면서 어떻게 그 문제 자체를 사회 내부에서 살아가는 동시대인이 비판적으로 되짚어 볼 수 있는지도 명확히 해주는 '사회비판'의 '가능성'을 탐구하는 데 이바지할 것이다.

참고문헌

植村邦彦(2016), 『ローザの子供たち、あるいは資本主義の不可能性−世界システム
の思想史』, 平凡社.

河上倫逸・マンフレート・フーブリヒト編(1987), 『法制化とコミュニケイション的
行為』, 未來社.

木前利秋(1987), 「理性の行方—問題設定と視座」, 藤原保信・三島憲一・木前利秋,
『ハーバーマスと現代』, 新評論.

西川長夫(2013), 『植民地主義の時代を生きて』, 平凡社.

三上剛史(2003), 『道徳回帰とモダニティ—デュルケームからハバーマス−ルーマ
ンへ』, 恒星社厚生閣.

尹海東, 藤井たけし訳(2002), 「植民地認識の「グレーゾーン」−日帝下の「公共性」と
規律権力」, 『現代思想』第三十巻第六号.

尹海東, 沈熙燦訳(2014), 「植民地近代と公共性−変容する公共性の地平」, 島薗進・磯
前順一編, 『宗教と公共空間』, 東京大学出版会.

Amy Allen(2016), *The End of Progress: Decolonizing the Normative Foundations of Critical
Theory*, Columbia University Press.

Axel Honneth(2000), *Das Andere der Gerechtigkeit: Aufsätze zur praktischen Philosophie
(Taschenbuch)*, Suhrkamp.

David Ingram(2010), *Habermas: Introduction and Analysis*, Cornell University.

Georg Kneer(1990), *Die Pathologien der Moderne: Zur Zeitdiagnose in der 'Theorie des
kommunikativen Handels' von Jürgen Habermas*, Westdeutscher Verlag.

Josef Keulartz(1995), *Die verkehrte Welt des Juergen Habermas*, Junius.

Jürgen Habermas(1985), *Der philosophische Diskurs der Moderne*, Suhrkamp.

Jürgen Habermas(1995), *Theorie des kommunikativen Handelns*, Bd. 2 (Taschenbuch),
Suhrkamp.

Niklas Luhmann(1970), "Soziologie als Theorie sozialer Systeme", in ders., *Soziologische*

Aufklärung: Aufsätze zur Theorie sozialer Systeme (Band 1).

Niklas Luhmann(2003), *Macht*(3. Auf.), Lucius & Lucius.

Robert Nichols(2015), "Disaggregating Primitive Accumulation: The Dialectic of Labour and Land", *Radical Philosophy* 194.

Simone Dietz(1993), *Lebenswelt und System Widerstreitende Ansätze in der Gesellschaftstheorie von Jürgen Habermas*, Königshausen & Neumann Thomas.

McCarthy(2009), *Race, Empire, and the Idea of Human Development*, Cambridge University Press.

Timo Jütten, "The Colonization Thesis: Habermas on Reification", in *International Journal of Philosophical Studies* (19).

Todd Hedrick(2019), "Functionalist Reason", in Allen / Mendieta (eds.), *The Cambridge Habermas Lexicon*, Cambridge University Press.

Viet-Michael Bader, "Schmerzlose Entkopplung von System und Lebenswelt? Kritische Bemerkungen zu Jürgen Habermas' Zeitdiagnose", in *PROKLA: Zeitschrift für kritische Sozialwissenschaft* 16 (64).

Niklas Luhmann(1977), *Zweckbegriff und Systemrationalität: Über die Funktion von Zwecken in sozialen Systemen* (2. Auf.), Suhrkamp.

전후 일본의 식민 지배 주체의 기억과 표상*

남상욱

1. 들어가며 : '토착 정보원'의 기억에서 '식민자의 기억'으로

1988년 「서벌턴은 말할 수 있는가?」로 일약 포스트콜로니얼리즘을 대표하는 이론가로 부상한 가야트리 스피박의 『포스트식민 이성 비판』에는 '토착정보원'이란 개념이 등장한다. 그녀에 따르면 '토착 정보원'이란 토착 호주인 혹은 푸에고인처럼 "인종문화기술학에서 자료를 제공할 수 있을 뿐이고, 결국 읽고 아는 주체에 의해서 해석될 수 있을 뿐"인 존재로,[1] 스스로의 규범과 기술, 규정을 타자에 요구하는 것을 당연시하는 서구의 요청에 의해 불려나와서는 곧 폐지될 운명으로 그려진다. 그렇게 한계가 명확함에도 불구하고, "'토착

---

* 이 글은 2015년 9월에 간행된 『황해문화』(88호)에 「일본인의 식민주체로서의 기억과 그 표상」으로 발표된 것을 책의 기획에 맞춰 대폭 수정한 것이다.

[1] 가야트리 스피박, 태혜숙·박미선 역(2005), 『포스트식민 이성 비판』, 갈무리, 95쪽.

정보원'으로 행세하면서 스스로를 주변화하거나 혹은 자기-주변화의 몸짓으로 자신을 강화하려는 이주민 혹은 포스트식민 주체가 점증"하고 있는 것은 아닌지 스피박은 의심한다.[2] 포스트콜로니얼리즘에 대한 관심이 높아지는 가운데, 식민 주체의 기억을 대리=표상하려는 '정보원'을 통해 입수한 식민자측의 '토착 정보'와 이를 근거로 만들어진 서구중심주의를 상대화하기 위해서이다.

그렇다면 이러한 '토착정보원'은 동아시아의 식민주의를 사고하는 데 있어 어떠한 역할을 할 수 있을까. 예를 들면 제국일본의 지배하에서 일본어로 조선을 표상한 조선인 작가들의 상당수는 여기에 포함될 수 있을 것이다. 그들은 식민주의 정책의 일환으로서 내선일치 및 '고쿠고 전용'에 대해 긍정적인 반응을 보였다는 점에서 스피박의 '토착정보원'이라고 볼 수 있겠다. 식민자의 언어로 피식민을 표상하는 그들은, 식민자의 언어를 받아들임으로써 식민주의에 이미 젖어들고 있었던 것이다. 물론 그들 모두가 식민자의 입장을 순순히 받아들이고 있는 것은 아니었다. 예를 들어 황호덕은 김사량의 일본어 소설 「蟲(벌레)」[3]에서 식민지 체제하의 조선인 수인들이 내뱉는 'アイゴーアイゴー(아이고, 아이고)'라는 단말마적인 비명에 주목하면서, 이 번역 불가능한 비명이야말로 "식민지 일본어 문학에 짙게 배인, 정치가 박탈된 벌거벗은 그림자"이며, "두 언어 사이에서

2   가야트리 스피박, 위의 책, 42쪽.
3   金史良(1941.7.), 「蟲」, 『新潮』.

뭉개진 입들의 흔적"이라고 해석해낸 바 있는데,[4] 이러한 비명이야
말로 '토착정보원'을 통해서는 식민자의 귀에는 들어오지 않는 진정
한 '토착정보'라고 할 수 있겠다. 그러니까 일본어를 통해 식민지 조
선인의 감정을 전달하는 김사량은 '토착정보원'이지만, 굳이 듣지
않아도 될 피식민자의 비명소리인 'アイゴ一'를 식민자 일본인들에
게 제시함으로써, '토착정보원'의 본연의 임무를 초과해 나가게 된
것이다. 이는 '토착정보원'의 이른바 '오염'된 정보를 통해서도 오늘
날 식민주의의 기억이 재해석/서사될 수 있음을 시사한다.

  그렇다면 반대로 식민자 측의 식민 '기억'은 어떠할까? 1945년 이
후 제국일본으로부터 독립한 나라들에서는 일본의 식민주의에 대
한 기억이 다양한 방식으로 서사되어 왔는데, 과거 식민 지배 주체
에 의한 식민 지배의 기억도 과연 그러할까? 만약 그렇지 않다면 그
것은 어떠한 이유 때문일까?

  이러한 문제의식 하에 이 글에서는 주로 식민 지배 주체의 식민
기억의 표상에 초점을 맞춰 전후 일본의 식민주의 문제에 대해서 생
각해보고자 한다.

---

4   황호덕(2011), 『벌레와 제국-식민지말 문학의 언어, 생명정치, 테크놀로지』, 새물결,
     400쪽.

2. '미국'이라는 필터에 갇힌 한일의 식민주의 문제

전후 일본의 식민주의라는 문제를 본격적으로 들어가기에 앞서, 오래된 미국 영화《뮤직박스》[5]를 참조하는 것도 나쁘지는 않겠다.

1989년 미국에서 만들어져 이듬해 한국에서 개봉된 이 영화는 미국의 변호사 앤 텔버트의 아버지 마이클 라즐로가 전범으로 고발되었다는 통지를 받는 것으로부터 시작된다. 딸 앤은 헝가리 출신의 이민자인 아버지가 제2차 세계대전 중 나치 친위대의 지시를 받는 비밀 경찰조직의 일원으로 양민을 학살했다는 사실을 숨긴 채 미국 이민 서류를 작성했다는 기소 사실을 도저히 받아들일 수 없어서 그를 위한 변호에 직접 나선다. 뛰어난 변론술로 상대의 증거를 하나둘씩 무력화시키며 마침내 무혐의 처분을 받아냈을 때, 앤은 아버지를 협박하다가 죽은 친구 티보 졸탄의 유물인 뮤직박스에서, 학살된 양민을 배경으로 서 있는 제복 차림의 아버지의 사진을 발견하고 만다.

이 영화 속의 마이클 라즐로의 모습은 한나 아렌트가 지적한 바 있는 '악의 평범성'을 연상시킨다.[6] 즉 기소당하기 전까지 그는 가장 모범적인 미국 시민의 형상을 띠고 있었고, 딸 앤은 이 점에 대해 한 치도 의심하지 않는다. 가족에 대한 헌신과 사랑은 그가 갖고 있었

---

5 《Music Box》, Costa-Gavras(1989), Carolco Pictures.

6 한나 아렌트, 김선욱 역(2006), 『예루살렘의 아이히만-악의 평범성에 대한 보고서』, 한길사, 349쪽.

을 지도 모를 '악'의 가능성을 불식시키기 충분했으니까. 하지만 딸 앤은 결국 아버지 마이클의 가족에 대한 헌신과 사랑이 결국 전범 혐의를 피하기 위한 일종의 알리바이에 지나지 않았음을 확인하고 절망하게 된다. 이 절망은 혈육에 대한 무조건적인 사랑과 다른 민족(혹은 계급)에 대한 가해(혹은 차별)가 실은 동전의 양면처럼 붙어 있음을 깨닫기 위한 과정이기도 하다. 결국 아버지의 범죄를 고발하기로 한 딸 앤의 결단은, 혈육에 대한 절대적 긍정 속에서 유지된 맹목에 대해 책임을 지려는 행위로 볼 수 있다.

선대는 분명 피와 육체로 이루어지는 삶을 만들고, 여기에 '기억'을 심어놓는다. 하지만 그들이 모든 기억을 심어놓는 것은 아니며, 특히 가해의 기억은 가족과의 공유조차도 철저히 차단하며 봉인된다는 사실을 《뮤직박스》는 환기시킨다. 그런 의미에서 이 영화는 가해 기억의 폭로보다는, **가해 기억이 어떻게 은폐되어 가는지**를 다루고 있다고 봐야 한다. 아버지를 변호하는 변호사가 다름 아닌 딸이라는 설정은, **가해의 기억은 '피'로 이어진 공동체, 즉 가족과 민족에 의해서 가장 먼저 부정된다**는 점을 우리에게 가르쳐 주기 때문이다.

이렇게 가해의 기억을 은폐할 수밖에 없는 현실적인 이유에는 뉘른베르크의 전범 재판을 통해서 '인도에 반하는 죄'라는 개념이 창설되고, 나아가 이러한 죄에 대해서는 공소시효를 두지 않는다는 새로운 법이 서구사회에서 보편화되었다는 점이 작용하고 있다. 이러한 엄정한 법적 구속력이 행사되는 세계 속에서 가해 주체가 생명체로서 그리고 사회적 존재로서 살아남고 지속할 수 있는 유일한 길은, 불행하게도 가족이 함께 스스로의 '죄'에 대한 기억을 철저히 소거하는 것 아닐까.

오늘날 동아시아에서 과거 식민 지배 주체에 의한 식민 지배의 기억과 표상이, 그 반대에 비해 현저히 적은 이유도 이와 비슷한 맥락에서 이해할 수 있다. '천황의 방송으로 미군의 공습이 끝난 뒤에도 도쿄의 하늘은 여전히 연기로 시꺼멓다는 농담이 나돌 정도'였다고 미국의 역사학자 존 다우어가 지적한 바와 같이, 1945년 8월 15일부터 미국이 상륙한 9월 2일까지 식민 지배 주체들이 한 것은 전쟁과 식민 지배 기억의 소거였다.[7] 이는 이후 벌어질 재판에서 그들이 살아남을 수 있는 길이었기 때문일 것이다. 하지만 잊어서는 안 될 것은 일본을 점령한 미군도 그들의 지배욕을 해체하기 위한 방법의 일환으로 대규모 검열을 통해 그들의 식민 지배 기억의 말소를 거들었다는 점이다.[8] 대동아공영권에 대한 노스텔지어와 피지배자들에 대한 멸시가 검열 코드 항목에 포함되어 있었던 7년여의 점령기 동안, 일본인들의 식민 주체로서의 기억도 풍화되어 간 것이다.

이렇게 전후 일본인은 식민 지배 기억을 스스로 말소하거나, 점령자에 의해 말소당한 주체로 다시 태어났다. 그러니까 제2차 세계대전 직후 일본의 식민 지배 주체는 식민 지배에 대한 기억을 지움으로써만 새로운 국제질서 속에서 자신의 존재론적 의의를 찾을 수 있

---

7 존 다우어, 최은석 역(2009), 『패배를 껴안고』, 민음사, 37쪽.
8 江藤淳(2009), 『閉ざされた言語空間』, 文芸春秋社, 237-241면.

는 존재가 되었고, 따라서 그들과는 반대로 피식민 지배에 대한 기억을 끊임없이 환기시킴으로써 자신의 존재론적 의의를 찾는 피식민 주체와 식민 기억에 있어 비대칭적 관계에 놓일 수밖에 없었다. 식민주의 이후 양자의 이러한 존재 양식의 차이는 오늘날까지 이어지는 한일 양국의 식민주의에 대한 역사 인식을 둘러싼 갈등의 가장 근원적인 요인이 되고 있다고 해도 과언은 아닐 것이다.

오늘날 한일 간의 식민 책임이라는 문제를 이해하는 데《뮤직 박스》가 중요한 또 하나의 이유는 이러한 문제가 미국이라는 무대에서 벌어지고 있다는 점에 있다. 영화 속 등장인물의 대부분은 유럽 이민자들로 구성되어 있는데, 이는 가해 기억을 둘러싼 기억이 단순히 대륙의 문제만으로 한정되지 않고 미국의 문제이기도 함을 보여준다. 따라서 검사는 미국 법을 고려해 마이클 라즐로를 '인도에 반하는 죄'가 아닌 '이민 문서 위조'라는 혐의로 기소한다. 하지만 이러한 미국적 법 시스템은 결과적으로 마이클 리즐로에게 유리하게 작용된다. 가장 대표적인 것이 딸 앤이 아버지 마이클 라즐로의 '이민 문서의 위조'라는 혐의를 헝가리 공산주의자들에 대항하기 위해 불가피한 것이었다고 쉽게 인정해버리는 것이다. 즉 딸 앤은 아버지가 얼마나 적극적으로 헝가리 공산주의자들에 대항했는지를 보여주는 것을 시작으로, 검찰 측에서 제시된 증거들이 대부분 공산주의 진영에 의한 '날조'임을 증명함으로써 변호에 최종적으로 성공한다. 이러한 일련의 과정에서 우리는 제2차 세계대전 이후의 미국에 의한 일본 전범의 처리 방식을 상기하지 않을 수 없다.

사카이 나오키가 지적했듯이 미국은 제국일본의 주권자로서 식민지 및 전쟁책임을 져야할 쇼와 천황을, 일본을 효율적으로 통치하기 위한 구심점으로 삼기 위해 전범에서 제외했을 뿐만 아니라, 한국전쟁을 계기로 공산주의에 대항하기 위한 전진 기지로서 일본의 공업을 재건하기 위해 한때 만주국 행정관료로서 식민 지배를 수행한 죄로 기소되어 A급 전범으로 분류된 기시 노부스케를 사면했다.[9] 이러한 미국의 존재는 동아시아에서 일본의 식민 지배 책임이 오늘날까지 정체되고 있는 분명 가장 중요한 이유일 뿐만 아니라, 오늘날 식민 지배 기억과 그 책임을 둘러싼 공방이 어째서 미국이라는 무대에서 벌어지는지를 이해하는 데 있어 매우 중요한 요소이다. 그러니까 오늘날 미국을 무대로 둘러싸고 벌어지는 한일 양국의 '인정 투쟁'은, 70년 동안 한국과 일본은 자신의 주체성을 오직 미국이라는 초월적인 존재에 의해서 승인받아오는 데 익숙해진 나머지, 양국의 분쟁 역시 최종적으로 미국의 판단에 의할 것임을 무의식적으로 인지하고 있기 때문은 아닐까.

나아가 이렇게 동아시아 속의 미국의 영향력을 의식할 때 더욱 중요한 것은, 일본은 한 때 식민 지배자였을 뿐만 아니라 동시에 미국에 의한 피식민자라는, 이중화된 주체라는 사실이다. 식민지 이후 일본인 표상 속에는 군인과 순사의 칼로 대표되는 지배자의 이미지

---

9   酒井直樹(2017.7.), 「パックス・アメリカーナの終焉とひきこもりの国民主義-」, 『思想』, 29-35면.

와 패전 후 미국의 압도적인 군사력에 의해 전세계적으로 퍼진 원숭이(혹은 게이샤)의 이미지가 혼재하고 있다. 현대 일본인들은 이러한 이중화된 자기 표상 속에서 주체의 균열을 경험하며, 이를 어떻게든 봉합하기 위해 고민해왔다.

동시에 이러한 이중적인 모습은 일본인만이 아니라, 한국인들에게도 일종의 트라우마가 된다. 즉 칼을 찬 순사가 실은 그저 '원숭이'에 지나지 않았다는 사실이나, 가해자이어야 할 그들도 피해자였다는 사실은 피식민자로서의 '기억'에도 얼마간의 균열을 가져올 것이기 때문이다. 만약 그런 기억의 균열이 없다면 그 자체로서 하나의 문제가 된다. 왜냐하면 그건 어떤 하나의 모습을 우리가 계속해서 외면해왔다는 뜻이기 때문이다. 하지만 더욱 큰 문제는 전후 들어 미국의 프레임을 통해서 일본을 보는 데 익숙해진 나머지, 미국을 대타자로 놓았을 때 한국 역시 일본과 별반 다를 바 없다는 점을 잊고 있는 것은 아닐까.

물론 한미 관계는 공산주의를 상대로 같이 피를 흘리며 싸웠다는 점에서, 그런 경험을 공유한 적이 없는 일미 관계와는 근본적으로 다르다. 하지만 바로 그런 이유로, 자국의 공산주의자에 대한 강렬한 증오와 가족에 대한 사랑을 표출함으로써 자신의 '무죄'를 주장하는 마이클 라즐로와 같은 사람은 실은 일본보다는 한국 쪽에 더 많지 않을까 싶다. 설사 미국에서 소리 높여 일본을 비판한다 하더라도, 이러한 모습이야말로 미국을 경유하지 않고서는 일본을 설득할 수 없는 피식민자의 주체성을 여실히 드러내는 것에 지나지 않는다.

하지만 영화《뮤직박스》의 최대의 교훈은 결코 미국이 한국인들의 의사처럼 움직이지 않으리라는 점이다. 이 영화는 오늘날 미국이야말로 "인도에 반하는 죄"를 그러한 명목으로 처벌하지 않을 수 있는 유일한 나라임을 보여주고 있기 때문이다. 이는 미국의 법 시스템이 유능한 변호사만 있으면 누구라도 빠져나갈 수 있을 만큼 물질만능주의임을 뜻하기보다는, 나가사키와 히로시마, 한국전쟁과 베트남, 이라크 등에서 그야말로 "인도에 반하는 죄"를 저지를 수 있었던 나라로서, 그런 이유로 스스로를 포함해 어떤 나라도 용서할 수 있는 권리를 가지고 있다는 점이다. 결국 영화《뮤직박스》는 식민 책임이라는 문제가 미국을 통해서, 혹은 미국이라는 장에서 해결될 수 있으리라고 안일하게 기대해서는 곤란하다는 것을 가르쳐주고 있다.

3. 전후 일본의 식민주의의 문제:
식민 지배 '주체성'의 부인과 '팍스아메리카나의 미망'

따라서 우리는 식민 책임과 관련해 미국과 거리를 두고 일본인과 직접 이 문제를 풀어나갈 수밖에 없지만, 이 또한 결코 쉽지 않음을 경험적으로 잘 알고 있다. 식민주체였던 일본이 지배 혹은 가해의 기억을 부인(否認)하는 경우를 여러 차례 목격해왔기 때문이다.

이는 가해의 사실을 송두리째 부정하는 거듭되는 '망언'만을 지칭하지는 않는다. 이와 관련해 더욱 곤란한 것은 식민주체에 의한 식민 지배 당시의 스스로의 '주체성'에 대한 부인을 들 수 있다. 그러니까 자신이 한 행위가 틀림없다는 사실이 증언을 비롯한 여러 가지 증거자료로 명시될 때, 이번에는 그는 그 행위의 주체로서의 자신의 주체성을 부인하고 마는 것이다. 그 대표적인 예가 바로 도쿄전범재판에 기소된 전범들이었다.

마루야마 마사오가 "무책임의 구조"를 발견한 직접적인 계기가 바로 이러한 전범들의 '부인' 때문이었다는 것은 잘 알려져 있다. 마루야마는 히물러나 괴링 같은 독일의 전범들과 대비해 봤을 때 일관되게 드러나는 일본 전범들의 무책임한 태도를 보고 경악했지만, 이를 '개인적 일탈'로 한정시키지 않고 "'체제' 그 자체의 타락"으로 보고자 했다.[10] 다시 말해 마루야마는 전범들의 무책임한 태도의 원인을, 개인의 주체성을 쉽게 용인하지 않는 국가이데올로기에 의한 것으로 파악한 것이다. 이러한 마루야마의 관점을 따른다면, 식민 피해자에 대한 궁극적인 책임은 일차적으로는 제국일본, 이차적으로는 이를 계승한 전후일본이라는 국가에게 귀속된다.

식민지와 전쟁의 책임을 일부의 개인들로 한정하지 않고, 무형적

---

10   예컨대 다음과 같은 부분이 그러하다. "피고를 포함한 지배층 일반이 이번의 전쟁에서 주체적 책임의식이 희박했다는 것은 수치를 모르는 교활함이라든가 천박한 보신술이라든가 하는 개인도덕으로 귀착되기에는 너무나도 뿌리깊은 원인을 가지고 있다. 그것은 이른바 개인의 타락 문제가 아니라 뒤에서 보듯이 '체제' 그 자체가 타락한 상징인 것이다." 마루야마 마사오, 김석근 역(1997), 『현대정치의 사상과 행동』, 한길사, 149쪽.

인 질서로서의 국가, 혹은 담론 체계에 귀속시키는 것은 어떤 의미에서는 정당하다. 아무리 전범들이 자신의 행위를 부인한다 하더라도, 이러한 부인 책임의 소재마저 국가의 책임이라 명시함으로써 '책임'이라는 개념을 유지시킬 수 있었기 때문이다. '책임'이라는 개념이 유지되기 위해서는 이를 수행할 대상을 찾아 확정하는 과정이 필수적이라고 봤을 때, 국가의 책임이란 말은 결국 모든 국민의 책임에 다름 아니기도 하다. 실제로 제2차 세계대전의 특성이 이른바 '총력전'이었음을 고려할 때, 책임은 이미 개인의 레벨을 넘어서고 있었다. 그런 의미에서 책임을 일부의 개인으로부터 공공성의 영역으로 확대시킨 마루야마의 공적에 대해서는 평가하지 않을 수 없다.

하지만 다른 한편으로 마루야마가 발견한 "무책임의 구조"는 개인적 레벨에서의 식민 책임 불가능성을 암시함으로써, 개인의 레벨에서의 식민주체의 기억 파기에 대한 면죄부로서 전용되었던 측면도 없지 않다. 일본의 식민지, 나아가 전쟁에 의한 피해는 구체적인 개인의 레벨에서 벌어졌는데, 이에 대한 가해 주체자의 구체적인 증언이나 기억은 그리 많지 않다. 이러한 문제를 해결하기 위해 마루야마는 가해 주체를 찾아 하나하나 그 '기억'을 확정하고 책임을 묻기보다는, 일본에는 진정한 주체가 존재하지 않다는 것을 하나의 일본의 사상으로 상정하고, 그에 대한 책임을 국가로 위임했던 것이다. 하지만 이러한 마루야마의 사상이야말로 개인적 레벨에서의 식민지배 주체 속의 가해 기억에 대한 하나의 훌륭한 부인(否認)의 알리바이가 되는 것이다.

더 큰 문제는 마루야마에 의해 정당화된 이러한 '주체'의 부인은 그에게만 한정되지 않고, 전후 일본의 지식인들 사이에 확산되었고, 80년대 유행한 이른바 '포스트모던' 이론 속에서 한층 공고화되었다는 점이다. '주체'를 통치시스템(혹은 네트워크)에 의해서 구성된 일종의 가상으로 상정하는 이러한 인식에 의하면, 개인이 행한 그 어떤 행위도 결국 '근대성'이라는 시스템의 산물에 지나지 않는다. 물론 그 이론은 단순히 '주체'의 해체를 통한 책임의 회피가 아니라, 오히려 근대성의 구조를 상대화함으로써 이에 회수되지 않는 새로운 주체를 모색하는 데 그 목적이 있다고 할 수 있다. 그럼에도 불구하고 80년대 일본에서 주체와 관련된 이러한 이론들은 일본의 식민 지배의 정당화나 책임 회피에 상당한 도움이 되고 만다. 그건 이른바 식민지 근대화론처럼 일본의 의한 조선의 식민지화를 강탈이나 침략이 아니라 '근대화'의 과정으로 보는 낭만주의적 역사적 관점이나, 역사수정주의처럼 모든 역사는 내러티브인 이상 하나의 픽션으로 간주하는 관점에만 한정되지 않는다. 식민 지배의 범위와 그 책임을 분명히 하기 위한 포스트콜로니얼 연구에 있어서조차 '주체'의 내면성은 '근대'라는 더 큰 문맥 속에 회수되는 경우가 종종 있다.

예컨대 고모리 요이치는 일본의 조선 식민화에 앞서 일본인들은 먼저 '자국의 영토를 보호하기 위해 국내의 제도, 문화, 생활습관, 그리고 무엇보다도 국민의 머릿속을 구미열강이라는 타자에게 반쯤 강제된 논리에 의해 자발성을 가장하면서 식민화하는 과정'을 거쳐야 했다고 보며, 이를 "자기식민지화"로 개념화했다.[11] 물론 조선을 식민화하는 과정에서 이미 일본인들의 주체성이 심각하게 훼손되었다고 보는 고모리의 의견은, 제국일본에 의한 조선의 식민화를 '자랑스러운 역사'의 일환으로 보고 그 지배 주체를 일본 역사의 주체로 내세우고자 하는《새로운 역사 교과서를 만드는 모임》으로 대표되는 우파 진영을 비판하기 위해서였다. 다시 말해 "자기식민지화"라는 개념을 통해 고모리는 일본의 우파 지식인들이 회복해야할 일본인의 이미지로서 종종 언급하는 메이지 시대 인물들의 주체성이란 그야말로 환상에 지나지 않음을 환기시키고 있는 것이다. 하지만 그럼에도 불구하고 제국일본의 일본인들의 '주체성'을 부인한다는 점에서는 유감스럽게도 고모리 역시 전전의 일본낭만파 같은 전통 우파들의 의견의 일치를 보인다.[12]

결국 동아시아에서 '진정한 의미'에서 식민 지배 주체는 존재하지 않고, 그 대신 스스로가 피식민주체임을 알지 못한 채 주체인 양 행동했던 '주체'만이 있을 뿐이었다는 인식은, 인식론적으로 봤을 때

---

11 고모리 요이치, 송태욱 역(2002), 『포스트콜로니얼』, 삼인, 24쪽.

12 1930년대에 이르면 일본낭만파를 중심으로 한 문인들은, 일본의 서구화라는 문제의 심각성에 대해서 자각하며, 서구적 질서의 식민화로서의 일본의 '근대'에 대해 맹렬한 비판을 퍼부었다. 하지만 그렇다고 그들이 식민주의를 넘어선 대안세력이 되었다고 보기는 힘들다. 오히려 서구화에 대한 그들의 맹렬한 비판이 오히려 '내선일치'와 '대동아공영권'에 대한 긍정으로 이어져 더 큰 폭력을 불러일으키게 되었다는 사실은 오늘날 잘 알려져 있다. 서구적 방식의 식민주의와 이를 극복하려는 시도로서의 일본주의가 모두 통치형태로서의 '식민주의'라는 회로 안에서 헤어 나오질 못하는 채로, 결국 일본은 패망하게 되었다. 이러한 결과는, 일본의 전쟁책임과 식민주의가 밀접하게 관련되어있음을 시사한다.

는 논리적으로 보일지 모르지만 식민 지배 책임을 둘러싼 주체의 비대칭의 문제 해결에는 조금도 도움이 되지 못한다. 그러니까 이 문제를 해결하기 위해서는 무엇보다도 먼저 일본인들이 스스로 자신의 주체성을 어떤 식으로든 재구성해야 하는 것이 필요했다.

최근 수년간 동아시아에서 다케우치 요시미가 다시 주목을 받기 시작한 것은 바로 그런 맥락에서 이해할 수 있다. 패전 직후인 1948년 다케우치는 일본인을 '자신이 노예임을 자각하지 못하고 자신은 노예가 아니라는 환상 속에 머물면서 노예인 열등생 인민을 노예로부터 해방하고자 하는' 자로 정의한 바 있다.[13] 나아가 다케우치는 명실상부한 '노예'에 지나지 않는 일본인이 주체성을 갖을 수 있는 유일한 길로서 '노예가 노예임을 거부하고 동시에 해방의 환상도 거부하는 것, 노예라는 자각을 품은 채로 노예'일 것을 제시한다.[14] 이러한 다케우치의 제안은 서구를 롤모델로서만 주체의 문제를 상정할 수 있었던 마루야마와는 달리 아시아를 중심으로도 주체가 상정될 수 있다는 점에서만이 아니라, 식민지 책임을 둘러싼 피해자와 일본제국이라는 비대칭성을, '노예'와 '노예'라는 주체 상호간의 구도로 일단 매칭시켰다는 점에서 일단은 평가할 수 있다.

실제로 1953년에 발표된 야스오카 쇼타로의 소설인 「훈장」에서는, 이러한 다케우치의 방법을 통한 상호 화해의 가능성이 구체적

---

13   다케우치 요시미, 윤여일 역(2011), 『내재하는 아시아』, 휴머니스트, 251쪽.
14   다케우치 요시미, 위의 책, 249쪽.

으로 제시되고 있다. 패전 직후의 물자부족 상황 속에서 담배에 대한 욕망에 사로잡혀 있던 주인공 '나'는 길에 떨어져 있는 담배꽁초라도 마다하지 않지만, 정작 우연히 만난 조선인 소년이 그에게 담배를 내밀자 당황해하며 이를 받기 주저한다. 하지만 이내 그는 자신의 이러한 태도가 '상대가 조선인'이라고 생각했기 때문이라는 것을, 그러니까 다케우치식으로 말한다면 여전히 '자신이 노예가 아니라는 환상' 속에 있다는 것을 깨닫고 조선인 소년으로부터 담배를 받아든다. 이를 통해서 '노예라는 자각을 품은 노예'로서 거듭났을 때, 그는 소년으로부터 '자 이제부터 우리들 세상입니다. 열심히 노력해요, 서로.'라는 말을 듣게 되고, 마침내 GHQ사령부의 청소원으로 일하게 된다.

이렇게 미국이라는 '주인' 밑에서 조선인과 일본인을 똑같이 '노예'로 인식하는 것으로써 자신의 존재의의를 찾는 야스오카 소설은 다케우치의 이른바 '노예의 공동체'로서의 '아시아'의 가능성을 정확하게 형상화하고 있지만, 이러한 '노예'로서의 자기 인식은 식민지배 주체로서의 기억을 방기하는 것이기도 하다는 점에서 제국일본의 식민주의에 대한 책임 문제가 누락되고 만다는 문제가 있다.

그런데 '노예'로서의 자기 인식 또한 오래 가지 못한다. 분명 점령과 한국전쟁을 거치면서 일본인은 미국의 '노예'가 되어갔지만, 이는 다케우치가 말했듯이 '꿈에서 깨어난 "인생에게 가장 고통스러운" 체험만은 아니었기 때문이다. 야스오카의 초기 소설에서 볼 수 있듯이 미국의 '노예'가 된다는 것은, 이제까지 제한되어 있었던 담배와 초콜릿이라는 달콤한 쾌락을 아무런 부끄러움 없이 즐기게 되었다는 것을 의미하기 때문이었다. 실제로 전후 일본은 한국 전쟁을 계기로 국가 전체가 미국의 하청 업체로서 기능함으로써 막대한 경제적 이익을 얻었고, 그를 통해서 가능해진 신체적 쾌락의 향유는, 그들을 '노예라도 상관없는 노예'로 만들었다. 그리고 마침내 1964년 도쿄올림픽을 거쳐 1965년 한일 수교가 되었을 때 그들은 다케우치가 가장 우려했던, 주인의 부담을 덜어주고자 주인을 대신해 '노예인 열등생 인민을 노예로부터 해방하고자 하는' '노예'로 되돌아가고 만다. 이것이 일본 입장에서 봤을 때, 한일수교의 본질이라고 한다고 해도 과언은 아닐 것이다.

아이러니하게도 이렇게 일본이 다시 '노예'가 되던 그 시기가, 아베 신조에게 있어서는 일본이 가장 찬란했던 시기로 인식되었다. 사카이 나오키는 이러한 아베의 모습을, 일본계 영국인 작가 가즈오 이시구로 소설『남아있는 날들』속의 '집사'에 비유하고 있다.[15] 이 소설에는 영국의 몰락 후에도 여전히 영국적 권위나 영광을 버리지 못하고 있는 집사가 등장하는데, 사카이의 눈에 그는 9·11이후 미국의 권위나 영광이 예전 같지 않은 지금에도 여전히 이에 집착하며 미국을 위한 전쟁을 준비하고 있는 아베 신조의 모습과 정확히 일치하는 것처럼 보였기 때문이다. 나아가 사카이는 바뀐 현실을 직면하지 못하고 이렇게 과거의 영광 속에 틀여박혀 있는 아베를 지지하는

15   酒井直樹, 위의 책, 40-45면.

일본 유권자의 경향을 '히키코모리 국민주의'라고 정의했는데, 이는 박정희 시대의 프레임에서 깨어나지 못하는 일부 한국인들에게도 마찬가지로 적용될 수 있을 것이다.

이렇게 한일 모두 미국 중심의 세계질서로 대변되는 '팍스 아메리카나'에 대한 미망에서 깨어나지 못한 채 미국을 대타자로 놓고서만 자신의 주체를 구성하는 관성에서 여전히 못하고 있는 한, 식민 책임 문제가 해결되지 못하는 것도 당연하다. 식민 책임의 문제는 결국 주체의 비대칭성을 전제로 시작됨에도 불구하고, 양쪽의 '주체'의 구성 방식이 매우 흡사해져 버렸기 때문이다. 그러니까 양쪽 모두 스스로를 서구, 혹은 미국의 '노예'로 간주하거나 그들에 의해서만 자기의 존재 방식을 인정받으려고 할 때, 식민지배 책임을 져야할 주체는 다시 사라져버리고 마는 것이다.

4. 재조일본인의 '기억':
우월감과 그 파국으로서 식민 지배 주체의 기억

그렇다면 식민지배 주체와 피식민 주체의 대칭성은 어떤 식으로 재구성되어야 할까.

앞서 언급했듯이 피식민 주체에 의한 식민지배 주체 표상에 비해 식민지배 주체 스스로에 의한 자기 표상은 압도적으로 적은 게 사실이지만, 반드시 없는 것만은 아니라는 점에 유의할 필요가 있다. 무엇보다도 일본인들의 글 속에는 식민지배 주체의 자기 표상이 여전히 남아 있다.

예컨대 나쓰메 소세키의 『문』(1910)에 등장하는 안중근에 의한 이토 히로부미 암살 장면을 둘러싼 부부간의 대화는, 고모리 요이치가 지적했듯이 식민지 초창기 시절 일본인들의 식민지배 책임에 대한 인식을 생각하는 데 있어 매우 중요한 장면이다.[16] 즉 왜 이토는 안중근에게 암살당했는가에 대한 아내의 거듭되는 질문에 끝내 제대로 대답하지 못하고 '운명'으로 얼버무리는 남편의 모습은, 식민 지배 과정에서 그 시점에 이르기까지 시종일관 일본인들이 식민 지배자로서 자신의 책임에 대해 무지했거나 애써 외면했음을 여실히 드러낸다. 그러니까 이토의 암살은, 국민의 동의 없이 추진된 '합방'이라는 법적 절차에 대해 이제는 법적으로 그 책임을 물을 수 없게 된 피식민자가 할 수 있는 유일한 방식의 책임 추궁이었다는 사실에 대해, 당시의 일본인들은 모르고 있었거나 애써 외면하려고 했던 것이다. 그런 의미에서 봤을 때 나쓰메는 식민 지배 주체로서의 책임을, 바로 그러한 '폭력'에 자신들이 휘말릴 수 있다는 상시적인 불안에 휩싸이는 것으로 파악했다고 볼 수 있다. 물론 나쓰메는 그 불안의 근본적인 원인과, 그것을 궁극적으로 해소하는 것까지 자신의 책임으로 받아들이지 못했고, 그러한 면에서 이 식민주체는 언제나 '원인 모를 폭력(대항폭력)'에 삶이 붕괴될 위기 속에 있었던 것이다.

16 　고모리 요이치, 위의 책, 80쪽.

하지만 시간이 지남에 따라 일부 일본인들은 지배자로서의 자신의 주체성을 분명히 인지하기 시작했다. 예컨대 조선총독부 학무국 촉탁으로 조선의 구술문화유산을 정리하고 경성제국대학 교수를 역임했던 다카하시 도루는 조선 민족의 근본적인 개조를 통한 조선 사회의 진보를 자신의 사명으로 인지하고 있었고, 야나기 무네요시는 조선인이 알아보지 못하는 조선의 미를 조선인을 대신해 지키는 것을 자신의 책임으로 인지하고 있었다. 대동아 전쟁에 접어들게 되자 기쿠치 간을 비롯한 많은 문학인들이 일본인과 조선인의 경계를 무화시키는 이른바 '내선일치'를 권장하는 것을 진정한 식민 지배자의 의식으로 생각하고 있었다.[17]

물론 조선이라는 타자에 대한 응시를 통해 구성된 이러한 식민 지배 주체의 자기 표상에 인종적, 도덕적, 문화적 우월감을 발견하는 것은 그리 어려운 일이 아니다. 이러한 우월감이야말로 명백한 오리엔탈리즘이며, 그런 의미에서 '자기식민지화'의 완성을 반증한다. 하지만 동시에 식민 지배 주체에게 있어 자기 재생산으로서의 '기억'의 가장 핵심적인 요소는 바로 이 우월감은 아니었을까. 따라서 패전과 점령을 통해 우월감이 사라지면, 그들에게 식민지배의 '기억'을 유지한다는 것 그 자체의 의미도 상실되어갈 수밖에 없었던 것이다. 왜냐하면 우월했었던 자신에 대한 기억은, 우월하지 못한

---

17 이와 관련해서는 다음 책을 참조할 것. 다카하시 도루, 구인모 역(2010), 『식민지 조선인을 논한다』, 동국대학교출판부; 야나기 무네요시, 박재삼 역(1989), 『조선과 예술』, 범우사; 문경연 외(2010), 『좌담회로 읽는 『국민문학』』, 소명출판.

현재의 자신의 삶을 더욱 고통스럽게 해줄 뿐이기 때문이다.

그렇다면 식민 지배자로서의 '기억'을 부인하지 않을 수 있는 길은, 그들이 과거뿐만 아니라 현재에도 여전히 우월하다는 인식하에서만 가능한 것일까.

어떤 의미에서는 그러하다. 실제로 한국을 비롯한 아시아국가들에 비해 일본이 압도적인 경제적 우위 속에 있었던 1960년대부터 1990년대까지의 일본은, 물론 이른바 '망언'은 계속해서 반복되고 있었을지언정, 지금처럼 식민 지배 '기억' 문제로 이렇게까지 주변국들을 불편하게 만들지는 않았다. 이 시기 일본인들은 단순히 경제적으로만 우월했던 것만이 아니라, 정신적 영역에서도 스스로를 우월하다고 생각했다. 서구사회에 자신들의 정신적 우월함을 증명하기 위해서라도 식민 지배 주체자의 '기억'에 있어서도 서구의 그것과 보조를 맞춰야 한다는 암묵적인 전제가 깔려 있는 이상, 적어도 피식민지 주체의 기억을 들어주려는 포즈는 취하고 있었다. 하지만 냉전 종식 후 찾아온 세계화라는 새로운 질서 속에서 더 이상 일본은 더 이상 다른 아시아 국가들에 비해 스스로가 월등히 '우월하다'고 자신할 수 없게 되었을 때, 식민 지배 기억은 심각하게 파손되기 시작했다. 특히 2000년대 중국의 부상은 더 이상 다케우치식의 '노예의 공동체로서의 아시아'조차도 불가능하게 만든 주요 원인이다. 이러한 상황에서 그들은 피식민자의 '기억'은 고사하고, 한때 식민 지배자로서의 자신의 '우월성'을 담보해준다고 믿어왔던 '기억'(물론 이는 엄밀한 의미에서 자기 환상에 지나지 않지만)조차 정면으로 보지 못하게 되고 만 것은 아닐까.

21세기 동아시아에서 일본은 20세기 때처럼 물질적으로도 정신적으로도 압도적으로 우월하지 않고, 이러한 상황이 달라질 가능성도 그리 크지 않다. 이러한 상황 속에서 일본인들은 식민 지배자로서의 '우월감'의 기억 속에 가려져 있었던, 우월감 때문에 만들어지는 '공포'의 기억은 볼 엄두조차 내지 못하고 있다. 나쓰메 소세키의 '불안'과는 본질적으로 다른 그 감정들은 단순히 식민지를 잃어버린 데서 오는 두려움만을 뜻하지 않는다. 예컨대 그것은 재조일본인인 작가 고바야시 마사루 소설 「쪽발이」[18]에 등장하는 다음과 같은 감정의 기억이다.

나는 갑자기 자신의 허리 부근에서부터 뭔가 전혀 다른 것으로 물들어져 가는 듯한 두려움과 더러움을 느끼고 공포에 휩싸였다. 나와 거의 비슷한 나이라는 에이코 남편의 그림자가 내 허리 부근에 찰싹 달라붙어 있는 듯한 느낌에 사로잡혔다. 싫다! 싫다! 나는 미친 듯이 목욕탕으로 뛰어들어가 거칠게 펌프질을 하고 벌벌 떨면서 몇 번이나 물을 뒤집어쓰고 비누칠을 했다. 너는 바보다, 너는 미친놈이다, 너는 더러워, 라고 나는 자신을 향해 마음속으로 외쳤다. 꼴좋다, 이제부터 너에게는 무서운 날들이 시작되는

---

18 『チョッパリ：小林勝小説集』, 三省堂, 1970.

거야, 끝난 게 아니라 시작되는 거야. 중학교 4학년인 주제
에 그것도 조선인 여자와, …너는 모든 일본인의 웃음거리
가 될 거야, 너는 상대 여자와 마찬가지로 더럽다는 비난
을 받을 거야…'.[19]

이 소설은 1968년 도쿄의 한 병원에서 일하던 의사 고노가 어느날
진료하게 된 재일조선인 나시야마 교쿠레쓰를 보면서 식민지 조선
에서의 자신을 회상하는 내용인데, 위 장면은 철들 때부터 '조선인
들은 더럽다'고 느껴 심지어 학교에서 실시하는 내선일체조차도 '뭔
가 잘못되었다'고 느끼는 조선에 거주하는 중학생이었던 자신이 어
느 여름날 자신의 집에서 자고 있는 조선인 하녀 에이코를 범한 후
겪게 되는 감정이 적나라하게 드러나고 있는 부분이다. 여기서 우리
는 식민 지배 주체가 자신에게 학습된 우월감 때문에 겪게 되는 공
포를 구체적으로 확인할 수 있다. 즉 '더러운' 조선인 남편을 지닌
'조선인 여자'인 에이코와의 육체적 결합을 통해서 고노는 자신도
이미 '더러워'졌으며, 이로 인해 '순수한 일본인'으로부터 소외당하
는 것은 아닌가 하고 두려움에 휩싸이는 것이다. 이러한 고노의 두
려움의 이면에는, 식민 지배 주체로서의 내면화된 '우월성'과 '내선
일체'라는 법이 육체라는 차원에서 이미 균열되고 있음에 대한 미
묘한 각성이 깔려 있음을 놓쳐서는 곤란하다.

---

19   고바야시 마사루, 이원희 역(2007), 『쪽발이』, 소화, 55쪽.

따라서 고바야시에게 있어 식민 지배 주체로서의 '우월함'에 대한 기억은, 그것이 파생시킨 고통의 기억을 이끌어내기 위한 하나의 장치라 할 수 있겠다. 실제로 일본에 대한 우월함에 심각하게 감염되어 있었던 '황국소년'이었을수록 패전 직후 일본의 민낯에 직면하고 고통스러워했다. 그 고통은 무엇보다도 식민 지배 주체로서 자신이 경험했던 그 모든 것이 실은 하나의 '허상'에 지나지 않았다는 것, 그리고 그 신념을 믿는 동안 실재에 전혀 근접할 수 없었다는 각성에 오는 것이었다.

> 그랬다. 에이코는 원래 가공의 이름이었고, 일본인들만이 어리석게도 그 실재를 믿고 있었던 허상에 불과했던 것이다. 에이코라는 이름의 여자는 애당초 그 어디에도 없었던 것이다.[20]

고노에게 에이코는 자신에게 처음으로 성적 쾌락을 가르쳐준 존재이며, 동시에 자신이 행사하는 폭력의 대상이기도 했었다. 그런 의미에서 고노에게 있어 에이코는, 어떤 식으로든 그의 아이덴티티를 형성하는 데 있어 매우 중요한 존재였음이 틀림없다. 하지만 패전으로 인해 에이코라는 이름조차 창씨개명을 통해 만들어진 가공이었음이 밝혀진 지금, 에이코의 행위와 그와 관련된 모든 기억을

20　고바야시 마사루, 위의 책, 63쪽.

어떻게 믿을 수 있겠는가. 이렇게 고바야시는 조선인의 주체를 송두리째 가공하려 했던 식민 지배라는 폭력이, 결과적으로 식민 지배자의 주체 그 자체의 위기를 초래하는 형식으로 되돌아온다는 것을 밝힘으로써, 식민 지배 주체와 피식민 주체의 비대칭성의 문제를 넘어, 양자에게 모두 식민주의가 가진 폭력성을 드러내는 데 성공했다고 할 수 있다.

결국 고바야시는 식민주체의 식민 지배 '기억'은 그것이 자신의 주체성의 위기를 불러올 정도로 공포스러운 경험으로 추체험될 때야 비로소 식민 책임이라는 문제 해결을 향해 한 걸음 나갈 수 있음을 우리들에게 가르쳐주고 있다. 나아가 그러한 '기억'을 위해서라면 어쩌면 피식민자였던 우리 또한, 식민주의에 저항하기 위해 스스로 행사했던 '폭력'(대항폭력)을 같은 방식으로 추체험해야 될지도 모른다는 것을, 말이다.

5. 나가며: 전후론에 가려지는 제국일본의 식민주의

1997년 가토 노리히로는 『패전후론』[21]에서 "2천만의 아시아 사자들에 대한 책임" 그 이상으로 "300만 자국 사자에 대한 책임"이 중요하다고 주장해 파문을 일으켰다. 이러한 가토의 논의가 실은 식민주

---

21   加藤典洋(2005), 『敗戰後論』, 筑摩書房, 80면.

의를 회피하고 내셔널리즘을 활성화하기 위한 레토릭에 지나지 않는가 하는 비판이 쏟아졌다. 예를 들면 다카하시 데쓰야는 이러한 가토의 주장이 설령 야스쿠니의 논리와 다르다고 한들, "'자국을 위해 죽은' 병사들에 대한 **추도공동체**로서 '우리들이 지금 여기에 있기 위해 죽은' 병사들'에 대한 감사의 공동체"라는 형태의 내셔널리즘에 지나지 않는다고 비판한 것이 그 대표적인 예이다.[22]

이러한 비판에도 불구하고 가토는 아시아에 대해 사과하기 위해서는 먼저 지난 전쟁에서 죽은 자국 병사들에 대한 추모를 선행해야 한다는 뜻을 굽히지 않을 뿐만 아니라, 이를 합리화하기 위한 논의를 더욱 적극적으로 전개한다. 이때 자주 언급되는 것이 주로 1920년대에 태어나 20대에 패전을 맞이한 전중파 사상가들인데, 그중에서 특히 요시모토 다카아키의 다음 부분은 여러 차례 인용되고 있다.[23]

> 전쟁에 진다면 아시아 식민지는 해방되지 않는다고 하는 천황제 파시즘의 슬로건을, 나는 믿고 있었다. 또 전쟁 희생자의 죽음은 무의미해진다고 생각했다. 따라서 전후 인간의 생명은 내가 그 무렵 생각하고 있었던 것보다 훨씬 소중한 것 같다고 실감했을 때와, 일본군이나 전쟁권력이

22　高橋哲哉(2005), 『戦争責任論』, 講談社, 162면.

23　加藤典洋(1999), 『戦後的思考』, 講談社, 100-101면. 加藤典洋(2015), 『戦後入門』, ちくま書房.

아시아에서 '난살(亂殺)과 마약공세'를 했다는 것이 극동 재판에서 폭로되었을 때는 거의 청춘 전반기를 지탱했던 전쟁의 모럴에는 하등 쓸모가 없었다고 하는 충격을 받았다.[24]

가토가 이 부분에 주목한 것은 요시모토와 같은 전중 세대들은 대동아-태평양 전쟁이 '아시아 식민지 해방'이라는 이념하에 수행되었음을 실제로 믿었음을 보여주기 위해서이다. 가토에 의하면 위에서 요시모토는 자신도 잘못을 저질렀음을 일단 인정하고 있다고 하는데, 이는 지난 전쟁의 책임을, 천황이나 군부, 혹은 천황제 파시즘이나 근대성이라는 시스템으로 돌리는 태도와는 다른 것은 분명하다. 다시 말해 자신들이 주체적으로 전쟁에 임했음을 인정함으로써 처음으로 전쟁 책임에 대해서 주체적으로 생각할 수 있게 된다는 얘기다.

하지만 가토의 논의는 지난 전쟁과 그 책임에 멈춰져 있을 뿐 식민 지배 주체에 대한 기억에는 이르지 못한다. 이는 그의 논의의 근거가 대부분 식민지 체험이 없었던 전중파에 멈춰 있었다는 점과 관련될 것이다. 만약 그가 고바야시 마사루-1927년생인 그 역시 전중파이다-를 읽는다면 어땠을까. 적어도 전후에도 분명 존재하고 있었던 식민주의의 기억이 왜 다시 조명되지 않았는지, 그리고 이는

---

24   吉本隆明(2014), 『吉本隆明全集5』, 晶文社, 126면.

미국의 지배 체제와는 어떻게 관련되는 것인지, 묻을 수밖에 없지 않았을까.

그런 의미에서 본다면 결국 가토에게 '전후'라는 담론 공간은 제국일본의 식민주의 기억을 배제하는 기능 정도에 멈춰져 있다고 할 수 있겠다. 그러한 가토의 '전후론'을 넘기 위해서는 1945년 이후 다양한 형태로 시도된 식민 지배 주체의 기억에 대한 더 많은 관심이 필요한 시점이다.

참고문헌

고모리 요이치, 송태욱 역(2002), 『포스트콜로니얼』, 삼인.

고바야시 마사루, 이원희 역(2007), 『쪽발이』, 소화.

존 다우어, 최은석 역(2009), 『패배를 껴안고』, 민음사.

다케우치 요시미, 윤여일 역(2011), 『내재하는 아시아』, 휴머니스트.

마루야마 마사오, 김석근 역(1997), 『현대정치의 사상과 행동』, 한길사.

가야트리 스피박, 태혜숙·박미선 역(2005), 『포스트식민 이성 비판』, 갈무리.

한나 아렌트, 김선욱 역(2006), 『예루살렘의 아이히만-악의 평범성에 대한 보고서』, 한길사.

황호덕(2011), 『벌레와 제국-식민지말 문학의 언어, 생명정치, 테크놀로지』, 새물결.

江藤淳(2009), 『閉ざされた言語空間』, 文芸春秋社.

加藤典洋(2005), 『敗戦後論』, 筑摩書房.

加藤典洋(1999), 『戦後的思考』, 講談社.

金史良(1941.7), 「蟲」, 『新潮』.

酒井直樹(2017.7), 「パックス·アメリカーナの終焉とひきこもりの国民主義」, 『思想』.

高橋哲哉(2005), 『戦争責任論』, 講談社.

吉本隆明(2014), 『吉本隆明全集5』, 晶文社.

해방 후 남한 '국민운동國民運動'의
국가 · 국민론과 교토학파의 철학

홍정완

1. 머리말: '국민운동(國民運動)'이라는 관점

이 글은 1930년대 이후 일본 사상계를 풍미했던 '제국'의 사상, 좀 더 좁혀 말한다면 니시다 기타로(西田幾多郎)를 위시한 교토학파의 사상이 해방 후 남한의 정치·사회적 맥락에서 어떠한 모습으로 배회하며, 특정 '주체'들의 운동에 어떻게 절합(節合)되어 나타났는가, 그리고 그것의 의미는 무엇인가에 관해 검토하려는 것이다.[1]

---

[1] 본고의 머리말에 소개할 해방 이후 '대한독립촉성국민회'의 '국민운동'에 관한 내용은 필자의 석사학위논문(2006)(「정부수립기 大韓獨立促成國民會의 國民運動 연구」, 연세대학교 석사학위논문)에 기초한 것이다. 학위논문 작성 당시에는 참고할 수 없었던 최태용의 국민운동 관련 유고(遺稿)가 최근 『최태용전집』(2009, 전6권, 도서출판 꿈꾸는터; 이하 『전집』)에 실려 출간되고, 그밖에 최태용이 편집·발행했던 『獨立戰線』 1호, 그가 주도했던 '국민훈련원(國民訓練院)' 기관지 『國訓』의 일부를 입수하게 됨에 따라 본고의 작성이 가능했음을 밝힌다.

필자가 이해하는 바에 따르면 이른바 '제국'의 사상이란 대공황과 군국주의전쟁의 조건 속에서 산출된 '제국 일본'의 자기 재구성을 둘러싼 여러 지적 흐름이라고 할 수 있다. 다시 말해 19세기 이래 전지구적으로 확산되었던 자본주의, 합리주의, 자유주의 등 유럽의 근대문명에 대한 유럽 내부의 회의와 반발, 재구축을 지향하는 사조의 영향 속에서 제국 사이의 갈등을 축으로 당시 세계질서의 재편을 모색한 제국 일본의 사상 조류라 할 수 있다. 그러나 '제국'의 사상은 단순히 그 중심부에서 다른 제국과의 관계만을 문제시하는 것은 아니었고, 1930년대 이후 주변지역에 대한 침략과 팽창 속에서 새로운 '제국-내-질서'의 모색과 연동된 것이었다. 그에 따라 기존 식민지의 저항세력들을 더욱 강력하게 탄압하여 무력화하는 가운데 '제국'의 사상은 식민지 조선의 지식인에게도 영향을 미치게 되었고, 이로 인해 제국 중심부와 식민지 '경성(京城)'의 지식인들을 축으로 미묘한 담론지형이 연출되었다.

이러한 미묘한 담론지형과 그 '제한된' 조건에서 나타난 당시 조선 지식인들의 '기투(企投)'는 근래 근대성에 대한 비판과 탈구축을 제기하는 포스트모던 사조의 영향 속에서 이른바 근대 국민국가와 민족주의 비판의 맥락, 그리고 '동아시아'론으로 대표되는 새로운 지역질서에 대한 모색 등과 결부되어 다양한 분야의 연구자들에게 주목을 받고 있다. 이러한 작업은 그동안 '암흑기'로 지칭되었던 1930년대 이후 식민지 말기 조선의 역사상에 관한 새로운 관점의 문제제기로서, 다양한 지적 자극을 담고 있다고 할 수 있다.

하지만 본고의 방향은 그러한 연구경향과 결을 달리한다. 기존 연구의 경향은 대체로 '제국'의 사상이나 그에 대한 식민지 지식인들의 대응 속에서 어떠한 현재적 가능성이나 '근대적 사유'의 극한, 나아가 그것의 외부를 사유하려는 관점에서 제기되었다면, 본고의 관점은 1930년대 이후 식민지 조선사회에 많은 영향을 끼친 '제국'의 사상이 해방 이후 한국사회에서 어떠한 방식으로 지속되고, 영향을 미치게 되었는가에 있다. 즉, 포스트 식민사회에서 '제국'의 사상의 변용·전유 문제, 좀 더 구체적으로는 '제국'의 사상이 냉전·분단 질서하의 국가 건설에 어떠한 방식으로 접맥되었는가에 있다.

이러한 연구의 관점은 그간 학계에서 그다지 주목받지 못했으나, 근래 본고와 유사한 맥락에서 사회주의 지식인들의 활동을 고찰한 연구가 있다.[2] 그러나 그 사상적 영향의 직접성과 지속성은 해방 후 남한의 국가건설운동이나 지식인들의 활동에서 좀 더 명확히 찾아볼 수 있음에도 불구하고, 이에 관한 연구는 찾아보기 힘들다.[3] 본고는 해방 이후 한국전쟁 이전까지 이승만의 주요한 정치적 조직기반

---

2 홍종욱은 사회주의 성향의 지식인들의 '주체화' 논리를 통해 식민지 시기와 해방 후의 사상적 연속성을 탐구하고 있다. 홍종욱(2006), 「해방을 전후한 주체 형성의 기도」, 윤해동·천정환·허수·황병주·이용기·윤대석 엮음, 『근대를 다시 읽는다 1』, 역사비평사. 그러나 '제국'의 사상에 대응하면서 산출되었다고 하는 '주체화'의 논리와 사회주의적 '변혁/건설 주체'의 형성 논리 사이의 변별성을 분명히 하지 않아 그 연속의 실체가 모호하다고 판단된다.

3 최근 김동리 등에 대한 연구들에서 이러한 측면이 주목받고 있다. 김건우(2008), 「김동리의 해방기 평론과 교토학파 철학」, 『민족문학사연구』 37, 민족문학사학회; 김병길(2004), 「해방기, 근대초극, 정신주의—김동리의 『검군』을 중심으로」, 『한국근대문학연구』 5-1, 한국근대문학회.

이었던 '대한독립촉성국민회(大韓獨立促成國民會)'(이하 '독촉국민회'로 약칭)·'국민회(國民會)'[4]의 '국민운동'론, 그중에서도 비교적 체계적 프로그램을 가지고 국민운동을 추진했던 '최태용(崔泰瑢) 계열'[5]의 사상을 중심으로 이에 접근해보려 한다.[6]

독촉국민회의 '국민운동'은 그 동안 이승만에 관한 여러 연구에서 주목받았으나,[7] 대개 이승만의 집권배경이자 권력기반 강화와 연결해 파악됨으로써 '국민운동' 자체의 조직적 특성이나 '논리'에 대해서는 심도 있게 다루어지지 못했다. '국민운동'이라는 소재 또는 관점은 해방 후 한국현대사에 대한 기존 연구경향에 몇 가지 측면의

4   대한독립촉성국민회는 1949년 1월 27일 이후 '국민회(國民會)'로 개칭되었다.
5   여기에서 '최태용 계열'이라 함은 최태용을 중심으로 주로 '국민훈련원(國民訓練院)'에서 국민운동지도자 양성에 힘쓰고, 남한 정부 수립 이후 국민운동의 일환으로 추진되었던 '농촌건설운동'에 투신했던 인물들을 말한다. 중앙 차원에서 본다면 최태용과 함께 국민훈련원의 제2인자로 활동했던 이태영(李泰榮), 최태용이 독촉국민회에 참여할 당시부터 그를 보좌하면서 중앙 간부로 활동한 서재권(徐載權), 일제시기부터 최태용의 신앙적 동지이자 기독교조선복음교회의 신자였던 이덕봉(李德鳳), 강치봉(姜致鳳) 등을 들 수 있다.
6   독촉국민회, 국민회는 그 조직 자체가 지역별로 좌익에 대항하는 우익연합전선의 성격을 가지고 있었기 때문에 정치적·사상적 성향이 단일하지 않았다. 또한 지부 단위에서 전개된 사상계몽활동(思想啓蒙活動) 등을 제외한다면 대체로 이승만을 중심으로 하는 우익세력의 각종 '대회(大會)'를 위한 대중동원이 주된 활동이었다. 독촉국민회, 국민회의 조직적 특성과 국민운동의 전개양상, 그리고 그 속에서 최태용 계열의 운동이 자치하는 위상에 대해서는 필자의 석사학위논문 2장과 3장을 참고.
7   金甫穎(1994), 「大韓獨立促成國民會의 組織과 活動」, 한양대학교 석사학위논문; 오유석(1995), 「한국 '보수' 지배 세력 연구—대한독립촉성국민회를 중심으로」, 『해방 후 정치세력과 지배구조』, 문학과지성사; 李相勳(2001), 「해방후 대한독립촉성국민회의 국가건설운동 연구」, 연세대학교 석사학위논문; 정병준(2005), 『우남 이승만 연구—한국 근대국가의 형성과 우파의 길』, 역사비평사; 김수자(2005), 『이승만의 집권초기 권력기반 연구』, 경인문화사.

문제를 제기한다고 할 수 있는데, 주로 해방 이전과의 연속과 변용의 문제이다. 먼저 조직적으로 볼 때, 독촉국민회는 도시에서 일제시기 '동회(洞會)' 조직을 축으로 급속히 건설되었으며, 남한 정부 수립 이후, 특히 '여순사건' 발발 이후 행정 계통과 연계되면서 일제시기의 '애국반(愛國班)'을 '국민반(國民班)'으로 개편하여 국민운동의 세포조직으로 삼는 방식을 채택하는 것에서 잘 나타난다. 이는 해방 직전 일제강점기 전시총동원운동의 조직적 연속과 재편이라는 문제가 '국민운동'과 결부되어 있음을 보여준다.

이와 더불어 조직적 측면과 긴밀히 연결된 문제로서 정치적 동원 양식과 관련된 것이다. 이것은 그동안의 연구가 대체로 해방정국기 정치세력의 국가 건설 노선이나 정책의 해명에 치중함에 따라 우익 세력들이 실제로 어떻게 대중을 조직화하고, 이를 정치적으로 동원하려고 했는가에 대해 심도 있게 다루지 못했다는 점에 대한 문제제기라고 할 수 있다. 독촉국민회는 스스로를 '국민운동' 단체로 규정하면서 활동을 전개했다. 독촉국민회의 결성 배경에는 대한민국임시정부(이하 '임정'으로 줄임) 세력이 주도한 '반탁운동'이 있었고, 이후 이를 '국민운동'이라는 용어로 표현하면서 지속해 나갔다. 그 과정에서 '국민운동'을 '정당운동'이나 '사회운동'과 대비·대립된 것으로 주장하는 흐름이 대두하게 됨에 따라 '국민운동'의 위상을 둘러싸고 우익세력 내부에서 긴장이 발생하기도 하였다. 그것은 정당 혹은 정치사회의 대표·대의 체계와는 별개의 정치적 동원 양식을 내세우는 것이었기 때문이었다. 이러한 정치 동원 양식을 적극적으로 표방하며 해방 남한에서 두각을 나타내었던 대표적인 움직임이 바로 독촉국민회의 '국민운동'이었다.

　마지막으로, 본고에서 다룰 주제로서 사상적 측면에서 '국민운동', 나아가 '국민' 창출의 논리가 갖는 특성의 문제이다. 특히, 남한 정부수립 이후 국민회(國民會)의 국민운동을 주도했던 최태용 그룹의 논리에는 '제국'의 사상, 그 중에서도 니시다 기타로를 비롯한 교토학파 사상의 영향을 직접적으로 찾아 볼 수 있다는 점이다. 본고는 주로 최태용 계열의 사상적 기반을 밝히는 것에 그 내용을 한정할 것이므로, 본론에 들어가기에 앞서 최태용 그룹과 그들이 추진한 국민운동에 관해 간단히 소개하고자 한다.

　최태용[8]이 해방 이후 현실정치 무대에 본격적으로 발딛기 시작한

8　최태용(崔泰瑢, 1897~1950)은 함남 영흥 출신으로 1913년 수원농림학교 입학, 재학시절 기독교로 개종하면서 1915년과 1916년 영적 체험을 겪었다. 1918년 연희전문학교 신학과에 입학하였고, 1919년부터 2년간 연희전문학교 농업실습지도원으로 근무하다가 1920년 東京英語學校에서 유학하였다. 도쿄(東京)에서 무교회주의자 우치무라 간조(內村鑑三)의 제자가 되었다. 이후 귀국하여 1925년부터 1927년까지 개인잡지 『天來之聲』을 발간하였다. 이후 1928년 다시 일본에 건너가 明治學院 神學部에 입학하여 1932년 졸업하였고, 1928년부터 1939년까지 東京과 서울에서 개인잡지 『靈과 眞理』를 발간하였다. 1920년대 후반 이후 무교회주의로부터 점차 벗어나기 시작하여, 1935년 기독교조선복음교회를 창립하고 초대감독에 취임하였다. 해방 이후 독촉국민회의 창립과정에 '參與'로 합류하였고, 1946년에는 독촉국민회 선전부장, 1947~1948년까지 연락부장·총무부장 등을 역임하였다. 정부수립 이후에는 1949년 국민회 총무부장, 1949년부터 1950년까지 국민회 산하 국민훈련원(國民訓練院) 원장 등 국민회의 주요 간부로 활약하였다. 1950년대 대한농민회 부회장으로 선출되기도 하였다. 한국전쟁 발발 후 북한군에 체포되어 피살되었다고 한다. 그의 생애에 대해서는 全炳昊(1983), 『(韓國人自身의 敎會設立者) 崔泰瑢의 生涯와 思想』, 聖書敎材刊行社 참조.

것은 1946년 2월 1일 "政黨否認 獨立戰取 講演會"를 열어, 기존 정당 운동을 비판하고 '독립'을 향한 "국민대중"의 "직접적인 궐기"를 주장하면서부터이다.[9] 이후 1946년 4월 6일 우익세력이 장악한 서울 지역의 '동회(洞會)' 조직과 연계하여 '미소공동위원회대책국민총연맹(美蘇共同委員會對策國民總聯盟)'을 결성하였고, 이 조직을 포함하여 여러 우익청년·사회단체대표들로 구성된 '전국애국단체연합회(全國愛國團體聯合會)'가 1946년 7월 이승만이 조직한 "민족통일총본부(民族統一總本部)"에 합류하면서 최태용 그룹은 이승만과 직접적인 관계를 맺기 시작하였다. 이후 1946년 중반부터 1950년 사망할 때까지 독촉국민회·국민회의 간부로 활약하였다.

독촉국민회는 1948년 5·10총선거로 남한정부 수립이 가시화되자, 향후 노선을 둘러싸고 갈등이 발생하였다. 신익희(申翼熙)를 비롯하여 정치적 명망이 있는 세력은 '정당화(政黨化)' 노선을, 최태용·이활(李活) 등 중앙의 부장급 간부들은 관민합작(官民合作)을 통한 '국민운동' 노선의 확대·강화를 주장하였다. 이승만의 애매한 태도 속에서 노선을 확정하지 못하던 독촉국민회는 앞서 언급한 것과 같이 '여순사건'을 계기로 '국민운동' 노선을 확정짓게 되었다. 이는 "독립"을 향한 "국민 총의적인 협동전선의 운동" 노선에서 "대한민국 육성"을 위한 "국민전체의 직접적 운동" 노선으로 전환이었다.

---

9   이때의 강연 내용은 『獨立戰線』 1(獨立戰線社, 1946. 3, 11-21면)에 수록되어 있다. 『獨立戰線』은 최태용이 편집·발행한 간행물로서, 그 내용으로 보아 대부분 그가 집필한 것으로 판단된다.

정부수립 이후 최태용 그룹이 국민운동으로서 적극 추진했던 사업은 중앙의 '국민훈련원(國民訓鍊院)'과 각 지방에 '국민훈련원 분원(分院)'을 증설하고, 여기에서 양성한 청년들로 농촌건설대(農村建設隊)를 조직하여 촌락별로 파견하는 것이었다. 이러한 사업은, 1949년 후반 최태용이 대한농회를 장악하고 1950년 대한농회와 대한농민총연맹이 통합하여 결성된 '대한농민회' 부회장에 취임하면서, 중앙에 농촌건설위원회(農村建設委員會)를 설치하고 대한농민회의 지부 조직원을 국민훈련원·분원이나 별도 개설한 "농촌지도자강습소"에서 교육한 후 농촌건설대로 편성·파견하는 사업으로 확대되었다. 1950년에 들어서면서 동년(同年) 3월까지 약 2500명을 훈련시켜 농촌건설대를 부락단위로 파견한다는 계획 하에 점차 전국적으로 전개되어갔다.[10] 이에 따라 각 도(道)에 도농회(道農會) 차원의 농촌지도자훈련소(農村指導者訓鍊所)를 설치토록 하고, 각 군(郡) 농회장과 농회 직원 등을 교육시켜 이들을 중심으로 농촌건설대원을 각 부락단위로 파견, 활동케 했던 것이다.

이승만의 지원 속에서 최태용 등 대한농회(大韓農會)의 주도권을 장악한 인물들은 향후 농회(農會)의 모토로 농촌의 "자력건설(自力建設)"을 표방하고, 이를 실천하기 위한 3대 정책으로 "첫째 농민조직,

---

10   姜致奉(1950),「農會의 새路線과 三大政策」,『農村』10, 大韓農會, 4쪽. 강치봉(1905~?)은 평안북도 정주군 출신으로, 연희전문학교를 졸업하고, 해방 후 미군정기 강원도 내무국장, 1950년 대한농회(大韓農會) 참사(參事)를 역임했다. 일제시기부터 기독교조선복음교회의 신자였으며, 1931년 『동아일보』에 브나로드운동 체험기를 연재하였다. 국사편찬위원회 한국사데이터베이스(http://db.history.go.kr/) 참고.

둘째 협동조합체제 확립, 셋째 농업증산"을 내세웠는데,[11] 특히 당시 대내외적 상황과 관련하여 농회의 활동을 농촌의 자력건설 활동이자 농민조직에 기초한 "국가적 방공치안(防共治安)" 확립을 위한 활동이라고 규정하고 있었다.[12] 이러한 농촌건설대 활동은 정부수립 직후 이승만 정권에 의해 추진된 농촌건설과 국민조직에 기초한 반공체제 구축을 동시에 겨냥한 대표적인 활동이라 할 수 있다.

농촌건설대 활동의 산실이었던 농촌지도자훈련소가 약 15일간의 훈련기간 동안 교육했던 주된 내용은 국가관(國家觀), 국가윤리(國家倫理), 협동조합사(協同組合史), 농촌기술, 음악 등이었다. 앞서 언급한 국민훈련원 분원의 교육내용에 협동조합이나 농촌기술에 관한 내용이 추가되었던 것으로 보인다. 최태용(원장), 이태영(원감)[13] 등이 주도한 국민훈련원은 대개 중등학교 이상의 학력을 가진 청년층을 주된 대상으로 개설되었으며, 중앙의 경우 1950년 6월 27일까지 8기에 걸쳐 총 1600여 명의 훈련생을 배출하였다. 각 시·군·면별로 설치되기 시작한 국민훈련원(國民訓練院) 분원(分院)은 한국전쟁 직

---

11 위의 글, 1-5쪽.

12 崔泰瑢(1950), 「農村의 唯一한 燈臺와 木鐸」, 『興國時報』 5-1, 興國時報社, 6쪽; 李泰榮 (1949), 「農村建設과 防共對策」, 『農村』 9, 大韓農會, 4-5쪽.

13 이태영(李泰榮)의 일제시기 행적은 구체적으로 확인하지 못한 상황이다. 그는 해방 직후 평안도지역의 기독교세력이 중심이 되어 조직한 기독신민회(基督新民會)에 참여하였고, 1946년 한국독립당(韓國獨立黨) 집행위원으로 선출되었다. 1946년 9월 독촉국민회 조직부 차장으로 선임된 이후 중앙의 간부로 활동했으며, 국민훈련원의 전신이라 할 수 있는 국민운동지도자강습소 사무장, 이후 국민훈련원의 원감으로 활동했다.

전까지 전국에 총 37개의 분원(分院)이 개설되었다. 중앙의 국민훈련원은 1개월 기간의 훈련프로그램을 가동했다고 한다.[14] 현재 그 구체적인 내용을 확인하기는 어려우나, 아래의 〈표〉와 같이 20일 과정으로 짜여진 분원의 1주일 단위 훈련시간표를 통해 대체적인 윤곽을 추정할 수 있다.[15]

〈표〉 국민훈련원 분원의 1주일 단위 훈련시간표

시간 \ 요일	월	화	수	목	금	토
09 : 00~09 : 50	국가관	국가관	국가관	국가관	국가관	국가관
10 : 00~10 : 50	국가관	실천윤리	국가관	국가관	실천윤리	국가관
11 : 00~11 : 50	조직실천	실천윤리	조직실천	조직실천	조직실천	조직실천
12 : 00~12 : 50	국사	조직실천	음악	국사	조직실천	특강
13 : 00~14 :00	중식					
14 : 00~14 : 50	웅변	특강	국사	웅변	특강	음악
15 : 00~15 : 50	체육	근로	교련	교련	근로	체육

* 과목별 할당시간: 국가관 30시간, 조직실천 25시간, 실천윤리 6시간, 음악 6시간, 국사 9시간, 체육 6시간, 교련 6시간, 근로 6시간, 웅변 6시간, 특강 9시간. 계(計): 109시간.

여기서 두드러지는 점은 국가관이나 조직실천·윤리와 같은 이념교육이 절반 이상을 차지한다는 점이다. 국민훈련원의 분원이나 농

---

14   李泰榮(1950), 「聖! 農村建設을 爲하여 犧牲한 殉國의 烈士! 故 許宗泰 同志를 追悼함」, 『國訓』 10, 國民訓練院.

15   「國訓分院 設置要項」(1950), 『國訓』 12, 國民訓練院.

촌지도자훈련소의 경우, 중앙에서 강사를 파견하고 중앙의 국민훈
련원 졸업생 등이 이를 보조하는 형태로 훈련을 진행하였다. 이러한
국가관, 국민 '훈련'의 이념교육 근저에 최태용 그룹의 '국가'·'국민'
론이 놓여 있음에 주목할 필요가 있다.

2. 일제시기 최태용의 신학과 '제국'의 사상

일제시기 최태용의 사상은 주로 기독교 신앙과 신학에 관한 것이
었다. 당시 무교회주의자(無敎會主義者)들이 자신의 신앙을 고백하고
자 개인잡지 형식을 취했던 것과 같이 최태용 또한『천래지성(天來
之聲)』(총 24호, 1925. 6~1927. 5),『영(靈)과 진리(眞理)』(총 119호, 1929.
2~1939. 7)를 통해 주변 신앙인들과 그의 사상을 나누었다. 그는 우
치무라 간조(內村鑑三, 1861~1930)의 첫 번째 조선인 제자였고, 우치
무라의 저서(『傳道の精神』)를 직접 번역 소개하기도 하였다.[16] 이후
그는 우치무라를 떠나 독자적인 신앙·신학 세계로 나아갔지만, 우
치무라를 매개로 형성된 그의 초기 신앙적 특성은 후술하는 바와 같
이 여러 측면에서 지속되었다.[17]

---

16   內村鑑三, 崔泰瑢 譯(1923),『傳道之精神』, 活文社書店. 譯者 서문에 우치무라를 "日本
     의 眞人"이라고 하였다.

17   단적인 예로, 이른바 선교사의 간섭과 지배에 대한 비판적 태도를 들 수 있다. 이러
     한 태도는 그가 기독교조선복음교회를 창립할 당시 3대 표어 중 '교회는 조선인 자
     신의 교회이어라'로 표명되기도 했지만, 일제 말기 전시총동원체제 속에서 "鬼畜米

일제시기 최태용의 종교활동과 신앙·신학에 대한 평가는 그의 활동과 사상에서 이미 예견된 것이었다. 그는 당시 조선의 기성 교계에 대해 대단히 비판적이었다. 비판의 주된 표적은 조선의 기독교계가 선교사의 영향력으로부터 벗어나지 못하고 그들에 의존하여 종속되어 있던 현실과 그에 직접 연결되어 존재했던 주류 교계의 정통주의·근본주의적 신앙·신학이었다. 그는 거침없이 비판을 쏟아내었고, 결국 당대 주류 교계로부터 이단으로 공격받기도 하였다.[18]

그런데 기존 최태용에 관한 연구는 신학계를 중심으로 그의 '영적 기독교'론에 집중되어 있을 뿐, 1930년대 중반 이후 그의 사상적 변모과정에 대한 관심이 없었고, 그 결과 해방 이후 그의 '국민운동' 또한 연구될 수 없었다. 본고는 그의 신학사상 전반에 대한 심도 있는 논의가 목적이 아니므로 여기에서는 주로 최태용의 기독교사상이 1929년 메이지학원(明治學院) 신학부(神學部)에 유학하면서 변모

英"의 타도를 내세운 일제의 기독교정책에 대해 호응하는 글을 싣는 것으로 나타나기도 하였다. 福元唯信(舊名 崔泰瑢)(1942), 「朝鮮基督教會의 再出發」, 『東洋之光』 4-9. 우치무라와 최태용 사상의 이러한 특성에 주목한 연구로 金承哲(1997), 「'일본적 기독교'의 애매성—內村鑑三과 그에 대한 한국적 수용을 중심으로」, 『韓日研究』 10, 韓國日本問題研究會 참조.

18 1930년대 초반 최태용 계열의 기성 교회에 대한 비판과 그들이 전개한 전도활동도 교계로부터 반발을 일으켰다. 특히 경남지역에서는 노회 차원의 문제가 되어 당시 노회장이었던 주기철 목사 등은 보수적 정통주의 신학을 견지하고 있던 박형룡을 초빙하여 '교리' 강좌를 진행하기도 하였고, 아직 총회 차원에서 '이단'으로 규정되지 않았던 최태용 계열을 노회 차원에서 이단으로 규정하기도 하였다. 박형룡(1933), 「게노시스 基督論」, 『神學指南』 71, 神學指南社; 최태용(1933), 「주필 잡기」, 『영과 진리』 48; 최태용(1933), 「신앙대상으로서 예수그리스도」, 『영과 진리』 57; 이만열(1998), 「주기철 목사의 신앙」, 『한국기독교와 역사』 9, 한국기독교역사연구소 참조.

되는 양상과 그 의미를 밝히는 것에 한정하고자 한다. 즉, 1930년대 이후 일본에서 확산되었던 신학적·철학적 사조에 대한 그의 대응에 주된 관심이 놓여 있다.

1920년대 전반 이후 전개된 최태용의 기독교사상의 핵심은 '신앙', '생명적 신앙'이었다. 이것은 1930년대 이후 새로운 신학사조나 형이상학과의 대결 속에서도 지속되었던 최태용의 근본적 문제의식이자 모토였다. 그의 1920년대 초중반 저술을 살펴보면 예수 그리스도를 "새로운 생명의 원천", "영원한 생명"이라 하고, "경험과 체험으로서의 성령"과 그에 근거한 "생명으로서의 신앙"과 '중생(重生)'·'신생(新生)' 등이 역설되어 있다.[19] 이 시기 '생명'으로 표현된 신앙론은 1916년 그의 강렬한 영적 체험과 연관된 것으로,[20] 신비주의적 속성이 강하게 내포되어 있었다.[21]

---

19 『日本に送る』(1923), 1924~25년 사이에 『新生命』에 게재한 글을 모아 간행한 『生命信仰』(1933)과 『天來之聲』(1925~1927)에서 확인할 수 있는 반복적인 논조이다.

20 「내가 경험한 그리스도의 복음」(1925), 『天來之聲』 1; 「전도자의 참회」(1926), 『天來之聲』 16.

21 "신앙으로 그리스도와 합하여 하나님이 됨을 얻나니, 신앙으로 그리스도를 충분히 힘입어 그리스도가 곧 내가 되게 하여"(『전집』 제1권, 24쪽), "나의 말은 나의 말이 아니요, 나를 쓰시는 이의 말씀"(『전집』 제1권, 345쪽) 등의 표현에서 볼 수 있다. 이에 대한 비판적 평가로는 閔庚培(1993), 『(新改訂版) 韓國基督敎會史』, 延世大學校出版部, 412-417쪽 참조. 그가 영적 체험을 '생명'이라는 언어로, '重生'·'新生'의 체험 등으로 언표하고 있다는 점은 『學之光』 세대로 대표되는 1910년대 이후 도일 유학생들의 근대적 자아 각성에 미친 종교적 담론들, 예를 들어 에머슨의 '범신론적 신비주의'나 이른바 니시다 기타로로 대표되는 '다이쇼 생명주의'의 영향이라는 측면에서도 접근할 필요가 있다고 생각한다. 당시 종교적 자아담론에 대해서는 이철호(2006), 「한국 근대문학의 형성과 종교적 자아 담론—靈, 生命, 新人 담론의 전개 양상을 중심으로」, 동국대학교 박사학위논문 참조.

그 이후 신비주의적 성격은 점차 줄어들지만, '생명성'을 중시하는 그의 신앙관은 지속되었다. 이를 당시 교계의 현실에 대한 인식과 연계하여 좀 더 구체적으로 엿볼 수 있는 글이 「신앙의 독립성」[22]이다. 여기에서 그는 '교회', '성경', '전도열' 등으로부터의 독립을 주장하고 있다. "절대자의 통치에 나를 내어맡기는 일인 신앙"만큼 "사람의 영적 생활"에서 중대한 것은 없다고 하면서 "영적 생명의 생장 발달"을 위해 먼저 "신앙의 교회화"로 인한 "영성의 위기", 즉 "교회 생활을 하는 일, 곧 신앙생활"로 생각하는 경향으로부터 벗어나야 함을 주장하고, 이에 대한 무교회주의의 논리를 높이 평가했다. 교회라는 기성 제도와 '생명력 있는 신앙'을 나누어 파악하는 방식이었다. 나아가 신앙의 생명성을 위해서는 당시 '축자영감설'에 얽매인 성경관으로부터도 독립해야 한다고 보았다. 그는 성경을 "초대교회 신자들의 신앙경험의 산물"로서 해석하면서 "과거에 적힌 성경문자"보다 "지금 살아서 역사하시는 성령"의 중요성을 역설하였다. 그의 성경관은 '지금', '여기'에서 약동하는 '산 종교'를 위해 이른바 근대자유주의 신학의 역사비판적 관점을 적극적으로 수용하고 있었다.[23]

---

22 「신앙의 독립성」(1930), 『영과 진리』 14.
23 「신약성경의 역사적 비판적 방법에 의한 취급과 기독교의 영원한 신성성」(1931), 『영과 진리』 28. 그는 "나는 무교회주의를 배워 교회에서 해방되었다. 나는 근대의 비판학을 접하여 성경에서 해방되었다. (…) 그래서 나는 나의 기독교 인식을 벌거벗은 나의 영혼과 주 예수 그리스도와의 직접 관계에서 갖지 않을 수 없다"고 하였다. 「나의 기독교 인식」(1931), 『영과 진리』 32, 1931.

최태용이 자신의 독자적인 신앙론 또는 기독교 사상을 최초로 체계화하여 명명한 것은 "영적(靈的) 기독교(基督敎)"였다.[24] '영적 기독교'론은 앞서 언급한 것과 같이 당대 조선 기성교계에 대한 비판이자 그것을 극복할 방안이기도 했다. 영과 진리의 관계에 관한 그의 논의를 살펴보자.

> 그러면 영(靈)이란 무엇인가? 영이란 '창조자인 절대자의 본질'로서, 이는 '설명되지 아니하는 것'이다. 그러나 다른 한편 영은 또한 '설명되는' 것이다. 이는 영은 진리로서 자기를 현현하는 까닭이다. 그래서 진리란 우리의 이해를 위하여 영이 구체화된 것이다. 즉, '진리는 영의 언표(言表)'이다. 사람은 영을 알 수 없다. 그러나 진리를 계시받음으로써 영을 알게 되는 것이다. 또 사람은 그 받은 바 영을 진리의 말씀으로 언표하는 것이다. (…) '하나님의 본질인 영', 그것이 '사람에게 언표된 진리', 이것이 기독교의 근본원리인 것이다.[25]

---

24 최태용은 '영적 기독교'론을 『영과 진리』 7호부터 33호까지 총 20회에 걸쳐 연재하였다. 그의 '영적 기독교'에 대해서는 김승철(1995), 「최태용의 신학사상 형성에 관한 연구」, 기독교대한복음교회 총회 신학위원회 편, 『최태용의 생애와 신학』, 한국신학연구소; 지동식(1971), 「최태용의 시, 평론, 신학」, 『현대와 신학』 6-1, 연세대학교 연합신학대학원; 박종현(2003), 「崔泰瑢의 "靈的 基督敎"論」, 『神學論壇』 33, 연세대학교 신과대학; 박숭인(2004), 「최태용의 신앙운동, 신학운동, 교회운동—'영적 기독교'의 내용과 그 생명 신앙적 전개」, 『조직신학논총』 11, 한국조직신학회 참조.

25 「영적 기독교 (2)」(1929), 『영과 진리』 8.

그는 영(靈)은 하나님의 것이라고 하면서, 하나님(영)과 사람의 접촉점으로서 '진리'를 제시하고 있었다. 사람은 영(靈)이 아닌 육(肉)으로 형상화되고, 육(肉)에 대한 절대타자로서의 영(靈)이 명확히 구분되어 있음을 알 수 있다. 그리고 그는 기독교신앙의 특징으로 "우리 안의 것만으로는 되지 않고, 반드시 절대타자인 하나님의 영의 강림"이 필요하다고 지적하였다.[26] 그렇지만 인간=육(肉)은 앞서 언급한 교회생활이나 성서연구 등으로 영(靈)을 이해할 수 없으며, 오직 인간의 직접적이고 현재적인 영의 체험이 필요함을 강조하는 것이었고, 영(靈)의 체험과 진리(眞理)의 주장을 통한 '신앙'의 생명·생장을 추구하는 것이라고 할 수 있다.

이러한 '영적 기독교'론은 최태용이 메이지학원(明治學院) 신학부(神學部)에서 신학을 공부하기 위해 1929년 도일(渡日)하기 전부터 개진되기 시작하였다.[27] 그는 도일 후에도 '영적 기독교'의 기본 구도를 대체로 계속 유지해나갔다. 1932년 초엽 「제4복음서의 구원관」이라는 졸업논문을 완료하여 신학부 졸업을 앞두고 있었지만, 잔류를 선택하였다. 그는 "종래의 신학형식으로는 산 신앙이 충분히 표현되지 못함을 느낀다"고 하고, "산 신앙과 철학을 결부시켜 철

---

26 「신앙생활의 진폭」(1929), 『영과 진리』 9.

27 「영적 기독교」의 서두에 "그 이전에 일본[津山]에 체류하면서 쓴 것"이라고 밝히고 있는 점(「영적 기독교 (1)」(1929), 『영과 진리』 7), 도일(度日) 직전 "나는 왕년에 연이 있는 명치학원 신학부를 계속 청강하려 한다"라고 쓰고 있는 점(「주필의 기사」(1929), 『영과 진리』 8) 등으로 볼 때, 明治學院에서 본격적으로 신학을 수학하기 이전에도 자주 일본에 체류했던 것으로 보인다.

학적 범주"를 빌려 기독교 진리를 구명하고자 하는 의욕이 생겼다면서 일본 체재를 계속하였다. 잔류를 선택하며, "철학적 공기를 쐬고자 한다"고 했을 때[28] 그 공기란 무엇이었을까?

1930년대 이후 그의 사상적 변모는 두 가지 방향으로 나아간다. 하나는 당대 급변하던 현실에 관한 인식과 맞물려 쐬고자 했던 "철학적 공기" 즉, 당시 일본에 유행하고 있던 칼 바르트(Karl Barth, 1886~1968)의 신학, 현상학, 실존주의, 그리고 이른바 니시다 기타로(西田幾多郎) 등 교토학파의 '행위'적 사유[29] 등의 사조를 접하고, 이에 대응해나가는 것이었다.[30] 다른 하나는 이러한 대응 속에서 그동안 비판해 마지않았던 '교회'와 '성경 해석' 등 기존 기독교계의 제도적 문제를 다른 방식으로 논리화했던 것이다.

위에 언급한 사조들에 대해 최태용은 대체로 1930년대 중반 이후 본격적으로 체계화하여 서술하기 시작하였다. 그런데 이보다 더 일

---

28 「주필의 기사」, 위의 책.

29 그 이전까지 사회적·역사적인 '실천'의 문제 등에 관한 탐구가 빈약했던 니시다 기타로는 1920년대 말 이후 그러한 문제에 적극적으로 대응하기 시작하여 『一般者の自覺的體系』(1930), 『無の自覺的限定』(1932), 『哲學の根本問題』(1933) 등을 발간하면서 '실천'의 문제를 이른바 "행위적 자기의 입장"이나 "행위적 세계" 등의 개념을 통해 체계화하였다(미야카와 토루·아라카와 이쿠오 엮음, 이수정 옮김(2001), 『일본 근대철학사』, 생각의 나무, 213쪽). 특히 『哲學の根本問題』의 제목은 본래 "行爲の世界"였으나, 나중에 제목을 변경하면서 부제로 되었다고 한다. 小坂國繼(2003), 「後記」, 『西田幾多郎全集 第六卷』, 岩波書店, 389-390면.

30 "현대의 비합리주의라든지, 변증법이라든지, 실존적 사유라든지, 행위적 자기의 식이라든지, 종말론이라든지, 이는 다 영적 기독교의 발전에 도움이 있는 것이 된다"(밑줄―인용자)고 하고 있다. 「영적 기독교의 과제와 그 현재적 개정 (2)」(1937), 『영과 진리』101.

찍 시작된 것은 당대 일본에서 강력한 영향력을 미치던 칼 바르트의 신학이었다.[31] 바르트의 신학은 슐라이어마허 이래 근대 자유주의신학, 혹은 더 넓게 본다면 기독교의 자연신학적 경향 전반에 대한 근본적인 비판을 담고 있다고 평가된다.[32] 최태용 스스로 정리하고 있듯이 바르트 신학은 "하나님 말씀의 신학"으로서 "초연신관(超然神觀)", 절대타자의 신관과 그에 대비된 "죄인"으로서의 인간이라는 구도 설정에서 그 특징을 파악할 수 있다. 지상의 세계는 철저하게 하나님(신)의 은총에 의거할 뿐이고 "신"에 대한 어떠한 인간적 입장의 해석이나 행위도 용납하지 않는 것이었다.[33] '영적 기독교'론에서 일정 부분 확인할 수 있듯이 바르트 신학의 '초연신관'에 대해서 최태용은 적극적인 동의를 표하였고, 바르트의 신학을 통해 그동안 스스로가 제창했던 '신앙'론에 내포된 근대 자유주의신학의 요소, 신앙에 대한 진화론적 인식, 영적 체험의 주관성 문제 등을 한계로 자각하기 시작하였다. 그럼에도 불구하고, 그는 바르트 신학에서

---

31 「사이비한 신앙」(1933), 『영과 진리』 48; 「칼 바르트의 『'義人'과 '聖化'』를 읽음」 (1933), 『영과 진리』 49. 당시 칼 바르트의 신학이 일본 기독교계에 미쳤던 영향에 대해서는 도히 아키오(土肥昭夫), 김수진 옮김(1991), 『일본 기독교사』, 기독교문사, 357-363쪽; 사와 마사히코(澤正彦)(1995), 『일본기독교사』(개정신판), 대한기독교서회, 166쪽 참조.

32 칼 바르트의 신학에 대해서는 김명용(2007), 『칼 바르트의 신학』, 이레서원; 김동건 (2008), 『현대신학의 흐름: 계시와 응답』, 대한기독교서회; 오성현(2008), 『바르트와 슐라이어마허』, 아카넷 등을 참조하였음.

33 「칼 바르트의 『'義人'과 '聖化'』를 읽음」(1933), 앞의 책; 「영, 육, 진리」(1935), 『영과 진리』 72.

하나님 파악이 변증법적 형식에 얽매여 있음으로 인해 일종의 "주지주의(intellectualism)"적으로 경사되었다는 점, 그리고 하나님 말씀의 초월성만이 강조된 채 '영적 체험'을 통한 '신앙의 생명성'은 적극적으로 주장되지 않고 있다는 점을 들어 이에 대해 비판적이었다.[34]

1937년 『영과 진리』 100호 기념으로 연재하기 시작한 「영적 기독교의 과제와 그 현재적 개정」은 1929년 일본으로 유학한 이래 그의 신학사상적 변화를 체계적으로 집약한 것이었다. 그는 과거 자신의 "영적 기독교"론이 "학문적인 것이 못 되고, 유치한 상식적 표현에 불과"하다고 하면서 그 중심적 과제를 "현대적 사유"와 절충시키려 한다고 하였다.[35] 그러나 그것은 생명 신앙을 포기하는 방식이 아니라 그것을 새로운 방식으로 '말'하는 것이었다.

그는 바르트의 신학을 수용하면서도 새로운 형태로 '생명신앙'을 언표하기 위해 키르케고르와 하이데거 등의 실존주의적 사유를 적극 수용하였다.

> 기독교신앙이란 그것이 아담의 장소로부터 그리스도의 장소로의 존재적 운동 그것이다. (…) 존재론은 관념론과 대립되는 것인데, 관념론적 방향에서 소위 신경적(信經的) 정통주의가 성립되는 것이다. (…) 그것은 존재운동의 저

---

34 「신앙의 말」(1934), 『영과 진리』 68; 「영, 육, 진리」(1935), 앞의 책.
35 「영적 기독교의 과제와 그 현재적 개정 (1)」(1937), 『영과 진리』 100.

편, 사실 살아계셔서 사람을 심판하며, 사람을 구원해내는 하나님이 아니다. 존재론적인 방향에서 하나님은 그 현전에 사람을 서게 하고, 회개를 독촉하시는 이시오, 사람은 달리는 아니고 회개 그 일로써만 하나님을 이해하는 하나님이다. (…) 그래서 하나님은 회개라는 존재적 비약의 저편이요, 그 운동을 독촉하시는 자이시다.[36]

나라는 것은 구체적으로 그때 그 장소의 사물과의 관계에서 나를 의식한 나이다. 나는 추상적인, 다만 나라고 생각하는 내가 아니다. 나라는 실존은 그때 그 장소에 나를 위요(圍繞)한 사물과의 관계에서 강하게 의식한 것이다. (…) 그러니 육이란 실존은 그때 그 장소에 나를 둘러싼 사물과 밀접한 관계에 서 있는 것이다. (…) 그리하여 신앙생활이란 사물과의 관계에서 서 있는 육(肉)이 영(靈)으로 심판받음으로 말미암는 바, 진리지식의 획득이게 되는데, 이런 일이 생활이 됨은 논(論)을 기다릴 것도 없다. 왜 그러냐 하면 이는 일상의 일임이다.[37]

위의 글에서 알 수 있듯이 그는 신앙을 '존재운동'으로서, "하나님"을 향한, 즉 "아담의 장소에서 그리스도의 장소에로의 옮김"이라

---

36 「존재운동인 신앙」(1936), 『영과 진리』 88.
37 「영적 기독교의 과제와 그 현재적 개정 (3)」(1937), 『영과 진리』 102.

는 "존재의 비약"의 "부절한 반복"[38]으로 재개념화하였다. 이와 더불어 키르케고르를 위시한 실존주의적 사유의 영향 속에서 육(肉)의 개별성이 강조되면서도 그것이 '세계 – 내 – 존재'로서 그를 둘러싼 '사물'·'세계'와의 관계", 즉 구체적인 '생활', '일상'과 분리되어 존재하지 않음을 주장하게 되었다. 이는 육(肉)인 인간은 "생명 있는 역사적·사회적 실재로서 항상 현재적으로 구체적으로 구원"되어야 한다는 구원형식과 함께 항상 "구체적인 세상"에서 행하는 "구체적인 진리행위"로서의 "신앙생활"의 강조로 이어졌다. 그는 여전히 신앙은 하나님을 아는 지식, 즉 진리지(眞理知)로서 생명이라고 하고 있지만, 그것을 "관상적 지식이 아니라 행위적 지식"으로 규정하면서 "일상 경험적"인 것에 근거한 "영원에의 비약" 행위라고 하였다.[39]

요컨대, 그는 바르트 신학을 대폭 수용하면서도 실존주의적 사유를 매개로 신앙의 생명성을 재개념화하는 가운데, 인간의 '구체적 실존'과 역사적·사회적 실재로서의 '생명'의 의의를 강조하고 있었다. 이는 '실존'으로서의 결단행위, '하나님'을 향한 비약이라는 측

---

38 「영적 기독교의 과제와 그 현재적 개정 (3)」(1937), 위의 책.

39 「영혼 문제이다」(1935), 『영과 진리』 76; 「천국의 문을 막는 자들이여」(1936), 『영과 진리』 83; 「에피그노시스」(1936), 『영과 진리』 87; 「존재운동인 신앙」(1936), 『영과 진리』 88; 「영적 기독교의 과제와 그 현재적 개정 (3)」, 앞의 책 참조. 최태용의 유학 생활에 합류하여, 『영과 진리』의 인쇄·편집을 도왔던 지동식이 "그(최태용)가 만일 오늘까지 생존해 계셨더라면 그는 아마 바르트보다는 차라리 불트만(Rudolf Bultmann)의 신학사상에 대해 더 많은 찬사"를 보냈을 것이라고 쓴 것에서도 이를 확인할 수 있다. 지동식(1971), 앞의 책, 141쪽.

면을 강조하면서도 인간의 '시간적'이고 '사회적'인 존재로서의 특성에 대한 주목이기도 했다. 그래서 그는 "기독교는 역사적·사회에 실존적으로 존재하여 그 시대적 사명을 수행"[40]한다거나 "시대적 역사적 실존으로서 그 시대에 창조된 인격의 증언으로서 기독교"[41] 등을 논했던 것이다. 이러한 점은 신학적 측면에 한정되지 않고, 기독교의 기성 제도 등에 대한 관점에도 투영되었다.

그의 교회 긍정은 우치무라 간조의 사망(1930) 직후부터 "외적 권위의 필요성"이라는 차원에서 시작되었고,[42] 1930년대 전반 '교회'에 관한 입장을 재정리하여 논리화하는 가운데[43] 기독교조선복음교회의 창립(1935)으로 이어졌다. 그런데 무교회주의자였던 최태용의 '교회' 긍정은 1930년대 이후 현실사회에 관한 인식의 변화와 더불어 실존주의, 니시다 기타로의 철학사상 등으로부터 영향을 받으면서 새로운 차원으로 전개되어나갔다. 1930년대 중반 이후 그의 현실사회인식을 특징짓는 것은 "현대는 사상계에서 일대 전환이 행한 시대"라는 '전환기'적 인식[44]과 함께 '근대'에 대한 혐오와 비판이었다.

---

40   「두 가지 의견에 대하여」(1937), 『영과 진리』 96.

41   「구체적 실존인 기독교」(1936), 『영과 진리』 90.

42   그는 "교회가 없어도 충분한 신앙생활"이 있는 자가 아닌 "육체 때문에 불완전한 신앙생활을 하는 자", "여러 정도가 다른 다수자를 위한 훈련"을 위해 교회가 필요하다고 하였다. 「외적 권위의 필요에 대하여」(1930), 『영과 진리』 23.

43   「복음과 교회―복음집회 강연 9월 3일」(1933), 『영과 진리』 55. 최태용의 무교회주의 비판과 교회긍정, 기독교조선복음교회 창립과정에 대해서는 全炳昊, 앞의 책, Ⅳ부 참조.

44   「영적 기독교의 과제와 그 현재적 개정 (2)」(1937), 앞의 책.

16세기 종교개혁과 문예부흥으로 인류에게 개인의 해
방이 속삭여졌다. (…) 이제 개인은 제 권리를 찾게 되고,
이제 개인은 세상의 주인이 되게 되고, 개인이 생각하며
인식하는 한, 세계는 있을 수 있다는 개인주의적 세계관
을 토대로 하고 근대문명이라는 것은 건설된 것이다. 자연
과학, 민주주의, 자본주의, 기계발달, 공장, 무역, 이것들
이 다 개인주의 문명이다. (…) 현대인은 자기가 산출한 문
명에 스스로 노예가 되어버렸다. (…) 사람은 문화라는 거
대한 기계 중의 한 작은 톱니바퀴에 지나지 않아서 기계가
돌아가는 대로 좋든 싫든 움직이고 있지 않을 수 없다. 현
대인은 문화에 현기증 나고, 정신을 못 차리고, 그 문화에
죽임을 당하면서 있다.[45]

이러한 '근대문명'에 대한 최태용의 태도는 1930년대 중반 이후
『영과 진리』에 거의 매 호마다 반복되었다.[46] 특히 그의 근대문명 비
판에서 강조점은 '개인주의', '자유주의', '주관주의'에 놓여 있었고,
그것은 무교회주의에 대한 비판으로, 권위와 객관주의에 대한 강조

---

45 「불쌍한 현대인」(1938), 『영과 진리』 107.

46 최태용은 이미 1920년대에도 근대문명에 대한 비판적 태도를 표명하고 있었으나,
이때의 근대문명에 대한 비판은 주로 진정한 생명적 신앙의 세계와 대비하여 그에
눈뜨지 못한 기성 교회나 세계에 대해 비판하는 형태로 개진된 것이었다. 이는 일본
에서 출판한 『日本に送る』(1923), 1924~25년 사이 『신생명』에 게재한 글을 모아 간행
한 『생명신앙』(1933), 『天來之聲』(1925~27) 등에서 어렵지 않게 찾아 볼 수 있다.

로 이어졌다. 그는 종교개혁이 근대 개인주의, 자유주의의 중요한 계기라는 점을 인식하고 있었기 때문에 "기독교는 개인의 영혼 가치를 중시하고, 개인의 신앙과 구원"을 중시한다고 하면서도 자칫 "개인주의, 자유주의의 경향으로 경사"되기 쉽고, 특히 '무교회주의의 기독교'는 더욱 그럴 가능성이 크다고 하였다.[47] 특히 무교회주의는 교회를 부정하고 '하나님의 말씀'의 "개인적 파악"을 의미하는데, 이에 있어서 "종교는 훨씬 주관적인 것이 되고, 권위없는 자유주의"가 된다고 하였다.[48]

최태용은 바르트 신학과 대결하며 '영적 기독교'를 개정한다고 할 때, "바르트에게 배워 영적 기독교에 교회라는 제한을 붙이기로 한다"고 선언하였다. 그 이유로 '영적 기독교'는 "교회를 떠난 나 개인 안에 생장한 사상"으로서 주관적이고 개인주의적 성격이 짙기 때문이며, "그 객관적 제한으로 교회를 범위로 하는 일"이 필요하다는 점을 들었다.[49] 그러면서 개인의 신앙경험이 "교회를 인하여 공공한 자가 되고", 또한 "교회에 말씀되는 하나님 말씀으로 인하여 객관적인 것"이 된다고 하였다.[50] 이제 그에게 실존으로서의 '사람'은 '교회적 실존'이 되었고, 교회는 "신앙을 위한 현실적 권위"가 되었다.

그런데 이러한 논리는 단순히 '영적 기독교'의 주관성을 제어하는

---

47 「자유와 복종」(1936), 『영과 진리』 91.
48 「하나님의 산 말씀」(1939), 『영과 진리』 117.
49 「영적 기독교의 과제와 그 현재적 개정 (1)」(1937), 앞의 책.
50 「영적 기독교의 과제와 그 현재적 개정 (2)」(1937), 앞의 책.

수준에서 현재 존재하는 '교회'라는 제도를 인정한다는 차원에 한정되지 않았다는 점에서 주목된다. 가령 "기독교는 하나님 나라를 위한 객관적인 역사와 2천년의 교회가 고백한 신경(信經)의 굳은 기초를 가진 것"라고 하였다.[51] 그동안 현실의 조선 기독교계에 대한 강한 비판적 태도로부터 기독교 역사 자체에 대한 전반적인 긍정으로 전환한 것이었다. 또한 기독교 교회사에서 매우 예민한 문제인 국가와 '교회'의 관계를 언급하고 있는 『로마서』 13장 1절[52]을 인용하면서 "교회의 권위"가 더욱 '신의 권위'에 직접적이라는 점을 지적하면서도, "세계는 역시 하나님의 지배하에 있다는 것이 우리들 기독교인의 신념이다. 이 세계질서를 유지하기 위하여 세워 있는 모든 권위는 그것이 하나님이 정하신 바라는 신념으로 신자는 권위에 복종할 것이다"라고 하면서 "근대인의 권위 기피"에 대해 비판하고, "현대인에게 권위에 대한 인식이 강제"되어야 한다고 보았다.[53]

그렇다면 그에게 '권위'란 무엇인가? 조선 체류 중에 한 설교 가운데 "권위"의 중요성을 "작년(1938년—인용자) 심각하게 깨달았다"고 술회하면서, 프로테스탄트는 "권위"에 관한 생각이 부족한 경향이 있는 반면, 가톨릭교회의 권위는 "자각 없는 권위"라고 하고 있다.[54]

---

51 「교회의 진리」(1939), 『영과 진리』 119.
52 국가와 교회 사이의 관계에 대한 예민한 문제들을 「로마서」 13장 1절에 대한 해석을 중심으로 검토하고 있는 다음 연구를 참조. 미야타 미쓰오(宮田光雄), 양현혜 옮김 (2004), 『국가와 종교』, 삼인.
53 「권위의 인식」(1939), 『영과 진리』 117.
54 「금마집회일기 (8)」(1939), 『영과 진리』 118.

최태용은 교회의 권위를 인정하면서도, 기독교에서 개인의 독립적 신앙은 필수적이라고 보았기 때문에, 기독교의 신앙생활은 "개인이 강하게 나타나면서, 또 그것은 공공적인 것", 교회적인 것이 된다고 하였다.[55] 신앙의 개인성과 '교회'의 권위를 어떻게 새롭게 결합할 것인가의 문제에 당면하여 그는 "개인이 몰각되지 않는" 즉, '권위에 근거한 자유', '자각'에 근거한 권위로서 '교회'를 그 방안으로 내놓았다. 그 근저에는 다음과 같은 논리가 놓여 있었다.

> 그(하나님)는 생명 있는 것을 창조하신다. 생명적인 존재는 기계로부터 제작된 획일적으로 똑같은 것들이 아니다. 생명 있는 것은 개체 개체 다르고, 면면이 다르다. 원래 구체적인 다수를 산출하지 못하는 한 개체는 그것이 관념적인 한 개체일 뿐, 실존의 한 개체는 아니다. 한 개체는 구체적인 다수의 한 개체로 실존의 한 개체요, 다수가 없는 한 개체는 없다. 한 개체는 다수에서 자기를 현현하는 개체요, 다수의 한 개체이다. 한 개체와 다수와의 관계는 한 개체 즉 다수인 것이다. 물론 이 경우에 다수는 연속적으로 한 개체가 되는 것은 아니고, 다수와 한 개체와 윤리적 구조는 소위 변증법적으로 생각할 것으로, 다수와 한 개체는 부정적 관계, 비약적 관계에 있다. 고로 다수와 한 개

---

55 「영적 기독교의 과제와 그 현재적 개정 (3)」(1937), 앞의 책.

체와 통일은 범신론적인 것이 아니고, 다수는 구체적인,
타에 섞일 수 없는 다수요, 한 개체는 실존으로 한 개체다.
(밑줄과 괄호 — 인용자)[56]

　매우 추상적인 논의인데, 이것은 '교파'의 존재, 교파가 없는 통일
된 교회가 가능한가에 관해 논의하기 전에, 그 전제로서 제시한 것
이었다. 즉, 구체적이고 개성적인 교파들(개체들)을 산출하지 못하
는 기독교는 '생명 있는 기독교(전체)'가 아니라는 것이고, '구체적'
인 다수의 교파들(개체들)은 비약, 즉 초월을 통해 기독교(전체)로
되어 자기동일성을 유지한다는 논리라고 할 수 있다. 이것은 니시다
기타로의 '일즉다(一卽多), 다즉일(多卽一)'의 논리, 즉 '절대모순적 자
기동일'[57]의 논리로서, 이를 활용하여 그는 '교파'의 존재와 전체로
서의 기독교 사이의 이상적 관계에 대해서 개념화했던 것이다.

　　(가) (…) 인격의 사회는 서로 독립한 것이 "나"와 "너"
　　로 서로 대면하는 데이다. 나와 너는 절대로 서로 독립한
　　것으로 그 사이에 동일한 線의 연락과 같은 것은 없다. 그

56　「교파의 발생」(1936), 『영과 진리』 88.
57　'절대모순적 자기동일(絶對矛盾的自己同一)'은 니시다 기타로가 변증법적 현실세계의
　　내적 논리구조를 지칭하기 위해 사용한 개념으로 1930년대 초반 이후 '변증법적 자
　　기동일', '절대모순의 자기동일' 등의 용어로 표현되었다가 1930년대 말 이후 통일
　　적으로 사용되었다. 小坂國繼(2003), 「『哲學論文集 第三』について」, 『西田幾多郎全集
　　第八卷』, 岩波書店, 587면.

러나 인격은 역시 사회 중에 존재하여, 그것은 결코 독립한 것은 아니다. 그러면 인격적 사회는 어떻게 성립하는가? 이에는 역시 불연속의 연속이 없으면 아니 된다. 절대로 서로 독립한 것이 또한 연락하여 있지 않으면 아니 된다. (…) 서로 자기를 죽이고, 또 살림을 받는 일이 없으면 인격의 사회는 성립될 리가 없다.[58] (밑줄 — 인용자)

(나) 너(汝)는 절대로 나(私)로부터 독립한 것, 나의 외부에 존재하는 것이지 않으면 안 된다. 게다가 나는 너의 인격을 인정함으로써 나이며, 너는 나의 인격을 인정함으로써 너이다. 너와 나는 절대적 비연속으로서, 내가 너를 한정하고 네가 나를 한정하는 것이다. 우리는 자기의 밑바닥에서 절대적 타(他)로서 너라는 것을 생각함으로써 우리의 자각적 한정이라고 생각되는 것이 성립하는 것이다. 이렇게 내가 나의 밑바닥에서 너를 보고, 네가 너의 밑바닥에서 나를 보며, 비연속의 연속으로서 나와 너를 결합하는 사회적 한정 같은 것을 진정한 사랑(아가페)으로 생각한다면, 우리의 자각적 한정은 사랑에 의해 성립한다고 말할 수 있으리라.[59] (밑줄 — 인용자)

---

58 「참 생활」(1938), 『영과 진리』 106.

59 西田幾多郎(1932), 「私と汝」, 『西田幾多郎全集 第五卷』(2002), 岩波書店, 323-324면. 「私と汝」의 초고에는 작은 글씨로 "社會と歷史の問題"라는 副題가 달려 있었다. 같은 책, 375면.

(가)는 최태용의 논의이고, (나)는 니시다 기타로(西田幾多郎)의 논의이다. 최태용은 자신의 논의가 니시다의 논리에 따른 것임을 밝히지 않았으나 니시다가 쓴 「私と汝」(1932)에 큰 영향을 받은 것으로 판단된다.[60] 앞서 언급한 '일즉다(一卽多), 다즉일(多卽一)'의 논리가 개체와 전체의 관계에 대한 표현이라면, 위의 인용문에서는 개체와 개체 사이의 관계를 그 인격성과 연계하여 다루고 있다. 그러나 「私と汝」의 논리 또한 "절대적 타(他)로서의 너(汝)"라는 개념에 토대하고 있음을 고려한다면, '개체와 전체'의 관계와 동일한 논리구조로 귀결된다고 할 수 있다.[61]

이와 같은 니시다의 논리를 매개로 그 '자유와 권위(공공)'의 문제를 논하는 가운데 이를 교회 이외의 사회, 조선인 사회에도 투영했다. 즉, '개인의 개성'과 '권위(공공)' 사이의 관계를 구체적인 실존인 개체의 '자기부정', '자기초월' - 기독교의 언어로 표현한다면 "하나님의 말씀에 환발(喚發)"됨[62] - 을 매개로 하여 양자 모두 강화될 수

---

60 위에 인용한 내용 이외에도 시간에 관해 "(…) 시간은 실재의 근본양식이다라고 철학자는 말한다. (…) 과거와 미래를 결정하는 그런 斷然한 현재가 있는가? (…) 현재는 우리의 시간이 영원과 대질될 때에 그것이 주어진다. 우리의 시간이 영원으로 말미암아 단절되는 순간이 현재이다.(…)"(「구원의 지금」(1938), 『영과 진리』 105)라는 최태용의 언급 또한 니시다의 「私と汝」 1장에서 개진된 시간론과 많이 닮아 있다. 그리고 「私と汝」에서는 자기 존재의 근저에 놓인 '절대의 他'의 인격성이 개진되어 있고, 실존주의적 신학자 고가르텐(F. Gogarten)이 인용되고 있으며, 신학자 니그렌(A. Nygren)의 '에로스(eros)와 아가페(agape)'라는 기독교적 사랑의 개념유비 또한 차용되어 있다는 점에서 신학을 공부하던 최태용에게 관심을 끌 내용이 많았다고 보인다.

61 高山岩男(1940), 『續 西田哲學』, 岩波書店, 41-45면.

62 「개인과 교회」(1938), 『영과 진리』 104.

있다는 것이었다. 이러한 주장은 매우 보편주의적인 관점에서 개진된 것이었는데, 그것을 식민지 조선사회에 투영할 때 – "사람으로 회개할 뿐 아니라 조선인으로 회개"해야 한다[63] – 그가 '권위(공공)'의 문제를 어떻게 파악하고 있는지 좀더 구체적으로 드러나게 된다. 그는 조선인의 "특수한 운명적 곤란"을 지적하면서 "망국민은 현저히 개인주의자이고, 이기주의자이어서 공공함을 이해"하기 어려운 자라고 하고 있다.[64] 이와 같이 공공적인 것과 '국가'를 깊이 연결된 것으로 인식하고, '공공적인 것'의 결여태로서 식민지민을 파악하고 있었던 것이다. 그리고 "그리스도로 말미암아 망국민 우리 조상의 피를 깨끗이 씻음을 받아야"한다[65]고 하여 '조선인'의 망국민성, 즉 보편적 주체화의 실패사태를 통해 '보편'적 주체화의 욕망을 내비치고 있는 것이다.

이와 같은 관점을, "개인의 개성"이건 "국민의 특유한 정신"이건 그것 자체로는 "괴벽"에 지나지 않으며 그것은 "전 인류에 대한 사명"이나 의의의 측면에서 말해야 한다는 그의 다른 주장[66]과 연결해 본다면, 그가 니시다 기타로 등 교토학파의 제국주의적 국민주의에 내포된 '주체화'의 보편주의적 측면[67]에 공명하고 있음을 감지할 수

---

63   「나의 걱정」(1937), 『영과 진리』 97.

64   「하나가 되어라」(1938), 『영과 진리』 103.

65   「하나가 되어라」(1938), 위의 책.

66   「개성, 국민 정신의 문제」(1935), 『영과 진리』 80.

67   이와 같은 규정은 사카이 나오키의 관점에 따른 것이다. 이에 대해서는 사카이 나오키, 후지이 다케시 옮김(2005), 『번역과 주체』, 이산; 사까이 나오끼, 이규수 옮김

있다. 따라서 1930년대 이후 교토학파의 사회철학이 식민지문제를 비롯한 '이질적 것들(모순들)' 속에서 그 연속성이나 통합성을 이끌 어낼 수 있는 국가(제국)의 능력에 대해 낙관적인 담론이었다고 한 다면,[68] 그에 비해 최태용에게 "식민지적인 것"은 '보편'적 주체화의 통로이자 결과인 '공공적인 것=국가적인 것'의 형성을 저해하고 있 는 제거의 대상이었고, 그런 만큼 더 직접적이고 강렬하게 '보편적 주체화'를 욕망했던 것이 아닐까 한다.

3. 해방 이후 '국민운동'론과 교토학파의 철학

본 장에서 주로 다룰 텍스트는 해방 이후 최태용이 '국민운동'에 뛰어들어, 이른바 '국민운동'의 확산과 발전을 위해 지도자 양성과 정에서 사용한 강의 노트이자, 저술 준비로 보이는 유고(遺稿)『新國 家觀』이다. 유고(遺稿)는 많지 않은 분량인데, 소개 차원에서 어떠한 인물들의 저술 혹은 구절들이 인용되었는지 간단히 살펴본 다음, 그 구체적인 내용을 검토하려고 한다. 『최태용전집』의 경우, 인용한 인 물이나 저서의 표기에 일부 오기(誤記)가 있으므로 주의가 필요하다.

먼저, 유고(遺稿)에는 교토학파 지식인들의 저작이 다수 인용되

(2003), 이연숙 대담, 『국민주의의 포이에시스』, 창비; 사카이 나오키·니시타니 오사 무 지음, 차승기·홍종욱 역(2009), 『세계사의 해체』, 역사비평사 등을 참조.

68 사카이 나오키, 후지이 다케시 옮김, 위의 책, 330쪽.

고 있다. 스즈키 시게타카(鈴木成高)의 『歷史的國家の理念』, 야나기다 겐주로(柳田謙十郞)의 『行爲的世界』, 다나베 하지메(田邊元)의 『哲學通論』, 미키 기요시(三木淸)의 『續 哲學ノ―ト』와 『哲學入門』 등이 인용되었다. 그 외 일본 지식인으로는 전향 맑시스트 사회학자인 시미즈 이쿠타로(淸水幾太郞)가 쓴 『新しき人間』이 주로 개인주의와 자유주의에 대한 비판의 맥락에서 활용되었다. 이외에 문헌의 명칭을 표기하고 있는 경우로는 영국 역사학자 도슨(Christopher Henry Dawson)의 일역(日譯) 저서 『政治の彼方に』(1939), 영국의 철학자 벤(Alfred William Benn)의 The History of English Rationalism in the Nineteenth Century 등도 인용되었다.

저술명이 표기되지는 않았으나, 하이데거(Martin Heidegger)와 키르케고르(Søren Aabye Kierkegaard), 신학자이자 교회사가이기도 했던 존 맥머리(John Macmurray), 영국의 정치철학자 레오나르드 울프(Leonard Sidney Woolf), 그리고 최태용이 "전체주의(보편주의) 철학자"로 소개한 오스트리아의 오테마르 슈판(Othmar Spann) 등의 특정 구절이 직접 인용되었다. 그리고 '민주주의'를 고찰하면서 독일의 저명한 신학사전(Religion in Geschichte und Gegenwart, RGG), 브리태니커 백과사전(Encyclopedia Britannica)도 활용되었다.

이와 관련하여 교토학파의 철학과 실존주의 외에 최태용이 자주 인용하고 있는 맥머리와 도슨의 경우, 유럽 근대문명의 위기와 그 극복의 모색이라는 맥락에서 이미 교토학파 지식인들의 저술에서 많이 인용되었다는 점을 지적할 필요가 있다.[69] 위와 같은 인용 문헌들에 대한 표면적인 검토를 통해서도, 전장(前章)에서 살펴보았던 1930년대 이후 최태용이 걸었던 사상적 행보, 즉 '제국'의 사상을 수용하고 그에 대응했던 사실과 그 방향성을 더욱 명확하게 살펴볼 수 있으며, 또한 그러한 행보가 해방 이후 그의 정치적 언설에 연속적으로 나타났음을 확인할 수 있다.

1) '근대 초극'에서 '냉전 초극'으로?

해방 이후 최태용의 현실인식을 먼저 살펴보자. 해방 이후 한반도의 대내외적 정세에 대해 위기의식을 표하는데, 그 중점은 미국과 소련에 의한 점령과 대립, 그리고 식민지에서 해방된 사회의 혼란과 이념적 갈등이었다. 그러나 그 해결을 당대의 '좌우합작'이나 '미소(美蘇) 교섭'의 성공에서 찾지 않았다. 좌우합작과 '중간노선'은 정치적 타협 또는 "무사상·무확신의 중간적인 것"에 불과하며, '절충주

69　도슨의 경우, 스즈키 시게타카(鈴木成高)(1941)의 『歷史的國家の理念』(弘文堂, 256면)이나 1942년 『文學界』의 "근대초극 좌담회"에 앞서 스즈키가 제출한 원고에서 '근대초극'을 주장하는 지식인의 한 부류로서 언급되었으며(히로마쓰 와타루(廣松涉), 김항 옮김(2003), 『근대초극론』, 민음사, 16-17쪽), 니시다의 遺作인 「場所的論理と宗教的世界觀」(1945)(『西田幾多郎全集 第十卷』(2004), 岩波書店, 364면) 등에서도 언급되어 있다. 그리고 맥머리의 경우, 1942년 『文學界』의 "근대초극 좌담회"에 참여했던 스즈키 시게타가(鈴木成高)가 "근대초극의 하나의 길"로서 "중세에 빚진 점을 돌이켜보는 것"을 주장하는 지식인으로 그를 언급했다. 나카무라 미츠오·니시타니 게이지 외, 이경훈·송태욱·김영심·김경원 옮김(2009), 『태평양전쟁의 사상』, 이매진, 56쪽 참조.

의'로는 당시의 상황을 타개할 수 없다고 하였다.[70] 즉, 미소의 대립이나 내부적 이념 대립은 단순히 권력의 대립이 아니고 공산주의와 민주주의의 사상적 대립이기 때문에, "세계관"이 다른 두 세력 사이의 알력이 절충이나 교섭에 의해 해결될 수 없다고 보았기 때문이었다.[71] 문제는 그가 해결방안으로 내놓은 것이 두 사상 중 하나를 적극적으로 채택하여 이를 통해 다른 사상을 제압하는 형태로 제기되지 않았다는 것이고, 이른바 둘 다를 부정하고 지양한 "새로운 세계관"의 수립을 통해서만 가능하다는 주장이었다.

이러한 논리의 배경에는 일제시기부터 지속되었던 근대문명에 대한 혐오와 비판적 태도가 있었으며, 그러한 태도에 체계적인 논리를 부여했던 것은 교토학파의 '근대초극'론, '세계사의 철학'이었다. 그는 "현대는 시대의 전환기"라고 하면서, "근대문명이 그 청산기"에 도달했다는 평가가 사상계의 "정론"이라고 하고, "최근의 철학적 경향은 현대를 초월하려는 노력"이라고 여전히 제시하고 있었다.[72]

해방 이후 그의 '근대문명' 비판의 주요한 지점 또한 '개인주의', '자유주의', '합리주의'에 놓여 있었다. 개인의 자립과 이익에 근거한 '근대문명'은 세계에 조화와 평화를 이룰 수 없고, 결국 두 차례의 세계전쟁은 "근대문명이 난숙하여 자괴작용"을 일으킨 것으로 파

---

70 「신국가관」(1949), 『최태용전집 6』, 250-251쪽.(이하 전집의 표기는 생략함)
71 「신국가론의 수립」(1947), 195쪽.
72 「근대주의의 초극 Ⅰ」(1947), 214-216쪽.

악하였다. 그렇다면 전쟁이 일단 종료된 당시의 상황은 어떻게 평가해야 하는가? 그는 세계전쟁에서 '데모크라시'가 승리했으니, 세계는 "데모크라시로 돌아갔다"고 하는 세간의 이야기에 대해 '데모크라시'는 새로운 세계의 조화와 평화를 가져올 "세계관"인가를 물었다. 이에 대해 그는 "우리는 이미 민주주의가 자본주의, 제국주의와 결탁하여 근대문명의 비극에 참여한 것을 보았다"고 하였다. 개인주의, 자유주의에 기초한 민주주의는 "계급투쟁과 국제투쟁의 참극"으로부터 자유로울 수 없다는 것이었다. 그는 승전국 미국에 대해 "인도주의적 민주주의"라고 부르면서, 그것은 민주주의의 본질적 표현이 아니라 양 주의의 "우연적 결합"에 불과한 것이라고 하였다.[73]

나아가 그는 '공산주의'나 '맑스주의'도 "다윈의 진화론처럼 전대(前代)의 유물(遺物)"에 지나지 않으며, "현대의 사상이 못 되"는 것이라고 인식하였다.[74] 나아가 "기계주의적 균등화와 무리한 인간·자연의 억압"을 추구하는 "근대적 합리주의"에 불과한 것으로 보았다. 따라서 자본주의와 공산주의의 대립은 "근대주의의 자기 분열이요, 자기파탄"에 지나지 않으며, "이성의 분열성의 비극이 결전을 위해" 내세운 '장사(將士)'가 다름 아닌 '민주주의'와 '공산주의'라는

---

73 「정치사상비판—민주주의 비판」(1947), 238쪽.
74 「獨立, 革新, 指導者」(1946), 『獨立戰線』1, 獨立戰線社, 4쪽.

것이었다.[75] 이와 같이 한반도를 둘러싼 미소의 대립은 재편된 '근대문명'의 대결로 그에게 인식되었다. 그러면서도 그는 제2차 세계대전 결과 나타난 '재편'이 새로운 차원의 문제를 제기하는 것으로 파악하였다. 여기에 교토학파의 '세계사의 철학'이 등장한다.

그가 제2차 세계대전과 그 결과를 어떻게 바라보는지 살펴보자.

> 제2차 대전 당시에 있어서 세계는 4대 블록으로 나뉘었다. 미영불의 구주블록, 일본의 대동아블록, 독일 이탈리아의 중구블록, 그리고 소련블록이 그것이다. 대전 후에는 경제적 블록이라기보다는 사상적 경향으로 인하여 세계는 2대 블록으로 개편된 것이다. 미영을 중심으로 하는 민주주의 블록과 소련을 중심으로 하는 공산주의 블록이 그것이다. 근대세계에 있어서 과학문명의 발달과 제국주의의 쟁패, 세계규모의 전쟁으로 인해 세계가 세계로 드러나고, 세계는 자기의 전 일생을 자각함에 나아가고 있다. (…) 세계가 세계로 드러나고, 국가가 국가로 드러나고 있으며, 그러면서 또한 통일된 세계를 구성하려는 것이 역사의 금일의 지향이다. 세계는 세계관적 통일을 수행하려는 것이다. 세계와 국가가 서로 연관하여 결합되는 구체적 통일을 구하는 것이 금일의 현실이다. (밑줄 — 인용자)[76]

---

75 「근대주의의 초극 I」(1947), 215쪽; 「민주주의의 초극 III—합리주의」(1947), 231쪽.
76 「신국가관」(1949), 249쪽.

앞서 살펴본 것과 같이 제2차 세계대전 결과로 나타난 미소의 대립은 근대적인 성격을 탈각시키지 못하고 있는 것이지만, 그것은 '세계사'의 전개에 있어서 또 다른 차원으로 진전되어 "세계관적" 대립으로 나타나고 있다고 보았던 것이다. 따라서 그가 보기에 당시의 세계사적 과제는 그 기저에 '근대문명'을 '초극'하는 것이 놓여 있는 것이지만, 그러한 초극의 첨단에 세계관적 대립의 지양·통일, 즉 '냉전의 초극'이 자리하는 것이었다.

요컨대, 그에게 자본주의·민주주의와 공산주의는 모두 근대의 산물로서 새로운 "통일적 세계관", 이념에 의해 지양되어야 하는 것이었다. 그 '세계관'은 근대문명이 초래한 분열과 대립, 전쟁을 넘어서 조화와 통일, 평화를 가능케 하는 원리를 담은 사상이어야 했다. 그런데 그의 논지에서 주목되는 점은 이른바 '세계관'의 수준에서 보았을 때, '공산주의 소련'과 '민주주의 미국'에 대한 평가가 사뭇 다르다는 점이다. 미국은 무력에나 기댈 뿐, 민주주의는 "산만한 자유주의 주장에 불과"하여 '사상전(思想戰)', 즉 '세계관'의 싸움이 되지 못한다고 하고,[77] 반면 공산주의 소련은 "사회와 문명의 원리"로서의 국가관을 가지고 있다고 보았다. 즉, 국가를 다만 정치기관에 지나지 않는 것이 아니라 "사회와 문명의 원리"로서 바라보고, 새로운 '타입'의 인간, "인생의 개조, 다른 문명의 건설"을 꿈꾸고 있다고 하

---

77   위의 글, 239쪽.

였다.[78] 따라서 최태용에게는 공산주의도 근대문명의 산물에 불과한 것이었지만, 소련은 하나의 '세계관적 국가'라는 측면에서 그의 새로운 "통일적 세계관"에 가장 위협적인 것이었다.

위와 같이 교토학파의 '세계사의 철학'은 최태용이 새로운 '세계사적 과제'를 발견케 하는 기본 논리였다. 그런데 앞서 소련에 관한 평가에서도 짐작할 수 있지만, 그의 새로운 통일적 세계관은 곧바로 세계주의(cosmopolitanism)로 연결되는 것이 아니라, 새로운 "세계관적 국가"를 매개로 세계사적 사명을 수행하는 것이었다. 그에 따르면 세계주의는 근대의 추상적 개인에 근거하여 출현한 것에 불과하기 때문이다.[79] 이제 그가 새롭게 건설하려고 하는 '대한민국'은 다음과 같이 세계사에 등장한다.

> 세계사에 있어서 동양인은 그 본래의 가능성이 예상된 외에 지금까지 제외되어 있었다. 세계사는 구라파인의 역사였다. 또한 사실에 있어서 우리는 좋건 싫건 구라파적 세계사 중에 살고 있다. 그런데 지금 세계사적 현실은 동양에 와서 특히 한국에 와서 응결되었다. 우리나라의 38선은 세계 양 조류가 마주치는 곳이 되었다. (…) 이제 우리는 감연히 일어나 민주, 공산 양 주의를 지양하고, 새 사

---

78 「신국가론의 수립 I」(1947), 193-194쪽; 「역사적, 현실적 인간관」(1947), 207쪽.
79 「정치사상비판—민주주의 비판」(1947), 239쪽. 그는 "세계와 일거에 통하는 행위로서 우리는 나라를 만들지 않으면 안 된다"라고 하였다. 「신국가관」(1949), 264쪽.

상으로 새 나라를 만들지 않으면 안 된다. 새 시대는 "한국
으로부터"라고 우리는 자각해야 된다. 그래서 이 일이 성
공한다면 韓族은 바로 세계사상에 등장하게 되는 것이다.
(밑줄 ― 인용자)[80]

　이른바 교토학파의 '세계사의 철학'에서 '동양'은 철학적 차원의
새로운 원리 즉, '유(有)의 서양'에 대비된 '무(無)의 동양'이라는 차
원에서든, 근대의 산물인 국민국가 간 질서를 극복하기 위한 협동
체·공영권을 안출하기 위해서든 중요한 '개념'이었지만,[81] 위에서
볼 수 있듯이 최태용은 '동양'에 그다지 의미를 부여하지 않았다.
　일제시기부터 해방 이후에 이르기까지 최태용에게 '동양'이라
는 개념은 크게 주목받지 못한 것이었다. 해방 이후 그가 근대문명
의 원리를 넘어선 '세계관적 국가'의 수립을 주창할 때, 명목상이나
마 근대문명의 산물인 '국민국가 간 질서'를 넘어서야 한다는 논의
는 찾을 수 없었다. 그에게 새롭게 파악된 '세계사적 과제'는 '서양과
동양', '유럽과 아시아'라는 형태의 구도 속에서 안출된 것이 아니라
"세계관"과 "세계관"의 대립이라는 형태로 파악된 것이었고, 따라
서 그의 새로운 '세계사적 과제'는 그 이전과 같은 '지역'이나 '심상
지리'적인 개념의 장치들을 통과할 필요가 없었던 것이다. 그는 '세

80　「신국가관」(1949), 251쪽.
81　히로마쓰 와타루(廣松渉), 김항 옮김, 앞의 책, 1장과 2장 참조.

계사의 철학'을 냉전적·내전적 맥락에 놓고 '이데올로기' 투쟁의 구도 아래 비틂으로써 '국민운동'에 대해 식민지로부터의 단순한 '독립'이 아닌 '세계사적' 의의를 부여할 수 있었던 것이다.

이와 같은 점은 김동리가 해방 이후 교토학파 철학에 기대어 "제3기 휴머니즘"론을 주장하는 가운데 자본주의와 맑스주의를 비판하고 "동서정신의 창조적 지양", "동양적 대예지(大叡智)" 등을 제시한 것과도 대비된다.[82] 최태용은 새로운 '세계관적 국가'의 원리를 산출하면서 '절대적 장소로서 무(無)의 세계' 등을 언급하고 있지만,[83] 이를 '동양적 무'이라고 하여 '동양'이라는 개념을 활용한 것은 아니었다. 그러나 김동리의 '동양적 대예지'가 '전통론'적인 색채가 가미되어 '민족혼' 등으로 연결된다는 점에서, 그의 논리 또한 교토학파의 철학을 수용하면서도 실질적으로는 '국가'나 '민족'으로 수렴되는 것이었다. 붕괴된 제국의 변경에서 작동한 '교토학파'의 철학이 내전과 냉전의 조건 속에서 그 가치가 발현될 수 있었던 방식은 국가로의 침몰 밖에 없었던 것일까?

2) '절대적 장소'로서의 국가와 근대인을 '초극'하는 '국가광(國家狂)'

세계사적 과제로서 한국이 정립해야 할 "통일적 세계관"과 그에 근거한 "세계관적 국가"의 원리에 관하여 살펴볼 차례다. 결론부터

82　김건우(2008), 앞의 책.

83　「신국가관」(1949년 6월 1일), 256쪽.

말하자면, 원리적인 측면에서 볼 때 이미 일제시기 최태용의 '교회'와 '권위'에 관한 사유에서 일정하게 확인되었던 전체와 개체의 관계에 관한 논리, 즉 일즉다(一卽多) 다즉일(多卽一)의 논리는 식민지에서 벗어난 '사회', '국가'에 대해 더 적극적으로 활용되었다.

먼저 '세계관' 대립을 극복할 새로운 원리의 "세계관적 국가"란 스즈키 시게타카(鈴木成高)의 『歷史的國家の理念』에 빚지고 있는 개념이었다. 이 책에서 스즈키는 "중세의 교회가 단순히 종교기관이 아니었던 것"처럼 "현대의 국가도 단순히 정치기관"이 아니라 "중세의 교회가 담당했던 권위주의를 今日의 국가가 담당한다"는 관점을 표명했다.[84] 이러한 관점에 기초하여 최태용은 '냉전의 초극'이라는 '세계사적 과제'에 맞게 "세계관적 국가"라는 용어를 만들어냈던 것이다.

그의 "세계관적 국가관"은 개인주의, 자유주의 등 근대사회의 원리들을 '당연히' 벗어나야 하는 것이었다. "신을 잃어버린" 근대인에게는 갈등과 대립만이 있을 뿐 "통일, 조화"는 산출될 수 없기 때문에, 새로운 통일적 세계관을 위해서는 "권위의 회복"이 필요하다고 하였다. 그러나 근대인이 "중세적 권위", 즉 일제시기에 그가 표현한대로 한다면 '가톨릭교회의 권위'로 돌아가는 일은 불가능하다고 하였다. '자유'는 "인격의 본질"이므로 '자유'를 부정할 수는 없기

84　鈴木成高(1941), 『歷史的國家の理念』, 弘文堂, 166-167면; 「신국가론의 수립」(1947), 193쪽.

때문에 "개인으로부터 전체에 통하는 길"로서 "절대자각의 권위주의"를 제시했다.[85] 그렇다면 '절대자각의 권위주의'에서 개체(개인)와 전체의 관계는 어떠한 것일까?

> 전체도 무시할 수 없고, 개인을 무시할 수도 없다. 개(個)와 전(全)의 문제는 어찌되는가? (…) 주체의 논리로써 개인과 전체, 자유와 권위의 문제는 잘 풀릴 것이다. 주체의 논리에 있어서 주체인 개인은 언제든지 개인으로 남아 있다. 주체가 없는 초월은 없는 것으로, 개인 없는 전체는 없다. 개인은 다른 개인으로 더불어 너와 나의 상호 한정에서 자각과정을 통해서 초월에 있어서 너와 나의 공통된 지반으로 절대적 장소를 파악하는 것이다. 개(個)는 그 자기부정의 바닥에서 전(全)을 보는 것이다.[86]

1930년대 이후 접한 니시다 기타로의 논리로서 개인과 전체의 문제에 접근한 것이었다. 이를 통해 그는 가정, 사회, 국가의 문제가 도출된다고 하였다. 따라서 절대자각의 권위주의에서 "절대자각"이란 위의 글에서 설명한 "초월"을 통해 "주체의 바닥"에 놓인 "절대적 장소=무(無)의 세계=절대적 세계"를 파악하는 것이라고 할 수 있다.

---

85 「근대주의의 초극 II—자유주의」(1947), 223-225쪽.
86 「신국가관」(1949), 261쪽.

그는 이에 대해 "사람이 그 주체적 방향에서 초월에 의한 공공적 이데아의 자각을 의미"한다고도 표현하였다.[87] 그는 '주체적 초월'에 의한 '공공적 이데아'의 자각이라는 문제, 즉 독립체인 "인격체"가 어떠한 계기로서 "공동체"로 구성되는가를 좀더 쉽게 설명하기 위해 '에로스'와 '아가페'의 논리를 가지고 '가정'을 설명한다.

> 이런 독립체(인격체 — 인용자)가 어떻게 하여 공동체를 구성하게 되는가? 인간이 공동체를 이루는 데에, 두 가지 계기가 있는 것이다. 그 하나는 자연적 계기요, 하나는 정신적, 말하자면 형이상학적 계기이다. 우리는 이를 결혼의 예에 의해 설명해보자. (…) 결혼의 에로스적 계기는 강한 것이다. (…) 그런데 에로스뿐이라면 그것은 동물적인 것에 지나지 않는다. 가정이 성립됨에는 에로스 이외에 아가페가 요구된다. 아가페란 고도한, 정신적인 형이상학적인 사랑이다. (…) 에로스가 자기중심적임에 대하여, 아가페는 자기를 타(他)에 인도하는 것이다. 자기부정, 자기희생이 아가페의 특징이다. 아가페는 공동체적 사랑이다. 그래서 이 아가페에 의해서만 가정은 성립된다.[88]

에로스와 아가페. 인간의 모든 공동체는 '자연적 계기'를 넘어선

87　「정치사상비판—민주주의 비판」(1947), 242쪽.

88　위의 글, 243쪽.

'인격체'의 자기부정적 행위, 즉 '초월'에 근거하고 있음을 말하고 있는 것이다. 그래서 그는 '아가페'의 장소를 '초월의 장소', 너와 내가 다 함께 죽고 사는 '절대적 장소'라고 하였다. 니시다 기타로 등 교토학파에서 발견할 수 있는 이러한 논리를 토대로 하여,[89] 개인과 공동체의 관계를 개념화하고 있는 것이었다.

그는 이러한 '공공적 이데아'에 철저한 사람을 "새인간", "새타입의 인간"이라고 불렀고, 따라서 '국민운동'이란 "절대자각의 권위주의"에 입각한 새로운 '주체' 즉, "근대인을 장사(葬事)"하고 그것을 '초극'한 '새인간'을 만드는 "새사람운동"에 다름 아니라고 하였다.[90] 그는 '국가' 또한 "주체의 자기초월에 있어서 절대적 장소의 하나"라고 하고 있다. 어떤 하나의 '공동체'가 성립된다면 거기에는 "절대적 장소"가 내재한 것이라는 말이 된다. 즉, 개체의 자기부정과 자기희생이라는 '정신적 사랑(=아가페)'이 없는 곳에 공동체는 성립될 수 없는 것이고, '정신적 초월'이 곧 공동체가 존립할 수 있는 근간이라고 할 수 있다. 그렇다면 '국가'는 '주체'의 입장에서 사회, 교회, 가정과 병렬적인 동일 수준에 그치는 것인가? 국가 자체를 가장 자세하게 언급한 부분은 다음과 같다.

　　　　국가는 생명적 개체적 실체이다. 그러나 그것은 사람

89　이러한 개념 유비의 활용은 앞서 언급한 니시다의 「私と汝」(1932) 이외에도 柳田謙十郎(1940), 『行爲の世界』, 弘文堂書房, 3장 5절 「宗敎と哲學」 등에서도 찾아볼 수 있다.

90　「근대주의의 초극 Ⅱ—자유주의」(1947).

을 초월하여 있다. 그것은 개개인을 넘는 독립한 실체로써 "저기"에 서 있는 것이다. 국가는 그 자체가 불가분성, 자기목적성, 자기동일성을 가진 한 생명체인 단체이다. (…) 근대인은 국가를 대상적인 한 법적 조직, 법적 주체라고 보는 것이다. 이는 (…) 국가를 개인의 집합체로 생각하고, 개인의 입장에서 대상적으로 국가를 보아 국가를 한낱 개인의 권리를 보호하는 법적 장치로 보는 것이다. 이런 입장에서 자기목적적으로 행동하는 실체로서의 국가가 파악될 리가 없다. 절대타자로, 그리고도 개인에게 치명적 관계에 서 있는 국가는 주체가 자기부정적 절대자각적 초월에서 파악되는 것이 아닐 수 없다.[91]

위의 논의에 의하면, 일단 국가는 독립된 하나의 '개체적 실체'라고 정의하고 있다. 단 그것은 개인의 집합체가 아니라, 차원을 달리하여 존재하는 실체이다. 그러면 교회나 단체 등과 질적으로 변별되는 국가의 "공공성"은 무엇인가? 그는 국가에 대해 "인간의 한 근원적 존재양식"이라든가, "인간 존재에 의한 근원적 존재주의"라고 하여 '국가'를 '인격'의 성립과 불가분의 관계에 있는 실체이자 양식으로 보았다.[92] 또한 그가 '세계사의 철학'에 기초하여 자신의 논지를 전개했을 때 이미 언급했듯이 국가는 '세계사'적 과제를 수행하는

---

91 「신국가관」(1949), 264쪽.
92 「신국가론의 수립」(1947), 196쪽.

하나의 단위로서 그 이외의 단체나 교회 등의 '공동체'들과는 차원을 달리한다고 할 수 있다.

그렇기 때문에 그가 국가 없는 민족이나 개인은 "사람으로서의 자각에 철저하지 못한 자", "사람으로서의 가치를 발현치 못한 자"라고 하면서 "우리 조상들의 악역사(惡歷史)를 혁청"하여 버리고, "역사적 필연성에 몰려서" 자각과 단결, 일치된 행동을 통해 "우리 민족의 성가를 세계에 선양"해야 한다고 주장했던 것이라고 생각한다.[93] 이러한 주장을 통해 일제시기에 그가 견지했던 주체화의 논리가 해방 이후에도 연속되고 있음을 확인할 수 있다. 그에 따라 '공공적인 것', '국가적인 것'의 결여를 상징하는 "과거"는 오직 제거나 부정의 대상에 지나지 않기 때문에 그는 "빈 몸으로 역사적 현실에 돌입"할 것을 역설했던 것이다.[94]

그런데 최태용의 사상에서 교토학파의 논리가 유지되는 또 하나의 지점은 민족과 국가를 구분하여 파악하는 점이라고 할 수 있다.[95] 에로스와 아가페의 논리를 연상해본다면, 생물적 종으로서 민족, 즉 그 자연적 계기인 혈연, 지연, 언어, 풍속의 공통성만으로는 국가를

---

93 「신국가관발췌록」, 270쪽; 「역사적, 현실적 인간관」(1947), 207쪽.

94 「신국가관」(1949), 246쪽.

95 니시다 기타로의 국가론은 당시 일본의 국체론(國體論)과 결을 달리하는 것이었다. 이에 대해서는 西田幾多郎(1941), 「國家理由の問題」, 『西田幾多郎全集 第九卷』(2004), 岩波書店; 嘉戸一將(2007), 『西田幾多郎と國家への問い』, 以文社 참조. 다나베 하지메의 '국가론'이라 할 수 있는 '종(種)의 논리'에 대해서는 사까이 나오끼, 이규수 옮김, 이연숙 대담, 앞의 책 中 「민족성과 종(種)—다민족국가철학과 일본제국주의」 참조.

이루지 못한다는 것이었다.[96] 따라서 "민족"이 국가의 기체(基體)로서 '국민'이 되기 위해서는 "자각"이 필요하고, 이 자각을 불러일으키는 "원동기"로서 운동, 즉 국민운동의 의의를 적극적으로 내세웠다고 할 수 있다.[97]

그는 "세계사의 첨단에 서서 세계관적 사실(史實)로" '신국가'를 건설해야 하는 상황에서 근대문명을 비판하는 "설교를 던져주거"나 "개인의 수양"이 필요한 것이 아니라 '운동'이 필요하다고 했다. 따라서 '국민훈련원'에 들어온 '국민운동지도자'들에게 "엄격한 규율 밑에서 훈련된 단체생활"과 "단체적 생활에 의한 창조적 운동"[98] 등을 강조하고, 그의 새로운 "세계관적 국가"의 원리인 "새로운 도(道)"를 전파하는 "공산당의 조직"이 필요함을 역설했다. 그는 「신국가관」(1949년 6월 1일)의 마지막에서 다음과 같이 말한다. "주체적 입장에서 국가와 내가 하나가 되어, 내가 자유로, 자발적으로 국가의 창조적 성소(成素)가 되어, 국가의 일을 하게 되는, 그러한 새로운 타입의 새인간, 동지들이여! 한 차례 국가광(國家狂)이 되자".[99] 과거에 존재하지 않았던 '공공적인 것', '국가적인 것'을, 그것도 '내전'과 '냉전'의 맥락에서 '운동'으로서 창출해야 한다고 생각할 때 그것은 극한적, 광적 자기부정과 '초월'을 요구하는 것에 다름 아니었다.

---

96   「정치사상비판—민주주의 비판」(1947), 244쪽.

97   「신국가관」(1949), 263쪽.

98   「근대주의의 초극」(1947), 214쪽.

99   「신국가관」(1949), 270쪽.

4. 맺음말

본고는 해방 이후 한국전쟁 이전까지 이승만의 주요한 정치적 조직기반이었던 대한독립촉성국민회(大韓獨立促成國民會)·국민회(國民會)의 '국민운동', 즉 국가건설운동의 사상적 기반을 규명하려는 시도의 일환으로, 당시 국민운동 추진세력 내부에서 운동 지도자의 양성과 그에 기초한 농촌건설 등 비교적 체계적인 프로그램을 가지고 운동을 전개했던 최태용 계열의 사상적 기반에 주목하였다.

해방 이후 최태용 계열이 내세운 국민운동론의 사상적 토대를 밝히기 위해 먼저 1920년대 이후 최태용의 사상적 특질과 그 변천과정을 살펴보았다. '생명적 신앙'에 강한 문제의식을 가지고 있던 최태용은 1920년대 말 일본 유학과 함께 칼 바르트의 신학에 대응하는 과정에서 자신의 기존 신앙론과 교회관을 실존주의 신학과 니시다 기타로 등 교토학파의 철학을 매개로 새롭게 체계화했음을 확인할 수 있었다. 이 과정에서 최태용은 교토학파의 제국주의 국민주의의 입장에서 산출된 보편적 '주체화' 논리에 공명하면서 식민지적 현실을 보편적 주체화의 실패로 직결하여 파악하고, 보편적 주체화의 욕망을 강렬하게 내비치기도 하였다.

해방 이후 최태용은 1930년대 후반 이후 교토학파가 제창했던 '근대초극'론과 '세계사의 철학' 등을 반복하면서도 '내전'과 '냉전'이라는 새로운 맥락 속에서 '세계관적 국가'의 형성, '냉전의 초극'이라는 세계사적 과제와 의의를 '대한민국'의 등장과 임무에 부여하였다. 그리고 그와 같은 국가에 상응하는 새로운 주체의 형성을 주장하면서, 근대인을 '초극'할 새로운 타입의 공공적·국가적 주체 만들기에 매달렸다.

이와 같은 논리를 통해 자유주의, 민주주의, 공산주의 등을 근대의 이데올로기로 치부하면서 이념들 사이의 갈등과 대립을 '초극'해야 한다고 역설했지만, 주된 적대의 표적은 공산주의세력이었다. 그들은 '초극' 논리와 구호를 매개로 하여 당대 이데올로기적 대립구도의 재설정을 통해 대한민국 건설운동 자체에 '초월적' 이념을 부여하려 하였고, 그런 만큼 내전과 냉전의 적대를 내적으로 선구하는 것이었다.

참고문헌

國民訓鍊院(1950), 『國訓』 제7호~12호.

金甫穎(1994), 「大韓獨立促成國民會의 組織과 活動」, 한양대학교 석사학위논문.

金承哲(1997), 「'일본적 기독교'의 애매성―內村鑑三과 그에 대한 한국적 수용을 중심으로」, 『韓日研究』 10, 韓國日本問題研究會.

김건우(2008), 「김동리의 해방기 평론과 교토학파 철학」, 『민족문학사연구』 37, 민족문학사학회.

김동건(2008), 『현대신학의 흐름: 계시와 응답』, 대한기독교서회.

김명용(2007), 『칼 바르트의 신학』, 이레서원.

김병길(2004), 「해방기, 근대초극, 정신주의―김동리의 『검군』을 중심으로」, 『한국근대문학연구』 5-1, 한국근대문학회.

김수자(2005), 『이승만의 집권초기 권력기반 연구』, 경인문화사.

김승철(1995), 「최태용의 신학사상 형성에 관한 연구」, 기독교대한복음교회 총회 신학위원회 편, 『최태용의 생애와 신학』, 한국신학연구소.

나카무리 미츠오·니시타니 게이지 외, 이경훈·송태욱·김영심·김경원 옮김(2009), 『태평양전쟁의 사상』, 이매진.

內村鑑三, 崔泰瑢 譯(1923), 『傳道之精神』, 活文社書店.

大韓農會(1949~50), 『農村』 제9호~10호.

도히 아키오(土肥昭夫), 김수진 옮김(1991), 『일본 기독교사』, 기독교문사.

獨立戰線社(1946), 『獨立戰線』 제1호.

미야카와 토루·아라카와 이쿠오 엮음, 이수정 옮김(2001), 『일본 근대철학사』, 생각의 나무.

미야타 미쓰오(宮田光雄), 양현혜 옮김(2004), 『국가와 종교』, 삼인.

閔庚培(1993), 『(新改訂版) 韓國基督敎會史』, 延世大學校出版部.

박숭인(2004), 「최태용의 신앙운동, 신학운동, 교회운동―'영적 기독교'의 내용과 그 생명 신앙적 전개」, 『조직신학논총』 11, 한국조직신학회.

박종현(2003), 「崔泰瑢의 "靈的 基督教"論」, 『神學論壇』 33, 연세대학교 신과대학.

박형룡(1933), 「게노시스 基督論」, 『神學指南』 71, 神學指南社.

사까이 나오끼, 이규수 옮김(2003), 이연숙 대담, 『국민주의의 포이에시스』, 창비.

사와 마사히코(澤正彦)(1995), 『일본기독교사』(개정신판), 대한기독교서회.

사카이 나오키, 후지이 다케시 옮김(2005), 『번역과 주체』, 이산.

사카이 나오키·니시타니 오사무 지음, 차승기·홍종욱 역(2009), 『세계사의 해체』, 역사비평사.

오성현(2008), 『바르트와 슐라이어마허』, 아카넷.

오유석(1995), 「한국 '보수' 지배 세력 연구—대한독립촉성국민회를 중심으로」, 『해방 후 정치세력과 지배구조』, 문학과지성사.

이만열(1998), 「주기철 목사의 신앙」, 『한국기독교와 역사』 9, 한국기독교역사연구소

李相勳(2001), 「해방후 대한독립촉성국민회의 국가건설운동 연구」, 연세대학교 석사학위논문.

이철호(2006), 「한국 근대문학의 형성과 종교적 자아 담론—靈, 生命, 新人 담론의 전개 양상을 중심으로」, 동국대학교 박사학위논문.

全炳昊(1983), 『(韓國人自身의 教會設立者) 崔泰瑢의 生涯와 思想』, 聖書教材刊行社.

정병준(2005), 『우남 이승만 연구—한국 근대국가의 형성과 우파의 길』, 역사비평사.

지동식(1971), 「최태용의 시, 평론, 신학」, 『현대와 신학』 6-1, 연세대학교 연합신학대학원.

최태용(2009), 『최태용전집』(전6권), 도서출판 꿈꾸는터.

홍정완(2006), 「정부수립기 大韓獨立促成國民會의 國民運動 연구」, 연세대학교 석사학위논문.

홍종욱(2006), 「해방을 전후한 주체 형성의 기도」, 윤해동·천정환·허수·황병주·이용기·윤대석 엮음, 『근대를 다시 읽는다 1』, 역사비평사.

히로마쓰 와타루(廣松涉), 김항 옮김(2003), 『근대초극론』, 민음사.

嘉戶一將(2007), 『西田幾多郎と國家への問い』, 以文社.

高山岩男(1940), 『續 西田哲學』, 岩波書店.

小坂國繼(2003), 「後記」, 『西田幾多郎全集 第六卷』, 岩波書店.

小坂國繼(2003), 「『哲學論文集 第三』について」, 『西田幾多郎全集 第八卷』, 岩波書店.

鈴木成高(1941), 『歷史的國家の理念』, 弘文堂.

西田幾多郎(1932), 「私と汝」, 『西田幾多郎全集 第五卷』(2002), 岩波書店.

西田幾多郎(1941), 「國家理由の問題」, 『西田幾多郎全集 第九卷』(2004), 岩波書店.

西田幾多郎(1945), 「場所的論理と宗敎的世界觀」, 『西田幾多郎全集 第十卷』(2004), 岩波書店.

福元唯信(舊名 崔泰瑢)(1942), 「朝鮮基督敎會の再出發」, 『東洋之光』4-9.

柳田謙十郎(1940), 『行爲的世界』, 弘文堂書房.

대만 불교의 재해복구지원과 에스니시티

—포스트콜로니얼과 본토화의 논의를 넘어서

무라시마 겐지村島健司

1. 문제의 소재

대만은 오스트로네시아(Austronesia) 어족계통(語族系統)의 각 선주민을 기반으로 하지만, 다른 에스니시티(Ethnicity)를 가지고 17세기 이후에 차츰 이주를 시작해서 인구의 90% 이상을 차지한 한족을 중심으로 한 다양한 사람들에 의해 구성된다. 선주민을 제외하면 그 대부분이 이주민으로 구성된 대만은 1624년에 네덜란드의 통치가 시작된 이후로 정 씨 정권, 청나라, 일본에 의해서 식민지배를 받았고, 제2차 세계대전 이후는 중국 대륙에서 건너온 국민당의 군사독재정권부터 장개석과 장경국의 죽음을 거쳐서 민주화되기까지 외래 정권에 의한 통치가 반복해서 되풀이 되었다. 일관해서 외부에서 온 이가 지배자가 되어 원래 있던 사람들을 지배하는 이층구조가 존

재해온 것이다.[1]

현재 한족의 구성으로는 명·청 시대에 주로 복건성 남부로부터 와서 '복로(福佬)'계로 불리는 이주민, 같은 시대에 광동성에서 와서 '객가(客家)'라고 불리는 이주민, 그리고 제2차 세계대전 후 중국 대륙의 전 지역에서 온 이주민과 같이 크게 세 분류로 나뉜다. 여기에 선주민을 더해서 네 개의 큰 에스닉 그룹(ethnic group)을 형성한다.[2] 복로계와 객가계의 태반은 주로 일본식민지 이전에 대만으로 건너온 사람들이고 본적(本籍)이 대만성(臺灣省)으로 되어있기 때문에 '본성 사람(本省人)', 제2차 세계대전 이후에 이주한 사람들은 본적이 대만 이외의 중국 대륙으로 되어 있어서 '외성 사람(外省人)'으로 불린다. 이러한 이주민들은 이주와 동시에 각자의 생활과 밀접한 관계를 갖는 다양한 종교를 대만사회로 유입시켰다. 이 유입이 오늘날 대만 사회에서 나타나는 종교현상의 다양성으로 이어졌다.

다양한 대만 종교 중에서도 근년에 비약적으로 성장하여 오늘날 대만 사회 속에서 큰 영향력을 갖는 것이 불교단체이다. 현대 대만 불교는 제2차 세계대전 전에 중국 불교계의 개혁에 매진한 태허법사(太虛法師)가 창시하고 제2차 세계대전 후에 중국 대륙에서 대만으

---

1   沼崎一郎(2014), 『台湾社会の形成と変容-二元·二層構造から多元·多層構造へ-』, 東北大学出版会.

2   오늘날에는 상호간의 이해와 결혼도 이루어지고 또 동남아시아를 중심으로 새로운 이주민도 증가하고 있기 때문에 이러한 카테고리화가 타당한지에 관해서는 논의의 여지가 있을 것이다.

로 건너온 인순법사(印順法師)가 이어받은 '인간불교(人間佛敎)'[3]라는 사상의 영향을 받은 몇몇 문파 집단이 이끌고 있는데, 그 대표적인 것으로 불광산(佛光山)·자제회(慈濟會)·법고산(法鼓山)을 들 수 있다.[4] 여기에 중대선사(中臺禪寺)를 더한 각 집단은 대만 사대도장(四大道場)으로 불리는데, 각각은 큰 세력을 자랑하면서 종교적인 사업뿐만 아니라 적극적으로 사회사업도 전개하고 있다. 1960년대 이후에 창립된 이들 사대도장이 단기간에 오늘날과 같이 대만의 종교계를 대표하는 규범으로 발전한 것은 대만의 급속한 경제 발전이나 오래 동안 지속되었던 계엄 상황의 해제 등과 같은 정치 상황의 변화가 큰 원인이다.[5]

그 중에서도 이 글에서 대상 사례로 삼은 자제회(慈濟會)는 1990년대 이후 급성장을 이루어서 현재는 대만을 중심으로 전 세계에서 500만 명에 달하는 회원을 보유한 세계 최대의 불교 NGO가 되었

---

3   '인간불교'란 불교가 '인간과 인간의 사이' 즉, 세간(世間)에 존재한다고 여기는 사상으로 글자의 뜻대로 해석하면 '현세(現世)의' 불교로 해석된다. 하지만 통상적으로는 '관여는(engaged)' 불교나 '사회에 관여하는(socially engaged)' 불교 또는 세상을 벗어나는 '출세(出世)'에 대해서 세상 속에 들어가는 '입세(入世)' 불교로 번역된다(蕭(2007)). 일본에서도 대만 불교를 '사회 참가 불교(Engaged Buddhism)'으로 보는 접근(金子昭(2005),『驚異の仏教ボランティア -台湾の社会参画仏教「慈済会」-』, 白馬社; Huang(2005), 陳文玲(2008)이 주목받고 있다. 사회 참가 불교로 보는 접근이란 '서양에서는 불교가 기독교와 비교해서 비사회적(disengaged)이라고 여겨져 왔다. 즉, 불교는 출가를 중요시하기 때문에 사회 참가를 위한 윤리를 제공할 수 없다고 여겨 온 것'(ムコパディヤーヤ(2006), 6면)에 대해서, 대만 불교나 일본의 신종교 등과 같이 출가를 중요시하지 않고 적극적인 사회공헌을 하는 불교 교단을 사회 참가 불교로 보는 견해이다.

4   箕輪顕量(2000),「台湾の佛教」,『東洋学術研究』39(1), 81-83면.

5   江燦騰(2000),『當代台灣佛教』, 南天書局, 388면.

다.[6] 자제회는 '불교고난자제공덕회(佛教苦難慈濟功德會)'로 1966년에 증엄법사(證嚴法師)와 이 비구니를 따르는 4명의 여승 그리고 30명 주부들의 힘으로 동부에 있는 도시 화롄(花蓮)에서 설립되었다. 출가자는 모두 여성으로 그 숫자는 대단히 적다. 종교 사업 외에도 여성 중심의 재가회원(在家會員)을 주축으로 다수의 사회사업을 통해서 대만 사회에 지속적으로 관여한다. 특히 재해복구지원활동은 특필 할 만한데, 태풍이나 지진 재해가 많은 대만에서 정부보다 먼저 가설주택이나 주거지원용 주택을 건설하는 등, 때때로 '공적'인 역할까지 담당한다. 그리고 사회적으로도 큰 금액의 성금이나 재난구호 자원봉사자가 자제회 아래에 결집하여 그런 자제회의 활동을 지원한다.

그럼에도 불구하고 2009년 발생한 '88수해' 후의 복구과정에서는 자제회의 재해복구지원이 갖는 문제점이 드러나게 되었다. 선주민을 중심으로 한 피해자가 자제회의 복구계획을 받아들이지 않은 것이 계기이고, 이는 동시에 재난을 입은 사람들과 사회가 자제회를 향해 토로한 비판이었다. 그렇다면 왜 재난을 입은 사람들은 자제회의 지원을 거부했던 것일까? 이 글에서는 자제회가 전개한 재난 복구지원을 거절한 재난지역과 사회의 사례를 통해서, 제2차 세계대전 이후 대만사회에 있었던 자제회의 성장과 재해복구지원의 전개

---

6   金子昭(2011),「東日本大震災における台湾・仏教慈済基金会の救援活動-釜石市での義援金配布の取材と意見交換から-」,『宗教と社会貢献』1(2), 73면.

를 논할 때 언급되었던, 제2차 세계대전 이후 대만에서 일어난 포스트콜로니얼과 본토화(本土化)에 관한 논의를 다시금 생각한다.

2. 본토화와 대만 불교

본토성(本土性)이나 본토화(本土化)는 전후 대만 사회를 고찰하는 중요 개념의 하나이다. 제2차 세계대전 이후의 대만은 정통성을 중국 대륙에 둔 국민당에 의한 독재적 국가인 중화민국이 서서히 대만화 되어가는 프로세스[7]를 보이는데, 특히 계엄령이 해제되어 민주화가 진행되는 1990년대 이후는 대만화가 급속히 진행된 시대와 겹쳐진다. 대만 현대사를 전공한 정치학자 와카바야시(若林)의 이야기에 따르면, 이 대만화를 나타내는 영어인 "Taiwanization"은 중국어로도 '대만화(臺灣化)'라고 할 수 있음에도 불구하고 대만에서는 '본토화(本土化)'라는 말이 쓰이는 경우가 많다고 한다. 이 때 '근본 본(本)'이 중국어로는 '이~'를 의미하기 때문에 '본토(本土)'는 '이 토지' 즉, 대만 자체를 가리킨다. 외성 사람(外省人)의 반대말이 내성 사람(內省人)이 아니라 본성 사람(本省人)인 것도 이런 뜻에서 유래한다.[8]

역사적으로 대만은 고전적인 세계에서의 제국인 청 제국(淸帝國)과 근대 식민 제국인 일본 그리고 제2차 세계대전 이후에는 비공식

---

7   若林正丈(2008), 『台湾の政治 中華民国台湾鹿野戦後史』, 東京大学出版会.
8   若林正丈(2008) 위의 책, 417면.

적인 제국인 미국,[9] 이들 세 개의 성격이 다른 제국 변두리에 위치해 왔다. 이들 제국이 다른 방식으로 지배·포섭할 때마다 대만에는 다른 성격의 이민자가 찾아왔고, 선주민과의 관계 재편이 반복되어 왔다.[10] 외래에서 온 사람에 의한 통지와 지배의 역사였던 것이다. 본토화란 대만이라는 '이 토지'에 자리 잡는 것을 통해서 이러한 외래에서 온 사람들의 지배·통지를 뒤집으려고 하는 탈식민지화의 움직임과 다르지 않은 것이다.

대만 불교로 시선을 옮기면, 현대 대만 불교의 사대도장을 구성하는 단체 중에서 불광산이나 법고산은 제2차 세계대전 이후에 중국불교회(中國佛敎會)와 함께 대만으로 건너온, 말하자면 외성계(外省系) 남성 승려에 의해 창립된 단체이다. 이에 비해 이 글에서 사례로 드는 자제회는 대만에서 탄생한 복로계(福佬系) 비구니에 의해 창립되었다는 점에서 다른 특징을 가진다. 또 재가 신도(在家信徒)의 구성도 여성이 태반을 차지하고 증엄법사(證嚴法師)와 동일한 복로계층(福佬系層)이 중심이기 때문에[11] 자제회는 대만의 '본토성'을 가지는

---

9   와카바야시는 제2차 세계대전 이후 세계의 제국 미국은 '식민지 미만의 모든 수단'을 통해서 영향권을 확보하는 '식민지가 없는 제국이며', 제2차 세계대전 이후 대만의 '중화민국'이 아시아의 냉전 심화와 더불어 미국의 식민지 없는 제국의 제국 시스템 주변부에 편입되었다고 설명하고 있다(若林方丈(2008) 위의 책, 28면).

10   若林正丈(2008), 『台湾の政治 中華民国台湾鹿野戰後史』, 東京大学出版会, 27면.

11   丁仁傑(1999), 『社會脈絡中的助人行為: 台灣佛教慈濟功德會個案研究』, 聯經出版公司, 58-59면.

단체로 여겨진다.[12]

1966년에 중앙에서 멀리 떨어진 대만 동부의 소도시인 화롄에서 탄생한 자제회는 국가로부터 지원을 받지 못하는 계층을 대상으로 존재의 근간인 자선사업이나 의료사업을 전개하여 큰 지지를 얻었고, 이로 인해 오늘날과 같은 대규모 종교자선단체로 성장을 이루었다. 국가에 의한 지원을 받을 수 없는 계층이란 인프라 정비가 잘 되어 있지 않은 지방 도시의 주민 계층으로, 이는 동시에 특정 계층에 대해서만 든든한 경제적 배분이 이루어지는 국가정책 속에서 정부에 의한 사회보장의 은혜를 충분히 받을 수 없는 계층이기도 했다.[13] 또한 국가로부터 지원을 받지 못하는 계층은 인구통계상 다수파인 복로층(福佬層)으로 자제회의 주요한 지지층과 겹친다. 그렇기 때문에 자제회는 일본식민지 시대부터 제2차 세계대전 이후 국민당 독재정권 시대로 이어진 외래 정권의 지속적인 통치 속에서 대만의 '본토성'을 가진 단체로 여겨지고 있었던 것이다.

재해복구지원도 그 연장선상에 위치했다. 재해 발생 직후 늦은 대책으로 온전히 기능을 하지 못하고 다양한 비판을 받게 된 국가를 대신해서 재난 지역에 나타나서 독자적인 논리를 가지고 복구지원을 펼쳐온 것이 자제회였다. 재해 직후에 지원의 손길이 닿지 않는

12 盧蕙馨(1995), 「佛敎慈濟功德會「非寺廟中心」的現代佛敎特性」, 漢學硏究中心編, 『寺廟 與民間文化硏討會論文集』, 行政院文建會, 741-745면.

13 村島健司(2012), 「台湾における生の保障と宗敎: 慈済会による社会的支援を中心に」, 『関西学院大学社会学部紀要』114, 213-226면.

공간에 가장 빨리 달려 온 자제회는 당초에는 음식의 무상제공과 정신건강 케어부터 시작해서 최종적으로는 가설주택 건설과 공립학교 재건에 이르기까지 재난 피해자가 필요로 하는 복구지원을 실시하는 것으로 재난 지역과 사회의 지지를 얻어서 그 규모를 확대한 것이다.[14]

3. 88수해와 재난 지역의 거부반응[15]

2009년 8월 8일 대만으로 상륙한 태풍 8호는 기록적인 호우로 평지에서는 홍수, 산간 지방에서는 산사태를 일으킨다. 88수해로 불리는 이 재해로 인한 사망자·행방불명자는 699명에 이르렀고 14만호 이상의 가옥이 실내 50cm 이상의 침수피해를 당했다. 총계 2만 5천명의 주민이 피난생활을 할 수 밖에 없었고, 921대지진 이후로 최대의 자연재해가 되었다.[16]

자제회는 그때까지의 재해복구지원과 마찬가지로 가장 빨리 재난지역으로 달려가서 다양한 지원활동을 실시한다. 특히 복구계획

---

14 村島健司(2013), 「台湾における震災復興と宗教: 仏教慈済基金会による取り組みを事例に」, 稲場圭信·黒崎浩行編『叢書宗教とソーシャル·キャピタル第四巻: 震災復興と宗教』, 明石書店, 250-269면.

15 이 사례의 자세한 내용은 村島健司(2017), 「宗教による災害復興支援とその正当性: 台湾仏教による異なる二つの災害復興支援を事例に」(『関西学院大学先端社会研究所紀要』)의 55-69면을 참조.

16 行政院莫拉克颱風災後重建推動委員會編(2010), 『莫拉克颱風災後重建周年成果彙編』.

의 주력으로 많은 자금을 투입하여 재난지역에 대규모의 주거지원용 주택을 건설했다.

하지만 이 주택의 건설과 입주의 과정을 둘러싸고 자제회와 재난 피해자 사이에 많은 충돌이 생기게 된다. 주거지원용 주택으로 입주를 재촉하는 자제회의 성급한 태도에 대해서 몇몇 선주민 부락에서 의문의 목소리를 내기 시작했다. 예를 들면 선주민인 루카이족으로 구성된 핑둥 현(屛東縣)의 하오차 촌(好茶村)에서는 촌민회의를 개최해서 자제회에 의한 주거지원용 주택 제공 안건에 관한 주민들의 논의가 있었다. 회의에서는 자제회의 주택 제공 안건에 대해 다수결을 거쳐서 101대 10이라는 압도적인 차이로 제안을 거부하는 결정이 내려졌다. 위원회의 부간사장은 다음과 같이 이야기하며 자선단체가 원조에 개입하는 경우에는 반드시 선주민 부락을 존중하고 부락을 공동 참가시키지 않으면 안된다고 호소했다.

> 하오차 부락은 자제회의 제안을 사퇴합니다. 그것은 우리가 스스로 주인이 되지 않으면 안 되기 때문입니다. 하오차 부락의 행동은 틀림없이 갈채를 받아 마땅할 것입니다. 왜냐하면 우리는 세계에서 유일하게 자선적 패권(慈善的覇權)을 거절한 민족이기 때문입니다.[17]

---

17   Summer(2009.8.28), 「投票拒慈濟、爭取遷瑪家 好茶部落要做自己的主人」, 『苦勞網』
      (http://www.coolloud.org.tw/node/45535), 2022년 10월 15일 확인.

결과적으로 이 하오차 부락은 자제회가 아니라, 재난지원용 주택을 제공하는 다른 기구인 세계전망회가 제공하는 재난지원용 주택으로 입주하는 선택을 하게 된다. 또한 때를 같이해서 재난 피해지역의 열일곱 개 선주민 단체는 합동으로 자제회의 증엄법사 앞으로 다음과 같은 공개 서한을 보냈다.

> 자제회가 잠시 동안 재난지원용 주택 건설을 중지하고 선주민 민족의 바람을 존중해서 우선 단기적인 임시거주지를 제공해 주기를 희망합니다. 경솔하게 정부의 조잡한 강제이주정책에 협력함으로써 선주민 민족을 멸망의 위기로 몰아넣는 일이 없기를 바랍니다.[18]

선주민 민족을 중심으로 재난 피해자가 재해 직후에 가장 필요로 하는 것은 재난지원용 주택으로 이전하는 것이 아니라 가설주택 등과 같은 임시 주거였다. 주민들은 지금까지 살던 산간 지역의 땅을 떠나서 평지에 건설된 재난지원용 주택으로 이주하는 것으로 인해 토지의 소유권뿐만 아니라 종래의 생활양식까지도 잃어버리게 되는 것을 두려워한다. 그리고 그러한 중대한 의제에 관해서는 개인만이 아니라 부락 전체에서 세세하고 면밀하게 의논할 필요가 있으며, 그러기 위해서는 충분한 시간이 필요하다는 생각이다. 재난 피해자

18　高有智(2009.8.29), 「且慢遷村！原民呼籲緩建永久屋」, 『中國時報』.

중에 한 명은 '가능하다면 모두다 역시 고향으로 돌아가고 싶다고 생각하며, 정부와 민간단체는 선주민 민족이 성급하게 고향을 떠나도록 만드는 단순한 처리를 하지 않았으면 좋겠다.'[19]고 이야기하며 정부와 자제회가 재난지원용 주택 정책에 대해 다시 생각하기를 촉구했다.

비록 무료로 재난지원용 주택 제공을 받을 수 있다고 하더라도, 그것과 바꿔서 선조대대로 전해진 익숙한 삶의 터전인 토지와 그 토지를 전제로 하는 생활양식을 박탈당하는 것이 되고 만다. 선주민 민족에게 있어서 토지란 단지 생계만을 유지하기 위한 장소가 아니라 조상의 혼백과 더불어 다양한 관습이 깃든 장소이다. 재난 피해자는 그런 갈등 속에서 가능한 한 고향에서 복구의 가능성을 모색하며, 될 수 있는 한 결정을 유예하기 위해서 임시로 가설주택에 입주하기를 희망하게 된 것이다.

한편, 자신이 제공한 복구계획에 대해서 예상 밖의 비판을 받게 된 자제회는 재난 피해지역에서 사람들을 설득하기 위한 설명회를 반복했다. 또 동시에 신문지면으로 성명을 발표해서 자제회가 실시하는 복구계획에 관한 설명을 했다.

> 88수해의 재난 피해자 태반은 산림에서 생활하고 계셨습니다. 그러나 산림은 파괴되었고 더 이상 생계를 꾸릴

---

19 위의 기사.

수 없게 되었습니다. 그 때문에 자제회는 안전한 토지에
서 재난지원용 주택을 건설하고 재난 피해자 여러분들에
게 산을 내려오도록 부탁드려서 장기간에 걸쳐 안정된 경
제생활을 영유할 수 있도록 계획했습니다. …(중략)… 현
재 지구 규모로 이상 기후가 발생하여 산림은 훼손되었고,
이처럼 엄중한 상태입니다. 산림을 생활의 양식으로 기대
하는 것은 대단히 위험합니다. 비록 선주민 민족 여러분의
하산으로 산림을 경제 기반으로 하는 생활을 하지 않더라
도 여전히 산림의 영혼을 수호하는 사람이라는 사실은 변
함이 없습니다.[20]

자제회는 재난 피해자에게 경제적인 면과 재해 대책이라는 면에
서도 재난 피해자가 산림에서 불안정한 생활을 보내는 것이 아니라
산을 내려간 후에 재난지원용 주택에 입주하고 나아가서는 자제회
나 정부가 계획하는 고용 정책 속에서 안정적인 경제생활을 하도록
권한다. 동시에 이전부터 환경문제에도 깊이 관여해 온 자제회는 환
경 보호라는 입장에서도 피폐해진 산림의 휴식을 호소한다.

하지만 이 성명은 재난 피해지역에서 다시금 물의를 빚는다. 예
를 들면 스스로도 재난 피해자인 선주민 부눈족(Bunun族)의 한 목사
는 자제회를 포함하는 자선단체가 제시한 조건이 좋다고 인정하면

---

20   何日生(2009.9.2), 「讓祖靈土地安養生息」, 『聯合報』.

서도 재난 피해자에 대한 태도에 대해서 '선주민 민족이 지속적으로 산림을 파괴했기 때문에 이러한 피해를 초래했다고 느껴지는 부분이 있어서 우리들의 심정은 늘 기분이 좋지 않았다'[21]고 이야기한다. 또 기독교계 자선단체인 세계전망회의 간부도 자제회가 이야기한 산림의 휴식은 언뜻 생각하면 이치에 맞는 듯하지만 거기에는 '선주민이 산림의 파괴자라는 오해가 시종일관 존재하고, 또 선주민 민족이 잘못된 장소에 살며 잘못된 생활 습관을 가지고 있다는 그릇된 생각을 만들어낼 수 있다'[22]고 주장한다.

이러한 재난 피해자와 지원자인 자제회의 충돌은 자제회가 제공하는 재난지원용 주택의 입주를 거부한 사람들 사이에서만 머무르지 않는다. 산을 내려가는 것을 선택해서 자제회가 제공한 재난지원용 주택으로 입주한 후에도 둘 사이에는 적지 않은 충돌이 발생했다. 필자가 자주 들은 것으로는 '건물이나 각각의 장소에 배치된 모티브 등, 재난지원용 주택 전체에 자제회의 독특한 분위기가 스며있어서 재난 피해자의 문화가 존중 받지 못한다', '각지에서 자제회 신도가 교대로 재난지원용 주택 지구를 방문하고 그 중에는 기념 촬영을 하는 사람도 있다. 마치 재난 피해자가 구경거리가 된 듯하다', '금주·채식을 기본 방침으로 하는 자제회와 전통적으로 육식과 음주 문화가 자리 잡은 선주민과의 문화적 차이. 자제회가 입주자에게

---

21   陳儀深(2011), 『八八水災口述史 2009~2010災後重建訪問紀錄』, 前衛出版社, 25면.
22   陳儀深 위의 책, 311면.

강제하는 일은 없지만 지구 내의 모든 곳에서 금주를 호소하는 목소리가 들리고 또 자제회에 고용된 입주자는 작업중에 음주가 금지 된다' 등을 들 수 있다.

4. 흔들린 복구지원의 정당성

지금까지 재해복구지원과 그 전제가 된 제2차 세계대전 이후의 대만 사회에서 자제회는 복로계층이 사회적 연대를 이루는 중심점으로서 국가의 지원을 받지 못하는 사람들을 지원해왔다. 한편 88수해가 발생했을 때에는, 912대지진을 경험하고 법률을 정비했기 때문에 정부가 조기에 '재건특별조례'와 복구의 가이드라인을 완성할 수 있었다. 또 재난 피해지역이 산간부이고 재난 피해자인 선주민 민족 사이에서는 불교가 아닌 기독교가 널리 수용되어 있는 등,[23] 912대지진으로 인한 재난 피해지역과는 다른 특징이 있었다.

국가의 얼터너티브(Alternative)에서 에이전트(Agent)로

88수해 이후의 복구 과정, 특히나 재난지원용 주택 건설계획에

---

[23] 기독교의 대만포교 자체는 제2차 세계대전 이전부터 있었지만, 그것이 산간부에서의 본격적인 포교로 선주민 민족 사이에서 널리 수용된 것은 제2차 세계대전이 끝나고 얼마 지나지 않았을 즈음이다(笠原政治(1998),「台湾原住民-その過去と現在」, 日本順益台湾原住民研究会編,『台湾原住民研究への招待』, 風響社, 19면).

서는 결과적으로 자제회는 그 시작 단계부터 정부에 호응하는 형태로 계획에 참여하여 정부와 함께 계획을 실행해 가는 것이 된다. 더군다나 각각의 재난지역에서 열린, 건설이 예정된 자제회의 재난지원용 주택 입주 설명회에는 정부측의 인원도 파견되었다. 자제회는 정부와 함께 재난 피해자에게 재난지원용 주택이 얼마나 훌륭한지를 열변하며 재난지원용 주택으로의 이주·입주를 권한다. 또 때로는 대규모의 복구기원 이벤트를 주최하는데, 내빈으로 총통을 포함한 정부요인을 초대하여 재난지원용 주택을 포함한 자제회의 복구지원사업을 재난 피해자뿐만 아니라 사회전체에 어필한다. 예를 들면 수해 이후 3개월이 지난 11월 15일 가오슝 현(高雄縣) 산린 군(杉林郡)에 있는 자제회 담당의 재난지원용 주택건설예정지에서는 만 명을 넘는 재난 피해자 외에 마잉주(馬英九) 총통 이하 행정원장·전 행정원장·가오슝 현의 현지사 등 쟁쟁한 내빈이 초대된 자제회의 성대한 착공식이 있었다.[24]

자제회 입장에서는 정부요인을 초대한 이벤트를 주최함으로써, 불교단체 하나의 독자적인 활동이 아니라 정부의 승인과 칭찬을 받는다는 사실을 사회에 보여줄 수 있다. 그러나 이처럼 정부와 자선단체가 한 몸이 되어 복구정책을 진행시키는 것은 이번에 비판을 받은 큰 요인이기도 했다. 대만대학 사회복지학부의 왕리롱(王麗容)은

---

24   王志宏編(2010), 『用愛展現奇蹟 : 八八水災重建半年記』, 財團法人佛教慈濟慈善事業基
      金會, 230면.

88수해에서 정부와 민간단체의 역할이 뒤바뀌었다는 것을 문제로 삼아 다음과 같이 비판했다.

> 정부가 NGO에 큰 활약의 공간을 주어서 민간단체가 재해복구에 참여하는 것은 대단히 귀중한 것이다. 하지만 재해복구에서 민간은 어디까지나 민간이며 정부를 완전히 대체하는 것은 불가능하고 또 적당하지 않다는 것을 정부는 신중히 고려해야 할 것이다.[25]

이런 비판에서 드러나는 것은 정부와 자선단체가 한 몸이 되어 진행한 재해복구, 혹은 정부가 계획을 책정하고 그 실행부대로 자선단체가 움직이는 재해복구의 형태이다. 정부의 복구계획에 협조하면서 스스로 복구지원책을 실행한 자제회도 동일하게 이런 비판을 받게 된 것이다.

재난지원용 주택건설을 예로 들면, 수많은 재난 피해자의 이주를 성공시키는 것을 최종 목적으로 추진하는 정부의 재난지원용 주택정책에 있어서 자제회가 정부 대신에 현장에 나서서 재난 피해자에게 무상으로 제공하는 재난지원용 주택 입주를 권장한다. 앞의 절에서 이야기 한 것과 같이 특히 역사적으로 토지와 깊이 연결된 선주민

---

25 王麗容(2010.2.15), 「走調的災後重建~政府角色和民間角色錯置了!?」, 『南方部落重建聯盟』(http://southtribe.pixnet.net/blog/post/4734353), 2022년 10월 15일 확인.

민족 재난 피해자의 입장에서 바라보면 정부와 자제회가 한 몸이 되어서, 혹은 정부의 손과 발이 된 자제회가 자신들의 토지와 그 토지를 기반으로 하는 생활·문화를 빼앗으러 오는 듯이 여겨진 것이다.

이들 재난 피해자의 절실한 바람에 대해 자제회가 직접적으로 호응하는 일은 없었다. 그리고 그 대신에 정부에게 '많은 선택지를 제공하도록' 요망하는 데에 머무른다. 이러한 자제회의 자세는 지금까지의 재해복구 과정에서, 또 탄생부터 현재까지의 성급한 성장과정에서 취해온 자세와는 크게 다른 것이었다. 그렇다면 어떻게 크게 다른 것일까?

앞서 이야기한 것과 같이 중앙에서 멀리 떨어진 대만 동부의 소도시인 화롄에서 탄생한 자제회가 이후에 큰 지지를 받아서 오늘날과 같은 대규모 자선단체로 성장할 수 있었던 큰 이유로는 그 근간인 자선사업을 통해서 국가의 지원을 받지 못하는 계층에게 국가 대신에 그/그녀들의 삶을 보장하는 데에 있었다. 지금까지의 재해복구 과정에서 있었던 지원활동은 탄생 이후 가장 적절한 자선활동의 예시였으며, 당초에는 음식 제공이나 재난 피해자 케어 등과 같은 지원이 중심에 있었음에도 불구하고 차츰 거액의 성금이 모이자 재난 피해자의 요구에 호응하는 형태로, 온전한 기능을 못했기 때문에 재난 피해자에게 지원을 제공하지 못하게 된 정부를 대신해서 가설주택이나 공립학교의 재건 등과 같은 대규모 지원활동에도 참여하게 된다. 지금까지의 자제회는 말하자면 정부의 얼터너티브(Alternative)로서 독자적인 복구기원활동을 재난 피해자에게 제공하였고, 그 자세를 사회에서 크게 지지했던 것이다.

한편 88수해 이후의 자제회는 결과적으로는 '흑막'으로 배후에 있는 정부 대신에 정부가 추진하는 정책을 현장에서 실행하는, 말하자면 정부의 에이전트(Agent)로 재난 피해자와 마주하게 되어 버렸다. 재난 피해자나 지식인의 비판이 드러내 듯이 결과적으로 재난 피해자에게는 정부의 에이전트인 것처럼 보였고 그에 대해 많은 비판이 가해진 것이다. 또한 비판을 받은 이후에도 여전히 당초의 구상대로 재난지원용 주택을 건설한다는 노선을 유지하였고, 재난 피해자들이 바라는 가설주택을 건설하는 일은 없었다. 정부가 어떤 태도를 취하더라도 재난 피해자가 가설주택의 건설을 희망한다면 그 희망에 호응하는 것이 지금까지의 자제회가 가졌던 자세가 아니었을까?

얼터너티브에서 에이전트라는 정부와의 관계 변용. 이것이 88수해 이후의 재해복구 과정에서 나타난 자제회의 변용이었다. 이 변용이 찬사에서 비판이라는 재난 피해자의 다른 반응을 이끌어낸 요인이라고 생각할 수 있다. 재난 피해자가 받아들이는 88수해 이후의 자제회에 의한 복구 지원은 재난 피해자 측이 아니라 정부와 함께 토지와 생활양식을 빼앗으러 오는 것이었다. 결국 재난 피해자의 눈에 비친 복구지원은 지금까지처럼 자제회가 중심이 되어 구축한 것이 아니라, 자제회가 정부와 한 몸이 되어서 구축한 것이라고 생각할 수 있다. 이는 국가에 의한 보호가 미치지 않는 곳에서 사회적 연대의 중심을 차지했던 자제회가 취해온 지금까지의 입장과는 다른 것이다.

재난 피해자를 향한 타자로서의 눈길

한편 재난 피해자와의 사이에서도 88수해 이후의 자제회는 921대 지진 후와 다른 관계를 구축하게 되었다.

창시자인 증엄법사로 대표되는 것처럼 자제회는 그 설립·성장 과정에서 '복로계'를 중심으로 지지를 확대해왔다. 앞서 이야기했 듯이 자제회는 인구 통계상은 압도적으로 다수파이면서도 국가에 의한 사회보장의 극진한 보호를 받지 못하는 그녀/그들에게 있어서 사회적 연대의 중심이었다. 또 이제까지 재난 피해지역의 대부분은 주민이 일상생활에 있어서 모국어인 중국어가 아니라 모어인 민난어(閩南語)를 이야기하는 '복로계'를 중심으로 한 '본토성'을 가진 마을이어서 자제회는 지원자/피지원자라는 양의적(兩儀的)인 입장에서 재난 피해자에 대한 이해를 기반에둔 복구지원이 가능했었다.

한편 88수해에서는 그 재난 피해지역에서는 불교가 아닌 기독교가 널리 수용되어 있었다. 재난 피해지역의 하나인 핑둥 현(屛東縣)에서 지역 커뮤니티 창조에 힘을 쏟아온 저우(周) 씨가 '부락에서 기독교 교회를 중심으로 하는 결속력은 대단히 강력해서 이 지방에서 커뮤니티 창조나 재해복구 등을 실시하려면 교회의 힘을 빌리지 않고는 성공할 수 없습니다'[26]라고 이야기하듯이 산간부에서는 오늘날 기독교가 최대의 영향력을 가지고 있다. 88수해 이후에 지원활동을 한 기독교계 자선단체인 세계전망회의 간부가 '우리는 재난 피해

---

26   陳 위의 책 130면.

298

지역에 '들어가서' 지원을 한 것이 아니라 원래 재난 피해지역에 있었고 심지어는 우리들 중에는 현지에서 채용한 선주민 직원이 많았습니다'[27]라고 이야기하듯이 산간부에서 평소부터 다양한 지원활동을 펼치고 있던 것이다.

그에 비해서 불교단체인 자제회의 경우는 산간부에서는 그다지 활동의 침투가 이루어지지 않았고 다른 지역처럼 커뮤니티로서 자리를 잡지는 못했었다. 따라서 88수해 이후의 자제회는 921대지진 이후와 같은 지원자/피지원자라는 양의적인 입장에서 재난 피해자에 대한 이해나 공감에 기반을 둔 복구지원을 할 수가 없었던 것이다. 임시의 주거로써 가설주택 건설을 절실히 바라는 재난 피해자의 목소리를 배제하고 처음 계획대로 정부의 안(案)인 재난지원용 주택 건설만 고집한 것이 가장 대표적인 예일 것이다.

게다가 그 선주민 민족에 대한 지원에는 언제나 배려가 결여되어 있었다는 의견도 있다. 자제회의 재난지원용 주택에서 선주민 재난 피해자에게 금주(禁酒)를 이야기하는 자제회 간부의 모습을 멀리서 바라보면서 한 피해자는 필자에게 다음과 같이 말했다.

> 저도 어릴 적부터 적지않게 자제회의 원조를 받아왔습니다. 저 뿐만 아니라 주변에도 마찬가지로 자제회의 원조를 받아온 친구가 많습니다. 자제회의 원조가 있었기에 진

---

27 陳 위의 책 30면.

학해서 교육을 받을 수 있었다고 해도 되겠지요. 다만, 자
제회는 선주민에게 원조는 하지만 우리의 문화에 관해서
는 존중을 한다고는 할 수 없습니다. 언제나 우리의 문화
를 나쁜 습관이라 단정하고 개선의 압박을 가합니다.[28]

재난 피해자인 선주민 민족에게 있어서 자제회는 재난 피해지역
의 현재 상황을 충분히 이해하지 않고 '환경파괴'나 '악습'에 물든 사
람으로 보고 '문화에 대한 존중'이 결여된 스테레오타입의 시선을
가지고 '개선을 압박해 오는' 존재였다. 그런 자제회가 정부와 한 몸
이 되어서 복구지원에 참가함으로써 그 지원과 이제까지의 생활양
식을 바꾸라는 압박을 교환한다고 받아들인 것은 아니었을까? 하오
차 부락(好茶部落)에서 자제회를 '자선적 패권'이라고 칭한 것은 그
일례일 것이다.

자제회가 지원자/재난 피해자라는 양의적인 존재이며 그 때문에
재난 피해지역에 대한 이해나 공감에 기반을 둔 복구계획을 실시한
이제까지의 지원과 달리 88수해 이후의 재난 피해자는 자제회에게
있어서 일관해서 타자로 존재했다. 또 그 선주민 민족을 향한 타자
로서의 시선은 대만 사회의 에스닉 구조에서 기인하여 재해에 의해
현재화(顯在化)하고 또 첨예화(尖銳化)한 것이라 볼 수 있다. 타자로
서의 시선에 기반을 두고 이해나 공감이 결여된 채로 참가한 자제회

28   필자에 의한 청취(2011년 3월).

의 복구지원에 대해 재난 피해자는 거부반응을 보인 것이다.

5. 나가며─탈식민지화와 본토화의 논의를 넘어서

제2차 세계대전 이후 대만의 탈식민지화 과정은 본토화(Taiwaniza-tion)의 과정이었다. 그것은 일본 식민지 시대에서 또 제2차 세계대전 이후의 국민당 독제 시기에서 외래 정권에 의해 지속적으로 통치를 받아온 사람들이 대만 본토를 자신들의 토지로 여기고 그 주체를 회복하는 과정이었다. 이 글에서 든 사례인 본토성을 갖는 불교단체 자제회는 그 과정에서 자선사업과 재해복구지원을 통해서 그 회복을 지지했고, 동시에 사회의 지지를 얻어서 자신들의 규모를 확대시켜 온 것이다.

그렇지만 88수해 복구과정에서 드러난 것은 거기에는 누구보다도 대만 본토와 오랫동안 밀접한 관계를 맺어온 선주민들이 주체화되어 있지 않았다는 사실이다. 자제회에게 있어서 선주민들은 어디까지나 지원을 하는 대상이나 개선이 필요한 대상 즉, 타자에 지나지 않았다. 그렇기 때문에 자제회와 선주민을 중심으로 하는 재난 피해자 사이에서 큰 충돌이 생겼고 또 사회에서도 비판을 받게 되어버린 것이다.

참고문헌

陳儀深(2011), 『八八水災口述史 2009~2010災後重建訪問紀錄』, 前衛出版社.

行政院莫拉克颱風災後重建推動委員會編(2010), 『莫拉克颱風災後重建周年成果彙編』.

金子昭(2005), 『驚異の仏教ボランティア −台湾の社会参画仏教「慈済会」−』, 白馬社.

金子昭(2011), 「東日本大震災における台湾・仏教慈済基金会の救援活動−釜石市での義援金配布の取材と意見交換から−」, 『宗教と社会貢献』1(2).

何日生編(2010), 『慈悲心路: 莫拉克風災慈濟援建』, 財團法人佛教慈濟慈善事業基金會.

笠原政治(1998), 「台湾原住民−その過去と現在−」, 日本順益台湾原住民研究会編, 『台湾原住民研究への招待』, 風響社.

江燦騰(2000), 『當代台灣佛教』, 南天書局.

丘延亮(2010), 「不對天災無奈, 要教人禍不再−災後民間力量在信任蕩然之叢林世界中的對抗與戰鬥−」, 『台灣社會研究季刊』78.

箕輪顕量(2000), 「台湾の佛教」, 『東洋学術研究』39(1).

村島健司(2012), 「台湾における生の保障と宗教: 慈済会による社会的支援を中心に」, 『関西学院大学社会学部紀要』114.

村島健司(2013), 「台湾における震災復興と宗教: 仏教慈済基金会による取り組みを事例に」, 稲場圭信・黒崎浩行編, 『叢書宗教とソーシャル・キャピタル第四巻 : 震災復興と宗教』, 明石書店.

村島健司(2017), 「宗教による災害復興支援とその正当性: 台湾仏教による異なる二つの災害復興支援を事例に」, 『関西学院大学先端社会研究所紀要』.

沼崎一郎(2014), 『台湾社会の形成と変容−二元・二層構造から多元・多層構造へ−』, 東北大学出版会.

王順民(2001), 『宗教類非營利組織的轉型與發展』, 洪葉文化事業.

王志宏編(2010), 『用愛展現奇蹟: 八八水災重建半年記』, 財團法人佛教慈濟慈善事業基金會.

盧蕙馨(1995), 「佛教慈濟功德會「非寺廟中心」的現代佛教特性」, 漢學研究中心編, 『寺廟與民間文化研討會論文集』, 行政院文化會.

丁仁傑(1999), 『社會脈絡中的助人行為: 台灣佛教慈濟功德會個案研究』, 聯經出版公司.

若林正丈(2008), 『台湾の政治 中華民国台湾鹿野戦後史』, 東京大学出版会.

천子의 얼굴의 '모노'物

―포스트모던적 일본정신의 원점

박규태

1. 들어가는 말 : 일본정신과 포스트모더니즘

가라타니 고진(柄谷行人)에 따르면, 18세기말에서 19세기초에 걸친 분카분세이(文化·文政)시대[1]는 이에 앞선 겐로쿠(元禄)시대[2]부터 급속히 상승한 조닌(町人, 상공인) 부르조아를 중심으로 소비사회의 난숙 및 소설·연극·회화 등에 있어 세련미와 데카당스의 극치에 도달해 있었던 때이다. 한편 1980년대 일본 소비사회의 이상한 약진은 현대의 문맥에서 주체의 소멸, 중심의 비중심화, 심층의 표층화, 오리지널의 카피화 등으로 특징지워지는 포스트모더니즘이라 불린다. 메이지 이후 백여 년간 일본인은 주체나 내면 또는 오리지널한 어떤 것

---

[1] '분카'는 1804년에서 1818년까지, 그리고 '분세이'는 1818년에서 1830년까지의 연호. 통상 이 두 시기를 합쳐 '분카분세이'시대라 부른다.

[2] 1688년에서 1704년까지의 연호.

의 확립을 과제로 삼아왔지만 1980년대에 이르러 이제 그것은 경멸의 대상이 되었고, 프랑스 포스트구조주의 사상이 사회적 붐을 일으켰으나 그것 또한 이제는 더 이상 진지한 관심의 대상이 아니다.

그런 분위기의 배경에는 포스트모던적인 것이라면 서양보다 오히려 일본 쪽이 더 발전되어 있는 것은 아닐까 하는 의식이 부수되어 있다. 일본사의 문맥에서 그것은 이미 일본인에게 매우 친숙한 분카분세이적인 것의 부활을 의미한다. 분카분세이적인 것은 포스트모더니즘의 특징을 모두 구비하고 있기 때문이다. 사상적 차원에서 보자면 포스트모더니즘의 정신성은 한마디로 로고스중심주의의 해체에 있다고 말할 만하다. 그런데 이런 류의 해체가 분카분세이 시대에 앞선 17세기 후반으로부터 18세기 후반의 일본에서 이토 진사이(伊藤仁斎, 1627-1705)·오규 소라이(荻生徂徠, 1666-1728)·모토오리 노리나가(本居宣長, 1730-1801) 등에 의해 주자학적 리(理, logos·raison·ratio·원리·논리·진리·도리·이념·이성·이유 등)에 대한 철저한 비판[3]의 형태로 이루어졌다는 것이다.(가라타니 고진, 2004:191-193)

---

3 진사이는 『논어』를, 소라이는 <오경>을, 노리나가는 『고사기』를 각각 텍스트로 선택하여 그것에 대한 주석학적 독해를 평생에 걸쳐 수행하면서, 모두 이런 주석학적 독해를 통해 주자학의 리(理)중심주의를 비판했다. 도(道)를 타자와의 관계 혹은 타자에 대한 사랑에서 발견한 진사이는 자기와 타자 사이에 동일한 로고스(리)가 존재하는 것은 아니라고 생각했다. 이런 진사이의 주관성을 비판한 소라이는 도가 인간관계의 객관성이나 예약(의례와 음악)이라는 제도(정치기술)로서 존재한다고 주장했다. 하지만 리에 대한 비판은 노리나가에서 최종적인 국면에 도달했다. 그의 인식은 한마디로 '가라고코로(漢意)' 비판에 있는데, 이때 가라고코로란 결국 주자학적 리(이론, 진리, 원리)를 의미한다. 즉 그것은 모순에 찬 과잉된 현실을 어떤 체계적인 의미로 환원해 버리는 사고 자체를 의미한다.(가라타니 고진, 2004:137쪽, 157쪽, 164쪽, 198-201쪽)

이와 같은 가라타니의 독특한 통찰력은 일본정신의 핵심에 원리적이고 논리적인 어떤 것에 대한 해체적 비판의식 혹은 생리적인 거부감이 존재하고 있음을 시사한다. 가령 이른바 '가라고코로'(漢意=주자학적 리) 비판을 통해 리 부정의 정점에 이른 노리나가는 논리나 이론이 아닌 감정의 절대적 우위성에 입각하여 주체와 대상의 공감적 합일을 뜻하는 '모노노아와레(物の哀れ)'적인 것을 일본정신(야마토다마시이)으로서 상찬했다. 흔히 이런 노리나가와 더불어 일본을 대표하는 사상가로 말해지는 니시다 기타로(西田幾多郎, 1870-1945)는 일본정신을 주체나 주어가 아닌 대상이나 술어 쪽에 방점을 찍는 "모노(物) 그 자체에 이르는 것"(西田幾多郎, 1940:1-2)이라고 정의내린 바 있다. 이하에서는 바로 이와 같은 포스트모던적 일본정신의 담론에서 언급되는 '모노'(物)가 과연 무엇인지, 나아가 그 '모노' 관념이 일본문화·역사·사상의 다양한 장면에 어떤 방식으로 깊이 각인되어 있는지에 관해 모노의 언어학, 모노의 스피리추얼리티, 모노의 미학, 모노의 사상 등의 관점에서 다각도로 규명하고자 한다. 이때 특히 노리나가와 니시다에 있어 '모노와 주체'의 문제에 주목할 필요성이 있어 보인다.

2. 모노의 언어학 : 일본정신의 양의성

현대 일본어에서 '고토'(事)와 함께 가장 기초적인 단어로 중심적인 역할을 하는 '모노'(物)는 매우 복잡한 의미를 내포한다. 『일본국어대사전』의 정의에 따르면 모노라는 말은 본고의 목적과 관련하여 크게 ① 형태가 있는 물체 일반 ② 사람(者) ③ 대상을 명시할 수 없어 추상화한 '어떤 것' ④ 생각이나 의식 등 마음 작용과 관련된 어떤 것 등의 네 가지 용례로 요약될 수 있다.(『日本國語大辭典』19, 329-330)[4] 이 네 가지는 다시 물질적 형태가 있는 것(①과 ②)과 그렇지 않은 것(③과 ④)으로 대별될 수 있다. 그것들은 일차적으로 물(物)이나 자(者) 또는 영(靈) 등의 한자로 표기되는 '어떤 대상으로서의 타자'를 가리키는 말이다. 현대 일본인에게 가장 일상적인 모노의 용법은 형태가 있는 물체나 물건 일반과 관계가 있다. 일본문화는 흔히 '모노즈쿠리(物作り)의 문화'라고 말해지는데, 거기서 모노는 바로 대상으로서의 물체나 물건을 의미한다. 과연 일본인은 모노를 대상화하여 그것을 변형시켜 무언가를 만들어내는 데에 뛰어난 능력을 보여준다. 하지만 모노가 반드시 사물을 의미하는 것은 아니다. 일본에서는 종종 사람도 모노(者)라고 말한다. 모노를 매개로 하여 사물과 사람을 동일선상에 놓는 일본인의 발상은 흥미롭기 짝이 없다. 그런 발상은 사람에게 마음(영혼)이 있듯이 사물에도 마음(영혼)이 있다는 애니미즘적인 감각에서 비롯된 것일 지도 모른다.

어쨌든 이런 ①과 ②의 어법이 현대 일본어에서 모노의 가장 일반적인 용법이라 할 수 있겠다. 형태가 있는 이러한 실체적인 모노 개

---

4   이 사전에 수록된 모노 관련 항목은 27쪽에 걸쳐 7백여 개 이상에 달한다.

넘을 토대로 특정 사물에 대한 총칭에 쓰이는 '존재'로서의 모노 용법도 일상 속에서 널리 쓰이고 있다. 가령 하쓰모노(初物, 맏물), 유뉴모노(輸入物, 수입물), 다카라모노(寶物, 보물), 가나모노(金物, 철물), 한파모노(半端物, 반편이·개수가 모자라는 물건), 노코리모노(残り物, 남은 물건·찌꺼기), 호리다시모노(掘り出し物, 우연히 얻은 진귀한 물건이나 의외로 싸게 산 물건) 등의 현대어에서 모노는 앞에 나오는 형용어의 성질이나 상태를 내포한 존재 일반을 가리킨다. 존재 자체는 추상적이므로 그 앞에 형용어를 붙여 그것을 실체화한 것이다. 이런 모노 개념은 나라시대와 헤이안시대에까지 거슬러 올라간다.

그런데 미술평론가 사와라기 노이(椹木野衣)에 따르면, 일상적인 일본어에서 물질을 의미하는 모노(物)보다는 모노가나시이(왠지 슬프다), 모노구루오시이(미칠 것 같다), 모노스고이(굉장하다), 모노모노시이(어마어마하다), 모노노아와레 등에서의 모노처럼 비실체적인 개념으로 쓰이는 경우가 훨씬 더 흔하다. 이 때의 모노는 "모델이 없는 것이므로 모방할 수도 없고 형태를 지니지 않으며 본질상 무명성을 갖추고 있고 상대할 그 무엇도 없다."(사와라기 노이, 2012:204) 이런 이해는 원래 주로 고전에 많이 등장하는 ③이나 ④의 모노 용법이 ①과 ② 못지않게 현대 일본인의 일상어 속에도 많이 남아있다는 점을 시사한다.

한편 국어학자 오노 스스무(大野晋)는 "모노란 개인의 힘으로는 바꿀 수 없는 불가역성(불가변성)을 핵심으로 한다."고 지적한다. 그러니까 모노는 '근본적인 어떤 것'이라는 의미를 함축하는 말이라는

것이다. 단순한 사물을 가리키는 모노의 현대일본어 어법은 실은 이런 의미에서 파생되었다. "물체도 불가역적인 존재라는 점에서 모노라고 불리게 된 것"(大野晋, 2006:50-51)이다. 즉 기정 사실, 피하기 어려운 것, 이미 정해진 것, 불변적이고 항상적인 관습·법칙·원리·질서 등을 나타내는 것이 모노라는 용어의 본래적 의미라는 말이다. 그것은 구체적으로 사회의 규율이나 관습적인 도리가 될 수도 있고, 의식이나 행사의 운용 또는 인생의 되어가는 추이(成り行き)나 운명 등을 가리키기도 한다.(大野晋, 2012:11-12)

사례를 들어보자.[5] 일본인은 흔히 "저 녀석은 모노를 모르는 녀석이니까."라고 말한다. 이 말은 "세상의 도리를 모르는 녀석"을 뜻한다. 또한 "세상이란 그런 것(もの)이야."라고 말하면 "세상은 그렇게 정해져 있는 거야. 그 규칙을 네가 모를 뿐이야."라는 뜻이다.『겐지모노가타리』(源氏物語)에는 이런 식의 모노 용법이 많이 나온다. 가령 '모노노치카시'(もの近し, 간격이 가까운 것)와 '모노도호시'(もの遠し, 간격이 먼 것)는 헤이안시대 귀족사회에 있어 남녀 사이 혹은 신분이 다른 사람들 사이에서 지켜야만 하는 규율이나 관습과 관련된 표현이다. 여기서 모노는 '지켜야만 하는 사회적 규칙'을 의미한다. 마찬가지로 역법, 방각, 천문, 점술과 관련된 금기를 뜻하는 '모노이미'(物忌)에서의 모노는 "음양도에 있어 정해진 규칙"을 의미한다.

---

5   이하의 사례는 주로 오노 스스무(大野晋, 2012)를 참조하면서, 경우에 따라 오노와는 다른 관점에서 재구성하거나 재해석한 것이다.

오늘날 스모에는 '모노이이'(物言い)라 하여 승부 판정에 대한 이의 신청을 의미하는 말이 있는데, 이 말은 『겐지모노가타리』에도 사례가 나온다. 예컨대 유명한 〈비오는 날 밤의 여자 품평회〉 장면은 "온갖 논평(もの言ひ, 모노이이)에도 불구하고 결론을 내지 못해 길게 탄식할 뿐이었다."라는 말로 끝난다. 거기서의 '모노이이'는 이런 류의 여자는 이런 결과가 될 것이라 하여 "정해진 어떤 것에 대해 말하는 것"을 뜻한다. 마찬가지로 스모에서의 모노이이는 직역하자면 "규정을 들어 이의를 제기하는 것"으로, 승부 판정이 과연 규정에 합치하느냐 아니냐의 재검토를 요청하는 것을 뜻한다. 또한 주인공 히카루 겐지가 우쓰세미(空蝉)와 밀통한 후 이 사실을 모르는 우쓰세미의 남편 이요노스케가 그를 방문하는 장면에서, 겐지는 이요노스케와 말을 나누면서도 눈앞에 우쓰세미의 모습이 어른거려 "세켄(世間)의 규칙에 성실한(모노마메야카) 노인을 눈앞에 대하니 이런저런 생각이 나서 마음이 켕긴다."라고 말한다. 그냥 '마메야카'(忠實やか)라 하지 않고 '모노마메야카'라 한 것은 "자신은 세켄의 규칙을 위반했다"고 여기는 겐지의 떳떳하지 못한 심경을 나타내고 있다.

위 사례에서 모노는 '세상에서 정해져 있는 규칙이나 도리'를 뜻하는데, 이와는 대조적으로 오직 사후적으로만 체념적으로 받아들일 수 있는 미지의 '운명' 또는 '움직이기 어려운 사실이나 되어가는 추이'로서의 모노를 말할 수 있다. 가령 『겐지모노가타리』로 대표되는 헤이안시대의 문학장르인 '모노가타리'(物語)의 모노를 들 수 있겠다. "모노가타리에는 사물에 대한 일본인들의 독특한 미의식이 반영되어 있다."(최광진, 2015:253)는 지적에서처럼, 와카(和歌)와 함께 헤이안 왕조문학의 중추를 점하는 장르인 모노가타리에서의 모노는 통상 사물이나 사건을 뜻하는 말이다. 그런데 오노 스스무는 모노가타리를 "인간 운명의 전개를 허구적인 언어에 의해 글자로 써내려간 작품", "과거 또는 현재의 사실, 특히 상대방이 모르는 사실을 보고하는 것"(大野晉, 2012:154 및 158)이라고 정의 내린다. 이 때 모노는 단순한 사물이나 사건 또는 정해진 규칙이라기보다는 알 수 없는 '인간의 운명' 또는 '과거나 현재의 알려지지 않은 사실'을 뜻한다. 이리하여 모노가타리는 "언어를 사용하여 무정형이었던 세계를 고정시키고 나아가 논리적인 줄거리를 붙임으로써 타자와의 사이에 공유 가능한 세계관을 구축하는"(山本伸裕, 2015:79) 이야기 양식을 가리키는 말이 된다.

'고코로보소이'(心細い)라는 현대 일본어는 "의지할 만한 사람이나 조건이 없어서 불안하다"는 뜻인데, 이는 헤이안 여류문학에서도 기본적으로 동일하다. 거기에 모노가 붙은 '모노고코로보소시'(もの心細し)를 "어쩐지(何となく) 불안하고 쓸쓸하다"로 해석하는 것이 오늘날 일반적이다.[6] 그러나 『겐지모노가타리』에 나오는 모노고코로보소시에서의 모노는 결코 '어쩐지'가 아니라 "운명으로서

---

6   통상 '모노사비시이'(物寂しい, 어쩐지 쓸쓸하다), '모노가나시이'(物悲しい, 왠지 모르게 슬프다), '모노스고이'(物凄い, 무언가 모르지만 대단하다) 등의 모노는 '어쩐지', '왠지 몰라도'라는 정도의 가벼운 의미를 첨가하는 접두어로 말해진다. 그러면서도 "모노라는 말의 어감은 무언가 원인도 이유도 모르지만 깊은 비애와 외로움에 사로잡힌 상태를 느끼게 한다."(斎藤英喜, 2010:214면)

피하기 어려운 추이"를 의미한다. '모노사비시'(もの寂し)의 모노도 쓸쓸한 상태를 어떻게 할 수 없다는 '운명적인 추이'의 뉘앙스를 풍긴다. 어떤 불쾌한 일에 대해 "운명이구나" 하고 느끼는 '모노시'(ものし)라든가, 추구하는 바를 아무리 되풀이 시도해도 생각대로 되지 않을 때 "아 피곤하다, 지쳤다, 더 이상 싫다"고 느끼는 모노우시(もの倦)의 모노 또한 '운명'이라는 함의를 내포한다.

한편 '오모우'(思ふ)란 "가슴 안에 연심, 바램, 걱정, 집념 등을 품는 것"을 말한다. 여기에 모노가 붙으면 생각대로 되지 않는 것을 가슴 속에 깊이 반추하는 것이 되는데, 그 반추는 과거일도 미래일도 다 관계가 있다. 헤이안시대의 일본인들은 이런 '모노오모이'(もの思ひ)가 너무 강하면 그 사람의 혼이 몸을 떠나 주변을 방황하게 된다고 여겼다. 가령 『겐지모노가타리』에 나오는 개성적인 여성 캐릭터 중 특히 프라이드 강한 현대여성의 풍모를 풍기는 로쿠조노미야스도코로(六條御息所)의 경우 그녀의 집념이 생령 또는 원령이 되어 겐지가 사랑하는 여성들에게 달라붙어 복수하는 장면은 매우 강렬한 인상을 남긴다. 또 다른 개성적인 여성 캐릭터 스에쓰무하나(末摘花)에 대한 겐지의 마음 씀씀이[7]에서 잘 엿볼 수 있듯이, 『겐지모노가타

---

7 필자는 졸저 『일본정신의 풍경』에서 『겐지모노가타리』의 주요 여성 캐릭터들을 순응형, 개척형, 거부형, 유희형의 네 가지 유형으로 분류한 바 있다. 그 중 개척형에 속하는 스에쓰미하나는 높은 신분의 집안에서 태어났지만 아버지가 죽은 후로 가난에 허덕이며 살고 있다. 답답하고 고풍스러운 성격의 딸기코 추녀이다. 얼굴은 길쭉한 말상이고 코끼리같이 늘어진 코, 푸른빛의 벗겨진 이마, 형편없이 말라빠진 몸매에다 와카 솜씨는 정말 최악이다. 교양도 없고 남자를 어떻게 대해야 하는지에 대해서

리』는 주인공 겐지를 '모노와스레'(もの忘れ)를 할 수 없는 사람으로 묘사한다. 거기서의 모노는 "지울 수 없는 과거의 남녀간의 교정(交情)" 혹은 "움직이기 어려운 운명이나 개개인에게 있어 바꿀 수 없는 과거의 남녀관계"를 가리킨다.

이에 비해 현대어에서 '겐부쓰'(見物) 즉 "모노를 보는 것"을 의미하는 말인 '모노미'(物見)의 모노는 물건이나 물체가 아니라 일정한 규칙과 순서를 지닌 의식이나 행사를 뜻한다. 『겐지모노가타리』에는 마쓰리 구경꾼이 타는 마차인 '모노미구루마'(物見車)라는 복합어를 비롯하여 모노미에 관한 22개의 사례가 등장하는데, 그것들은 모두 신도 의식(神事)이나 공적인 행사를 보는 것을 의미한다. 그것은 전술한 '사회적 규칙'과는 약간 다르지만, 엄격한 제약하에 있는 '의식상의 수순이나 방식'을 뜻한다는 점에서 '불가변성'이라는 일관된 맥락을 가진다. 모노를 두 개 겹친 형용사로 당당하고 위엄이 있는 모습을 가리키는 '모노모노시'(ものものし)의 모노 또한 '의식'이나 '행사'를 가리킨다. 그러니까 모노모노시란 형식에 따르고 체재를 갖추어 압도적인 존재감이 있는 모습이나 상찬하는 기분을 나타내는 말이다. 『겐지모노가타리』에는 이 말에 관한 약 30개의 사례가 나오는데 모두 사람에 대해 사용하고 있다. 중세 이후 모노모노시

도 전혀 무지한 여자이다. 하지만 남이 자신에 대해 어떻게 생각하는지에 대해서는 놀랄 만큼 둔하며 오직 자기만의 고풍스러운 세계에 잠겨 자기 방식대로의 삶을 고집하는 매우 독특한 개성의 소유자이다. 겐지는 이런 그녀에게 질리지만, 절망적인 상황에서도 끝까지 자신을 믿고 기다리는 그녀에게 감복하여 결국은 그녀의 여생을 자상하게 돌보아 준다.(박규태, 2009:61쪽)

라는 말은 점차 장식적인 위압감을 나타내는 말로 쓰였고 현대에는 "과장된 것"이라는 부정적인 함의를 지니게 되었다.[8]

요컨대 언어적 용법의 자리에서 볼 때 모노는 실체로서의 사물이나 사람뿐만 아니라 존재를 가리키는 추상적 개념에서 근본적인 것, 돌이킬 수 없는 것, 알 수 없는 것 등에 이르기까지 매우 다양한 의미가 내포된 말임을 알 수 있다. 그것은 일본적 정신성의 양의성을 시사한다. 언어야말로 정신성의 두드러진 반영이기 때문이다.

3. 모노의 스피리추얼리티 : 애니미즘적 일본정신

이중 앞의 용법④와 관련하여 세계를 사물이나 물건이 아니라 모노의 정신성이라는 관점에서 파악하는 방식은 일본의 신화, 종교, 민속, 예술, 생활의 영역에서 그 사례를 널리 찾아볼 수 있다. 이때의 정신성을 '스피리추얼리티'라는 말로 대체해도 좋을 것이다. 사실상 내용적으로 스피리추얼리티와 종교는 크게 다르지 않다. 어쨌거나 일본인의 종교심이나 스피리추얼리티는 "모노를 소중히 여기는 것"과 연관되어 있다.(島薗進, 2009:122) 현대 일본인은 '종교'라는 말에 별로 친근감을 느끼지 못하지만, 근래 광범위하게 진행되어 온 '스피리추얼리티 붐'[9]에서 잘 엿볼 수 있듯이 스피리추얼리티에 대

---

8   고어에서 과장된 것을 나타내는 말은 모노모노시가 아니라 '고토고토시'(事事し)이다.
9   현대일본사회의 스피리추얼리티 붐에 관해서는 졸저 (박규태, 2015:7-8장) 참조.

한 관심은 매우 남다르다. 그리하여 스피리추얼리티라는 말은 오늘날 일본에서 비단 종교=주술적인 세계뿐만 아니라 의료, 케어, 복지, 생명윤리, 임사현장, 사생관, 세라피, 교육, 에콜로지, 젠더, 경영관리에서 다도, 화도(꽃꽂이), 서도, 무사도, 유도, 검도, 연애에 이르기까지 광범위하게 사용되고 있다.(박규태, 2015:293)

먼저 일본신화 속에 나타난 모노의 스피리추얼리티에 관해 생각해 보자. 고대 일본어에 '모노시로'(物實)라는 고대 일본어가 있는데, 이는 어떤 모노의 영성이나 영력을 상징하는 물건을 가리킨다. 『고사기』에는 아마테라스와 스사노오가 서로 모노시로(칼과 구슬)를 교환하고 그것을 입안에 넣고 씹어 뱉어서 신들을 낳았다고 나온다.(『古事記』, 49) 이 모노시로는 생명을 낳는 씨앗이자 근원적인 힘이다. 아마테라스가 니니기에게 하사했다는 칼(草薙劍, 구사나기노쓰루기)·거울(八咫鏡, 야타노가가미)·구슬(八尺瓊曲玉, 야사카니노마가타마) 등 천황가의 왕권을 상징하는 삼종의 신기(三種の神器)도 모노시로의 일종이다.(鎌田東二, 2009a:24)

또한 일본신화에 등장하는 오미와(大神)신사의 제신인 오모노누시(大物主神)에서 모노란 절체불명의 알 수 없는 무시무시한 존재를 가리킨다. 그러니까 '모노의 위대한 주인'을 뜻하는 오모노누시는 가장 두려운 신이다. 거기서의 모노는 인간 내면의 가장 깊은 곳에 있는 다루기 힘든 어떤 것을 가리킨다. 그런 모노를 체현하는 신 오모노누시를 제사지내는 것이 국가의 안태에 불가결했던 것이다.(斎藤英喜, 2010:214) 오모노누시의 본령은 법칙, 원리, 질서를 확립하고

유지하는 것에 있다. 그렇기 때문에 이 신을 나라의 중심인 미와산 (三輪山)에 부동의 신앙대상으로 제사지냄으로써 비로소 나라 만들기를 완성할 수 있었을 것이다.(吉田敦彦, 2012:150-151) 종교학자 사이토 히데키는 흥미롭게도 이와 같은 오모노누시를 '모노가미'(もの神)라고 부른다. 그에게 신도가 말하는 팔백만신이란 대부분 아름다움과 추악함이라는 양의성을 가진 이런 모노가미를 뜻한다. 모노가미에서 모노란 벌거벗은 타물(他物)로서의 모노이자 형태가 없는 모노 즉 '무언가 어떤 것'(なにものか)이다. 그것은 다양한 사물이나 사상(事象)과 비슷해 보이지만, 항상 무언가 일탈한 이형(異形)으로 출현한다.(斎藤英喜, 2011:15-16)

나아가 신도 의식에 앞서 반드시 거행되는 정화의례에 있어 재계(齋戒)를 뜻하는 '모노이미'(もの忌み, 금기)라든가 언어를 영력 있는 모노 또는 고토로 간주하는 '언령'(言靈)신앙,[10] 모노로서의 원령을 믿는 민간신앙, 모노가 요괴로 변한 '쓰쿠모가미'(付喪神) 관념에서도 일본인의 독특한 스피리추얼리티를 엿볼 수 있다.

첫째, 가톨릭 예수회 신부이기도 한 역사학자 월터 옹(Walter Ong)은 『구술문화와 문자문화』에서 문자문화보다 먼저 존재한 소리문화에 주목하면서 소리가 종교적 성격을 띠기 쉬운 미디어라고 보았

---

10 언어의 영력을 뜻하는 언령(고토다마)이라는 말이 처음 등장하는 것은 다음 『만엽집』 (3254) 노래에서이다: "시키시마의 야마토국은 언령에 의해 풍요롭게 번성하는 나라라네"(磯城島の日本の国は言霊の幸はふ国ぞ)(『萬葉集』 三, 353면) 이런 발상은 노리나가의 고도론은 물론이고 그의 와카론을 비롯하여 일본 와카의 역사 속에 일관되게 흐르는 관념이기도 하다.

다.(월터 옹, 1995) 문자를 사용할 때 언어는 물질적 기호가 된다. 이에 비해 소리는 언어를 '살아있는 모노'로 삼는다. 언어가 신체성과 직결된 소리로 이해되는 경우는 문자를 통해 이해하는 것보다 '살아있는 모노'로서의 성격이 훨씬 더 많이 부각될 수 밖에 없다. 그러니까 소리의 문화에서 사람들은 살아있는 모노에 둘러싸여 살게 된다. 종교학자 시마조노 스스무는 이런 소리문화의 유산을 풍부하게 보존해 온 일본적 애니미즘의 세계에서 언령이라는 감각이 잘 발달했음을 시사한다.(島薗進, 2009:123-124)

둘째, 앞에서 "대상을 명시할 수 없어 추상화한 어떤 것"을 나타내는 모노의 용법 가운데 특히 주목할 만한 것으로 원령(怨靈, 온료)이라는 뜻의 모노가 있다. 원령으로서의 모노 관념은 나라시대 및 헤이안시대 사람들의 마음속에 널리 깊게 뿌리내린 관념이었다. 가령『에이가모노가타리』(栄花物語),『겐지모노가타리』,『마쿠라노소시』(枕草子) 등과 같은 당대 문헌에는 빙령 현상과 관련된 '모노구루이'(もの狂ひ)라든가 '쓰키모노'(憑き物) 혹은 '모노노케'(物の怪)라는 말이 빈번히 등장한다. 일종의 요괴라 할 수 있는 모노노케의 모노는 질병이나 죽음과 같은 재액을 초래하는 사령(死靈)이나 생령(生靈)[11] 등의 원령을 의미한다. 예컨대『겐지모노가타리』에서 전술한 로쿠조노미야스도코로의 생령이 본인의 의지와는 상관없이 아오

---

11 생령이란 살아있는 사람의 영혼이 몸을 빠져나와 다른 사람에게 해코지를 하는 모노노케를 뜻한다.

이노우에(葵の上)를 괴롭히는 장면이라든가 혹은 유가오(夕顔)를 죽인 모노노케의 이야기는 너무도 유명하다(무라사키 시키부, 1999:106-107 및 239). 또한『마쿠라노소시』제25단에는 산악행자(修驗者)가 호법동자를 이용해서 모노노케를 퇴치하여 병든 사람을 치료하는 이야기가 나온다.(『枕草子·紫式部日記』, 66) 이처럼 모노(원령)가 사람에게 위해를 끼친다는 통념은 헤이안시대에 새롭게 퍼진 것이 아니다. 나라시대의 정사인『속일본기』에 보면 모노(靈)에 관한 많은 기술이 나온다. 이와 관련하여 오노 스스무는 원령을 뜻하는 모노라는 말이 역사 이전부터 있었던 순수한 일본어였다고 본다. 거기에 중국에서 들어온 한자(靈)가 차용되었다는 것이다.(大野晉, 2012:240 및 244) 이와 같은 원령신앙은 오늘날 정치적으로 문제가 되고 있는 야스쿠니 신사와도 연관성을 가진다. 거기에서 행해지는 전몰자들에 대한 제사의 배경에는 비정상적으로 죽은 사령들이 산 사람들에게 뒤탈을 부를 수 있다는 관념이 깔려 있기 때문이다.[12]

셋째, 근세 일본의 쓰쿠모가미 신앙은 만들어진지 백년 이상 지난 모노에는 혼이 깃들어 사람의 마음을 유혹한다는 관념에서 비롯되었다. 즉 사람들이 사용했던 물건이나 도구 혹은 집기들 가령 빗자루, 솥, 악기, 신발, 모자, 방망이, 염주, 항아리, 상자 등에 영력이 깃들어 있어서 함부로 버리면 쓰던 사람을 원망하거나 인간에게 해

---

12 원령을 제사지내어 위무하면 사람에게 유익한 어령(御靈, 고료)이 된다고 여겨졌다. 이런 어령신앙과 야스쿠니신사의 관계에 대해서는 졸고 (박규태, 2008:53-55쪽) 참조.

코지나 복수를 가하는 요괴를 쓰쿠모가미라 한다. 원래는 '구십구신'(九十九神)이라 하여 "만들어진 지 99년이 지난 도구의 영혼"을 뜻하던 말인데, 후대에 낡은 도구들이 변한 요괴의 총칭이 되었다. 이와 관련하여 일본에는 설날을 앞두고 오래된 기물을 밖에 버리는 습속도 있다고 한다.(최경국, 2005:107)

한편 예술 속의 모노 관념에 대해서는 일본의 대표적인 전통예능인 노(能) 및 일본 현대미술의 독창적 유파인 '모노파'(もの派)의 사례를 들 수 있다. 예컨대 노의 집대성자 제아미(世阿彌)가 펴낸 『풍자화전』(風姿花傳) 제2장의 제목은 '모노마네'(物学)이다. 여기서 '모노'란 물질이 아니라 존재의 형태와 양상을 의미한다. 다시 말해 모노에서부터 노가 시작된다는 것이다. 흔히 노의 근본은 '오키나 춤'(翁の舞)에 있다고 말해진다. 왜냐하면 거기에 일본인이 가장 중요시해온 감각가치인 '낌새'(気配, 게하이)와 '오쿠'(奥)가 집약되어 있기 때문이다. 신사(神社)에서 가장 중요한 장소는 '오쿠노인'(奥の院)인데, 노인은 인생에 있어 '오쿠노인'에 해당된다. '오쿠'는 경계이고 접속점이다. 모노는 이 '오쿠'라는 일본 특유의 신성 토폴로지를 낳았다.(鎌田東二, 2009b:22 및 31-34)

이번에는 모노파의 모노 이해에 관해 생각해 보자.[13] 1969년 5월 도쿄도 미술관에서 개최된 마이니치 신문사 주최의 〈일본현대미술전〉에는 세키네 노부오, 고시미즈 스스무, 이우환이 출품했고, 1969

---

13   모노파 및 모노의 사상가 이우환에 관해서는 (박규태, 2019) 참조.

년 8월 교토국립근대미술관에서 개최된 〈현대미술의 동향전〉에는 고시미즈 스스무, 나리타 가쓰히코, 요시다 가쓰로, 이우환이 출품했다. 향후 '모노파'라 불리게 된 이 신인 아티스트들은 숯, 유리, 돌, 종이, 철판, 혹은 그러한 것들이 혼합된 것을 거의 가공하지 않은 채 그냥 그대로 '모노'로서 늘어놓았다. 그들은 전시회를 찾은 많은 사람들이 "이것도 미술인가?"라는 황당한 표정을 지었지만 전혀 개의치 않았다. 1970년 2월호 『미술수첩』에 실린 "'모노'가 열어 보이는 새로운 세계" 좌담회(사회: 이우환) 기사[14]의 인사말 중에는 "그들은 일상적인 '모노' 그 자체를 비일상적·직접적으로 제시함으로써 반대로 '모노'와 관련된 개념성을 벗겨내고, 거기에서 새로운 세계를 열어 보이고자 한다."(사와라기 노이, 2012:189)는 평가가 나온다. 여기서의 "일상적인 모노"가 작가에 의해 우연히 선택된 숯, 유리, 돌 등의 구체적인 사물을 가리킨다면, 그것들을 "비일상적·직접적으로 제시함으로써 열어 보이고자 하는 새로운 세계"는 '있는 그대로의 만들지 않은 것'으로서의 보이지 않는 추상적인 모노의 세계를 의미한다. 하지만 이 두 가지 모노는 현상적으로는 늘 '하나의 모노'로 수렴된다. 이를테면 분명히 돌인데도 돌 이상으로 무언가 다른 것으로 느껴지게 하는 그 '하나의 모노'는 '일상 속에 살아있는 모노'로 경험되면서 기존의 닫힌 세계를 열린 상태로 드러나게 한다.

　모노파가 추구한 '일상 속에 살아있는 모노'는 실은 일본인들에게

14　「<もの>がひらく新しい世界」, 『美術手帖』, 1970년 2월호, 美術出版社.

결코 낯선 관념이 아니다. 일본인은 자기 주변에 '살아있는 모노'의 세계를 만들고 그것을 존중해 왔기 때문이다.(島薗進, 2009:122) 가령 관 속에 고인의 애착어린 물건을 넣는다거나 혹은 고인의 유품을 친척과 친지들에게 나누어주는 가타미(形見)의 관습은 말할 것도 없고 모노 공양을 비롯한 일본적 애니미즘도 '일상 속에 살아있는 모노'의 경험과 관련이 깊다. 종교학자 시마조노 스스무는 이와 같은 '살아있는 모노'의 경험에는 깊은 종교성의 기반을 이루는 스피리추얼리티가 깔려 있다고 말하면서, 그런 '살아있는 모노'와 사랑의 관계를 읽어냄으로써 병든 마음과 병든 사회[15]를 되돌아보자고 제안한다.(島薗進, 2009:134-135)

이상에서 살펴본 모노의 스피리추얼리티는 특정 모노 속에 생명이나 영력이 있다고 믿는다는 점에서 애니미즘과 밀접한 관계가 있다. 근래에는 세계적으로 네오-애니미즘 담론이 유행하고 있지만, 그 전까지는 세계학계에서 오랫동안 애니미즘이라는 용어 자체가 거론되지 않았다. 이에 비해 기이하게도 오직 일본에서만은 그것이 일본문화나 사상의 특징을 설명하는 방식으로서 그리고 일본사회의 모델을 구축하기 위한 수단으로서 종래부터 지금까지도 널리 사

---

15 방안에 프라모델을 대량으로 비치한 히키코모리의 젊은이들, 브랜드상품에 집착하는 젊은 여성들, 지나친 펫트 애호가, 다마고치의 세계에 빠진 이들은 그런 모노에 둘러싸여 있지 않으면 안심하지 못한다. 현대 일본사회에서는 살아있는 모노의 배제가 진행됨과 동시에 살아있는 모노에 대한 병리적 집착 현상도 일어나고 있다. 시마조노는 이것이 일본의 경우 특히 "모성적인 것의 상실 혹은 모성적인 것과의 괴리"에서 비롯된 모노의 폐색현상임을 시사한다.(島薗進, 2009:125-126면)

용되어 왔다. 이는 아마도 일본문화가 살아있는 모노에 대한 친근함을 보여주는 애니미즘과 깊은 친연성을 보여주기 때문일 것이다. 그런 만큼 '숲의 사상' 곧 신도적 애니미즘이 세계를 구원할 것이라고 기대한 우메하라 다케시(梅原猛, 1991)라든가 생태학적 위기로부터 지구를 구하기 위해 애니미즘의 덫을 놓아야 할 때라고 주장하면서 '애니미즘의 르네상스'(安田喜憲, 2006:50)를 외친 야스다 요시노리 같은 학자들의 부각도 나름 이유가 있어 보인다.

이 점과 관련하여 젠슨과 블록은 특히 신도(神道)에 주목하면서 그런 일본적 애니미즘을 '테크노-애니미즘'이라 불렀다. 일본 신도는 복잡하고 근대화된 고도의 테크노-과학적인 일본 안에 "살아있는 애니미즘의 한 형태"(Jensen & Blok, 2013:87 및 97)라는 것이다. 여기서 더 나아가 일본에 대단히 풍부한 애니미즘의 유산들이 대부분 신도뿐만 아니라 불교와도 밀접한 관계가 있다는 점에서 필자는 일본적 애니미즘을 '신불(神佛)-애니미즘'으로 칭한 바 있다. 가령 로봇공학자 모리 마사히로(森政弘)는 『로봇 안의 불성』이라는 영문 저서에서 "(인간뿐만 아니라) 바위, 나무, 강, 산, 개와 곰, 곤충과 박테리아 안에도 불성이 있다. 또한 나와 내 동료들이 만드는 기계와 로봇 안에도 불성이 있음에 틀림없다."(Masahiro, 1981:174)고 말한다. 이런 유기체적인 애니미즘적 모노관은 불교에서 말하는 '삼라만상 실유불성'(森羅萬象悉有佛性)과 상통한다. 앞서 다룬 모노이미, 언령신앙, 모노노케 관념, 쓰쿠모가미 신앙, 노(能)의 이념 및 나아가 '이노치'(命) 관념, 신종교의 '생명주의적 구제관', 주술종교적인 대중문화 속의 애미니즘 문화, 바늘공양·시계공양·안경공양 등의 모노 공양, 미야자키 하야오의 애니메이션, 다양한 부적문화 등도 신불-애니미즘의 사례로 꼽을 만하다.(박규태, 2017:113-120)

이와 같은 애니미즘적 스피리추얼리티에 있어 모노는 불가시적인 영적 존재나 영혼과 결부되어 있다는 점에서 기본적으로 실체로서의 모노라기보다는 비실체적인 관념에 더 가깝다. 물론 그렇다고 해서 그것이 가시적인 현실과 무관한 것은 아니다. 가마타 도지가 창안한 이른바 '모노학'(モノ学)에서의 스피리추얼리티는 이 점을 강조한다. 가령 이 모노학에 따르면 『겐지모노가타리』나 노리나가가 말한 '모노노아와레'는 '영적 위상'(モノ=靈, 영혼), '인간적 위상'(者=心, 인간성), '물질적 위상'(物=體, 물질성)이라는 세 가지 위상[16]이 조화·연결·결합된 콘텍스트의 장 안에서 발생하는 감동·감정·감각 가치를 나타내는 말이다. 그 모노 안에는 영성으로서의 모노의 위상이 침투되어 있어서, 그것이 마음을 움직이고 영혼을 발동시킨다. 이처럼 마음과 영혼에 밀접하게 관련되어 있는 모노가 항상 일본인에게 모노노아와레를 환기시킨다는 것이다.(鎌田東二, 2009a:5-7)

---

16 이 중 인간적 위상으로서의 모노학이 모노(物)와 기술(기법, 무술, 예술)에 관련된 문제영역을 가리킨다면, 물질적 위상으로서의 모노학은 모노와 감각(지각) 가치의 문제영역으로 가령 뇌과학·신경과학·인지심리학·로봇공학 등의 연구영역과 관계가 있다.

4. '일본미'와 모노: 모토오리 노리나가의 모노노아와레론

통상 일본인의 미의식을 대표한다고 말해지는 '모노노아와레'에서의 모노는 앞서 살펴본 모노의 다양한 의미 중 어떤 용법에 해당될까? 모노노아와레에 대한 일반적인 정의 중에는 "어쩐지 불쌍하다고 느끼는 것"(『岩波國語辭典』), "어쩐지 슬픈 것"(『廣辭苑』, 『デジタル大辭泉』)과 같은 사전적 정의가 있는데, 거기서 모노는 '왠지 모르게'라든가 '어쩐지' 정도의 의미를 가진다. 하지만 전술한대로 대상을 특정할 수 없는 이런 해석을 부정하는 오노 스스무의 견해를 따르자면, 모노노아와레의 모노는 "정해진 것, 운명, 움직이기 어려운 사실, 세상 사람들이 거기에 따르지 않을 수 없는 자연의 이행이나 계절" 등을 의미하는 말이라 할 수 있다. 모노노아와레의 모노가 무엇이냐에 관해서는 뒤에서 상술하기로 하고 여기서는 먼저 모노노아와레의 '아와레'(哀れ)에 대해 생각해 보기로 하자.

아와레는 기본적으로 감탄사인데,[17] 본고에서는 주로 명사로서의 아와레에 주목하고자 한다. 이 아와레에 대해 『일본국어대사전』은 ① 마음에 애착을 느끼는 모습·사랑스럽거나 혹은 불쌍하게 여기는 마음·친애(親愛)의 기분 ② 절절한 풍정(風情)·깊은 정취·탄복할 만

---

17 『암파고어사전』은 아와레를 "'아'라는 감동사와 '하레'라는 하야시고토바(메기는 소리. 가요의 중간이나 끝에 가락을 맞추기 위해 넣는 의미없는 말)의 합성어"라고 풀이한다. 한편 기타자와는 하레를 명사로 이해하여 아와레를 하레(晴)와 아와레(哀)의 양가성이 내포된 개념으로 본다.(北沢方邦, 2002:72면)

한 것 ③ 절실하고 감개무량한 것 ④ 안 된 것·동정할 만한 것·애련·배려하는 마음 ⑤ 쓸쓸한 것·슬픈 기분·비애 ⑥ 덧없고 무상한 것 ⑦ (신불 등의) 존귀한 것·고마운 것 ⑧ 뛰어나거나 감탄할 만한 것 등의 여덟 가지 정의를 제시한다.(『日本國語大辭典』1, 540-541) 이런 다양한 규정들은 대략 "대상에 대한 공감을 내포하는 인간의 다양한 영탄적 감정"으로 요약될 수 있겠다.

　아와레라는 말은 후대에 하나의 미적 범주를 나타내게 되었지만, 헤이안시대 이래 일상용어로서 줄곧 사용되어 온 것이다. 그것은 '우레시'(うれし, 기쁘다)나 '가나시'(悲し, 슬프다) 혹은 '오모시로시'(面白し, 재미있다)나 '오카시'(をかし, 흥미롭다) 등의 말과 함께 사용되는 경우가 적지 않았다. 이 점이 유현(幽玄), 사비(寂び), 이키(意気) 등의 일본적 미의식과 다른 점이다.(田中久文, 2013:17-19) 가령 『겐지모노가타리』에는 아와레와 오카시를 짝지어 사용한 사례가 14개소 등장한다. 여기서 오카시란 "흥미를 끄는 것·재미있는 것·아름다운 것·별난 것·웃기는 것" 등을 뜻하는 말로 기본적으로 양(陽)의 감정을 나타내는 말이다. 이에 비해 아와레는 헤이안 여류문학에서는 슬픔을 기조로 하는 음(陰)의 감정이 지배적이었다.이런 아와레 용법은 양가적이라는 특징을 보여준다. 한편 아와레가 '가나시'와 짝을 이루는 용법은 양가성을 떠나 동어반복적 강조의 의미를 띠게 된다. 누군가의 죽음(사별)에 직면하거나 출가(사회적 죽음) 또는 이별에 대한 감정을 나타낼 때는 주로 '가나시'라는 표현만 썼다. 이에 비해 아와레라는 표현은 어떤 대상이 지금 여기 내 앞에 존재

할 때 사용한다. 그런 대상을 외부에서 바라볼 때 생겨나는 기분이 아와레인 것이다. 그것은 기본적으로 어떤 대상을 눈으로 보는 것뿐만 아니라 그 대상에 대한 깊은 공감의 마음을 함축한다. '가나시'가 주로 부재하는 대상에 대한 자신의 무력한 자각에서 비롯된 감정이라면, 아와레는 비애든 친애(親愛)든 혹은 찬탄의 경우든 항상 대상에 대한 공감을 내포한다. 이것이 바로 아와레와 가나시의 차이이다.(大野晉, 2012:168-173)

그렇다면 아와레가 모노와 겹쳐지면서 어떤 의미의 변화가 생겨났을까? 이런 물음을 염두에 두면서 모토오리 노리나가 이전과 이후의 모노노아와레를 구분하여 살펴보기로 하자. 주지하다시피 모노노아와레는 노리나가의 창안물이 아니다. 모노노아와레라는 말의 가장 오래된 사례는 가나 문장의 원조라고 말해지는 기노 쓰라유키(紀貫之, 872-954)의 『도사닛키』(土佐日記)에까지 거슬러 올라간다. 934년 12월 27일 도사의 전임 지방관 쓰라유키가 도성을 향해 출항하자 신임 지방관 형제들이 술을 가지고 쫓아와 이별을 아쉬워한다. 그리하여 해변에 내려 술을 나누며 노래를 부르면서 석별의 정을 나누고 있는데, "모노노아와레도 모르는 뱃사공이 자기만 먼저 술을 다 마시고는 빨리 출발하자고"(かぢとりもののあはれもしらで、おのれ示唆毛を白非釣れば、はやくいなんとて.『土佐日記』, 41) 재촉한다. 이 장면은 『겐지모노가타리』 이전에 모노노아와레가 사용된 사례로서 널리 인용되는 말로, 당대에 이미 모노노아와레라는 관념이 존재했음을 시사한다. 자기만 술을 다 마시고는 밀물이 차고 있으니 배

를 출항해야 한다고 서두르는 뱃사공의 태도에 대해 쓰라유키는 인간적인 감정이나 감동을 헤아릴 줄 모르는 사람이라고 비판하는 것이다. 여기서 모노노아와레는 아와레와 달리 애당초 '느끼는 것'이라기보다 '아는 것'이었다. 쓰라유키에게 출항은 "어쩔 수 없는" 이별이었는데, 뱃사공에게 그것은 관계없는 일이었다. 뱃사공이 비난받는 것은 그가 이런 이별이 어떤 심정을 일으키는지를 알지 못했기 때문이다. 이 장면에서 쓰라유키의 '바꿀 수 없는 정해진 것'으로서의 이별이야말로 모노노아와레의 모노가 가리키는 의미이다.(伊藤氏貴, 2018:99) 요컨대 기노 쓰라유키에게 모노노아와레는 "사람과의 이별의 슬픔" 또는 "인생의 불가역적인 운명의 슬픔"이었다.[18] 『도사닛키』에서 『에이가모노가타리』(榮花物語)에 이르기까지 30개의 모노노아와레 사례가 있는데, 그 중 절반은 '아는 것'(知る)이라는 말과 결부되어 나온다. 즉 당대에는 모노노아와레라는 관념이 확립되어 있었는데, 사람으로서 그것을 알아야만 하며, 그것을 몰라서는 제대로 된 사람이라고 할 수 없다는 관념이 존재했다.(大野晉, 2012:179-181)

어쨌거나 『겐지모노가타리』 이전의 모노노아와레는 전적으로 "사람 세상에서 정해져 있는 것의 아와레"에 한정되어 있었다. 그

---

18 "너무나도 이 세상의 운명의 덧없음을 알고 있는 것처럼 말하는 노인이군' 라고 말하는 소리를 듣고는, 세상은 무상하다고 탄식한다 해도 아무런 효험도 없지만 그것을 말하지 않을 수 없는 것이 인간의 모습입니다."(「あやしくもののあはれ知り顔なる翁かな」と言ふを聞きて あはれてふことにしるしは無けれども 言はではえこそあらぬ物なれ,『後撰和歌集』1271)

런데 남녀간의 연애 이야기인『겐지모노가타리』에서는 그것이 "남자와 여자의 만남과 이별의 아와레"라는 뜻으로 사용된다. 거기서 인생이란 곧 남녀의 만남과 이별을 의미한다. 이러한 남녀의 남남과 이별의 아와레사를 말하는 모노노아와레와 더불어『겐지모노가타리』에는 가령 "가을 무렵이므로 쓸쓸한 기분이 겹친 듯한 마음이 드네"(秋のころほひなれば もののあはれとり重ねたる心地して.〈松風〉)처럼 "계절의 추이를 느끼는 아와레"를 말하는 모노노아와레가 묘사되어 나온다.[19] 이때 특히 주목할 것은『겐지모노가타리』의 모노노아와레 전체 사례 중 4할이 '알다'든가 '모른다'는 말과 함께 나온다는 점이다.(大野晉, 2012:184-185 및 188-189) 그렇다면 노리나가의 경우는 어떨까?

마쓰자카(松坂) 출신의 노리나가는 가업인 상업을 포기하고 교토에 유학하여 호리 게이잔(堀景山)에게 유학(한학)을 배우면서 의사 공부를 시작했다. 호리 사후에 교토를 떠나 1757년(28세) 귀경하여 교토 유학시절부터 쓰기 시작한 와카론인『아시와케오부네』(排蘆小船)를 완성시켰다.(1758년경) 이 처녀작에는 모노노아와레가 언급된 곳이 2개소에 불과했으나, 그 무렵 저술된『아와레벤』(安波禮弁, 1758년)에서 노리나가는 모노노아와레에 대한 뚜렷한 관심을 표명했다. 1763년 5월(34세) 노리나가의 지적 삶에 결정적인 영향을 끼친 가모

---

19 "가을의 아와레"는 많이 나오지만 "봄의 아와레"는『겐지모노가타리』에 나오지 않는다.

노마부치(賀茂眞淵)와의 만남 직후 노리나가는 본격적인 모노노아와
레론을 펼친『시분요료』(紫文要領)와『이소노가미사자메고토』(石上
私淑言)를 간행했다. 그 후에는 주로『고사기』연구에 매진하여『나
오비노미타마』(直毘靈, 1771년) 이래 1798년(69세)에는 생애의 작업
인『고사기전』(古事記傳)을 탈고(1792~1822년 간행)하기에 이른다. 이
『고사기전』에서 모노노아와레는 한 차례도 언급되지 않는다. 그러
나『고사기전』의 탈고가 이루어진 같은 해에 펴낸『우히야마부미』
(うひ山ぶみ, 1798년) 및 다음 해에 간행한『겐지모노가타리 다마노오
구시』(源氏物語玉の小櫛, 1799년)에서는 모노노아와레가 다시 등장한
다. 그러니까 모노노아와레는 노리나가의 전 생애에 걸쳐 완전히 사
라지지는 않고 줄곧 남아있는 문제의식이었던 것이다. 그 문제의식
의 기본적인 단서들은『아와레벤』의 단계에서 다음과 같이 이미 마
련되어 있었다.

　　"좋은 일이든 나쁜 일이든 마음이 깊숙이 관여되는 것
　　을 아와레라 한다. 대저 가도란 아와레라는 한마디 외에
　　다른 것이 아니다. 신대로부터 오늘날에 이르기까지 그리
　　고 세상 끝날까지 영원히 읊어질 노래(歌)는 모두 아와레
　　라 할 수 있다. 그러니까 가도의 궁극적인 본질이 무엇이
　　냐고 묻는다면 역시 아와레라고 말할 수밖에 없다. 또한
　　『이세모노가타리』라든가『겐지모노가타리』를 비롯한 모
　　든 모노가타리(物語)의 본질이 무어냐고 묻는다면 그것도

아와레라고 해야 할 것이다… 모든 노래는 모노노아와레를 아는 데에서 나온다. 『이세모노가타리』와 『겐지모노가타리』 등의 모노가타리도 모두 모노노아와레를 표현한 것이다. 그것들은 사람들에게 모노노아와레를 알려주기 위한 것이라 할 수 있다."(『本居宣長全集』 4, 585. 이하 『全集』)

노리나가의 모노노아와레론을 지탱하는 두 바퀴는 와카론(歌道)과 모노가타리론이다. 예컨대 노리나가는 『아시와케오부네』에서 "노래의 본체는 정치를 돕기 위한 것도 아니고, 수신을 위한 것도 아니다. 다만 마음에 떠오르는 것을 노래할 뿐이다."(『全集』 2, 3)라고 하면서 "가도는 선악론을 버리고 모노노아와레를 아는 데에 있다."(『全集』 2, 31)고 선언한 바 있다. 와카는 모노노아와레를 아는 데에서 비롯된 것이며, 선악 이전의 사람 마음의 생각을 표현한 것이 와카이고, 그 와카의 본질은 감정과 감성에 있다는 말이다. 그러니까 선악의 피안에서의 인간적 약함과 불완전성을 끌어안으면서 오직 감성적 미학에 기대어 모노노아와레를 느끼고 아는 것이 가장 중요하다는 말이다. 모노가타리의 본질 또한 모노노아와레를 아는 것에 있다. 모노노아와레의 관점에서 『겐지모노가타리』를 재해석한 『시분요료』와 『겐지모노가타리 다마노오구시』에서는 『겐지모노가타리』의 근본적인 주제가 무상감이나 권선징악 같은 불교적 교훈과 관련된 것이 아니라 순수하게 모노노아와레에 있다는 점을 누누이 강조한다. 다시 말해 『겐지모노가타리』에 세밀하게 묘사된 남녀 관

계의 수많은 장면들이 독자로 하여금 모노노아와레를 느끼게 해 준다는 것이다.[20]

이와 같은 노리나가의 와카론과 모노가타리론이 당대의 자리에서 보면 유교나 불교 등의 견고한 종교적 이데올로기에서 벗어나 문학의 자율성을 주창했다는 점에서 대단히 파격적이고 혁명적인 발상이었음을 상상하기란 그리 어렵지 않을 것이다. 그런 발상의 한 가운데에 자리잡고 있는 감수성은 바로 감동과 감탄의 세계로 들어가는 감정이입의 공감능력이다. 노리나가의 아와레 및 모노노아와레 정의는 이 점을 뒷받침한다. 가령『겐지모노가타리 다마노오구시』에서 노리나가는 아와레(아하레)를 '아아'(ああ)와 '하레'(はれ)가 겹쳐진 감탄사라고 규정한다. 또한 "좋은 일이든 나쁜 일이든 마음이 움직여 '아아하레'라고 생각되는 것은 모두 '감동'하는 것이다. 모노노아와레도 마찬가지이다. 거기서 '모노'(物)는 특정한 의미 없이 덧붙인 말이다."(모토오리 노리나가, 2016:75)라고 이해하면서 '모노노아와레를 아는 것'에 대해 다음과 같이 정의내린다.

"사람이 무슨 일이든 감동할 만한 일에 직면해서 감동

---

[20] 하지만『겐지모노가타리』에는 아와레로부터 벗어나려는 지향성 즉 출가에의 지향성도 분명히 존재한다. 후지쓰보, 온나산노미야, 무라사키노우를 비롯한 주요 등장인물들이 출가에 뜻을 두거나 실제로 출가했다. 그런 만큼 출가의 세계와 아와레의 세계의 연속성 여부를 묻지 않을 수 없다. 그럼에도 유교와 불교를 가라고코로라고 비판한 노리나가는『겐지모노가타리』의 이런 측면을 전적으로 무시했다.(田中久文, 2013:35면 및 41면)

해야 하는 마음을 이해하고 감동하는 것을 '모노노아와레'
를 안다고 한다. 반드시 감동해야 하는 일을 접하고도 마
음이 움직이지 않고 감동이 없는 것을 '모노노아와레'를
모른다고 하고 또 마음이 없는 사람이라고 한다."(모토오
리 노리나가, 2016:79)

일종의 감동지상주의라 칭할 만한 이런 주정주의에 입각하여 노
리나가는『시분요료』의 마지막 부분에서 "그 사람의 마음이 되어 볼
때(推察) 모노노아와레를 알게 된다."(『全集』4, 110)고 적고 있다. 그
리하여 구로즈미 마코토는 "모노노아와레를 안다는 것은 타자가 있
고 상태가 있는 공감(sympathy)을 뜻한다. 그것은 상대방의 마음과
기분 속에 들어가는 감정이입을 말하고 있다. 거기서 공감이 생겨나
는 것이다."(黑住眞, 2009:151)라고 지적한다.

한편 노리나가는『시분요료』에서 "대저 사람의 참된 마음(實
情, 마코토노고코로)은 계집아이(女童)처럼 유치하고 어리석은 것이
다."(『全集』4, 94)라 하여 감정과 감성을 가부장제 사회에서 유치하
고 어리석은 것으로 치부되는 계집아이에 비유하고 있다. 이처럼 여
성성을 모노노아와레의 중심에 위치시키는 것 또한 당대의 시대적
에토스에 정면으로 배치되는 혁신적인 발상이었음에 틀림없다. 만
년의 노리나가는『우히야마부미』에서 계집아이의 비유 대신 왕조
시대의 우아한 미야비(雅)의 미학으로 되돌아가 그의 모노노아와레
론을 이렇게 매듭지었다. "모든 사람은 미야비의 정취를 알아야만

한다. 그것을 모르는 것은 모노노아와레를 모르는 것이고 마음이 없는 사람이다."(『全集』1, 29)

이와 같은 공감과 감정이입에 입각한 노리나가의 감동지상주의에서 탄생한 것이 모노노아와레라는 일본미이다. "시키시마의 야마토 정신이 무어냐고 물으면 아침해에 반짝이는 산벚꽃이라고 답하리라"[21]고 노래한 노리나가는 모노노아와레야말로 벚꽃으로 표상되는 일본의 고유한 정신(大和心, 야마토고코로)임을 시사했다. 즉 모노노아와레는 일본의 수많은 속성 중 하나가 아니라 모노노아와레가 곧 일본이고 일본은 곧 모노노아와레의 나라이며, "모노노아와레는 일본인의 세계인식의 특이점으로, 많은 와카와 하이쿠 등은 이 특이점으로서의 모노노아와레의 시적 표현"(北沢方邦, 2002:73)이라는 것이다. 노리나가의 말대로 모노노아와레가 곧 '야마토고코로'라면 그것은 단지 일본에 고유한 하나의 미의식임을 넘어서 일본이라는 것을 포괄하는 정신이 된다. 그 때 와비(侘び)·사비(寂び)·유겐(幽玄)·이키(意気) 등의 다른 미의식은 모두 모노노아와레의 하위개념이 된다.

가라타니 고진은 "지적·도덕적 원리인 '가라고코로'(漢意)[22]가 부

---

21 "敷島の大和心を人間はば 朝日に匂ふ 山桜花"(『全集』15, 462면). 여기서 '시키시마'와 '야마토'는 일본의 옛 이름을 지칭하는 말이다.

22 노리나가는 그의 방대한 저서 전반에 걸쳐 맹렬하게 가라고코로를 비판한다. 그 중 가장 많이 알려진 구절은 『다마카쓰마』(玉勝間)에 나오는 다음 구절이다. "가라고코로란 중국풍을 좋아하고 중국을 숭상하는 것만을 의미하지 않는다. 크게는 세상 사람들이 모든 일에 대해 좋고 나쁨과 옳고 그름을 따지고 모노(物)의 이치를 논하거나 정하는 것, 또는 그럴 때 모두 중국이나 조선 서적(からぶみ)의 취향을 따르는 것을 가리킨다…어느새 이런 뜻이 세상에 널리 퍼져서 사람의 마음속 깊이 스며들어 일상

정하고 은폐해버리는 작은 감정"이 바로 모노노아와레라고 규정하면서 그런 작고 애잔한 것의 공동성에 주목한다.[23] 노리나가에 대해 오늘날까지도 일본인을 내면에서 규제하는 일본적 사고를 형식화한 사상가로 간주하면서 그런 '내면의 노리나가'(內なる宣長)를 문제 삼았던 모모카와 다카히토(百川敬仁, 1987 및 2000)의 표현에 의하면, 이 '작고 애잔한 것의 공동성'이야말로 '모노노아와레 공동체'[24]의 기반이 된다. 모노에 대한 공감 없이는 모노의 의미(마음)을 이해할 수 없다고 본 노리나가는 느낌과 감정을 공유하는 이런 모노노아와레 공동체 안에서 사람들을 결합시키고자 했다.(Harootunian, 1988:104 및 107) 나아가 모노노아와레를 세계의 참된 모습을 만나는 절대적 조건으로 삼은 노리나가는 모노와 고토에 대한 순수한 감수성과 참된 마음(마고코로)을 일본인 고유의 미의식으로 간주하고, 이러한 일본 특유의 미의식을 잃어버린 것은 중국식의 관습(가라고코로)에

의 기초로 삼으니, 가라고코로에 영향을 받지 않겠다고 생각하거나 이것은 가라고코로가 아니라 당연한 이치(도리)라고 생각하는 것 또한 가라고코로를 떼어놓고 생각하기 어려운 습관이 되고 말았다."(『全集』 1, 48면) 요컨대 노리나가가 말하는 가라고코로란 중국풍, 주자학적인 조선풍, 선악시비를 따지는 합리성이나 논리성 등을 가리킨다.

23 가라타니에 의하면, 노리나가가 18세기에 모노노아와레론을 내놓았을 때 서양에서는 감성의 의미를 고양시키려는 미학(aesthetic)이 성립되었다. 양자 모두 근대 내셔널리즘과 연결되어 있다. 그런데 국가와 연결된 서구의 내셔널리즘은 거대한 권력이나 영광을 지향하는데 비해, 네이션(민족)과 연결된 일본의 내셔널리즘은 작은 것 그리고 오히려 애잔한 것의 공동성을 기반으로 한다는 것이다.(가라타니 고진, 2006:96쪽)

24 본고에서는 '모노노아와레 공동체'라는 말을 에도시대 이래 대다수의 구성원들이 모노노아와레적 감성을 공유하게 된 일본 특유의 사회시스템을 가리키는 개념어로 쓰고 있다.

오염되어 버렸기 때문이라고 진단한다. 그리고 이를 복원하기 위해서 일본의 전통문학인 와카와 모노가타리의 재해석을 통해 일본정신(야마토고코로)을 되찾을 것을 강력하게 주창했던 것이다.(박규태, 2009:123-124)

이처럼 모노노아와레가 일본인의 대표적인 미적 감정이라는 주장은 노리나가 이후 현재에 이르기까지 일본에서 널리 오랜 동안 이어져왔다. 이와 관련하여 이케가미 에이코는 『미와 예절의 유대』(池上英子, 2005)에서 모노노아와레적 미야비(雅)의 미의식으로 충만했던 고대 궁정의 영향으로 중세에 이르러 미적 의례가 정치생활로 고양되었고, 렌가(連歌), 다도, 꽃꽂이, 조루리, 정원, 하이쿠 등의 다양한 '에티켓' 영역에서 일상생활 속에 미를 끌어들이고자 하는 사람들의 자발적인 결사 네트워크가 널리 확산되면서 '미학적 일본'(aesthetic Japan)이라는 관념이 형성되었으며 그것이 근대 이래 '일본적 미'(Japanese the beautiful)라는 이데올로기로 고착되었다고 지적한다. 모노노아와레가 일본정신과 밀접하게 연동하는 일본미의 전형이라든가 일본의 궁극적인 미의식이라는 식으로 작품을 떠나 홀로서기를 하고 있는 것이다.

5. 모노의 사상 : 니시다 기타로의 모노 담론

노리나가가 강조한 일본정신의 대척점에 중국(조선)적인 것이 있다면, 니시다 기타로의 경우 그 대척점은 서양적인 것에 해당한다. 흔히 가장 일본적인 철학이라고 말해지는 니시다 철학의 오리지널리티는 바로 서양철학과 일본불교 특히 선사상을 접합시키면서 '무'(無)라든가 '모순'에 대한 새로운 해석을 시도했다는 점에서 찾을 수 있다. 사에키 게이시(佐伯啓思, 2014)를 비롯한 니시다 연구자들은 통상 "모노가 있다"는 유(有)의 자리에서 출발한 서양사상에 반해 니시다 철학의 근저에는 "아무 것도 없다"는 무(無)의 사상이 깔려있다고 본다. 니시다는 이른바 '모노의 사상'을 통해 그런 서양 근대문명의 한계를 극복하려했다는 것이다. 이때 모노를 하나의 실체적 존재로서 대상으로 여기는 서양의 논리와 달리 니시다의 모노는 단순히 물질이나 존재가 아니라 모순적인 존재방식 그 자체를 의미한다.(津田雅夫, 2011:111)

이 '모노의 사상'이 무엇을 가리키는지에 대해 이하에서는 『선의 연구』(善の研究, 1911)를 둘러싼 전기 니시다 사상의 키워드인 '순수경험'과 『일본문화의 문제』(日本文化の問題, 1940)에서 정점에 이른 후기 니시다 사상의 핵심어라 할 만한 '장소', '절대무', '절대모순적 자기동일' 등의 맥락에서 살펴보기로 하겠다. 먼저 니시다가 말하는 '순수경험'이란 경험을 주체와 경험 대상으로 분석해 보는 것이 아니라 그러한 모든 분석 이전의 경험 자체를 가리키는 말이다.[25] 처음

---

25 이와 관련하여 가라타니는 노리나가의 '모노노아와레를 안다'에 대해 '모노를 안다'는 것도 '모노노아와레가 있다'는 것도 아니라고 이해했다. 그것은 대상을 인식하거나 진위라든가 선악을 구별하는 지(知)가 아니라, 기본적으로 심미적인 지라는 것이

부터 서구 근대철학의 주객 이원론을 탈피해야 한다는 문제의식에서 출발한 니시다 철학은 주체와 대상이 만나 경험이 형성되는 것이 아니라, 오히려 경험이라는 전체로부터 주체와 대상이 한정(분리)되어 나온다고 주장한다.(이정우, 2018:190-191) 그러니까 (순수)경험이 먼저 있고 그 다음에 주체가 있다는 것이다. 이는 '나'(私)라는 주체의 주체성을 소거시키는 방향성을 내포한다는 점에서 이미 후기 니시다에 있어 '나와 모노의 일체화'라는 관념을 배태하고 있다.

그러나 니시다 철학에 있어 모노의 사상적 윤곽은 그의 장소론에서부터 드러나기 시작한다.『활동하는 것으로부터 보는 것으로』(働くものから見るものへ, 1927)에서 '장소의 논리'를 구축하기 시작한 니시다는 '이데아의 장소'를 뜻하는 플라톤의 '코라'로부터 '장소'라는 용어를 차용했다. 하지만 니시다의 장소론은 플라톤과 달리 "자기 안에서 자기를 비추는 자각"이라는 발상에서 출발한 것이다. 한마디로 니시다가 말하는 장소는 인간의 인식 공간을 가리킨다. 그는 "자기가 자기를 안다"는 인식구조에서 더 나아가 "자기가 자기에 있어 자기를 안다"는 인식구조에 대해 고민했다. 자신을 비추어주는 장소가 없다면 자기를 알 수 없다고 생각한 것이다. 모든 사물은 장소에 있어 존재한다는 것이다. 이를 니시다는 '절대무의 자기한정'이라는 철학적 표현으로 나타냈다. 장소는 어떤 한정된 지점인데,

---

다. 다시 말해 그것은 인식론적인 영역보다 좀 더 근본적인 곳에서의 모노 경험, 즉 인식론적인 판단에 앞선 '순수경험'을 가리킨다고 보았다.(가라타니 고진, 2004:171-172쪽)

그곳은 구체적 일반자의 자기한정 없이 한정하는 것, 즉 '절대무의 장소'[26]라는 것이다.(大澤正人, 2001:47, 207)

여기서 절대무는 자각의 근원을 이루는 비대상적인 의식을 가리키며 '영원의 지금'이라고 바꿔 말할 수 있다.(中村雄二郎, 1998:305) 다시 말해 자각의 근원을 이루는 비대칭적인 의식을 가리키는 절대무는 곧 '영원의 지금'과 동일한 개념이다. 이때 '영원의 지금'이란 절대무의 자각적 한정을 가리킨다. 즉 어디에서든 시작되고 순간순간마다 새롭게 언제라도 무한한 과거, 무한한 미래를 현재의 한 점에 끌어당길 수 있다. 우리가 말하는 시간이란 '영원의 지금'의 자기한정에 지나지 않는다.(大澤正人, 2001:305)

그런데 니시다는 여기서 더 나아가 "이 세계는 절대모순적 자기 동일적인 장소"(西田幾多郎, 1940:20)라고 말한다. 여기서 '절대모순'이란 무엇인가? 우리는 흔히 모노A와 모노B가 모순된다고 말한다. 하지만 본래 모순이란 자기모순이다. 그러니까 모노A도 모노B도 각

---

26 이정우는 '장소' 개념을 다음 세 층위로 구분한다. ①유(有)의 장소: 일상적 의미에서의 장소. 사물과 사물이 관계 맺는 장소. 현상계에서 논의되는 장소(가령 전자기장). ②대립적인 무(無)의 장소: 의식과 대상이 관계 맺는 장소. 의식과 대상이 함께 형성하는 장소. 인식론적 장소. 의식의 들판(意識野). 대상들 자체의 장소가 아니라 대상을 사유하는 의식이 대상을 포용하는 장소. ③대립을 넘어선 절대무의 장소: 궁극적인 장소. 의식야가 무한히 확대된 것. 무와 유의 대립이 해소되는 절대무의 차원. 일체의 것을 자기 자신의 그림자로서 자기 안에서 비추는 '진정한 무의 장소', '자기 안에서 자기의 그림자를 비추는 것, 자기 자신을 비추는 거울이라고 할 만한 것'이다. 모든 존재자들은 절대무의 장소의 한정을 통해 성립한다. 감정, 의지 등 모든 것이 이 절대무의 장소로부터 성립한다. 그것은 모든 특수자들을 가능케 하는 일반자이다. 만물은 절대무의 장소의 자기한정을 통해 성립한다.(이정우, 2018:199-200쪽) 이 가운데 ③이야말로 니시다가 말하는 장소 개념임은 말할 나위 없다.

각 자기모순이다. 다시 말해 모순으로서의 모노A와 모순으로서의 모노B가 모노A와 모노B의 모순으로 나타나는 것이다. 이런 모순은 근본적으로 없어지지 않는다. 그래서 '절대모순'인 것이다. 이처럼 결코 소멸되지 않는 모순을 문제 삼았다는 점에서 니시다 철학은 모든 모순의 지양을 주장한 헤겔식 변증법과 차이를 보여준다.

그렇다면 이런 절대모순이 어떻게 자기동일성인가? 니시다는 이와 관련하여 "절대모순적 자기동일의 세계는 부정 즉 긍정의 세계"(니시다 기타로, 2013:56)라든가 혹은 "절대모순적 자기동일성의 세계는 자기 자신 안에 자기동일성을 가지지 않는다."고 말한다. 부정이 곧 긍정이 되는 그런 세계에 있어 모순되는 것도 자기 자신이고 동일한 것도 자기 자신이기 때문일까? 아니다. 니시다가 세계의 자기모순을 말할 때 세계를 유일한 실체로 생각한 것은 결코 아니다. 그는 이 세계도 생명도 모든 것은 실체가 없다고 여겼다. 이와 같은 '절대모순적 자기동일의 세계'가 바로 '무엇 무엇에 있어 존재하는 장소'(於いてある場所)인 것이다. 절대적으로 모순되는 양자는 동일한 장소에 있을 수 없다. 그러나 니시다는 다른 차원을 생각했다. 즉 모노A도 모노B도 존재하면서 양자를 포함하는 더 큰 존재를 상정한 것이다. 이것이 바로 니시다가 말하는 '절대무의 장소'이다. 그리고 이것이야말로 '자기동일'이 뜻하는 의미이다. 개체가 '무엇 무엇에 있어 존재하는 장소'에서의 모노A와 모노B의 모순관계를 계기로 하여 장소가 장소 자신을 한정하는 것이다. 그리하여 장소는 스스로 움직여 간다. 모노A와 모노B라는 두 개의 절대모순이 장소적

으로 자기동일화되는 것이다.(大澤正人, 2001:130-132)

거기서 모노는 본래부터 실체로서 존재하는 것이 아니라 어떤 장소에 있어 모습을 드러낼 때만 그때그때 모습을 바꾸어 존재할 뿐이다. 그리고 이때의 동일성이란 양자가 단순히 같음을 뜻하지 않는다. 그것은 양자가 서로 타자'인' 것이 아니라 타자가 '되는' 것이다. 이 '되기'는 상호적이므로 '자기동일'이라고 한 것이다. 따라서 궁극적으로 하나는 여럿을 통해 진정한 하나가 되고, 여럿은 하나를 통해 진정한 여럿이 된다. 그것은 불교적인 '즉'(卽)의 사유에 다름 아니다. 일즉다 다즉일, 현상즉실재 실재 즉 현상, 유즉무 무즉유 등의 표현은 곧 이런 절대모순적 자기동일의 구조를 함축한다. 모노가 어떤 장소에 있어 존재하는 것은 바로 이 '즉'의 존재론 곧 절대모순적 자기동일의 존재론에서이다.(이정우, 2018:202)

니시다는『일본문화의 문제』에서 이세신궁에 대해 인간 이성에 대해 반발하는 듯한 변덕스러운 요소를 조금도 내포하고 있지 않으며, 그 구조는 단순하지만 그 자체로 논리적이며 미적 요소를 구성한다고 말하면서 그 아름다움을 일본 풍토에 있어서의 파르테논적인 것이라고 극찬한 부르노 타우트의 사례를 인용하고 있다. 그러면서 "모든 모노를 종합 통일하여 단순명료하게 쉽게 파악하려는 것이 일본정신이다. 그것이 바로 모노가 되어 보고 모노가 되어 행하는 무심의 경지이자, 자연법이(自然法爾)의 입장이다. 거기서 우리는 천지의 모순적 자기동일과 만나게 된다."고 적고 있다.(西田幾多郎, 1940:89-90) 이는 다음 인용문에서도 잘 엿볼 수 있듯이 니시다의

'모노의 사상'이 결국 일본정신으로 귀착한다는 점을 잘 보여준다.

"가미의 뜻 그대로 사견을 앞세우지 않는 나라란 논쟁을 위한 논쟁을 하지 않고 개념을 위해 개념을 농단하지 않는다는 것으로, 노리나가가 '그것은 다만 모노에 이르는 길일 뿐'(『直毘霊』)이라고 말한 것과 같이, 곧 모노의 진실에 이른다는 뜻으로 풀어야만 할 것이다. (중략) 모노의 진실에 이른다는 것에는 과학적 정신이란 것도 포함되지 않으면 안 된다. 그것은 자신을 비우고 모노의 진실에 따르는 것이어야만 한다. (중략) 모노의 진실을 관철한다는 것은 어디까지나 자신의 최선을 다한다는 것이다. (중략) 생각컨대 동양의 세계관과 인생관의 근저에는 서양의 그것과 비해 더 뛰어나면 뛰어났지 뒤떨어진 것은 없었다. 중국문화도 인도문화도 그 근저에 있어 위대한 것이 있었다. 그런데 어디까지나 진실에 이른다는 정신이 부족했던 탓에 중국문화와 인도문화는 경화되고 고정되어 버렸다. 오직 우리 일본 국민만이 동양에서 중국문화와 인도문화의 영향을 받으면서도 서양문화를 소화하고 동양문화의 새로운 창조자로 여겨지는 것은 모노 그 자체에 이른다는 일본정신에 의한 것이 아닐까 싶다."(西田幾多郎, 1940:1-2)

특히 모노의 관점에서 일본문화를 새롭게 이해하고자 한 만년의

저서『일본문화의 문제』에서 니시다는 이처럼 "모노 그 자체에 이르는 것"을 일본정신으로 규정하고 있다. 그런데 미나모토 료엔은 이 대목과 관련하여 모노의 사상에 내포된 이해의 난점을 지적하고 있다. 왜냐하면 그것은 한편으로 "모노에 이르는 것(物にゆく)=모노의 진실에 이르는 것"이라는 측면과 동시에, 다른 한편으로 "모노가 되어 생각하고 모노가 되어 활동하는 것=모노의 진실에 이르는 것"이라는 측면을 지니고 있기 때문이다. 니시다는 이런 이중성에 관해 아무런 해명도 하지 않은 채 다만 양자가 함께 "모노의 진실에 이르는 것"이라는 점에서 일치한다는 동일성의 측면만을 강조했다.(源了圓, 1998:131)

한편 니시다는 그 일본정신이 어디까지나 정정당당하고 공명정대하지 않으면 안 된다는 점도 함께 지적하고 있다.(西田幾多郎, 1940:13) 그럼에도 위 저서에서 "모노라는 것도 실은 역사적 세계에 있어서의 사물"(西田幾多郎, 1940:14)이라고 역설하면서, 아래 인용문에서처럼 노골적으로 황도(국체)의 문제와 관련하여 일본정신과 모노의 사상을 접목시킴으로써 일본국가의 현실에 대한 고찰을 꾀한 니시다의 시도가 얼마만큼 정당성을 가질 수 있는지에 대해서는 심각한 의문이 남는다.

"일본정신의 진수는 모노에 있어 고토에 있어 하나가
되는 것이다. 원래 거기에는 나도 남도 없었던 곳에 있어
하나가 된다. 그것이 모순적 자기동일성으로서의 황실중

심이라고 말할 수 있겠다. 모노는 모두 공(公, 오야케)의 모노이며, 고토는 모두 공의 고토이다. 그것은 세계로서의 황실의 모노이고 고토이다."(西田幾多郎, 1940:88)

"우리나라의 역사에 있어서는 모든 시대에서 사회 배후에 황실이 있었다. (중략) 우리나라의 역사에서 황실은 어디까지나 무(無)의 유(有), 모순적 자기동일성, '영원의 지금'이었다. 그것이 메이지시대에 흠정헌법이 되어 나타났다. 그러므로 우리나라에서는 항상 복고는 곧 유신이었다. 그것은 과거로 회귀하자는 것이 아니라, '영원의 지금'의 자기한정으로서 일보 뒤로 가는 것이다. (중략) 우리나라의 역사에 있어 주체적인 것은 만세불역(萬世不易)의 황실을 시간적·공간적인 장소로 삼아 거기에 편입되었다. (중략) 어디까지나 자기 자신을 버리고 (중략) 우리가 참으로 모노가 되어 생각하고 모노가 되어 나아가야만 한다."(西田幾多郎, 1940:75-83)

헤겔주의가 모든 모순을 관념적으로 지양해가는 데 반해 니시다 이론은 모순이 '절대모순적 자기동일'로 이미 통일되어 있다고 봄으로써 현실적인 모순을 소거해 버린다. 그 결과 개체와 전체의 모순은 개체가 전체이고 전체가 개체라는 '절대모순적 자기동일' 안에서 지양되어 버린다. 정치적으로 말하자면, 개인주의와 전체주의가 모두 부정되고 제3의 새로운 길이 발견된다. 니시다에게 그것은 일본의 국체 곧 천황제였다. 그래서 니시다의 논리는 일본제국주의를 정당화하는 이데올로기로서 기능했다. 2014년 이래 하이데거의 철학적 일기장인 『블랙노트』가 출판되면서 거기서 드러난 파시즘적·쇼비니즘적·반유대주의적인 사유와 더불어 하이데거가 나치에 적극적으로 가담했다는 것이 다시 문제되고 있는데, 비슷한 것을 니시다에 대해서도 말할 수 있다. 그러나 가라타니에 따르면, 일본에서는 니시다와 파시즘의 문제가 논해지는 일이 드물다. 오히려 니시다는 무사(無私)로써 "모노 자체에 이르는" 일본정신을 강조한 일본의 독자적인 철학 혹은 포스트모더니즘 철학으로서 재평가되고 있다. 왜냐하면 그것은 서양 형이상학의 구축을 탈구축하고 있기 때문이라는 것이다.(가라타니 고진, 2004:415)

6. 나오는 말 : 포스트모던적 일본정신, 그 이후

이상에서 고찰한 모노의 다양한 의미와 용법은 크게 실체로서의 모노 개념과 비실체적인 모노 개념으로 대별할 수 있겠다. 이중 실체론적 모노가 사물뿐만 아니라 사람이나 동식물을 비롯하여 존재 일반에 대한 호칭과 관련되어 있다면, 모노의 스피리추얼리티라든가 모노의 미학과 사상 등은 대체로 모노의 정신성과 관련된 비실체적 모노 개념을 연상시키는 측면이 농후하다. 요컨대 실체론적 모노와 비실체론적 모노의 상반되는 의미들이 '절대모순적'으로 공존하

면서 '천의 얼굴'을 은폐하고 있는 일본의 정신적 풍토는 그 자체로
포스트모던적 분위기를 풍기는 것이 사실이다. 이때 본고의 초점은
주로 후자 즉 비실체적 모노 개념에 놓여져 있는데, 이때 특히 노리
나가의 '모노노아와레' 담론과 니시다의 '모노의 사상'에 있어 포스
트모던적 일본정신으로 수렴되는 모노에 주목하고자 했다.

노리나가의 가라고코로론에 내포된 완고한 배타주의와 니시다의
모노론이 결국 천황제 이데올로기의 파수꾼으로 귀결된 데에서 잘
엿볼 수 있듯이, 포스트모던적 일본정신의 한계는 분명해 보인다.
만일 그 한계를 극복하는 길이 있다면 혹 그것을 '포스트-포스트모
던적 일본정신'이라 부를 수 있을지 모르겠다. 통상 '포스트'란 '이
후'(after) 또는 '탈피'나 '극복'(beyond)을 뜻하는 접두어인데, 어떤 경
우든 일본이 에도시대에 이미 포스트모던적 정신성을 살고 있었다
는 가라타니의 주장을 비판하거나[27] 아니면 그런 주장에 동의하면
서 포스트모던적 일본정신의 문제점을 비판하는 작업은 일면 본서
의 전체 주제인 '포스트-포스트콜로니얼리즘'의 문제와 유사한 구
조를 공유할 수 있다.[28] 어쨌거나 전자에 관해서는 향후의 과제로 남

---

[27] 가령 주자학적 리와 로고스를 동일시하는 가라타니의 전제가 얼마만큼 타당성 있는
      것인지에 대해서는 좀 더 꼼꼼히 살펴볼 필요가 있다.

[28] 탈식민주의의 계보와 정체성은 서구중심적 이론인 포스트모더니즘과 불가분의 관
      계에 있다. 탈식민주의가 포스트모더니즘의 지류라든가 그 배후에 작용하는 글로
      벌 자본주의와 연관되어 있다든가, 혹은 탈식민주의의 정체성 자체가 제3세계 민족
      주의의 이념적 토대 위에 서구 포스트모더니즘의 이론적 얼개를 올려놓은 것이라
      는 주장, 나아가 포스트모더니즘이 로고스중심주의에 기초한 근대성의 한계와 실패
      를 되짚어보는 서구의 자기성찰이라면 탈식민주의는 근대성의 언저리에서 근대성

겨두고 여기서는 후자 즉 노리나가와 니시다가 제시한 포스트모던적 일본정신의 문제점을 간략하게 지적하는 데에 머무르고자 한다.

호미 바바(Homi K. Bhabha)가 『문화의 위치』(The Location of Culture, 1994)에서 '주체의 가변성'[29]에 주목했듯이(호미 바바, 2012:397-408), 일본정신에 관한 노리나가와 니시다의 담론과 포스트모던적인 것과의 접점 또한 무엇보다 '주체의 문제'에서 찾아야 할 것이다. 가령 노리나가의 모노노아와레론은 "의미란 항상 주체가 아니라 모노 안에 내재되어 있다."는 사실을 시사한다.(Harootunian, 1988:79-105) 이와 같은 전제하에 이를테면 "태초에 공감이 있었다."는 말이 모노노아와레적 공동성의 표어가 될 수 있다. 그런데 그것은 본질적으로 반(反)언어적이고 반(反)논리적이므로 모노노아와레 공동체에는 상이한 감수성을 가진 사람을 받아들이는 회로가 부재한다. 왜냐하면 사고나 논리는 이런 일본적 공동성의 구축과는 거의 무관하기 때문이다.(百川敬仁, 2000:123) 그런 '감정의 제국'에서는 논리가 아니라 집

과 반근대성의 상호작용을 분석하는 담론으로 포스트모더니즘을 재규정하고 보완하는 일종의 '대리보충'이라는 호미 바바의 주장 등이 제기되는 것도 이러한 연유에서이다. 특히 서구 근대성에 대한 비판을 교집합으로 삼는 탈식민주의와 포스트모더니즘은 다른 어떤 담론보다 제휴와 연대의 가능성이 많은 것이 사실이다.(이경원, 2011:32-60쪽)

29 유럽의 주체철학과 고전적 마르크스주의에서 주체는 의식과 행위의 동인(動因)을 의미하지만, 정신분석학이나 탈구조주의에서의 주체 즉 '알고 있다고 여겨지는 주체'는 자기충족성과 자기준거성이 결여된 언어의 효과일 뿐이다. 바바는 자신이 말하는 행위 주체가 초월적이거나 자명한 주체가 아니고, 일원적이고 유기적이며 자족적인 주체도 아니라고 분명히 밝힌다. 대신 그 주체는 의미화의 시차를 겪으며 '상호주체의 영역' 또는 '제3의 공간'에서 구성된다고 주장한다.(이경원, 2011:425-426쪽)

단적 감정이 일차적인 현실을 구성한다.

또한 전술했듯이 '나와 모노의 일체화'를 통한 주체 소거의 경향성을 지닌 니시다의 '모노의 사상'에 있어 '일과 다의 절대 모순적 자기동일성'은 전체(一)는 개체(多)의 자기부정적 전체이고, 개체는 전체의 자기부정적 개체라는 것을 뜻한다. 거기에 작동하는 '자기 한정'이란 전체에도 개체에도 의존하지 않은 채 다만 전체와 개체의 상호 부정을 통해 자기 자신을 긍정적으로 형성하는 것을 의미한다. 단순화시켜 말하자면 이는 자기부정을 통한 긍정이라 할 수 있겠다. 가령 사에키 게이시의 『니시다 기타로: 무사(無私)의 사상과 일본인』이라는 타이틀에서도 단적으로 드러나듯이, 니시다의 일본문화론은 '무사'라는 한 마디로 귀착된다. 사실 '무사의 마코토(誠)'[30]라는 일본문화코드의 핵심에는 자기를 부정함으로써만 집단의 인정

---

30 일본적 윤리의 가장 큰 특징 중 하나로, 대상과의 정서적 교감이나 공감을 통해 자기를 버리고 순수하게 대상과 하나가 되는 것을 들 수 있다. 그리하여 사가라 도오루는 마코토를 "주어진 상황에서 순수하게 나를 버리고(無私) 자신을 자타 합일의 관계에 귀일시키면서 주어진 역할과 의무에 전력을 다하는 주관적 심성"으로 정의내린다. 이와 관련하여 일본 근대 국민국가 구축에 지대한 역할을 했던 정치가이자 와세다대학의 창립자 오쿠마 시게노부(大隈重信)는 "마코토야말로 규범 가운데 규범이라 할 만한 최고의 가르침이다. 모든 도덕적 교훈의 기초가 이 한마디 말에 들어 있다고 해도 좋을 정도다. 고대 일본어 가운데 유일하게 윤리적 함의를 담은 어휘가 바로 이 '마코토'라는 말이다."(루스 베네딕트, 2008:283쪽)라고 하여, 마코토를 일본 윤리체계의 핵심으로 제시하고 있다. 일본에는 '마코토가 있는 사람'이라는 특별한 호칭이 있는데, 이는 무사(無私)의 경지에 이른 이상적 인간상을 지칭하는 표현이다. 그런데 거기서 자기의 내적 신념에 따라 선악을 헤아려 언행을 실천한다는 의미의 도덕성은 이차적인 의미만을 가질 뿐이다. 일본에서 '마코토가 있는 사람'이란 선악의 기준과는 상관없이 일차적으로 자기를 버리고(無私) 자신에게 주어진 역할과 책무를 성실하게 다하는 사람을 의미한다.(박규태, 2018:106쪽)

(긍정)을 받을 수 있다는 사고방식이 깔려있다.(박규태, 2018:130) 윤리학자 사가라 도오루에 의하면, 이런 사고방식에는 원리적인 것이 결여되어 있으므로 모순된 현실에 대한 비판이나 부정의 계기가 누락되기 쉽다. 그 결과 집단적 전체성에 자신을 던지면서 현실의 질서를 절대적인 것으로 긍정하는 경향이 현저하게 나타난다(相良亨, 1989:195-196).

이러한 문제점을 안고 있는 포스트모던적 일본정신이 향후 어디를 향할지는 좀 더 지켜볼 일이겠지만, 그것이 일본을 넘어 동아시아에 공통된 물(物)사상의 자리에서 논의될 가능성도 열려 있다고 보인다. 예컨대 인간(주체/내)과 물(객체/외)이 본질적으로 하나라는 일종의 애니미즘적 발상은 비단 일본의 모노 사상뿐만 아니라 『장자』의 '제물론'(齊物論)에서부터 이규보의 '여물'(與物)사상, 김시습의 '애물'(愛物)사상, 강백년(姜柏年)의 '물물'(物物)사상,[31] 홍대용의 '인물균'(人物均)사상[32] 및 '활물'(活物) 개념, 최시형의 '물물천'(物物天)·'사사천'(事事天) 사상에 이르기까지 동아시아 정신사에 하나의 큰 광맥을 이루고 있기 때문이다.

---

31 "물물(物物)이 저마다 하나의 태극을 지니고 있다."(『雪峯遺稿』)

32 "인간의 입장에서 물을 보면 인간이 귀하고 물이 천하지만, 물의 입장에서 인간을 보면 물이 귀하고 인간이 천하다. 그러나 하늘의 입장에서 보면 인간과 물은 균등하다."(『毉山問答』)는 구절처럼, 사람과 금수와 초목이 모두 동등하다는 사상.

참고문헌

가라타니 고진, 조영일 옮김(2004), 『언어와 비극』, 도서출판b.

가라타니 고진, 송태욱 옮김(2006), 『일본정신의 기원』, 이매진(개정판).

니시다 기타로, 김승철 옮김(2013), 『장소적 논리와 종교적 세계관』, 정우서적.

루스 베네딕트, 박규태 옮김(2008), 『국화와 칼』, 문예출판사.

모토오리 노리나가, 배관문 외 옮김(2016), 『모노노아와레: 일본적 미학이론의 탄생』, 모시는사람들.

박규태(2008), 「야스쿠니의 신화: 현대일본의 종교와 정치」, 『종교연구』 50, 한국종교학회.

박규태(2009), 『일본정신의 풍경』, 한길사.

박규태(2012), 「모토오리 노리나가의 모노노아와레론 재고: 감성적 인식론의 관점에서」, 『일본연구』 17, 고려대학교 일본연구센터.

박규태(2015), 『포스트-옴 시대 일본사회의 향방과 '스피리추얼리티'』, 한양대학교 출판부.

박규태(2017), 「'신불(神佛) 애니미즘'과 트랜스휴머니즘: 가미(神)와 호토케(佛)의 유희」, 『일본비평』 17, 서울대학교 일본연구소.

박규태(2018), 『일본정신분석』, 이학사.

박규태(2019), 「'모노'의 사상가 이우환과 근대비판」, 『일본사상』 37, 한국일본사상사학회.

사와라기 노이(2012), 「'모노파'와 '모노노아와레'」, 김정복 옮김, 『일본·현대·미술』, 두성북스.

월터 옹, 이기우·임명진 옮김(2009), 『구술문화와 문자문화』, 문예출판사.

이경원(2011), 『검은 역사 하얀 이론』, 한길사.

이정우(2018), 「일본적 시간론의 한 연구: 도겐과 니시다에서의 '영원의 지금'」, 『동양철학연구』 93, 동양철학연구회.

최경국(2005), 「기발한 발상, 다양한 캐릭터, 에도의 요괴」, 중앙대학교 한일문화연구원 편, 『일본의 요괴문화: 그 생성원리와 문화산업적 기능』, 한누리 미디어.

최광진(2015), 『한국의 미학』, 미술문화.

호미 바바, 나병철 옮김(2012), 『문화의 위치』, 소명출판(수정판).

大久保正・大野晋編(1968-1975), 『本居宣長全集』, 筑摩書房.

『日本國語大辭典』, 小學館, 1976.

『古事記』, 日本思想大系, 岩波書店, 1982.

『萬葉集』三, 日本古典文學大系, 岩波書店, 1960.

『枕草子·紫式部日記』, 日本古典文學大系, 岩波書店, 1958.

鈴木知太郎 校註解說(2003), 『土佐日記』, 笠間書院.

池上英子(2005), 『美と礼節の絆』, NTT出版.

伊藤氏貴(2018), 『美の日本: 「もののあはれ」から「かわいい」まで』, 明治大學出版會.

井上豊(1983), 『日本文學の原理』, 風間書房.

梅原猛(1991), 『〈森の思想〉が人類を救う』, 小學館.

大澤正人(2001), 『西田幾多郎』, 現代書館.

大野晋(2006), 『語學と文學の間』, 岩波現代文庫.

大野晋(2012), 『古典基礎語の世界: 源氏物語のもののあはれ』, 角川ソフィア文庫.

鎌田東二(2009a), 「モノ学の構築」, 鎌田東二編, 『モノ学の冒険』, 創元社.

鎌田東二(2009b), 「聖なる場所と言葉のモノ学的探求」, 鎌田東二編, 『モノ学の冒険』, 創元社.

北沢方邦(2002), 『感性としての日本思想』, 藤原書房.

黒住眞(2009), 「本居宣長「もののあはれを知る」をめぐって」, 鎌田東二編, 『モノ学の冒険』, 創元社.

相良亨(1989), 『日本の思想』, ぺりかん社.

斎藤英喜(2010), 『古事記: 成長する神々』, ビイング・ネット・プレス.

斎藤英喜(2011), 『古事記神話を読む』, 靑土社.

佐伯啓思(2014),『西田幾多郎: 無私の思想と日本人』, 新潮新書.

島薗進(2009),「生きているモノの宗教學: アニミズムを開く愛・愛を身体化するモ
ノ」, 鎌田東二編,『モノ学の冒險』, 創元社.

津田雅夫(2011),『「もの」の思想』, 文理閣.

田中久文(2013),『日本美を哲學する: あはれ・幽玄・さび・いき』, 青土社.

中村雄二郎(1998),『日本文化における惡と罪』, 新潮社.

西田幾多郎(1940),『日本文化の問題』, 岩波新書.

源了圓(1998),「西田幾多郎の日本文化論における「物」をめぐる思想」,『思想』, 1998
年6月号.

百川敬仁(1987),『内なる宣長』, 東京大學出版會.

百川敬仁(2000),『日本のエロティシズム』, ちくま新書.

安田喜憲(2006),『一神教の闇: アニミズムの復權』, 筑摩書房.

山本伸裕(2015),『日本人のものの見方: 〈やまと言葉〉から考える』, 青灯社.

吉田敦彦(2012),『日本神話の深層心理』, 大和書房.

Harootunian, H.D.(1988), *Things Seen and Unseen: Discourse and Ideology in Tokugawa
Nativism*, Chicago: University of Chicago Press.

Jensen, Casper B. & Blok, Anders(2013), "Techno-animism in Japan: Shinto Cosmograms,
Actor-network Theory, and the Enabling Powers of Non-human Agen-
cies", *Theory, Culture & Society* 30(2).

Masahiro, Mori(1981), *The Buddha in the Robot: A Robot Engineer's Thoughts on Science
and Religion*, trans. Charles S. Terry, Tokyo: Kosei Publishing.

집필자 소개(원고 게재순)

이소마에 준이치(磯前順一)

1961년 이바라기현에서 출생하였다. 도쿄대학 대학원에서 종교학을 전공하여 박사학위를 받았다. 주요 저서로는 『近代日本の宗教言説とその系譜』(岩波書店, 2003), 『喪失とノスタルジア』(みすず書房, 2007), 『記紀神話と考古学』(角川学芸出版, 2009), 『宗教概念あるいは宗教学の死』(東京大学出版会, 2012), 『死者のざわめき』(河出書房新社, 2015) 등 다수가 있다. 현재 국제일본문화연구센터에서 교수로 재직하고 있다.

히라노 가쓰야(平野克弥)

캘리포니아대학 역사학부 준교수. 저서로는 The Politics of Dialogic Imagination : Power and Popular Culture in Early Modern Japan (University of Chicago Press, 2014), 『江戸遊民の擾乱——転換期日本の権力と民衆文化』(岩波書店, 2021) 등이 있고, 근년의 논문으로는 「主権と無主地—北海道セトラー・コロニアリズム」(『思想 2022年12月号』, 岩波書店, 2022), 「Settler Colonialism as Encounter: On the Question of Racialization and Labor Power in the Dispossession of Ainu Lands」(Race and Migration in the Transpacific, Routledge 2022), 「新しい歴史学と「論争」の死角—抹消される外部」(『「論争」の文体』, 法政大学出版局, 2023)이 있다.

조관자

서울대학교 일본연구소 HK교수. 서울대 국어국문과를 나와 도쿄
대학에서 일본사상사를 공부하고 학술박사 학위를 받았다. 일본
의 국학, 한일의 지식 교섭을 연구했고, 내셔널리즘의 충돌을 넘어
선 사상과제를 찾아 동시대의 사회문제를 조사·연구하고 있다. 저
서에 『植民地朝鮮／帝国日本の文化連環—ナショナリズムと反復
する植民地主義』, 『일본 내셔널리즘의 사상사-'전시-전후체제'를
넘어서 동아시아 사상과제 찾기』, 『포스트 코로나: 우리는 무엇을
준비할 것인가』 등이 있다.

심희찬

연세대학교 근대한국학연구소 HK교수. 한일근대사상사를 공부하
고 있다. 대표 연구로는 「식민사학 재고: 과학 담론과 식민지주의
의 절합에 대해」(『인문학연구』 63, 2022), 「1920년대〈동아일보〉조
선사 관련 기사 데이터베이스 검토: 문화운동의 역설」(『동방학지』
198, 2022), 「'조선'이라는 파레르곤: 보편주의와 침략적 아시아주의
의 매듭」(『일본비평』 14-2, 2022) 등이 있다.

오무라 가즈마(大村一真)

1994년 생. 도시샤대학 대학원 박사후기과정 재학 중. 정치학 전공.
주요 논문으로는 「批判の死から再生へ—ハーバーマスにおける社
会批判の可能性—」(『同志社法学』第七十一巻第五号, 2019年), 「近代主
権国家における排除と差別の論理—「公共圏」·「統治」·「聖なるも
の」—」(苅田真司와 공저, 『差別の構造と国民国家——宗教と公共性』, 法
蔵館, 2021). 주요 번역서로는 酒井直樹「言語の数え方·人類の分
け方」(『ポストコロニアル研究の遺産—翻訳不可能なものを翻訳する』,
人文書院, 2022年)이 있다.

남상욱

인천대학교 일본지역문화학과 교수. 경희대학교 일어일문학과를 졸업하고, 일본 도쿄대학에서 학술박사 학위를 받았다. 연구분야는 근현대일본문학 및 문화 영역으로, 비교문학과 표상문화론의 관점으로 현대 양국의 문화의 혼종 및 갈등 양상에 대해서 연구하고 있다. 공저『'경계'에서 본 재난의 경험』(2023), 『한국과 일본의 문학과 민주주의』(2022), 『전후의 탈각과 민주주의의 탈주』(2020) 등의 저서와 『헌등사』(2018) 등의 번역서가 있다.

홍정완

한국 근현대 사상사를 공부해왔다. 연세대학교 사학과에서 박사학위를 받고, 현재 연세대학교 근대한국학연구소 HK+사업단에서 연구교수로 재직 중이다. 주요 저서로는 『한국 사회과학의 기원』(2021), 『삼척 간첩단 조작 사건』(공저, 2021), 『디지털인문학과 근대한국학』(공저, 2020), 『함께 움직이는 거울, 아시아』(공저, 2018) 등이 있다.

무라시마 겐지(村島健司)

일본 쇼케이대학(尚絅大学) 현대문화학부 준교수. 사회학, 동아시아 사회론. 간세이학원대학(関西学院大学) 사회학연구과 수료, 사회학 박사. 주요 논문으로 「戦後台湾における日本統治期官営移民村の文化遺産化」(『戦争社会学』, 明石書店), 「帝国日本の開発と文化遺産としてのダム」(『日本研究』51号, 中央大学校日本研究所) 등이 있다.

박규태

서울대학교 독어독문학과를 졸업하고 동 대학원 종교학과에서 문
학석사를, 일본 도쿄대학 대학원 종교학과에서 문학박사 학위를 받
았다. 현재 한양대학교 일본학과 교수로 재직중이다. 주요 저서로
『현대일본의 순례문화』, 『일본재발견』, 『일본정신분석』, 『일본 신사
의 역사와 신앙』, 『포스트―옴시대 일본사회의 향방과 스피리추얼
리티』, 『라프카디오 헌의 일본론』, 『일본정신의 풍경』, 『상대와 절대
로서의 일본』, 『아마테라스에서 모노노케히메까지』 등 다수가 있다.

한양대 〈일본학국제비교연구소〉 비교일본학 총서 06

포스트·포스트콜로니얼리즘

초판 1쇄 인쇄 2023년 5월 15일
초판 1쇄 발행 2023년 5월 30일

엮은곳 한양대 일본학국제비교연구소
지은이 이소마에 준이치(磯前順一) 히라노 가쓰야(平野克弥) 조관자 심희찬 오무라 가즈마(大村一真)
　　　　 남상욱 홍정완 무라시마 겐지(村島健司) 박규태
펴낸이 이대현
편집 이태곤 권분옥 임애정 강윤경
디자인 안혜진 최선주 이경진 ｜ **기획마케팅** 박태훈
펴낸곳 도서출판 역락 ｜ **등록** 1999년 4월 19일 제303-2002-000014호
주소 서울시 서초구 동광로46길 6-6(반포4동 577-25) 문창빌딩 2층(우06589)
전화 02-3409-2060(편집부), 2058(영업부) ｜ **팩시밀리** 02-3409-2059
이메일 youkrack@hanmail.net
역락홈페이지 www.youkrackbooks.com

ISBN 979-11-6742-543-0 94830
　　　 979-11-5686-876-7(세트)

* 책값은 뒤표지에 있습니다.
* 잘못된 책은 바꿔 드립니다.